La demoiselle de Charny

95, rue Vendôme - 69006 LYON

ISBN 2.7171.0972.2

Alain LARCHIER

La demoiselle de Charny

roman

Livre voyageur

HORVATH

PRÉFACE

Un nouveau rendez-vous nous attend avec la Dame de Pérouges, que personne n'a oubliée. C'est la Dame de toutes les convoitises, et qui reste pure et belle au-dessus de la mêlée. A ses pieds, comme à ceux de toute dame courtisée, se battent en duels féroces hommes et bêtes, écorcheurs et grands seigneurs. Nous retrouvons le poète Thibaut, qui n'a cessé de l'aimer, mais n'a pu l'épouser. Nous retrouvons la perfide Agnès de Charny, la Dame de Pique de ce XVe siècle si riche en épopées diverses, en événements vécus, dont nous parcourons, nous lecteurs, les étapes dans les belles forêts savoyardes, au parfum de cyclamen, avec une délectation réelle. Dauphiné et Savoie, tels sont les emblèmes de l'auteur, qui porte avec fougue le fanion d'un bel imaginaire, jamais décevant.

Les Écorcheurs, dans leur repaire glacé, sont bien ceux qui ont réellement existé, que ce soit Fortepice qui avait échellé les murailles d'Avallon, Villandraut, qui avait porté ses maléfices dans le Massif central et l'Aquitaine, et le terrible Antoine de Chabannes, dont le souvenir fait encore trembler les Briards.

Riche XVe siècle, sordide et sublime, où le sacrifice de soi-même l'emportait quand même, dans l'idéal que l'on se faisait de l'homme, sur la barbarie quotidienne.

Maryvonne Miquel

RÉSUMÉ

Ce récit est la suite de *La Dame de Pérouges*, dont l'histoire commence pour la fête de la Saint-Jean, en 1468. Humbert Favre, le châtelain est parti pour une expédition de chasse, et les Pérougiens, délivrés pour un temps de sa tyrannie, fêtent joyeusement l'arrivée de l'été. Jehan, tisserand de son état, discute avec le prieur, le père Chanin, de la période troublée et incertaine qu'ils traversent. Les excès du châtelain laissent craindre que la montée du mécontentement pousse les plus hardis à une action désespérée.

Le retour du maître ramène la crainte, et Jehan veille à ce que rien ne puisse l'irriter, car c'est lui qui a reçu la délégation de son autorité pendant son absence. Satisfait pour une fois, messire Favre décide d'abandonner une partie du produit de sa chasse à ses villageois. Malheureusement une dispute éclate entre la Toinette, guérisseuse soupçonnée de sorcellerie, et un braconnier notoire, Benoît Pinon. Maître Mollod, greffier à la cour de Pérouges, qui assiste à la querelle, découvre qu'il tient enfin une preuve contre Pinon, et le fait conduire devant le châtelain.

Celui-ci, au cours du repas qui réunit ses compagnons de chasse et le tisserand, a fait part de son intention de trouver une épouse, et demande conseil. L'arrivée du greffier interrompt la discussion. Favre déjà à moitié ivre, apprenant le forfait, entre dans une colère dévastatrice, et condamne le braconnier à la pendaison.

La nouvelle fait le tour de la ville, et le ton monte. Pour Jehan et ses amis, si le châtiment a lieu, ce sera la révolte, et il faut tout faire pour éviter l'exécution de Pinon. Pour cela, il faut s'adresser à la plus haute autorité, le duc lui-même. Jehan est désigné pour tenter ce recours, tandis que les Pérougiens cherchent à retarder l'action du bourreau.

Le père Chanin décide de suivre Jehan à Chambéry, de façon à priver la cité de son prêtre, et contraindre messire Favre à en chercher un autre pour le condamné.

Le jour du départ arrive, et le tisserand constate avec ennui que maître Mollod a décidé de l'accompagner. Le voyage commence, mais le père Chanin n'est pas au rendez-vous.

A Chambéry, Jehan demande à être reçu par le duc. Pour pouvoir parler librement, il a réussi à endormir le greffier, le laissant aux soins de religieux.

Au cours de l'entrevue avec le duc Amédée, Jehan découvre Marie, sa filleule, et il est immédiatement sensible à son charme, alors qu'il remarque à peine son amie Agnès.

Monseigneur Amédée est plein d'humanité et de compréhension, mais il hésite à faire preuve d'autorité contre messire Favre. C'est alors que Marie propose de se rendre à Pérouges pour tenter de fléchir le châtelain. Jehan, que cette perspective enchante, fait tout son possible pour obtenir l'accord du duc. Finalement, c'est grâce à l'appui de la duchesse Yolande que la proposition est adoptée. Agnès obtient de suivre son amie.

A Pérouges, messire Favre apprend la venue de la filleule du duc, et décide de tout faire pour la contraindre à repartir au plus vite. Mais lorsqu'il la voit, il change brusquement d'attitude, et la reçoit avec tous les égards.

A son retour, Jehan est abordé par la Toinette qui lui révèle que le père Chanin n'a jamais quitté Pérouges, mais qu'elle l'a gardé endormi chez elle pour lui éviter les dangers de la route.

En découvrant Marie, le prieur montre une grande surprise et raconte une étrange histoire à Jehan. La jeune femme ressemble comme une soeur à Magdeleine, une orpheline que le jeune Humbert voulait épouser, et qui serait morte depuis longtemps. Et que Magdeleine remplaçait la mère que Jehan n'avait pas eu le temps de connaître. Mais le tisserand ne sait plus rien de ces faits, car ses souvenirs d'enfant se sont effacés à la suite d'une terrible fièvre dont la Toinette à réussi à le guérir.

Messire Favre subit lui aussi le charme de Marie, et voulant lui plaire, accepte que Pinon soit jugé par un tribunal. Jehan est désigné pour assurer la défense de l'accusé. C'est maître Mollod qui préside le procès. Alors que tout semble perdu, le greffier rend une sentence inattendue : Pinon est condamné à devenir garde-chasse!

Pour tous, c'est le soulagement, et Marie qui a suggéré le verdict, est acclamée.

Jehan se rend compte de l'intérêt de Favre pour la filleule du duc, et il cherche une occasion de se déclarer avant lui.

Celle-ci se présente bientôt. Le châtelain est invité à une partie de chasse à Ambérieu, et Marie refuse de l'accompagner, car elle n'aime pas cette distraction.

Mais Agnès, qui est jalouse de l'amitié de Marie, s'est aperçue de la tendre relation qui se crée entre elle et Jehan. Elle va tout essayer pour faire échouer cette idylle.

C'est alors que la Toinette intervient et permet une escapade entre les deux jeunes gens. Mais les événements sont contre eux, et l'arrivée d'une troupe les contraint à rentrer précipitamment à Pérouges. Avant de laisser Marie devant la maison des Princes, Jehan lui déclare son amour. Mais celle-ci lui fait remarquer que messire Favre est également épris d'elle, et que sa bonne conduite ne tient qu'à son espoir de la séduire. Elle ne veut pas prendre d'engagement, mais l'autorise à espérer.

La troupe qui monte à la cité est dirigée par Philippe de Bresse, frère du duc Amédée, qui se rend à Péronne. Il annonce l'imminence d'une guerre avec la France, et demande de s'y préparer.

A ce moment arrive Thibaut Vasari, un jeune poète italien, qui est envoyé par le duc pour ramener Marie et Agnès. Mais il est trop tard, les envahisseurs rendent les routes trop dangereuses, et le retour est reporté. Sur ordre de Philippe de Bresse, Jehan doit se rendre à Bourg en Bresse.

Pendant son absence, Thibaut courtise Marie, et par son charme et son talent, réussit à la séduire en quelques jours. Mais quoique conquise par le poète, elle le repousse pour ne pas provoquer la colère de messire Favre, ce qui pourrait avoir des conséquences dramatiques. De retour de voyage, Jehan ne peut que constater que Marie le délaisse au profit de Thibaut.

Agnès, qui a découvert que le jeune Italien représente un danger beaucoup plus grand que Jehan, prépare une machination pour l'éliminer.

Entre-temps, les troupes des Dauphinois ont assiégé Pérouges qui résiste. Au cours d'une sortie, Jehan est gravement blessé. La fièvre le prend, mais la Toinette le sauve encore une fois. En reprenant conscience, Jehan recouvre la mémoire, ce qui lui permet de retrouver un coffret appartenant à son père. Dans celui-ci, une lettre révèle que Magdeleine n'est pas morte comme on le croyait, mais qu'elle est partie pour Chambéry. Thibaut, qui le premier a eu en main ce message, le falsifie pour faire croire que Marie serait la fille de Magdeleine, et donc celle de Favre, ce qui interdit le mariage entre eux.

Le châtelain est dupe, et reconnaît Marie comme sa fille. Thibaut veut voir Marie pour lui annoncer qu'elle est libre, mais Agnès réussit à le faire envoyer à Chambéry pour annoncer le retrait des troupes dauphinoises. Pendant son absence, elle fait croire à Marie que Thibaut est épris d'elle, et pour preuve, lui montre des poèmes dérobés qu'elle prétend écrits pour elle.

Marie est désespérée, et va se confier au père Chanin qui lui conseille de revoir Jehan qui l'aime toujours.

Thibaut est reçu au Palais par la duchesse Yolande. Mais Agnès, dans une lettre s'est arrangée pour le rendre suspect, et il est jeté en prison.

Marie, qui est convaincue de la trahison de Thibaut, se laisse courtiser par Jehan qui réussit enfin à obtenir son consentement au mariage.

La preuve de l'innocence du poète est finalement établie, et il se précipite à Pérouges. Mais il apprend en cours de route le mariage de sa bien-aimée avec le tisserand. Anéanti par la nouvelle, il repart sans but, à travers la forêt de Chassagne.

PREMIÈRE PARTIE

LE LOUP DE BAVIÈRE

- I -

Le cheval s'arrêta au bord du ruisseau qui rejoignait le sentier et se mit à boire. Son maître lâcha la bride et s'assit sur une énorme pierre ronde, roulée là sans doute pour servir de borne. Une trouée dans la forêt permettait d'apercevoir au fond de la vallée la route qu'il avait abandonnée pour gravir la colline. Le chemin qu'il descendait n'était pas celui qu'il avait suivi auparavant, mais il semblait pouvoir rejoindre les voies principales. A vrai dire, peu lui importait, car il ne savait que décider sur la direction à prendre. La cité de Pérouges était à moins de deux lieues, mais pourquoi y aller ? Marie était maintenant unie au tisserand par des liens que seule la mort pourrait rompre. Et en admettant qu'il arrive à prouver sa bonne foi, il ne ferait que le malheur de celle qu'il aimait et qui ne l'avait pas attendu. Pourquoi ? Il le savait plus sûrement que si on le lui avait dit. Agnès, qui avait tout fait pour l'éloigner et le mettre en péril, Agnès avait tout calculé pour les séparer. Il devinait l'usage qu'elle avait fait de ses poèmes, au souvenir de la dédicace qu'il avait eu l'imprudence de lui accorder. Ce qu'il ne comprenait pas, c'était la raison qui avait poussé la jeune fille à agir de la sorte. Par jalousie ? Mais à aucun moment, elle n'avait tenté de le séduire. Pour favoriser Jehan ? Dans quel but ? et quel avantage pouvait-elle y trouver ? Marie allait rester, alors qu'elle, devrait repartir pour Chambéry.

Ce qu'il savait, c'est que pour la première fois, il ressentait de la haine pour quelqu'un, et que son désir de vengeance se heurtait à la crainte de faire souffrir Marie, qu'il considérait comme lui, victime d'une tromperie. Pourtant peu à peu son esprit parvenait à dominer les remous qui l'agitaient, et comme chaque fois qu'il était sous le coup d'une violente émotion, il éprouva le besoin de composer. Les mots qu'il allait jeter sur le papier lui permettraient de retrouver son équilibre, comme s'il se libérait de leur pouvoir. Il prit une des feuilles de ce papier qui avait tant plu au signor Giacometto, et il commença à écrire.

*
* *

Pérouges fêtait la fin de la guerre, et le mariage de Jehan et Marie avait été prétexte à un banquet extraordinaire. Le temps doux et ensoleillé de ce jour d'automne avait permis de festoyer au dehors. La place de la Halle était couverte de tables sur plusieurs rangs, laissant juste le passage des servantes et valets qui assuraient le service.

Le retour de la paix avait autorisé à messire Favre une fructueuse expédition de chasse dont tout le produit avait été consacré à ces réjouissances. Malgré la disette provoquée par les pillages, les plats étaient nombreux et variés, grâce à la générosité de monseigneur Philippe de Bresse qui avait voulu récompenser la vaillance de ses Pérougiens. Sur une table mise au centre de la place avaient été dressés les entremets qui faisaient l'admiration de tous. Un immense pâté représentait la cité de Pérouges, avec ses fossés, ses tours et ses deux portes. L'église qui était en cours de construction apparaissait terminée, et ses cloches, animées par une machinerie invisible, carillonnaient sans interruption. A côté, un moulin en pâtisserie tournait sa roue sous le flot d'une eau d'orange qui venait se déverser dans un bassin, où les enfants puisaient avec émerveillement.

Le repas avait commencé avec le petit gibier : perdrix, lapins, pluviers, faisans accommodés de multiples façons, rôtis, farcis, ou en brouet. Sous la halle, une estrade de deux pieds de haut, ornée de festons multicolores, avait été édifiée pour accueillir les mariés et leurs plus proches alliés. Les convives se trouvaient sur un seul rang, face à l'assemblée du village. Un espace libre avait été réservé pour que les bateleurs venus de tous les environs puissent produire leurs talents. Le châtelain présidait au centre, et Marie se tenait à sa droite, resplendissante dans sa robe fastueuse. Elle qui d'habitude adoptait des toilettes plutôt modestes, devenait une reine dans la splendeur de son éclat. Elle avait su conquérir le cœur des villageois, et leur reconnaissance pouvait se mesurer à l'amoncellement des cadeaux qui s'entassaient à ses pieds, des plus humbles aux plus magnifiques. A côté d'elle, Jehan vivait enfin le rêve qu'il avait cru si longtemps inaccessible. Son bonheur avait effacé en lui son ancienne réserve, et il participait à la conversation, plaçant avec à propos des reparties que n'aurait pas dédaignées le plaisant Robin. La Toinette se tenait entre lui et Pinon. Ces deux êtres que tout semblait devoir éloigner, étaient devenus des complices, réunis par leur affection pour le tisserand. Le syndic et les autres notables de la cité accompagnés de leurs épouses, se trouvaient à gauche de messire Favre. Agnès, seule, restait sombre malgré la présence de Robin, placé entre elle et Mathilde, et qui, à son habitude, animait joyeusement son coin de tablée. Elle avait choisi de s'éloigner de son amie dont le bonheur évident lui était une constante amertume. Elle s'efforçait de manger pour cacher son trouble et éviter les questions. Il lui arrivait même de rire avec ses compagnons, mais personne ne s'intéressait suffisamment à elle pour voir combien cette gaieté était contrainte. Le rose de ses joues était dû surtout à un délicat maquillage qui dissimulait sa pâleur. Elle parlait peu et se bornait à répondre aux propos qui lui étaient parfois adressés, mais comme elle avait généralement une attitude distante et réservée, cela ne surprenait pas.

Elle était rongée par la peur de voir surgir Thibaut à chaque instant, et se demandait avec angoisse ce qu'elle pourrait répondre, s'il se présentait. Il aurait forcément appris le mariage, puisqu'on en parlait dans tout le pays. Elle était persuadée qu'il demanderait des explications à Marie, et que sa traîtrise serait démasquée, lui faisant perdre irrémédiablement son amie. Elle avait fait tout cela parce qu'elle refusait de la voir partager son affection avec quelqu'un d'autre, et de ne plus être sa principale confidente. Peut-être même de se retrouver écartée par l'amour de Marie pour son époux. Aujourd'hui, elle savait qu'elle avait échoué, et que tôt ou tard, elle allait devoir affronter une vérité dévastatrice. Tout était perdu... sauf si Thibaut ne revenait pas. Cette idée commençait à tourner dans sa tête, et elle cherchait comment elle pourrait éviter ce retour. Elle ne pouvait concevoir que le poète renonce de lui-même à demander des comptes, elle était trop égoïste pour imaginer une attitude aussi généreuse. Il fallait donc faire obstacle au jeune homme, et l'éloigner définitivement. Mais comment ?

Elle en était là de ses réflexions lorsqu'une conversation entre le capitaine Langlois et le sire Philibert de Moyria attira son attention.

- Cette joviale assemblée ne doit pas nous faire oublier que le pays n'est pas encore bien sûr, messire. Il faut mettre la population en garde contre les déserteurs des troupes dauphinoises qui pillent pour leur compte.

- Oui, capitaine. J'ai entendu parler des abominations de Ruette.... Ces hommes sont d'une cruauté inimaginable, quand il s'agit de faire parler leurs victimes pour qu'elles livrent leurs biens cachés. Il faut traquer ces bandits sans repos.

- Nous en avons capturés deux hier. Les autres ont été tués au cours de l'affrontement à la ferme de la Vœle. Mais ceux-là étaient tellement ivres qu'on a pu s'en saisir sans dommage. Ils se croyaient bien tranquilles dans ce coin perdu, et faisaient ripaille. Mais un jeune berger avait assisté de loin à leur assaut et il a couru nous prévenir. Malheureusement, nous arrivons souvent trop tard, et c'était le cas. A part la femme et les filles, tous les hommes avaient été massacrés, après avoir subi des tourments effroyables.

- Il nous faut des renseignements sur leur repaire, et j'espère que la question fera parler nos prisonniers, avant que la justice ne les condamne. D'après leurs crimes, ils seront sûrement roués vifs.

- La question demande une certaine habileté, car il ne faut pas tuer prématurément le coupable. Et ce sont des gens endurcis qui ne parleront pas facilement. J'ai entendu dire que ces malandrins se soumettent parfois au supplice entre eux, pour se débarrasser de ceux qui ne résistent pas et pourraient les trahir.

De Moyria eut un petit sourire de doute avant de déclarer :

- C'est ce qu'on raconte. Mais je ne crois pas trop à ces histoires, et j'imagine mal ces coquins acceptant des souffrances et des blessures inutiles qui les priveraient d'une partie de leurs moyens. Et pour autant que je sache, personne ne résiste à la question.

Le capitaine ne souhaitait pas engager la discussion sur ce point. Il savait par expérience que cette pratique existait, même si elle n'était pas générale et que quelques brigands questionnés étaient morts sans parler. Quant aux aveux obtenus, ils étaient souvent inutilisables parce qu'incomplets ou mensongers. Il remarqua :

- On ne sait jamais si les suspects disent la vérité, et un innocent peut très bien reconnaître un crime qu'il n'a pas commis, pour arrêter la main du tormenteor. En attendant, on pourrait essayer autre chose.

- Vous avez une meilleure idée ?

- Je ne sais pas si elle est meilleure, mais elle coûte peu à tenter. Il faut séparer nos captifs, et les enivrer. Sur certains, le vin délie la langue plus sûrement que la souffrance. Je vous ai dit que nous nous étions emparé de nos malandrins parce qu'ils étaient incapables de sortir de leur ivrognerie. Au retour, l'un d'eux commençait même à répondre à mes questions lorsque son complice l'a proprement assommé pour le faire taire.

- On pourrait certes gagner du temps si vous réussissez. Mais comment comptez-vous les faire boire sans éveiller leur méfiance ?

- Nous avons ici deux boit-sans-soif, les frères Guigne, qui ne refuseront pas de passer une nuit au cachot en échange d'une bonne provision de vin. Ce sont eux qui inciteront notre bandit le plus bavard à trinquer.

- Et comment ferez-vous entrer le vin ? On n'en voit jamais dans les prisons.

- On le fera apporter par la fille de l'aubergiste. Elle le fera passer par l'ouverture du cachot qui donne dans la rue des Rondes, comme si nos ivrognes l'avaient commandé. Je ferai retirer la garde pour qu'elle puisse approcher.

- Oui. Mais vos deux hommes seront déjà ivres ce soir, et vous ne pourrez rien en tirer...

- Non. Ils sont à la table du sergent Badier, et je lui ai ordonné de les restreindre sérieusement. Ils vont se plaindre, mais ils craignent suffisamment la garde pour se soumettre. Et comme ils n'ont pas un sou, ils ne pourront même pas aller à l'auberge où ils ont des dettes.

- Vous avez pensé à tout... Eh bien, vous avez mon accord.

A ce moment, Robin qui venait de terminer une histoire qui déchaînait un torrent de rires, se tourna vers Agnès, pour lui demander :

- Alors, ma mie, n'ai-je pas été assez drôle pour vous, ou bien n'avez-vous pas compris ?

- Je suis confuse, Robin, mais j'étais perdue dans un rêve, et je n'ai pas écouté. Le mariage de mon amie me faisait penser à la séparation qui se prépare. Je vais devoir la laisser pour rentrer à Chambéry.

- Et cela vous rend triste ! Mais Marie est encore là pour quelque temps ! N'assombrissez pas cette journée qui, pour elle, est la plus belle de toutes, et partagez sa joie. Le temps des peines vient bien assez tôt !

- Vous avez raison, Robin. Je vais essayer de chasser mes soucis. Et pour cela, racontez encore des joyeusetés comme vous savez si bien le faire !

Le jeune homme, encouragé par tous ses voisins, ne se fit pas prier, et les rires reprirent de plus belle. Agnès semblait partager la bonne humeur générale, mais elle réfléchissait intensément aux propos du capitaine et du sire de Moyria. Et peu à peu, une machination diabolique commençait à naître dans sa tête.

*
* *

Marie, ma mie que tant aimais,
Pourquoi me faire si grand ?
Votre beauté amour fit naître
Dedans mon cœur, par son pouvoir
De mes élans n'étais plus maître
Quand me donniez joie de vous voir.

Marie, ma mie que tant aimais,
Pourquoi me faire si grand douloir ?
M'aimiez aussi, de votre aveu
Mais sans bonheur, car sans espoir
Le sort s'opposait à nos vœux,
Amour cédait devant devoir

Marie, ma mie que tant aimais,
Pourquoi me faire si grand douloir ?
La liberté vous ai rendue
Artifice de mon savoir
Mais point ne m'avez attendu
Trahi, enfin, sans me revoir.

Marie, ma mie que tant aimais,
Pourquoi me faire si grand douloir ?

Les derniers mots s'éteignirent dans les murmures du sous-bois, et Thibaut eut tout à coup l'impression d'une présence. Il se retourna, et tressaillit. Quatre hommes se tenaient devant lui, l'air peu engageant. Le premier, et le plus proche était un géant qui devait posséder une force monstrueuse. Ses poings fermés sur ses hanches lui donnaient l'allure d'une cariatide capable de soutenir un monument. Il était vêtu de haillons qui laissaient voir sa musculature impressionnante, et son air n'avait rien de bienveillant. Un poignard sans fourreau passé dans sa ceinture constituait son seul armement, mais qui devait se montrer terrifiant en de telles mains. Il semblait cependant plus sot qu'agressif, et fait pour obéir aux ordres d'un chef que le jeune homme essaya d'identifier dans le groupe. Il n'eut pas de peine à deviner. Parmi les trois derniers, l'un d'entre eux paraissait un seigneur égaré parmi des truands. Il était vêtu richement, d'une cotte de velours vert sombre, mais ce qui surprenait le plus, c'était le soin apporté à sa toilette. La barbe brune taillée et les cheveux bouclés, sous un insolite chapeau vert orné d'un plumeau, encadraient un visage avenant qui restait pourtant inquiétant par l'énigmatique sourire qui l'animait. Thibaut hésita à lui donner un âge précis entre quarante et cinquante ans. Le teint hâlé n'arrivait pas à dissimuler les traces d'anciennes blessures qui attestaient d'une existence mouvementée.

Un tire-laine peut s'habiller comme un prince, il restera un rustre couvert de soie. L'homme avait en plus la distinction qui révèle un esprit acéré. Il prit la parole en français avec un accent indéfinissable:

- Eh bien, messire, vous devez la vie à peu de chose ! Si je ne vous avais pas entendu, je crois bien que mes compères vous auraient occis sur le champ. Mais j'ai arrêté leur bras. On ne détruit pas une œuvre d'art, et vous avez certes du talent !

Le poète réalisa qu'il venait d'être découvert par une bande de pillards, et son existence ne tenait plus à grand chose. Le plus souvent, les voyageurs détroussés étaient tués pour éviter les témoignages qui conduisaient à coup sûr leurs agresseurs à la potence, s'ils venaient à être pris. Il était inutile d'envisager la moindre résistance, et Thibaut, qui avait été sur le point de mettre fin à ses jours peu auparavant, eut soudainement peur de mourir. Si les trois bandits ne lui laissaient aucun espoir, il y avait peut-être quelque chose à tenter auprès de leur capitaine.

- Avez-vous entendu ce que je disais ?

- So ! Je suis très sensible à l'expression des sentiments amoureux, et votre peine m'a ému. On peut être voleur et artiste : il n'y a pas de contradiction à cela. En fait, la compagnie de mes gens de sac et de corde me pèse, et je me suis dit que la présence d'un baladin serait l'ornement de ma retraite. Tant que vous me divertirez, vous serez traité comme un hôte de marque.

- Ce qui veut dire que vous désirez que je vous suive ?

- Je vous invite vivement à accepter, car il n'y a pas d'autre issue pour vous. Mais comme mes hommes se sentent un peu frustrés par ma décision, vous allez les dédommager en leur remettant votre bourse qui semble bien se porter. Pour le reste, vous pourrez conserver votre arroi, si toutefois vous en avez un. Vous n'aurez plus besoin de votre monture, mais vous la garderez jusqu'à notre refuge. On va vous bander les yeux, car il serait mortel pour vous d'en connaître le lieu.

Peu après, Thibaut chevauchait sans rien voir de ce qui l'entourait. Une corde passée autour de son cou et tenue par un brigand condamnait toute tentative d'évasion qui se serait terminée par un étranglement inévitable. Tout en avançant, il essayait mentalement de deviner la direction prise. Il était sûr de descendre et il comptait les pas du cheval pour évaluer la distance. Mais ce n'était pas chose facile, car le chef lui parlait sans cesse.

- Nous n'avons pas pris le temps de nous présenter, messire, mais nous étions pressés de reprendre la route. On m'appelle Wolf le Germain. Germain parce que je viens d'un pays voisin, et Wolf est mon surnom. Vous ne tarderez pas à comprendre pourquoi. Peu importe mon nom d'autrefois. Quant à mes compagnons, il y a là Piarre-le-Viregolia, Hugonin-dit-Péchou, et Papegaut. Ce sont des rustauds qui n'entendent que le patois, et dont la conversation est limitée. Mais ils me sont dévoués.

- Curieux noms pour des chrétiens. Mais qui ont sans doute trait à leur caractère.

- Naturellement. Le Piarre est capable de jeter à terre un homme d'un seul coup de poing, voilà pourquoi Viregolia ! Péchou parce qu'il est grand et maigre, et Papegaut, parce qu'il parle à tort et à travers...Mais qui êtes-vous vous-même ?

- Je m'appelle Thibaut Vasari, et je n'ai pas d'état particulier. Je suis musicien et poète, mais j'ai aussi étudié dans diverses universités. Je viens d'Italie, et me suis établi en Savoie.

- Et votre famille est sans doute de noble origine, et fort riche ?

Thibaut, en dépit de la précarité de sa situation ne put s'empêcher de rire.

- Mon père était si pauvre qu'il quitta sa province natale pour chercher fortune à Chambéry. Il y mourut avant d'avoir pu assurer mon avenir, et je ne dus mon existence qu'à la charité d'un de ses amis.

Le jeune homme s'abstint de préciser que l'ami en question était maintenant banquier prospère, car Wolf-le-Germain espérait sans doute obtenir une rançon. Il s'était lui même placé dans une situation critique à cause de son imprudence, et il ne voulait pas que le signor Giacometto ait à en subir les conséquences. Il portait à son père adoptif une reconnaissance qui touchait à la vénération, et en dépit de ses écarts, il aurait préféré risquer sa vie plutôt que de lui faire le moindre tort. Le bandit ne montra pas de déception :

- Dans ce cas, vous resterez sans doute fort longtemps avec nous, et cela vaut mieux pour vous. Vous vivrez tant que j'en aurais satisfaction. Entendez-vous le bavarois ?

- Non, messire Wolf, je regrette.

- Eh bien, vous aurez tout le temps de l'apprendre, et vous me donnerez le plaisir de parler dans ma langue.

- II -

Le gros Badier pénétra dans le corps de garde d'un pas résigné. Il s'attendait à une sévère remontrance de la part du capitaine Langloye, et cela ne manqua point.

- Alors sergent, nos deux ivrognes sont prêts pour leur nuit sur la paille ?

- Ben, c'est pas tout à fait ça, capitaine...

- Ils ne sont plus d'accord ? Ils n'ont pas envie de boire plus que leur saoul ?

- C'est déjà fait... Ils ronflent comme une forge, derrière la taverne de la Pomme de Pin.

- Mais vous étiez chargé de les empêcher de s'enivrer prématurément, Badier ! Vous avez voulu profiter de la fête, et les avez laissé filer ! Si ce n'était votre passé de bravoure, je vous enverrais bien au cachot à leur place !

L'officier était visiblement contrarié, et il s'était laissé emporter par sa déception. Mais c'était un homme juste, et qui avait confiance en son sergent. Il retrouva rapidement son calme, imaginant qu'un événement inattendu avait dû se produire. Il demanda d'un ton radouci :

- A quel moment les avez vous perdus de vue ?

- Vers la fin du repas. Je n'avais pas à les regarder constamment, car ils menaient grand tapage, réclamant à boire sur tous les tons, et cognant leur gobelet sur la table. C'est alors qu'un gamin est venu me dire que messire Favre me faisait appeler. Mais c'était une farce, comme en font souvent les mioches, et quand je suis revenu, les frères avaient disparu. Pourtant, ça ne m'avait pas pris longtemps...

- Etonnant qu'ils aient choisi juste ce moment... Mais au fait, avec quoi ont-ils payé ? L'aubergiste ne leur a pas fait crédit une fois de plus ?

- Quand j'ai constaté que mes bonshommes n'étaient plus là, je me suis mis à leur recherche. A la taverne, Dubourg, le patron, les avait vu passer. Il m'a dit qu'ils avaient dépensé douze sous. Huit pour régler leurs dettes, et le reste pour boire. Il était trop content de récupérer sa créance pour poser des questions.

- Ainsi, ils ont trouvé de l'argent... je ne pense pas qu'ils aient volé. Ce sont des ivrognes, mais ils sont honnêtes.

- Peut-être quelqu'un en a eu assez de les entendre hurler, et leur a donné pour qu'ils se taisent ?

- Mais douze sous, c'est une somme énorme pour nos gens ! Pourtant, vous avez sans doute raison, et dans ce cas, il s'agit probablement d'une personne de haut rang. Alors on n'y peut rien... Eh bien je crois que nous devrons remettre notre tentative à plus tard.

- Comme vous l'aviez demandé, j'ai donné quartier libre à la garde de la rue des Rondes, et ils sont à la fête. Faut-il les rappeler ?

Le capitaine hésita un instant, avant d'ordonner :

- Non. Ce serait une punition pour eux que de les faire revenir. Toute la cité se réjouit à l'occasion de ce mariage. Allez donc les rejoindre !

Le gros Badier en fut tout éberlué :

- Alors, comme ça, je ne suis pas puni ?

- Non, vous n'avez pas manqué à votre devoir. Mais si vous retrouvez le galopin qui vous a joué ce tour, tirez-lui les oreilles !

*
* *

Sous les acclamations, Marie et Jehan ouvrirent le bal sur la place débarrassée de la plupart de ses tables. Le tisserand émerveillé par le bonheur de tenir dans ses bras celle qui était enfin son épouse, l'entraînait avec assurance dans le tourbillon du pas de danse. Rien ne comptait plus pour lui que son tendre regard délivré de toute hésitation. L'ombre de Thibaut en avait disparu. Ils ne prêtaient aucune attention aux autres couples qui avaient imité leur exemple, et leur permettaient d'échapper un peu à l'attention générale. Les musiciens qui commençaient tout juste leur prestation jouaient avec un entrain communicatif, et conduire une cavalière devenait un exploit difficile tant la presse était grande. Mais les mariés jouissaient du privilège de disposer d'un espace que personne n'aurait songé à leur restreindre, et Jehan se laissait emporter par son élan, sous les lampions qui semblaient mener une folle farandole. Bon danseur, et aimant ce divertissement, il avait eu souvent l'occasion d'y montrer son aisance. Mais c'était la première fois qu'il se sentait aussi bien accordé, Marie devinant chacune des figures qu'il souhaitait, et les accomplissant à la perfection.

Emportés comme par une vague de musique et de lumière, ils vivaient leur première rencontre d'époux, ignorant la foule qui les avait séparés jusqu' alors. La complicité qui les unissait n'avait pas besoin de mots pour s'exprimer, et le simple contact de leurs corps les plongeait dans un trouble délicieux. Ils n'étaient plus sur la place, mais au centre d'un vertigineux manège qui leur faisait oublier le reste du monde. Pour Jehan, à la griserie du mouvement, s'ajoutait le parfum de Marie, mélange subtil et envoûtant, cadeau de la Toinette, qui contenait certainement plus de pouvoirs qu'il n'y paraissait.

Agnès avait refusé toutes les invitations, et profité du départ de la plupart des convives pour rejoindre une extrémité de la table plongée dans l'ombre. Elle constatait avec une irritation grandissante qu'il y avait encore beaucoup trop de clarté et de mouvement pour pouvoir agir. Les flambeaux de la place se renouvelaient régulièrement, et les lampions qui abritaient de petites lampes à huile semblaient ne jamais devoir s'éteindre. Il lui était difficile de quitter le couvert de la halle sans se faire remarquer, et elle était certaine d'avoir à affronter de nombreuses invitations à danser si elle se risquait au dehors. Pourtant, la première partie de son plan s'était bien passée, aidée par le hasard. Lorsqu'elle avait vu le sergent quitter sa place, elle avait aussitôt pensé que l'occasion ne se représenterait pas, et s'était furtivement glissée vers les frères Guigne. Elle avait imaginé que quelques sous suffiraient pour les décider, et ne s'attendit pas à marchander. Les deux ivrognes n'avaient pas cherché à comprendre la raison de cette générosité inattendue, et oublié complètement leur engagement pour la nuit devant la perspective de satisfaire immédiatement leur penchant. Ils avaient même su tirer parti de la situation en menaçant de la faire remarquer. Pressée par le temps, Agnès avait dû renoncer à marchander, pestant contre cette dépense qui ne lui était pas directement profitable. Egoïste en toutes choses, elle était, malgré sa fortune, d'une économie qui n'était pas loin de l'avarice, lorsqu'il s'agissait des autres. Elle espérait cependant avoir obtenu la promesse du secret de la part des deux hommes, qui auraient juré n'importe quoi pour empocher l'argent.

Elle en était à chercher un moyen de s'échapper lorsque Robin lui vint en aide de façon inattendue. Accompagné de Mathilde qu'il tenait enlacée, il appelait ses amis pour la constitution d'une carole. En peu de temps, une file d'une trentaine de jeunes gens quittaient la place encombrée pour gagner le terre-plein des remparts. Agnès, qui s'était mêlée au groupe, s'échappa dès qu'elle le put, dans une traverse de la rue des Contreforts. L'obscurité y régnait presque totalement, et sa robe bleu nuit la rendait invisible. Lorsque le calme revint dans la ruelle, elle se glissa furtivement en direction de la prison. Comme elle s'y attendait, aucun garde n'était en faction, et elle put atteindre le soupirail du cachot sans être aperçue. Elle réalisa tout à coup qu'elle ne parlait pas le patois, et que son entreprise serait vouée à l'échec si elle ne parvenait pas à se faire comprendre. Pourtant, la première chose à faire était d'attirer l'attention des prisonniers avec la plus grande discrétion. Vu l'heure tardive, ils pouvaient peut-être dormir, si toutefois leur situation précaire ne les en empêchait pas. Elle sortit alors un objet de sous sa robe, et frappa les barreaux. Le son métallique lui parut monstrueux, mais n'éveilla aucun écho. Avec une angoisse grandissante, elle se força à frapper plus fort, et un grognement répondit enfin, puis une tête sinistre apparut dans la pâle clarté lunaire. Elle ne comprit pas un mot de ce que l'homme lui dit, mais elle chuchota :

- Entendez-vous le français ? Il faut que je vous parle !

Mais l'autre s'obstinait dans son jargon incompréhensible. Puis il aperçut la lime que la jeune fille tenait à la main, et il imagina ses intentions. Il tendit la main vers l'instrument, mais Agnès s'était prudemment tenue en retrait, et il ne put l'atteindre. Durant quelques secondes, chacun attendit, puis le bandit se renfonça dans l'ombre du cachot. Un murmure de voix montra que l'homme n'avait pas abandonné la partie, et peu après une autre tête moins inquiétante que la première se présenta pour demander :

- Es-tu une apparition, belle demoiselle, ou viens-tu nous apporter le salut ?

- Cela dépendra de vous. Vous êtes promis à la roue, si vous ne sortez avant.

- C'est une destinée fâcheuse. Mais je pense que ton aide a son prix ?

- Bien sûr. Mais peu de chose pour des gens comme vous. Je vous donne le moyen de couper vos barreaux, et vous indique une sortie sans embûche. Mais vous me rendez en échange un service.

- Pourquoi pas ? Je pense qu'il s'agit de quelque chose dans nos cordes, sinon tu ne serais pas là...

Après une hésitation, Agnès approuva :

- Oui. Il faut empêcher le retour de quelqu'un à Pérouges. Il ne doit revenir sous aucun prétexte.

- Ce qui veut dire que nous devons le tuer ?

A cette évocation, la jeune fille ne put s'empêcher de frémir. Elle n'avait pas voulu voir en face les conséquences de sa démarche. Mais le bandit les lui montrait sans détour. La pensée d'imaginer Thibaut assassiné par sa faute lui parut monstrueuse. Elle n'avait aucune raison de vouloir du mal au poète, et ne pouvait s'empêcher d'éprouver un certain trouble en pensant à lui. Lorsqu'elle avait joué la comédie à Marie, en prétendant qu'elle en était aimée, elle avait, sans vouloir se l'avouer vraiment, regretté que ce ne soit pas la vérité. Mais le danger qu'il représentait maintenant obscurcissait sa raison. Si elle abandonnait son projet, elle savait qu'elle était perdue aux yeux de son amie. Elle essaya un arrangement avec sa conscience.

- Je n'ai pas dit cela. Il faut simplement le retenir, un certain temps. Vous serez dédommagé par sa bourse et son bagage.

- Tout doux, belle enfant ! Un prisonnier demande de l'attention, de la nourriture, donc des dépenses. Combien de temps devrons-nous le garder ?

- Quelques mois... un an peut-être.

- Eh bien, il faudra nous payer, si tu ne veux pas qu'on l'abîme ! Au moins cinq ducats !

L'idée d'avoir à dépenser une somme aussi importante fit réagir Agnès.

- Dans ce cas, je crois que nous ne pourrons nous entendre, et j'irai assister à votre supplice avec regret. Je trouve que vous êtes bien beau parleur, alors que la mort vous attend sous peu.

- Ce n'est pas pour rien qu'on m'appelle le Bachelier. J'ai étudié, et je sais lire ! Il serait dommage que nous n'arrivions pas à un arrangement. Car je pense que l'homme en question t'apportera beaucoup de désagréments à son retour ?

- On discute d'un accord, pas d'autre chose, trancha Agnès qui s'était reprise. Je n'ai que peu de temps. Est-ce oui ou non ?

- Oui, si tu es raisonnable. Quatre ducats ?

- Trois ! Ou je vous abandonne à la roue !

- Soit ! Montre ton argent.

- Vous aurez un ducat en partant, c'est tout ce que j'ai avec moi. Le reste quand j'aurai la preuve que vous retenez l'homme en question. Il porte à la main droite une bague florentine ciselée qui porte les lettres T et V entrelacées que vous reconnaîtrez puisque vous savez lire. En échange de ce bijou, je vous remettrai les deux autres ducats.

- Et qui nous dit que tu ne nous feras pas pendre, si d'aventure nous revenons par ici ?

- Vous aurez Thibaut. Tant que vous le retiendrez, vous n'aurez rien à craindre de moi. Si vous le relâchiez, mon entreprise aurait été vaine.

Le bandit réfléchit un instant, puis se décida :

- Bien. Je crois que c'est un bon marché. Mais comment trouverons-nous ce Thibaut, et à quoi le reconnaîtrons-nous ?

- C'est un Italien brun et bouclé d'à peu près vingt cinq années. Il est vêtu différemment des gens d'ici. Je ne saurai décrire la tenue qu'il portera, mais il monte son cheval sur une selle de Cordoue ornée de runes sarrasines. Deux croissants d'or sont incrustés près du pommeau. Il porte aussi des éperons d'argent dont la roue représente l'étoile de David. Enfin, il ne se sépare jamais d'un sac de cuir contenant de quoi écrire, accroché à son épaule. Il doit arriver très bientôt depuis Chambéry, et prendre au plus pressé.

- Je crois que c'est suffisant pour ne pas faire d'erreur. Tope là ! Et donne moi la pièce, et la lime !

La jeune fille hésita devant la main qui se tendait vers elle. En facilitant l'évasion des malfaiteurs, elle se mettait dans une position dangereuse qui pourrait devenir tragique si son acte devait être révélé. En admettant que la puissance de son père puisse lui éviter le châtiment encouru, elle n'en serait pas moins punie de sévère façon, et risquait de finir ses jours dans un cloître oublié du monde. Mais la fièvre qui l'avait poussée à agir la tenait encore, et engourdissait sa raison. Elle donna la lime au bandit, puis sortit avec regret la pièce d'or de son aumônière. L'homme s'en saisit prestement, et demanda :

- Comment quitter la ville sans nous faire reprendre ? Nous attendras-tu pour nous montrer le chemin ?

- Non ! J'ai déjà pris trop de risques... Il faut que l'on me voie au bal. Il n'y aura pas de ronde ce soir, je le sais. Suivez la rue, et allez jusqu'au Prieuré. Par le jardin, vous pourrez atteindre les remparts. Il n'y a qu'un vieux religieux qui dort déjà dans sa cellule, et vous ne verrez personne d'autre.

- Et comment descendrons-nous le mur sans sauter dans l'eau et nous faire découvrir ?

- Vous n'aurez qu'à emprunter la corde de la cloche de la chapelle. Une fois le fossé franchi, vous pourrez disparaître dans les vignes.

- Je vois que tu as pensé à tout. Tu serais utile dans notre compagnie ! Bien, si nous attrapons ton homme, un messager viendra au marché de vendredi pour te remettre l'anneau, et toucher son dû. Ton intérêt est de respecter tes engagements à notre égard...

Il y avait une telle menace dans le ton que la jeune fille frémit, et c'est d'une voix tremblante qu'elle répondit en se levant :

- Je n'y manquerai pas.

Comme elle s'éloignait, elle s'entendit rappeler.

- Encore une chose ! Il faut que notre homme te reconnaisse. Tu te tiendras à la fontaine de Derrière-la-Tour, vers les midi, avec un panier de pommes. Quel est ton nom, pour qu'il te demande ?

Après une brève hésitation, elle lâcha :

- Danizia.

Sans plus attendre, elle s'enfuit silencieusement vers la porte d'En-Bas pour rejoindre la carole, poursuivie par le grincement léger de la lime qui commençait à grignoter le premier barreau de la lucarne.

- III -

Marie ouvrit les yeux. Elle conservait l'impression incertaine de coups frappés à la porte. Mais Philippe, le valet, ne se serait jamais permis de déranger ses maîtres au lendemain de leur mariage. Quant à Déliane, sa nouvelle chambrière, elle était encore trop intimidée pour avoir la moindre audace.

Un rai de lumière se faufilait par la jointure des rideaux, suffisant pour révéler l'ameublement de la chambre. La clepsydre, cadeau du comte de Bresse, venait de dépasser la neuvième heure. Non, aucune raison pour qu'un intrus vienne toquer si tôt, alors que les réjouissances s'étaient terminées peu avant l'aube. Cela devait faire partie de son rêve... Jehan n'avait visiblement rien entendu, et dormait profondément. Le sommeil l'avait délivré de ses préoccupations, et sur son visage détendu semblait flotter un sourire. Marie essaya de rassembler ses souvenirs, et de se rappeler les événements qui l'avaient finalement conduite là, dans la maison du tisserand, où s'était produite leur véritable rencontre. Elle n'était pas innocente pour avoir déjà vécu l'aventure du mariage, et elle ne pouvait s'empêcher de repenser à sa première et si brève union. Elle n'avait pas choisi, mais gardait une image bienveillante de son premier compagnon trop tôt disparu pour avoir pu en éprouver la moindre désillusion. Ce qu'elle ressentait pour Jehan maintenant se situait bien au-delà de l'affection qu'elle avait eue pour Henri Thosey. Elle avait librement consenti à se marier, convaincue de la trahison de Thibaut, et reconnaissante pour le pardon que son compagnon lui avait accordé sans réserve. Et le miracle s'était produit, elle l'aimait. Non plus comme un ami dévoué et tendre, mais comme l'homme qui comblerait sa vie, le seul qu'elle aimerait désormais.

Elle essayait de rester dans ce rêve éveillé, où la réalité n'avait pas encore repris tous ses droits, et où elle pouvait retrouver des images qui surgissaient sans le recours de sa volonté. La fin de la longue journée, quand, après une dernière coupe de ce merveilleux vin de Champagne, Jehan s'était levé et l'avait prise par la main pour la conduire dans la maison de ses pères, alors que la plupart des convives étaient déjà partis, et que messire Favre ronflait sur un coin de table, ivre pour deux jours. La nuit pétillante d'étoiles que les torches éteintes ne voilaient plus, le moment de franchir le seuil qui serait désormais le sien, où Jehan l'avait prise dans ses bras...

De nouveau, on frappa, avec plus d'insistance. Cette fois, il n'y avait plus de doute, et la jeune femme se résigna à se lever, irritée contre l'inconnu qui venait dissiper le nuage d'euphorie où elle s'était éveillée. Elle s'enveloppa dans une robe d'intérieur avant d'aller à la porte où elle écarta le voile qui cachait la grille du judas. Dans le couloir, Philippe attendait, une lampe à la main, sur le point de frapper une nouvelle fois. L'apparition de Marie suspendit son geste. Il avait le visage tourmenté, et c'est avec une voix bouleversée par l'émotion qu'il parla :

- Pardonnez-moi, ma Dame, de venir troubler votre félicité. Mais il s'est produit un drame, et je dois parler à mon maître sans tarder.

- Jehan dort encore. De quoi s'agit-il, Philippe ?

- Un bien grand malheur... le père Chanin est mourant, et réclame messire Dupuy. Il faut faire vite, car sa vie est bien proche de son terme. La Toinette est auprès de lui, mais son art est impuissant.

- Mais que s'est-il passé ? Hier, il allait tout à fait bien, et rayonnait de joie pendant la cérémonie...

- Il a été victime de malfaiteurs... Je vous dirai tout, mais de grâce, ne tardez point à éveiller mon maître !

- Vous avez raison. Je vous demande quelques instants.

Marie laissa retomber le rideau, et revint vers Jehan toujours assoupi. Elle se pencha pour lui donner un baiser.

- Voici la plus merveilleuse façon de me souhaiter le bonjour, fit le jeune homme en l'attirant contre lui. Mais elle le repoussa doucement, et son air inquiet fut plus éloquent qu'un discours.

- Marie, ma belle, ma tendre épousée, que se passe-t-il ?

- Levez-vous vite, mon doux ami. Le père Chanin vous réclame... il est mourant.

- Que dites-vous ? Le sourire de Jehan se changea en une crispation douloureuse. Il savait que Marie ne pouvait dire autre chose que la vérité, donc le Prieur avait un besoin pressant de lui. Sans chercher à deviner comment elle avait appris la nouvelle, d'un bond, il fut debout et commença à se vêtir.

- Laissez-moi vous accompagner, Jehan. Je suis aussi désemparée que vous devant ce malheur. Le Père m'a témoigné tant de bonté que je voudrais lui rendre une dernière visite, s'il en est encore temps.

- Je vais vous envoyer Déliane pour vous aider. Vous pourrez me rejoindre au Prieuré. Pardonnez-moi, mais je ne saurais perdre un instant. S'il veut me parler, entre tous ceux qu'il aime, c'est que cela a une grande importance pour lui.

Avec une rapidité surprenante, le tisserand fut bientôt en état de sortir. Il serra Marie dans une étreinte brève mais fougueuse et la quitta sur un baiser.

La jeune femme resta un instant immobile. Cette matinée qu'elle avait imaginée pleine de tendresse et d'insouciance commençait de bien triste façon. Mais elle n'eut pas le temps d'y songer trop car la servante frappa à la porte.

*
* *

Une foule dense se pressait devant l'entrée du jardin du Prieuré lorsque Marie arriva en compagnie de Déliane. Trois gardes en défendaient l'accès, retenant les villageois accourus à la nouvelle, et qui voulaient tous approcher leur pasteur. Sa venue fut saluée avec une respectueuse sympathie, et chacun s'écarta pour lui céder le passage. L'apparition de la Dame, au lendemain de ses noces, pour se rendre auprès du mourant fut ressentie comme un signe porteur d'espoir. Au moment où elle allait entrer dans l'enclos, une vieille femme l'arrêta au passage en lui prenant la main.

- Dieu vous bénisse, notre Dame, de venir voir notre Père. Priez pour lui ! Si notre Seigneur doit écouter quelqu'un, c'est vous qu'il entendra !

Marie s'immobilisa, stupéfaite par une pareille ferveur, et plus encore par le murmure de la foule qui reprenait à voix basse :

- Priez pour lui, notre Dame !

- Je n'y manquerai pas. Mais vous tous, priez aussi. La chapelle vous y invite.

Un garde l'accompagna jusqu'à la petite pièce qui servait de cuisine et de salle d'accueil. La Toinette, l'air triste et accablé, chuchotait avec le sergent et Philippe. Elle avait étalé sur la petite table placée près de la fenêtre, toutes les ressources de son art pour guérir. Mais elle semblait dépassée par la gravité du cas. La porte de la cellule du père Chanin était fermée, et aucun son ne s'en échappait. Le murmure cessa à l'entrée de Marie, et la vieille lui sourit tristement :

- C'est bien d'être venue. Mais j'en étais sûre : je commence à vous connaître ! Ce sera une consolation pour le père Augustin de vous voir. Pour l'instant, il est avec Jehan. Il a tenu à lui parler sans témoin, et je me demande bien pourquoi...

- Mais qu'est-il arrivé ?

- Badier va vous répondre. C'est lui qui a découvert le crime.

Le gros homme était visiblement ému. Sous son apparence un peu fruste et martiale se cachait un cœur généreux et bienveillant. Comme presque tous les Pérougiens, il connaissait le Prieur depuis son enfance, et ce malheur l'éprouvait grandement. Il dit enfin :

- C'est pendant la première ronde du matin que j'ai remarqué quelque chose d'anormal. Un filin était attaché à un merlon des remparts, et tombait dans le fossé. Un de mes hommes a immédiatement reconnu la corde de la cloche de la chapelle, parce que c'est lui qui sonne le tocsin. J'ai tout de suite pensé aux bandits que nous avions arrêtés, et j'ai dépêché un garde à la prison.

- Le sergent ne s'était pas trompé, continua Philippe, un barreau avait été limé, et le cachot était vide !

- Le capitaine Langloye aussitôt averti a ordonné des recherches pour savoir comment ces vauriens ont pu se procurer un outil. Maître Mollod, qui ne laisse rien au hasard, les avait fait déshabiller et fouiller complètement. Ils ont donc bénéficié d'une complicité extérieure.

- Mais pourquoi sont-ils venus précisément au Prieuré ? demanda Marie.

- C'est ce qui nous intrigue. On a dû le leur conseiller. Sinon, ils auraient probablement tenté de quitter la cité par le chantier de la nouvelle église, où on trouve des échelles et de la corde. Mais c'est aussi un endroit très proche du corps de garde, et qui reste surveillé. Pour en revenir à notre prieur, je l'ai découvert dans la chapelle, la tête ensanglantée. En détachant la corde, les brigands ont fait du bruit, et le père, qui a le sommeil léger, les a entendus. Il a eu l'imprudence d'aller voir, et il a été frappé avec un chandelier. Je n'en sais pas plus, parce que la Toinette n'a pas voulu qu'on l'interroge, vu sa faiblesse. Mais il a insisté pour voir votre époux, et elle a fini par lui céder.

- Et ce n'est pas raisonnable, se lamenta la guérisseuse. Il m'a demandé un cordial pour surmonter sa faiblesse, et il va consumer le peu de force qui lui reste en parlant. Mais pour lui, ça paraissait tellement important que je n'ai pas pu refuser. Sa blessure ne serait pas vraiment grave, mais il a perdu beaucoup trop de sang, et on ne sait pas soigner le manque de cette humeur. C'est la cause principale des morts dans les batailles...

L'ouverture de la porte de la cellule interrompit la vieille. Jehan parut, et fit signe à Marie de le rejoindre. La pièce était froide et humide, et le parchemin huilé qui fermait la fenêtre ne laissait passer qu'une timide clarté. Une lampe posée sur un corbeau de pierre répandait une lumière jaunâtre sur le visage du vieillard qui avait fermé les yeux. Son souffle était imperceptible, mais rapide et irrégulier. Une tache rouge sombre sur son bandage soulignait sa pâleur livide. On aurait pu croire qu'il dormait, mais au froissement de la robe, son regard se posa sur Marie. Il essaya un vague sourire, et chuchota quelques mots d'une voix si faible, qu'elle n'en saisit pas le sens. Elle se rapprocha et entendit dans un murmure :

- Ma mission... se termine... ici, Marie. La... la vôtre... continue... je vous confie... mes Pé... Pérougiens... jusqu'à... mon... remplacement.

Epuisé par cet effort, le prieur parut s'affaisser un peu plus, et se figer dans une immobilité définitive. La jeune femme prit sa main blanche et glacée, et dit avec élan :

- Nous avons tous besoin de vous, mon père. Tous vos paroissiens prient pour vous garder encore auprès d'eux.

- Mon heure... est venue... ma fille. Ne soyez... pas triste... Je n'attends... plus... qu'un prêtre... pour quitter... ce monde.

- A Dieu tout est possible ! Ce sont vos propres paroles...

Mais elle se tut. Le père ne semblait plus rien entendre. Alors elle s'agenouilla près du lit et se mit à prier.

*
* *

Malgré l'heure avancée de la matinée, il faisait toujours froid et une brise furtive venait par moments rappeler l'approche de l'hiver. Le ciel bas et gris avait définitivement mis un terme à la splendeur des jours passés, et renforçait l'impression de tristesse qui flottait sur la ville. C'était la première fois, aussi loin que pouvaient s'en souvenir les anciens, que la cloche n'annonçait pas la messe dominicale. Le jeune prêtre appelé de Meximieux se trouvait au chevet du père Chanin qui n'avait pas repris conscience.

Marie était rentrée en compagnie de Déliane, tandis que Jehan, l'air préoccupé lui avait demandé quelques instants pour aller parler au capitaine Langloye, en lui promettant de revenir au plus vite. Elle restait songeuse, partagée par des impressions contradictoires. Quelles raisons avaient poussé le père à parler à son époux plutôt qu'à un autre, et que lui avait-il dit ? Pourquoi fallait-il que l'homme le plus aimé de la cité soit précisément la victime des bandits ? Pourquoi ce lendemain de mariage ressemblait-il à un jour de deuil ? La Toinette ne pensait pas que le malheureux passerait la journée. Mais il pouvait résister encore quelques heures, et elle avait insisté pour que la jeune femme retourne chez elle en attendant.

Agnès ne s'était pas montrée, et si Marie n'en était pas surprise, elle regrettait cependant de ne pouvoir se confier à son amie. Mathilde était restée à son service, et son absence renforçait son impression d'isolement. Elle n'osait pas encore parler de ses soucis à sa jeune servante dont elle avait fait la connaissance peu de temps auparavant. Déliane était la fille d'un des compagnons au service du tisserand, et venait juste d'avoir dix-huit ans. Brune aux cheveux courts et bouclés qui étaient le plus souvent cachés sous sa coiffe, elle surprenait par l'étrange couleur bleu-vert de son regard doux et réservé. Elle parlait un peu le français, mais préférait s'exprimer en patois quand elle en avait l'occasion. Discrète et empressée, elle savait aussi se retirer sans attendre qu'on le lui demande, et Marie qui n'avait pas l'habitude de se faire servir lui laissait une grande liberté.

Comme elles franchissaient la porte de la maison de Jehan, Déliane demanda :

- Il est bientôt midi. Faut-il attendre maître Dupuy ou mettre la table yeeu reeindra ?

- On ne dit pas yeeu reeindra en français, fit Marie amusée malgré elle. On dit : tout de suite ! Mais c'est entendu, vous pouvez commencer. Vous attendrez que l'on vous appelle pour faire servir.

Tandis que la servante s'affairait, elle s'installa près de la cheminée où flambait un feu allumé par Philippe. Elle n'aurait su dire depuis combien de temps elle rêvait lorsque la porte s'ouvrit. Elle se leva d'un bond et se jeta dans les bras de Jehan qui l'étreignit avec passion.

*
* *

- Me direz-vous maintenant ce que cachent tous ces mystères ?

- Je ne voulais rien révéler devant nos gens. Si j'ai une grande confiance en Philippe, je ne sais rien encore de votre jeune suivante. Ennemond, son père est un de mes fidèles compagnons, dont je connais la retenue. Mais les jeunes sont parfois bavardes plus que de raison.

- Puisque les voici dehors, plus rien ne retient vos propos.

- C'est juste ma mie. Mais j'ai bien peur de ne pouvoir vous éclairer sur cette affaire. Enfin je vais vous raconter ce que m'a dit le père Chanin. Vous comprendrez, en l'entendant, que cela doit rester un secret. Mais pour vous, je ne saurais en avoir.

- Est-ce donc si grave ?

- Vous en jugerez, et peut-être pourrez-vous me conseiller. Avant que notre cher prieur ne soit assailli, il a pu entendre quelques mots des malfaiteurs. Ceux-ci étaient occupés à détacher la corde de la cloche. Ils l'ont même fait tinter par maladresse, mais il semble que personne n'y ait prêté attention. L'un d'eux disait :

- La chance est avec nous! Nous serons bientôt libres ! Cette Danizia aura été la providence !

Et l'autre avait répliqué : Oui, tu peux le dire ! Sans elle, on allait vivre un avant-goût de l'enfer, où nous n'irons pas encore aujourd'hui !

- Il fallait quand même qu'elle ait des raisons importantes pour nous sortir de là ! On aurait peut-être dû essayer d'en savoir plus. Y'a toujours de l'argent à tirer quand une dame de sa condition...

- C'est à ce moment-là que le père a heurté un banc, continua Jehan. En un éclair, l'un des bandits se laissait glisser le long de la corde retenue par son complice, et assommait le pauvre homme.

- Doit-on en conclure que c'est une dame qui a facilité l'évasion de ces monstres ?

- Cela semble évident, et c'est pourquoi le père Augustin a voulu m'en parler. Personne ne se nomme Danizia à Pérouges. C'est un prénom peu répandu, et ce n'est certainement pas celui de la dame en question. Il craint que la révélation de ce nom ne crée des troubles. Il existe des rivalités parmi nos dames, et la médisance pourrait provoquer des drames. Il s'en est remis à moi pour décider de la conduite à tenir, ne voulant pas confier cette information à l'autorité.

- C'est inconcevable. Je n'arrive pas à imaginer une femme remettant en liberté des êtres qui se sont livrés au pillage et ont martyrisé des innocents ! Mais dans quel but ?

- Il est à peu près certain qu'il y a eu un marché de passé. Et certainement quelque chose d'inavouable, pour acheter de tels services.

Marie frissonna. Puis elle se reprit et dit :

- Peut-être est-ce par compassion ? Ces gens étaient condamnés à la roue, ce qui est une mort abominable. Dans ce cas, ce serait de l'inconscience...

- Vous êtes trop bonne, ma douce Marie. Je ne crois pas qu'il s'agisse là d'un acte généreux. Ces hommes sont notoirement malfaisants, et leurs crimes avaient été publiés. La charité aurait consisté à leur obtenir un trépas plus doux, pas à les remettre en liberté. Celle qui l'a fait devient complice de leurs crimes à venir, et porte le poids de la mort probable de notre prieur bien-aimé.

La jeune femme resta un moment silencieuse, puis vint se serrer contre son époux en murmurant :

- Je ne souhaite pas la connaître, ni savoir quel pourra être son châtiment. Oh, Jehan, ne pourrions-nous partir pour Chambéry dès que possible ? Toinette affirme que le père ne passera pas la nuit. Quand nous lui aurons témoigné notre affection en l'accompagnant vers sa dernière demeure, plus rien ne nous retiendra ici. Ce n'est pas une désertion, nous reviendrons un peu plus tard. Mais je ne puis me sentir heureuse ici avec ce drame, et j'ai envie de l'être auprès de vous.

- Ce voyage était convenu, et il ne sera que retardé, fit Jehan en l'embrassant. Nous passerons selon votre souhait, par Treffort en Revermont, où vous pourrez retrouver les paysages de votre enfance. Vous me ferez découvrir les lieux que vous avez aimés. Si Toinette a malheureusement raison, nous pourrons nous mettre en route mardi ou mercredi. Il vous faudra en avertir Agnès puisque nous devons la ramener avec nous.

- Je crois qu'elle sera heureuse de revoir sa famille, et la grand'ville qui offre plus de divertissements que la cité. Mais ce sera aussi la séparation, et elle me manquera...

- Vous ne vous verrez certes pas aussi souvent, mais notre maison lui restera ouverte tant que vous le désirerez, et elle sera toujours la bienvenue. Angelo s'occupe de mes affaires, comme si c'était les siennes, et rien ne nous empêche de rester un peu de temps à Chambéry. Votre parrain voudra certainement vous entendre, et connaître votre version sur la victoire de Pérouges !

- Il est vrai qu'on raconte tant de choses merveilleuses sur mon rôle, qu'il est temps que je le ramène à des proportions plus modestes, fit Marie en souriant.

- Le rôle que je vous préfère est celui de mon épouse chérie, et je vous dois un bonheur d'autant plus précieux que j'ai bien cru devoir y renoncer. Oublions pour ce jour tous nos soucis, et ne pensons plus qu'à nous.

La lourde porte de la chambre se referma sur ces derniers mots.

- IV -

Les derniers échos du Requiem aeternam dona eis s'évanouirent sous la voûte de la chapelle. Jehan, Pinon, Lagaillarde et le sergent firent alors lentement descendre le cercueil du prieur dans la fosse maçonnée dans le sol. La dalle massive qui devait la sceller reposait sur des rouleaux de bois. Le Grelu avait passé toute sa nuit à la graver avec un soin méticuleux.

Sur un signe de l'officiant, messire Favre se leva et s'avança vers la sépulture. Il semblait grave et attristé, et son maintien tranchait étrangement avec son comportement passé. Il fit un large signe de croix, puis laissa tomber dans l'ouverture la rose blanche qu'il tenait à la main. Après un bref silence, sa voix puissante résonna :

- Habitants de Pérouges, du plus humble au plus puissant, pour nous tous, Augustin Chanin, notre prieur, était un père. Il reposera ici, dans cette chapelle et dans ces lieux qu'il a tant aimés, ainsi qu'il en avait exprimé le vœu. En d'autres temps, nous nous occuperons des coupables qui ont précipité sa fin. Pour l'heure, nous nous souviendrons de l'homme, de sa bonté inépuisable, de sa disponibilité, et de l'appui spirituel qu'il donnait à chacun. J'en parle d'autant plus librement, que je ne suis pas un homme pieux. Le père, qui ne me craignait pas, me sermonnait souvent, en vain, croyait-il. Et c'est vrai que je ne l'écoutais pas beaucoup. Son rôle était de vous guider, le mien est de vous commander, je suis votre maître, et j'entends le rester. Que personne ne se méprenne ! Ces paroles ne sont pas un signe de faiblesse de ma part. Mais je trouve juste de rendre hommage à un prêtre qui avait toute mon estime, et qui avait su se faire aimer de tous. En souvenir de lui, nous ferons un effort tout particulier pour que les travaux de la nouvelle église, qu'il ne verra pas, soient menés à leur terme. Je vous invite maintenant à lui adresser un dernier adieu.

L'assemblée se leva, et chacun vint à son tour devant la fosse. Le défilé dura longtemps. Tous ceux qui n'avaient pu pénétrer dans l'édifice trop petit prirent la suite de ceux qui sortaient, et lorsque le dernier

Pérougien s'en retourna, le cercueil disparaissait sous un monceau de fleurs blanches.

Lentement, la foule se dirigeait vers la place de la Halle, où les discussions allaient continuer. Agnès était effondrée. Elle commençait à se rendre compte de la portée de son acte, et plus encore, elle en redoutait les conséquences. Il y avait peu de chance pour qu'on la suspecte, mais elle risquait d'avoir été vue, en dépit de ses précautions. Et puis les frères Guigne pouvaient oublier leur promesse dans un pichet de vin et révéler sa générosité inattendue. Il ne faudrait pas longtemps à un maître Mollod pour en imaginer la raison. Dans l'affliction générale, son air consterné ne surprenait pas trop. Pourtant Marie qui lui donnait le bras en fut étonnée.

- Votre chagrin évident témoigne d'une peine que je n'aurais pas supposée, à l'égard de ce vieil homme. Vous ne m'aviez pas donné l'impression de l'aimer particulièrement. Mais peut-être avez-vous eu des échanges privilégiés avec lui ?

Prise au dépourvu, la jeune fille ne sut que répondre. A bout de nerf, elle fondit en larmes en disant :

- Oh, Marie, si vous saviez...

Puis, consciente que tout ce qu'elle pouvait dire présenterait un danger pour elle, elle se réfugia dans un mutisme entrecoupé de sanglots.

Jehan restait perplexe. Il n'avait pas de sympathie particulière à l'égard d'Agnès. Il la jugeait froide et calculatrice, influencé sans doute par l'opinion de la Toinette qui se trompait rarement. Il concevait un doute sur sa sincérité en général, et sa gentillesse apprêtée lui suggérait le mot de " courtisane". Elle cherchait à plaire, mais refusait de se dévoiler. Il ressentait l'expression de ses émotions comme un peu forcée, manquant de naturel. Et aujourd'hui il la voyait réellement troublée. Une idée fugitive traversa son esprit : et si Agnès savait quelque chose sur la mort du prieur ? Mais il la repoussa aussitôt, se disant que cette pensée venait des préventions qu'il avait à son égard. Il en était là de ses réflexions, lorsque messire Bagelley l'aborda :

- Messire Dupuy, notre châtelain vous fait l'honneur de vous convier, ainsi que sa fille votre épouse au repas de ce midi. Il désire vous entretenir d'un projet qui vous concerne. Il ne m'a rien dit de plus.

- Et les invitations de mon beau-père ne se discutent pas, fit Jehan en souriant tristement. J'aurais préféré un peu de calme après cette épreuve.

Mais soit, nous y serons. De toute façon, nous partons jeudi pour Chambéry, et nous serons plus tranquilles.

- Ne restez pas absents trop longtemps. Messire Favre a changé de conduite sous le regard de dame Thosey... pardon, je veux dire dame Dupuy ! Son influence pourrait vite disparaître après son départ. Et nous n'avons plus le père Chanin pour faire contrepoids.

- Je sais. Ses dernières paroles ont été pour recommander à Marie le sort de ses paroissiens. C'est pourquoi nous reviendrons au plus tard dans trois semaines. Humbert va être occupé par l'enquête au sujet de l'évasion, et puis il va reprendre ses parties de chasse avant l'arrivée de l'hiver. La résistance victorieuse de la cité lui a valu l'admiration des autres villes, et il est invité un peu partout.

- C'est juste. Mais je suis content de savoir que votre absence sera de courte durée. Mollod va reprendre de l'importance avec ce crime, et il usera de son pouvoir pour aboutir coûte que coûte. Je redoute le pire pour les innocents suspectés.

Cette dernière remarque atteignit le tisserand. Il n'avait parlé à personne, hormis Marie, des propos du prieur. Ce qu'il savait pouvait préciser les recherches et éviter de dramatiques erreurs. Le châtelain ne renoncerait jamais à trouver le coupable, alors qu'il s'agissait de la coupable, Danizia. Qui se cachait derrière ce prénom? Après quelques pas en silence, il dit enfin :

- Le père m'a fait certaines révélations qui pourront vous être utiles. Mais ce n'est pas le lieu pour en parler. Venez me voir ce soir à mon atelier, après le départ des compagnons.

Le syndic le regarda sans manifester de surprise, et remarqua :

- Je me doutais bien qu'il ne vous aurait pas fait appeler si une raison importante ne l'y avait contraint. Et je pense également que si c'est à vous qu'il s'est confié, c'est qu'il s'en est remis à votre jugement pour décider de la suite à donner. Mais allez, nous en reparlerons tantôt.

*
* *

Messire Favre accueillit chaleureusement ses invités. Depuis le séjour de Marie à la maison des Princes, celle-ci avait pris une apparence plus agréable, et Jehan eut du mal à reconnaître la grande salle où il avait parfois été convié à partager des ripailles plantureuses et relevées. Les goûts du châtelain étaient alors assez rustiques, et les repas se terminaient souvent par des chahuts avivés par les excès de boissons, au milieu des rires et des chansons de soudards.

Mais la table dressée aujourd'hui aurait pu trouver sa place dans le palais ducal, tant par la netteté de la vaisselle d'étain que par l'éclatante blancheur de la nappe de lin où ressortait la finesse des carafes de verre travaillé. Un valet coupait de larges tranchoirs de pain qu'un autre déposait ensuite devant chaque convive. Les familiers de la maison, déjà à leur place à l'entrée des arrivants, se levèrent pour leur souhaiter la bienvenue. Les présentations étaient inutiles, Marie avait eu l'occasion de rencontrer l'intendant Emile Bayod et son épouse, Simon le Changeur, maître Edmond, Etienne Muset le veneur accompagné de dame Adeline, et le syndic. Agnès était aussi au nombre des invités, et elle salua Marie d'un sourire un peu contraint. Messire Humbert, qui avait la place d'honneur, fit asseoir le tisserand à sa droite et sa fille à sa gauche. Le début du repas fut l'occasion de commenter la disparition du prieur, et d'émettre des suppositions sur les conditions de l'évasion des criminels. Le capitaine Langloye avait été chargé de procéder à des recherches, en collaboration avec le greffier. Bien entendu, chacun pouvait aider à l'identification du coupable. Mais jusqu'à présent, aucun témoignage valable n'avait pu le guider. Le soir du mariage, tous songeaient à se divertir, et fort peu de monde n'était pas à la fête.

- Tous les habitants qui logent près de la prison seront interrogés, précisa Simon. En particulier certains vieux qui ne sortent presque plus de chez eux, et qui ont pu entendre ou voir quelque chose.

- Mais s'ils avaient observé un événement anormal, ne l'auraient-ils pas déjà fait savoir ? demanda Marie.

- Pas forcément, fit messire Bagelley. La plupart de nos villageois redoutent les ennuis, et plus encore ceux qu'ils pourraient causer par des paroles inconsidérées. Ils souhaitent certes que les responsables de la mort de leur prêtre soient châtiés, mais ils ne veulent pas que des innocents connaissent la sanction douloureuse d'une erreur.

- C'est pourquoi il faudrait leur donner confiance, confirma maître Edmond. Si c'était la Dame de Pérouges qui leur posait la question, je suis sûr qu'elle obtiendrait une réponse.

- Mais c'est impossible, répondit Marie un peu vite. Nous partons demain !

- Justement, et c'est à cause de ça que je vous ai réunis, intervint messire Favre. Il ne saurait être question de remettre ce départ que ces jeunes gens attendent avec impatience.

- Mais alors, coupa Simon, si dame Dupuy ne peut se charger de rencontrer nos Pérougiens, peut-être son amie pourrait-elle le faire à sa place ? Elle aurait aussi des chances de réussir.

Agnès blêmit. La perspective de rencontrer des témoins éventuels qui pourraient la reconnaître l'épouvanta. Elle balbutia :

- Je ne comprends pas le patois... et puis je ne jouis pas de la confiance que Marie a su gagner. Enfin toute cette horreur m'a bouleversée, et je crains de ne pas pouvoir me montrer utile à quelque chose.

- Demoiselle Agnès a raison, fit le châtelain en lui apportant un secours inattendu. On ne peut lui demander une telle tâche. C'est au capitaine de montrer ce dont il est capable. Charge à lui de ne pas effrayer le peuple, et je crois qu'il sait s'y prendre. Pour en revenir au voyage de nos deux tourtereaux, j'ai décidé de les accompagner.

Devant la surprise générale, il précisa :

- Ma présence à Pérouges n'est plus aussi nécessaire que ces derniers temps, et de toute façon, je dois me rendre à Bourg en Bresse. Vous avez tous entendu parler de la lettre du père de Dupuy. Ce qui est certain c'est que Magdeleine n'est pas enterrée ici comme on l'a prétendu, et je voudrais retrouver l'endroit où elle a été vraiment ensevelie. Il semble que ce soit en Revermont, et d'après les registres paroissiaux, on doit pouvoir retrouver sa trace.

- Mais qui va vous représenter pendant votre absence, demanda messire Bagelley. Habituellement, vous confiez ce rôle à maître Dupuy, et comme il s'en va...

- C'est juste. Il n'est pas question de laisser Mollod à ma place, et j'ai pensé à vous, maître Edmond. Vous êtes important et respecté, et vos avis sont sages. De plus vous dirigez les travaux de construction de l'église avec intelligence, et je souhaite voir cette entreprise menée à terme.

- Je suis très honoré par votre choix, fit le vieil homme. Mais je ne connais pas grand-chose aux affaires de la ville...

- Vous saurez vite l'essentiel. Bagelley vous y aidera. Nos Pérougiens sont fiers à juste titre de leur bravoure, et cela les a rendus plus entreprenants. Si vous savez manœuvrer, vous en obtiendrez tout ce que vous voudrez.

Durant cet échange, Marie et Jehan se comprirent par un regard. La présence du châtelain ne les enchantait pas du tout. Avec ses manières abruptes, il n'avait même pas pris la peine de leur parler avant et les mettait devant le fait accompli. Pour eux qui avaient espéré se retrouver enfin tranquilles, loin des témoins et des contraintes, c'était une déception qui s'ajoutait au chagrin provoqué par la disparition du prieur. Connaissant la détermination du bouillant Humbert en toutes choses, il était inutile de protester, et Jehan essayait d'imaginer un moyen pour conserver un peu d'indépendance. Marie, qui devait songer à la même chose, demanda :

- Votre intention, père, est-elle d'aller d'abord en Revermont, et de continuer ensuite vers Bourg ?

- Naturellement ! Je ne veux pas troubler plus longtemps votre tête-à-tête d'amoureux. Mais j'aurai besoin de Jehan pour m'aider à déchiffrer les grimoires, et de vous ma fille, pour retrouver les lieux où vous avez vécu. Ce sera l'affaire d'une semaine au plus. Badier s'occupe de tout, et nous pourrons partir tôt demain matin. Nous passerons par Ambérieu, puis nous rejoindrons Bourg, où nous serons reçus par messire Guillaume de la Baume, qui a été fort marri de ne pas avoir reçu la visite de la Dame de Pérouges lorsqu'il m'a invité, ajouta le châtelain avec une pointe de malice. De là, nous rejoindrons Treffort qui n'est qu'à quatre lieues.

Cette longue phrase lui ayant donné soif, il vida sa coupe, mais avec moins de précipitation qu'autrefois.

*
* *

En dépit des soins du jardinier, l'hortulus subissait l'approche de l'hiver, et la verdure persistante avait remplacé la plupart des fleurs. Seuls quelques rosiers apportaient encore une note de couleur dans l'enclos silencieux. Marie aimait particulièrement ce lieu peu fréquenté, où elle pouvait trouver le calme.

Le froid rendait inhospitaliers les bancs de pierre humide, et elle se promenait à pas lents, plongée dans ses réflexions. Jehan avait dû la laisser momentanément pour régler les détails du voyage avec messire Humbert, et elle attendait la venue d'Agnès qui avait promis de venir la rejoindre. Ces dernières semaines n'avaient été qu'un tourbillon joyeux où ses principales préoccupations avaient été la préparation de la cérémonie, les essayages de sa robe de mariée, les visites de tous les Pérougiens qui tenaient à lui témoigner leur attachement, et elle avait un peu oublié son amie qui ne s'était manifestée qu'avec une réserve certaine. Elle se sentait vaguement coupable de l'avoir négligée, et elle se promettait de lui consacrer plus d'attention dans les jours à venir. Cette entrevue qu'elle attendait en serait le premier pas. Elle ne voulait pas justifier les craintes qu'elle avait exprimées, de se sentir abandonnée au profit d'un époux qui pourrait être une entrave à leur complicité. Mais elle se rendait compte aussi qu'elle éprouvait moins le besoin de sa présence, et que celle de Jehan lui importait davantage. Elle cherchait les raisons qui pouvaient justifier l'évolution de ses sentiments, lorsqu'Agnès parut. La jeune fille l'embrassa avec effusion. Elle avait retrouvé son naturel et se comportait comme si rien ne s'était passé.

- Oh, Marie, que je suis contente de vous retrouver! Votre bonheur fait plaisir à voir, et je suis sincèrement désolée que ce drame soit venu assombrir des jours qui auraient dû être si beaux pour vous !

- Moi aussi, je suis heureuse de pouvoir m'entretenir avec ma meilleure amie. Si je vous ai un peu oubliée en ces jours de joie et de peine, je vous promets de rattraper le temps perdu. Demain nous quittons Pérouges et ses contraintes, et le voyage nous permettra de reprendre nos grands bavardages. Jehan n'aime pas parler autant que nous, et il ne verra aucun inconvénient à nous laisser de temps en temps à nos confidences.

- Je sais qu'il ne sera pas un obstacle entre nous, il me l'a promis. Mais moi, je ne voudrais pas en être un à votre intimité. Vous n'avez pas réellement été seuls depuis votre mariage, et ma présence serait de trop, du moins pour les jours qui viennent. Non ! Ne protestez pas ! Je n'ai pas toujours agi en amie, et je voudrais me faire pardonner en faisant le petit sacrifice de ne pas vous importuner.

- C'est très délicat de votre part, Agnès, et cela me touche beaucoup, fit Marie surprise. Et j'apprécie d'autant plus votre offre, que je connais votre isolement dans la Cité. Vous n'avez que Mathilde à qui parler, et Robin vous l'enlève bien souvent. Mais je ne puis accepter. Vous devez rentrer aussi à Chambéry où votre père vous attend avec impatience. Je ne saurai me présenter à lui sans vous, puisque c'est à ma demande et à celle de monseigneur Amédée qu'il a consenti à vous laisser venir.

- Mais rien ne s'oppose à cela. Vous allez d'abord en Revermont, puis vous passerez à Bourg en Bresse, avant de continuer vers Ambérieu, un peu plus tard. Vous ne serez pas là-bas avant une semaine. Nous pourrons nous retrouver à l'Auberge du Cerf, le deuxième samedi de ce mois. Les gardes qui sont venus avec nous me suffiront comme escorte jusque-là.

- Je vois que vous avez réfléchi à la question, et que vous aurez toujours de bons arguments à m'offrir ! Et bien soit ! Je prends cela comme une preuve d'affection supplémentaire de votre part, mais je vous promets de penser à vous, et je vous raconterai toutes les péripéties de notre vagabondage. Si vous saviez comme je suis émue à l'idée de retrouver Treffort, ses collines aux mystérieux sentiers forestiers, sombres même aux plus beaux jours de l'été, ses étangs, ses prairies... et cette cité si riche et vivante, avec ses halles, ses chapelles, son école et la multitude d'artisans qui font sa prospérité quoique cela ait sans doute changé depuis.

La conversation se poursuivit, et Marie raconta son enfance auprès de l'homme qu'elle avait toujours considéré comme son père. Elle confia à son amie qu'elle ne pouvait pas vraiment réaliser qu'elle était la fille de messire Favre, et qu'en dépit des faits, elle se sentait beaucoup plus proche du Turinois. Agnès l'écoutait avec une attention apparente, mais faisait peu de remarques. Elle s'efforçait à se montrer enjouée, mais n'arrivait pas à effacer une ombre de préoccupation. Enfin elle avait obtenu de rester à Pérouges sans susciter de question, et son amie était à cent lieues d'en imaginer la vraie raison.

- V -

Serrée frileusement dans sa cape de fourrure, Agnès regardait du haut de la tour de guet, la route qui montait en méandres paresseux vers le bourg de saint Eloi. La colonne de voyageurs avançait lentement sur la route boueuse, au pas des mules qui menaient la voiture où Marie et Déliane avaient pris place. Un chariot chargé des bagages la suivait. L'expédition emmenait messire Favre qui chevauchait au côté de Jehan, Etienne Muset, le veneur, le sergent Badier, ravi à l'idée de revoir la capitale, et quatre gardes choisis parmi les meilleurs soldats de la cité. Le fils de maître Edmond s'était joint au groupe. Son père l'envoyait jusqu'en Italie, avec la mission de ramener, à défaut du secret du papier, un autre compagnon pour remplacer le malheureux Luigi. Antoine avait apprécié la compagnie de Philippe, lors de leur précédent voyage, et bavardait volontiers avec lui. Leur jeunesse les rendait complices, et le savoir et l'esprit du valet de Jehan faisaient oublier la différence de leur condition. Ils s'étaient donc retrouvés tout naturellement sitôt les portes de la ville franchies.

Enfin deux marchands profitaient de la sécurité de la compagnie pour aller faire des achats à Bourg. Le siège avait durement entamé les réserves, et beaucoup de denrées commençaient à manquer, le sel notamment. Ils avaient différé leur départ à cause de l'insécurité qui régnait encore en dehors des villes, et il était bien certain que les deux lourdes charrettes bâchées auraient tenté des pillards, malgré l'aspect décidé des domestiques qui les conduisaient, casqués, et vêtus de cottes de mailles, leurs armes à portée de main.

Lorsque la longue file eut enfin disparu dans le bois qui couvrait la colline, Agnès se décida à redescendre. Elle était partiellement soulagée par le départ de son amie. La route que les voyageurs allaient suivre s'éloignait assez nettement de celle que Thibaut devait emprunter pour revenir, et les chances de rencontre malheureuse diminuaient à chaque tour de roue. Depuis des jours, elle vivait dans l'angoisse de ce retour qui devenait de plus en plus probable, et s'étonnait même qu'il ne se fût pas encore produit. Depuis le départ du messager Pierre Monfort, qui allait prouver la bonne foi du poète, elle avait compté les jours, essayant de calculer le temps qui allait s'écouler avant de le voir paraître. La mort du prieur, qui avait retardé le départ de Marie, l'avait plongée dans une anxiété qu'aggravait encore les remords qu'elle éprouvait pour les conséquences funestes de son acte. Même en admettant que la libération du jeune homme ait été quelque peu retardée, il aurait eu largement le temps de faire le parcours, et s'il n'était pas là, c'était que le piège qu'elle lui avait tendu avait fonctionné. Et elle n'allait donc pas tarder à voir se manifester les ravisseurs. Cette perspective n'était pas faite pour calmer ses appréhensions, et chaque nuit sans sommeil ramenait un matin où le pire était possible. Elle se sentait misérablement seule, ne pouvant se confier à personne. Mathilde qui s'inquiétait de la voir sombre et sans appétit, essayait de l'entourer d'affection et cherchait à deviner la cause de ce changement. Mais elle se heurtait à une politesse glacée, qui décourageait toutes ses avances. Agnès n'était pas insensible à l'attention de sa dame de compagnie, et en d'autres circonstances, elle aurait probablement été heureuse de la sympathie qui lui était témoignée. Mais elle devait rester seule pour que personne n'attache d'importance à ses actes, et surtout ne remarque la rencontre redoutée avec le messager des bandits.

Et cela lui posait un problème dont elle n'avait pas encore trouvé la solution. Elle devait sortir de la Maison des Princes sans être vue, afin de fuir toute compagnie, ne pas se faire reconnaître dans la Cité, trouver un panier de pommes alors qu'elle ne parlait pas le patois, et passer discrètement l'une des portes. Le marché se tenait le lendemain, et elle ne voulait pas manquer le rendez-vous. Non pas à cause de la menace des bandits, car elle avait eu le temps de se ressaisir et réaliser qu'ils ne pouvaient pas grand chose contre elle. Il lui aurait suffi de partir avec Marie pour leur échapper définitivement. Mais elle voulait être sûre que Thibaut ne réapparaîtrait jamais plus entre elle et son amie, et il n'y avait que ce moyen pour le savoir. Elle avait compris aussi que les bandits ne relâcheraient plus leur prisonnier. Il serait un témoin beaucoup trop dangereux... mais elle se refusait à imaginer la suite.

Elle revint à sa première préoccupation : comment trouver des pommes ? Elle pouvait en demander aux cuisines, mais elle n'en obtiendrait pas de quoi remplir un panier, qu'elle n'avait pas, sans susciter de questions. Puis elle eut une idée.

*
* *

Mathilde et Agnès s'avancèrent dans l'allée silencieuse de la chapelle. Une lampe à huile révélait l'emplacement de la tombe du père Chanin, dont la dalle avait été scellée. Des vases de toutes formes étaient disposés en cercle, et la fraîcheur des fleurs montrait la fidélité des paroissiens. L'ombre qui soulignait les creux de la gravure de l'épitaphe la rendait facilement lisible :

CY GIST AUGUSTIN CHANIN
En son vivant Prieur de cette paroisse
Lequel décéda le premier
de novembre MCCCCLXVIII.
Priez pour lui en disant
Pater Noster - Ave Maria.

Les deux jeunes filles se recueillirent un instant, puis elles disposèrent une brassée de roses dans la coupe d'étain qu'elles avaient apportée. Elles prièrent ensuite longuement. Mathilde était particulièrement émue, et pleurait sans bruit. Enfin Agnès se releva, et sa compagne l'imita en disant :

- Le père Augustin était aimé de tous, et je lui dois beaucoup. Il a été à la fois mon guide spirituel, mon magister, mon confident, et sa perte m'est grande douleur. Je suis surprise, mais aussi très touchée par votre attention à son souvenir, alors que vous l'avez si peu connu.

Agnès, qui s'attendait à ce genre de remarque, avait préparé sa réponse :

- Il n'était pas nécessaire de passer longtemps auprès de lui pour apprécier son immense bonté, et il a été d'un grand secours pour mon amie Marie qui a pu, grâce à lui, surmonter les épreuves qui l'ont atteinte. Pour cela, je lui suis particulièrement reconnaissante.

Après un silence, elle ajouta :

- C'est vrai que je ne lui ai jamais beaucoup parlé. Et je le regrette maintenant qu'il est trop tard. Mais j'aimerais voir les lieux où il a vécu. Est-ce possible ?

Mathilde, qui avait l'âme trop simple pour voir dans cette requête la moindre arrière-pensée, répondit sans hésiter :

- Je ne crois pas que quiconque trouverait votre demande déplacée, et je découvre avec joie que votre réserve cache un cœur compatissant. Venez, je vais vous faire visiter le Prieuré. Le père ne fermait jamais les portes à clé, la vénération dont il était l'objet le protégeait mieux que toute serrure. C'était, hélas, ce que nous croyions, et ce qui lui a coûté la vie...

La porte qui donnait sur le jardin s'ouvrit sans difficulté, et Mathilde conduisit sa maîtresse vers le bâtiment qui avait servi de logement au père Chanin. Tout était d'une rustique simplicité, mais parfaitement en ordre. La grisaille de cet après midi maintenait une pénombre à laquelle il fallut un certain temps pour s'habituer. Une odeur de plantes aromatiques trahissait la venue régulière de la Toinette qui veillait au linge de la maison. Devant la petite fenêtre, un écritoire supportait encore un volume fermé. Mathilde appela sa compagne pour le lui montrer.

- Voyez. Le père rédigeait encore les actes de la cité, et il venait juste de consigner le mariage de votre amie avec messire Dupuy. Ils seront les derniers témoins de son long ministère. J'aurais aimé que ce soit lui qui écrive mon nom auprès de celui de Robin...

Elle n'acheva pas sa phrase. Elle avait compris que son idylle avec le neveu du Châtelain n'était pas un sujet qui pouvait intéresser une demoiselle de Charny. Mais Agnès pressentit qu'elle avait là un moyen de gagner l'attachement de sa suivante, et elle demanda avec un intérêt affectueux :

- Est-ce l'absence de votre amoureux qui retarde votre union ? Quand doit-il revenir ?

- Messire Favre l'a envoyé auprès de notre comte Philippe, pour lui demander une aide pour notre ville. Le siège a coûté fort cher, et il n'y a même plus de quoi payer la solde de la garde. Nul ne sait quand il rentrera... Et puis mon père n'est pas favorable à ce mariage.

- Mais pour quelle raison ? Robin est un très bon parti.

- Trop bon même. C'est parce que l'on croit que nous sommes riches que la famille Favre ne s'oppose pas à nos projets, mais elle exigera une dot importante. L'auberge était d'un bon rapport, mais les affaires vont mal de nos jours. La plupart de nos habitués consomment à crédit. Et puis père a besoin de moi pour le service et les comptes.

- Vraiment ? Mais comment faites-vous puisque vous êtes la journée à mes côtés ?

- Eh bien lorsque je vous quitte pour le dîner, je vais à l'auberge, et je sers jusqu'à la fermeture. Et le matin, je suis debout avant l'aube pour le ménage et le reste. Messire Humbert a insisté pour que je me mette à votre service, en me promettant de bons gages. Mais il ne m'a rien donné encore, et je ne sais pas quand il le fera...

- Ne soyez pas en souci pour cela. Monseigneur Amédée, ainsi que mon père ont voulu participer aux frais de notre voyage, et ils ont remis chacun une somme à maître Dupuy pour assurer notre train de maison. Celui-ci vous a sans doute oubliée, mais rappelez-le lui. C'est un homme intègre, et il vous dédommagera pour votre peine.

- Je sais qu'il est bienveillant, mais jamais je n'oserai...

- Alors je le ferai pour vous. Votre dévouement mérite qu'on le récompense, et j'ajouterai moi-même une petite gratification.

A ces mots, le visage de Mathilde s'éclaira d'un sourire de reconnaissance, et elle dit avec une émotion évidente :

- Vous ne pouvez savoir le poids que vous m'ôtez. Père me reproche sans cesse de me divertir plutôt que de ramener de l'argent à la maison. Il sera bien étonné, et bien content quand je lui donnerai mes gages !

Agnès comprit qu'elle avait réussi, et se sentit plus à l'aise. Elles continuèrent la visite de l'humble maison, en parlant plus librement, puis passèrent dans le jardin. Les bourrasques d'automne avaient dégarni les trois pommiers, et le chemin disparaissait sous les feuilles que personne n'avait songé à balayer. Le père Chanin avait cueilli la plupart de ses pommes, mais il en restait encore quelques-unes oubliées dans les herbes. Le plus naturellement du monde, Agnès ramassa un fruit, et mordit dedans.

- Mais ces pommes sont délicieuses ! Quel dommage de les abandonner ainsi !

- Eh bien prenez-les si vous les aimez. Le père avait rentré la plus grosse partie de la récolte. Elle sera distribuée aux pauvres. De celles-ci, nul ne se souciera.

- Alors je me laisse tenter. Mais je tiens à faire un don pour les malheureux qui n'en profiteront pas !

- Vous êtes bonne, demoiselle Agnès, et je suis heureuse de le découvrir ! Allez, je vais vous aider à remplir ce panier. Vous me le rendrez quand il sera vide.

Elles venaient juste de terminer le ramassage des fruits lorsque le veilleur de la tour fit retentir son cor.

*
* *

Il y avait foule devant la taverne de la Pomme de Pin, lorsque Mathilde et Agnès y parvinrent. Elles avaient appris en chemin que c'était le capitaine Langloye qui rentrait avec sa compagnie, après avoir poursuivi les évadés, qu'il n'avait pu retrouver. Pinon, qui avait été réquisitionné comme pisteur, se montrait très déçu par l'échec des recherches. N'étant plus de service, il s'était attablé dans la grande salle, et il racontait les détails de la poursuite devant un auditoire pour une fois relativement attentif. Quoique habitué à la vie rude au grand air, et de bonne constitution, il semblait épuisé, et buvait à petits coups le vin chaud et épicé que lui avait servi l'aubergiste.

Agnès, qui ne comprenait pas un mot de ce qui se disait, manifestait une impatience certaine. Mais sa suivante lui faisait signe d'attendre, afin de ne pas perdre le fil du récit en traduisant. Enfin le garde-chasse arriva au bout de son histoire, et les questions fusèrent. Mathilde entraîna alors sa compagne dans un coin plus calme, et lui résuma les faits.

- Les bandits sont bien descendus dans le fossé avec la corde de la chapelle. Pinon a retrouvé des traces de pieds nus dans la boue de la berge. Comme personne n'était encore passé si tôt le matin, il a pu suivre leur piste dans les herbes foulées. On a retrouvé une outre en peau de chèvre qui appartenait à notre prieur. Apparemment, les fuyards y avaient placé leurs vêtements pour ne pas les mouiller. A partir de là, la poursuite s'est compliquée. Les traces se sont terminées au Longevent. Comme il semblait évident que les brigands chercheraient davantage le couvert des arbres que les champs de la plaine, Pinon a décidé de remonter le ruisseau. Le veilleur de la Citadelle n'avait rien vu, mais la nuit était sombre, et les deux hommes avaient pu passer inaperçus. Heureusement, le meunier du moulin du Battoire, qui avait été réveillé par ses chiens, a affirmé avoir vu passer deux ombres qui remontaient la vallée en courant.

- S'agit-il du moulin où nous étions allés ?

- Non, c'est plus haut, vers le bois Moncet. Mais comme vous ne connaissez pas la région, il est inutile que je vous parle des lieux traversés. Après bien des fortunes différentes, il est apparu que la route des bandits remontait au nord. Le dernier signe de leur passage possible était le vol de deux poulets à la ferme Grosjean, près de Crans. Puis plus rien, mais le capitaine pense que les malfaiteurs se sont réfugiés dans la forêt de Chassagne, où il sera impossible de les retrouver. Personne n'ose s'y aventurer. On dit qu'il y a des ruines hantées, et que des lutins sortent les nuits de pleine lune... mais ce qui est sûr, c'est qu'elle est si épaisse qu'on peut s'y perdre sans retour.

Agnès écoutait avec une grande attention, et finalement posa la question qui la tourmentait :

- Cette forêt est-elle éloignée de la route d'Ambérieu ?

- Il existe une route qui vient de cette ville, et qui passe à proximité, mais ce n'est pas la plus directe. Pourquoi me demandez-vous cela ?

- Parce que je dois repartir dans quelques jours, et je ne voudrais pas approcher de ces bois.

En réalité, ce qu'elle désirait savoir, c'était si les deux malandrins auraient le temps d'aller guetter Thibaut avant son retour. Elle demanda encore:

- Comment se fait-il que le capitaine et ses hommes, qui étaient à cheval, n'aient pas pu rejoindre des fuyards à pied ?

- Parce qu'ils n'ont pas emprunté les chemins. Pinon a eu beaucoup de mal à retrouver des traces, et il a dû faire énormément d'allées et venues pour rien, ce qui explique sa fatigue. Lorsqu'ils ont atteint la forêt, il y avait longtemps que les bandits s'y étaient cachés. Ils sont restés une journée à Crans, pour interroger les gens du lieu, mais n'ont rien appris de plus.

Dans l'auberge, les discussions prenaient de l'ampleur, et le bruit devenait assourdissant. Aussi, Agnès qui en savait suffisamment, proposa-t-elle de rentrer à la Maison des Princes.

*
* *

Le repas avait paru interminable à Agnès. Ils ne s'étaient retrouvés que trois à table, avec l'intendant et son épouse, et elle avait dû participer plus qu'elle ne l'aurait souhaité à la conversation. Elle aurait préféré être seule pour réfléchir à sa situation. Heureusement pour elle, messire Bayod prit congé dès la fin du dîner, et elle en profita pour se retirer également. Elle s'enferma dans sa chambre, et se prépara pour la nuit, tout en essayant de trouver la meilleure conduite à tenir. La perspective d'affronter l'envoyé des bandits l'effrayait, et l'idée de devoir lui donner encore deux ducats la consternait. Ce qu'elle redoutait le plus, c'était que des témoins assistent à cette rencontre, et la reconnaissent. Elle avait réussi à se procurer le panier de pommes et à rassembler des vêtements qui pourraient la faire passer pour une paysanne. Dans la foule du marché, il y aurait peu de chance pour qu'on la remarque, à condition de ne pas rencontrer quelqu'un de familier. Il lui fallait donc quitter la Maison des Princes vêtue à son habitude, et se changer ensuite. Et pour cela, il y avait dans le Prieuré, la maison du père Chanin qui n'était jamais close...

Le son du cor la fit tressaillir. Les portes venaient d'être fermées, et la sonnerie annonçait une arrivée. Rares étaient les voyageurs qui se hasardaient sur les routes aussi tard, et les arrivants devaient avoir une raison importante pour ne pas avoir fait halte en route. La plupart des Pérougiens pensaient probablement de même, car de nombreuses demeures s'ouvrirent sur des curieux qui descendaient aux nouvelles. Agnès aurait bien aimé savoir aussi, mais elle préféra rester à sa fenêtre. Elle avait vu sortir le syndic, et espérait pouvoir l'interroger à son retour.

La nuit était claire et froide, et la rue plongée dans une ombre qu'aucune lumière ne venait dissiper. Depuis la fin du siège de la ville, les lanternes qui éclairaient les carrefours n'avaient pas été rallumées, pour économiser l'huile qui commençait à manquer. Seule la lampe de la chambre projetait une pâle lueur sur le mur opposé. Le murmure sourd des voix éloignées venait mourir comme une vague épuisée sur la grève. Puis, peu à peu le brouhaha s'amplifia tandis que les villageois revenaient en faisant résonner les pavés sous leurs lourds sabots. Des portes claquaient, des saluts s'échangeaient, dans un mélange de rires, de jurons, et de plaisanteries. Un groupe passa à l'aplomb de la fenêtre en parlant à haute voix. Agnès ne chercha pas à comprendre, mais elle saisit pourtant quelques mots : "... n'homo a cavallio... italiano..." un homme à cheval... italien... Aussitôt, elle pensa à Thibaut. Un cavalier italien, seul, qui forçait les étapes, ce ne pouvait être que lui !

Elle referma lentement la fenêtre, et se coucha en proie à une agitation qu'elle ne pouvait maîtriser. Tout son plan s'effondrait, et elle aurait à répondre aux accusations du poète. Elle ne pouvait douter que ce soit lui, et toute son imagination cherchait désespérément une échappatoire. Le fait que Marie ne soit plus dans la cité lui laissait un répit, mais pour faire quoi ?

Le jour revint enfin sans lui apporter de réponse, et sans qu'elle ait trouvé la grâce du sommeil.

- VI -

La lune réapparut entre les nuées sombres qui filaient lentement vers l'est. Elle était presque dans sa pleine force et jetait une clarté livide sur les ruines de la vieille Abbaye. La forêt avait repris ses droits sur le domaine depuis longtemps abandonné, et un sentier au tracé imprécis venait se perdre parmi les pierres effondrées. Aucun mouvement, aucune présence humaine n'étaient décelables dans le vaste espace délimité par les pans de murs couverts de lierre et d'herbes folles. Seule demeurait à peu près entière une construction carrée, d'environ six toises de hauteur, portant une échauguette sans toiture. Pourtant, un voyageur égaré aurait été saisi d'épouvante. L'aigre brise qui frôlait de son souffle humide les vestiges oubliés, apportait l'écho de gémissements sinistres, de râles interrompus, et le cliquetis de chaînes traînées sous des voûtes sonores. Et par instants, des formes incertaines apparaissaient dans l'ombre insondable des trouées des murailles. D'une fontaine cachée sous des ronces s'échappait en chuchotant un filet d'eau claire qui venait briser le miroir d'une petite mare où l'image de la lune s'éparpillait en mille facettes argentées.

Les bois alentours n'étaient point silencieux, et frémissaient du vol des rapaces nocturnes, des frôlements d'animaux en chasse ou en fuite, qui s'ajoutaient au bruissement des arbres traversés par un souffle profond.

Puis le trot d'un cheval se fit perceptible et une chouette hulula dans le lointain. L'appel se répéta encore deux fois. De la tourelle un cri semblable parut lui répondre. Enfin une ombre surgit de la bâtisse, et s'approcha du puits qui dressait encore son arceau dans ce qui avait dû être une cour. Des coups furent frappés en signal sur la margelle, et le bruit amplifié se répercuta comme un roulement de timbale. Le sol frémit au pied d'un pan de mur, et se souleva lentement, avec le grondement d'une porte de château, tandis qu'un rai de clarté se répandait à l'extérieur. Sur la pente douce qui descendait sous terre apparurent deux silhouettes obscures. Quelques mots furent échangés à voix basse, tandis que le trot se faisait de plus en plus proche. Brusquement un cavalier surgit par une brèche, et il se dirigea sans hésiter vers la lumière de l'ouverture. Un mot bref l'arrêta net. Il avait eu le temps d'apercevoir les deux arbalètes qui le tenaient sous leur menace. Il cria :

- Nia nion ! Y'a personne !

Aussitôt les armes s'abaissèrent, et l'arrivant sauta à terre. Il s'approcha en tirant son cheval, et lança une plaisanterie qui déchaîna de gros rires. Puis le petit groupe disparut dans les profondeurs, et la trappe se referma lourdement.

*
* *

Quatre lampes brûlaient à chaque angle de la vaste cave, dévoilant un décor d'une richesse inouïe. Après la longue suite de couloirs froids et enténébrés, le contraste était saisissant. Le sol de terre battue avait été recouvert d'un plancher qui disparaissait presque entièrement sous une profusion de tapis et de peaux soigneusement travaillés. Les murs étaient tendus d'étoffes de prix qui épousaient la forme de la voûte. Point de fenêtre dans ce refuge souterrain, une seule ouverture étroite et haut placée qui devait communiquer à l'extérieur pour l'aération. Sur la dextre, une massive table de chêne encadrée de bancs portait des plateaux de venaison séchée, des fruits dans des corbeilles d'osier, des cruches, des gobelets et une boule de pain entamée clouée par une dague de chasse. Un lit fermé par des draperies bleu et or se dressait en arrière. En face, et près du mur, une collection de meubles précieux étalait des trésors. Les plats d'étain et d'argent du vaisselier renvoyaient des taches de lumière dansante qui arrachaient des éclats aux pierreries des châsses et des reliquaires. Des armes de toutes sortes servaient d'ornement. Un réchaud de fer rougeoyait par l'ardeur de ses braises qui ne dégageaient qu'une fumée légère, et entretenait une agréable tiédeur. Assis sur une haute chaise, Wolf le Germain écoutait son barde qui jouait de la viole à ses pieds. A quelques pas, un loup majestueux léchait la blessure en voie de guérison qu'il avait au flanc.

Le cavalier frappa à la porte, puis entra et s'inclina respectueusement. Il risqua quelques mots. Le maître des lieux eut un petit rire, et déclara :

- Tu peux parler. Mon invité ne comprend pas le patois. Quelles sont les nouvelles ?

- Les recherches ont été abandonnées, capitaine Wolf. J'ai vu la troupe rentrer dans la cité. Ils n'ont pas osé pénétrer dans la forêt.

- So ! Voilà qui est bien, tout à fait bien. Le Bachelier et son complice ont bien failli nous créer des soucis en revenant ici. Et ils m'ont raconté une bien étrange histoire sur les circonstances de leur évasion... Va me les chercher !

- Tout de suite, capitaine.

L'homme se retira, et Wolf se leva pour aller remplir deux coupes de cervoise. Il en tendit une à son musicien en disant :

- Allez, trinquez avec moi. Je n'aime pas boire seul... Et faites comme chez nous, videz tout d'un coup !

Thibaut se leva à son tour, saisit la coupe, et, la levant, fit :

- Prosit !

- Prosit ! Ach ! Vous commencez à bien pratiquer le bavarois, et vous le prononcez juste. C'est pour moi une grande satisfaction. Ça nous permettra de parler de poésie devant les hommes sans qu'ils comprennent...

- Mais je ne saurais pas encore composer dans votre langue, messire.

- Ça viendra, vous apprenez vite. Inutile par contre d'étudier le patois. C'est un dialecte barbare sans intérêt pour vous, et les propos de ma troupe n'ont rien qui en vaille la peine.

Thibaut ne répondit pas. Il avait laissé croire qu'il ne le comprenait pas, espérant tromper l'attention des bandits, et apprendre où il se trouvait. Après sa capture, il avait chevauché longuement à travers bois, peut-être deux heures, ou davantage, les yeux bandés, et il se souvenait que la plus grande partie du chemin s'était faite en terrain à peu près uni. Il avait senti à plusieurs reprise l'odeur de marais proches. Mais il ne connaissait pas suffisamment la région pour pouvoir les situer. Quant à la direction générale qu'il avait suivie, les détours multiples lui avaient fait perdre tout sens de l'orientation. Il n'avait retrouvé la vue que dans une cave sombre sommairement meublée, et qui lui servait désormais de geôle, sauf lorsque Wolf le Germain le faisait demander. Jusqu'à présent, et malgré ses prières, il n'avait pas été autorisé à sortir au dehors.

Il aurait sans doute perdu la notion du temps si, par l'étroit soupirail qui montait vers la surface, il n'avait pu voir l'alternance des jours et des nuits. Il était bien traité, et mangeait convenablement, surtout lorsqu'il était invité à partager le repas de son nouveau maître. Le temps qu'il passait avec lui se limitait à quelques heures par jour, souvent le soir assez tard, divisé entre l'apprentissage de la langue bavaroise et le divertissement. Il étudiait son comportement, pour chercher à gagner sa sympathie, et user de ses faiblesses. S'il avait réussi à se faire apprécier, il avait vite compris que l'homme était d'une trempe peu commune. Son autorité était absolue, et aucun murmure ne contestait ses décisions. Lorsqu'il agissait en chef, il était d'une implacable dureté, et la pitié devait lui être totalement inconnue. Pourtant, il avait réussi à obtenir une fidélité sans réserve et un dévouement inconditionnel d'au moins trois de ses hommes : le Piarre, Péchou et Papegaut qui se trouvaient toujours à portée de voix. Sur un simple geste, les trois compères exécutaient sur le champ la victime désignée. Et si Wolf en éprouvait la fantaisie, il leur laissait le choix de la manière. Dans ce domaine, ils avaient une abominable imagination, et le reste de la troupe se le tenait pour dit.

Mais dès qu'il s'agissait de musique ou de poésie, le Bavarois se montrait d'une sensibilité déconcertante. Il avait tenu à entendre les malheurs de Thibaut, et tout en écoutant le récit, il s'était réconforté en vidant plusieurs coupes d'un alcool assez rude. A la fin, sérieusement éméché, il avait fondu en larmes. Dans les moments de débat artistique, il se laissait parfois aller à des confidences et faisait des allusions à sa jeunesse. Thibaut espérait tirer partie de cette familiarité, et sans insister vraiment, il revenait souvent sur le fait que vivre sous terre limitait grandement son inspiration. Il aborda la question une fois de plus. Wolf éclata de rire.

- Décidément, vous tenez à sortir ! Et je le comprends... les petits oiseaux ont besoin du soleil pour chanter, pourquoi pas les poètes ? Mais je comprends aussi que le signor Vasari pense à me fausser compagnie si l'occasion se présentait... Alors je lui ferai une mise en garde, une seule. S'il tente de fuir, et qu'on le reprenne, je le laisserai au bon plaisir du Piarre et de ses âmes damnées. La forêt possède mille chemins, mais un seul est sûr. Avant de le trouver, Satan, le meilleur pisteur qui soit aurait tôt fait de le rattraper et de l'arrêter.

A l'ouïe de son nom, le loup redressa la tête. Le barde frissonna. La menace n'était pas vaine. Il ne se sentait pas de taille à affronter un animal aussi féroce. Il avait entendu ce qu'en disaient les hommes de la troupe, qui le craignaient encore plus que son maître. Il osa pourtant plaisanter :

- Est-ce à cause de lui que l'on vous a surnommé Wolf ?

- Gut ! Vous avez compris ! Et croyez bien que je le mérite ! Comme lui, je ne lâche jamais prise au combat. Il a failli perdre la vie au cours de notre dernière expédition, mais on l'a sauvé. Il peut de nouveau courir, et il vous accompagnera quand vous irez dehors. Mais ne tentez pas de le toucher ! Il ne connaît que moi, et n'obéit qu'à moi. Je vous raconterai...

Trois coups discrets frappés à la porte interrompirent le bandit, qui reprit :

- Voilà nos échappés du bourreau. Mortefeuille est un balourd qui grogne plus qu'il ne parle, mais le Bachelier connaît le français. Ecoutez, car cela vous concerne.

*
* *

Wolf avait fait répéter le récit de l'évasion, et Thibaut, quoique abasourdi, avait immédiatement deviné qui se faisait appeler Danizia. Cela transforma en certitudes les soupçons qu'il avait eus sur son rôle à l'égard de Marie. Il réalisa à quel point la jeune fille avait dû être affolée par l'idée de son retour pour agir de façon aussi inconsidérée. Il fut malgré lui amusé de constater qu'elle s'était compromise pour obtenir des malandrins ce qu'ils avaient déjà réalisé : sa capture.

Il n'avait rien dit à son sujet lorsqu'il avait raconté ses mésaventures amoureuses au Bavarois. Son âme de baladin l'avait amené à romancer la réalité, et il avait insisté sur l'inconstance de sa Dame, sans lui présenter d'excuse. Non pas que ce fusse ce qu'il croyait, mais il avait cherché à intéresser son auditeur en dramatisant. Curieusement, la précarité de sa position l'avait amené à surmonter son désespoir plus aisément qu'il ne l'aurait fait s'il avait été libre. Contraint de penser à autre chose qu'à sa peine profonde, il avait peu à peu repris de l'intérêt pour l'existence, même si elle paraissait manquer d'attraits, et l'absence de liberté lui devenait insupportable. Il se rendait compte qu'une évasion était vouée à l'échec, tant qu'il ne saurait pas où il se trouvait. Et il passait le plus clair de son temps libre à observer, et tenter de se renseigner. Tout au long de ces jours, il n'avait eu que très peu de pensées pour Agnès. S'il était persuadé de sa trahison, il n'en comprenait pas ses raisons. Il ne pouvait admettre qu'elle ait agi ainsi pour défendre le tisserand. Mais alors pour quoi ? Partagé entre le désir de lui demander des comptes, et la crainte de faire souffrir Marie, en dénonçant son acte, il avait préféré la rejeter de son esprit. Et voici qu'elle resurgissait, et une fois encore dans l'intention de lui nuire. S'il était forcé d'admettre que ce n'était pas par méchanceté pure, mais plutôt par la force des choses, il n'en éprouvait pas moins une rancune qui tendait à se transformer en haine.

Sa réflexion fut interrompue par Wolf.

- Eh bien, signor Vasari, que dites vous de ça ? Ainsi, vous avez une ennemie qui souhaite empêcher votre retour. Vous ne m'avez jamais rien dit sur elle, mais vous savez de qui il s'agit, n'est-ce pas ?

Thibaut fut tenté de dire la vérité. Il commençait à suffisamment connaître son interlocuteur pour penser qu'avec un peu d'habileté, il pourrait en obtenir une vengeance éclatante. Mais si Wolf entrait dans son jeu, c'en serait fini de la demoiselle de Charny. Et malgré tout ce qu'il endurait à cause d'elle, il ne put se résoudre à la voir livrée au bon plaisir des brutes de la troupe. Alors il mentit :

- J'ai rencontré moult dames et damoiselles lors de mon séjour en la cité, et je ne saurais être trop affirmatif. Mais je crois me souvenir d'avoir surpris sur la paille d'une grange une jeune personne en fort galante compagnie, dans une tenue de ribaude, le tétin dénudé, et le geste leste. Il s'agissait d'une héritière de bonne famille, qui me reconnut. Elle me supplia de n'en rien dire, et pour l'effrayer, je lui dit que je réfléchirai, espérant la ramener à plus d'honnêteté. Puis je partis en voyage sans l'avoir revue. Peut-être est-ce la peur de me voir parler qui l'a poussée à un tel expédient ?

- C'est sûrement ça, fit Wolf en riant. Toutes les mêmes, le démon qui les chatouille, et prêtes à tout pour sauver les apparences ! Vous auriez mieux fait d'en tirer profit, elle aurait été assurée de votre silence, et vous auriez passé un bon moment ! Mais ça n'aurait rien changé puisque vous seriez ici de toute façon. En attendant, il faut conclure le marché qui a été passé. Le travail est fait, et elle doit payer. Elle a promis deux ducats d'or contre la bague que vous portez.

- Mais, messire, cet anneau est le seul bien qui me reste de mon père... Il s'appelait Tomaso, et j'ai les mêmes initiales. C'est un bijou de peu de valeur, qui n'en a que pour moi....

- Il suffit ! Rappelez-vous qu'ici vous n'existez plus si je vous retire ma protection. Vous ne possédez rien que par ma générosité. Donnez, ou je vous fais couper le doigt !

Le jeune homme brusquement ramené à la réalité, remit la bague en soupirant. Wolf, soudain radouci, ajouta en bavarois :

- Votre bague vous sera rendue, elle servira seulement à prouver que vous êtes à notre merci. Mais ne me contrariez jamais plus devant mes hommes !

Puis il s'adressa au Bachelier :

- Tu vas partir avec le Piarre pour Pérouges, pour rencontrer ta bienfaitrice. Mortefeuille restera ici. Habille-toi en moine lépreux, comme ça on ne te demandera rien. Et ramène les ducats et l'anneau, sinon tu sais ce qui t'attend !

- J'agirai pour le mieux, capitaine.

Les deux compères se retirèrent sur un salut respectueux. Lorsqu'ils eurent disparu, Wolf prit familièrement le bras de son prisonnier, et le fit asseoir en lui disant :

- Ce béjaune a essayé de m'en conter, à propos du prix du service demandé. Mais je me suis méfié, et je l'ai fait questionner un peu plus sérieusement. Il avait imaginé garder la moitié de la somme. Il sait que s'il ne ramène pas tout, il tâtera de l'estrapade. En attendant, venez vous restaurer, puis vous me direz une de vos ballades.

- VII -

La cité connaissait une activité qui dépassait celle des plus grands jours de marché. Comme si chacun voulait rattraper le temps perdu au cours de la guerre, les moindres places étaient occupées depuis l'aube, et les retardataires se rassemblaient sur le terre-plein des remparts, dans un va-et-vient confus de carrioles, de chars et même de brouettes. Aux clameurs d'avertissement et aux injures s'ajoutaient les cris d'animaux malmenés. Dans leurs nasses d'osier les volailles affolées caquetaient sans discontinuer, tandis que les porcs, les moutons, les vaches protestaient à leur façon. Cela n'empêchait pas les marchandages, commencés avant même l'installation des vendeurs, malgré le vacarme qui ne semblait jamais vouloir diminuer.

Debout avec l'aube, Agnès attendait avec anxiété la venue de Mathilde pour savoir. Si Thibaut était de retour, il n'aurait pas manqué de demander à voir Marie, et c'est à l'auberge qu'il serait allé trouver sa servante. Mais, habituée aux levers tardifs d'Agnès, la jeune fille ne se présentait que rarement avant la neuvième heure. La cloche du prieuré était restée muette depuis la disparition du père Chanin, en signe de deuil, et le temps n'était plus ponctué par sa voix. Le seul repère était le changement toutes les deux heures de la veille sur les remparts.

Enfin la porte résonna sous des coups discrets. Avec un peu de précipitation, Agnès alla ouvrir. Elle tenta de dissimuler son impatience sous un flot inhabituel d'amabilités. Elle pensait que si le poète était de retour, Mathilde ne manquerait pas de le lui annoncer. Mais celle-ci parlait surtout du marché et de son importance après les cruelles restrictions imposées par le siège.

- On trouve à nouveau à peu près de tout, mais en quantité insuffisante, et les prix ont beaucoup monté. Les temps vont être encore durs pour les pauvres. Les pillages ont vidé les réserves, et malgré les bonnes récoltes de cette année, le blé est rare. Mais je vous ennuie avec ces détails domestiques.

- Pas du tout, ma bonne Mathilde. Je comprends les préoccupations de tous ces gens qui doivent prévoir d'affronter l'hiver dans des conditions difficiles. Mais n'y a-t-il pas des nouvelles plus réjouissantes ?

- Pas que je sache... Un cavalier est arrivé tard hier soir, et peu s'en est fallu qu'il passe la nuit hors les portes. J'ai cru un instant qu'il pouvait s'agir de votre ami le barde, puisque c'était un italien. Mais celui-ci venait seulement pour une affaire de papier. Son maître avait entendu parler que nous en fabriquions ici, et il voulait nous en acheter. Malheureusement le pauvre Luigi est mort, et le secret de la fabrication s'est perdu avec lui.

Rassurée, Agnès ne put retenir un soupir de soulagement. Elle ignorait qu'il s'agissait de Stefano, le commis du père adoptif de Thibaut, le signor Giacometto, sinon, elle se serait intéressée davantage à l'événement. Mais puisque ce n'était pas le poète qui était de retour, son rendez-vous avec les bandits redevenait sa principale préoccupation. Elle n'imaginait pas qu'elle puisse courir un réel danger à se rendre à la fontaine. Avec la foule qui se pressait, il y aurait certainement du monde à proximité, et le seul risque était que l'on puisse la reconnaître, et que l'on remarque sa rencontre avec un inconnu. Messire Favre avait donné des ordres impératifs pour que le responsable de l'évasion soit retrouvé au plus vite, et maître Mollod était à l'affût des moindres comportements inhabituels. Les délations ne manquaient pas, non pas par vilenie, mais plutôt pour s'assurer la faveur du magistrat, et éloigner si possible les soupçons. Et puis les Pérougiens qui éprouvaient une peine sincère pour la disparition de leur prieur, souhaitaient tous que le coupable soit puni. Comme Mathilde s'apprêtait à l'aider à s'habiller, Agnès proposa :

- J'aimerais faire une visite du marché. Mais chaque fois que j'y suis allée vêtue en demoiselle de la ville, les gens se sentaient obligés de me témoigner un respect excessif, et je n'ai pas pu vraiment les voir sous leur vrai jour. Alors il m'est venu une idée. Pourquoi n'échangerions-nous pas nos vêtures ?

- Vous voulez dire, demoiselle Agnès, que je devrai porter votre belle robe, alors que vous n'aurez que mes pauvres habits de servante ?

- Mais oui, ma bonne Mathilde ! Pour une fois, vous serez la maîtresse, et vous verrez, cela n'a rien de désagréable !

- Cela n'est pas bien. Et puis on me reconnaîtra, et père en sera très fâché, que je joue à la dame.

- Allons, ne vous mettez pas en peine! Vous êtes de ma taille, et avec une coiffe qui cachera vos cheveux, vous tromperez presque tout le monde. Je vous prêterai un éventail pour voiler vos traits, et je vous assure que l'illusion sera parfaite. Et comme je vous l'ai promis, je vous donnerai un peu d'argent, pour que vous puissiez acheter ce qui vous tentera.

Après un instant d'hésitation, Mathilde dit enfin :

- C'est bien généreux de votre part. Mais, avec votre permission, je remettrai ce don à mon père.

Agnès sut qu'elle avait gagné la partie, et cela la réconforta. Elle crut bon d'ajouter :

- Pour ce qui est de vos gages, j'y consens. Mais j'insiste pour que vous disposiez d'un peu plus pour votre bon plaisir. Allons, c'est dit, donnez-moi vos vêtements et passez ma robe.

Finalement la servante se prit au jeu, et l'échange de toilette finit dans un fou rire partagé. Mais si la gaieté de Mathilde était réelle, celle de sa maîtresse était plutôt due à l'épanchement de sa nervosité.

*
* *

En franchissant la porte d'En-bas, Agnès se sentit soulagée. Personne ne lui avait prêté la moindre attention, et elle commençait à croire à la réussite de son entreprise. Le fard sombre dont elle avait recouvert son visage lui donnait le teint des campagnardes habituées au soleil, et elle avait adopté leur démarche un peu lourde, qui reflétait les tâches pénibles qui étaient leur lot. Son panier serré à son bras, elle descendait lentement le chemin, peu habituée au poids des sabots, et à leur meurtrissure. Il lui fallait se frayer un passage parmi la foule dense, et nul ne lui témoignait le moindre égard, chacun cherchant avidement un espace libre pour pouvoir s'installer. De nombreuses discussions s'élevaient pour les meilleurs emplacements, et les gardes devaient parfois intervenir pour ramener le calme.

Maître Mollod, accompagné de deux gardes, circulait entre les étals pour faire acquitter les droits de leyde et de coponage.

Elle atteignit enfin le chemin des vignes, encombré de charrettes, d'ânes surchargés, de portefaix, entre lesquels se faufilaient des arrivants plus agiles. Elle aperçut tout à coup une silhouette courbée sur un bâton, portant péniblement un panier rempli d'herbes et de plantes : la

Toinette! Si quelqu'un était capable de la reconnaître, c'était bien cette sorcière! Elle fut tentée de rebrousser chemin, puis elle pensa que cette attitude attirerait davantage l'attention sur elle, et que son déguisement la protégeait. Elle ramena cependant le volant de sa coiffe contre son visage, et continua d'avancer. Lorsqu'elle arriva à la hauteur de la guérisseuse, elle se contraignit à regarder devant elle, d'un air indifférent. La vieille ne fit rien pour montrer la moindre attention, mais elle lâcha distinctement au passage quelques mots qui la glacèrent :

- Belle journée, n'est-ce pas... Danizia ?

Puis elle continua son chemin comme si rien n'était. Agnès se sentit presque défaillir, et dut s'arrêter pour calmer les mouvements désordonnés de son cœur. Comment la Toinette pouvait-elle savoir ? Ce prénom que nul ne portait dans la cité, comment avait-elle pu l'entendre ? Et si elle savait, pourquoi n'avait-elle rien dit à personne ? A quoi avait-elle pu la reconnaître sans la moindre hésitation, et quelles étaient ses intentions ?

Toutes ces questions tourbillonnaient dans la tête d'Agnès, et la terreur qui l'avait envahie troublait sa pensée. Elle s'était machinalement remise à marcher, sans se rendre compte qu'elle approchait de la fontaine. Elle se remémora la soirée où elle s'était rendue à la prison, et il lui revint à l'esprit que la vieille avait été appelée pour une naissance difficile au hameau de la Glaye. Il était donc absolument impossible qu'elle ait pu entendre sa conversation avec les bandits. Et il n'y avait sûrement pas eu d'autres témoins, sinon ils auraient parlé...

Certains Pérougiens prétendaient qu'elle se livrait à la magie, et que ses secrets pour guérir venait d'un pacte avec les démons. Pour Agnès, cela ne fit plus aucun doute. Et si la Toinette savait et ne disait rien, c'est qu'elle ne pouvait pas révéler de quelle manière diabolique elle avait été renseignée. Mais il y aurait un prix à payer pour son silence, elle en était sûre. Tout à coup elle réalisa la folie qui l'avait amenée dans le piège qui menaçait de se refermer sur elle. Le péril du retour de Thibaut n'était rien en comparaison de l'accusation qui risquait de tomber sur elle. Jusqu'alors, elle était persuadée que personne ne savait rien de son action, hormis les deux malfaiteurs qui ne pouvaient la trahir sans se trahir eux-mêmes. La panique qui l'avait saisie lui donnait l'envie de fuir, de quitter sans plus tarder cette ville où elle ne pourrait trouver aucun appui. Il ne lui importait plus de savoir si le poète était libre ou non. De toute façon, si les bandits avaient rempli leur obligation, elle ne risquait plus rien de ce côté-là, et s'ils ne l'avaient pas fait, il était trop tard pour tenter autre chose. Elle comprit enfin qu'il était plus sage de ne pas rencontrer ses dangereux complices, et qu'il valait mieux s'occuper sans tarder de préparer son départ.

Mais au moment où elle s'arrêtait pour rebrousser chemin, le cliquetis d'une crécelle la fit tressaillir tandis qu'une silhouette sombre lui barrait le passage. Un lépreux ! Elle aperçut un moine, dont le visage disparaissait dans l'ombre du capuchon. Il tendait une sébile de bois d'une main enveloppée de bandages sales. Pour échapper à cette rencontre qui lui causait une intense répulsion, Agnès sortit vivement une pièce de sa bourse et la lui donna. Mais au lieu d'un remerciement, elle eut droit à un rire qui se termina sur quelques mots :

- Un sou! Le compte n'y est pas, ma belle. N'avions-nous pas convenu de deux ducats ?

Désemparée, mais déjà sûre de l'identité de l'homme, elle demanda pourtant :

- Mais qui êtes-vous ?

- Tu le sais très bien, Danizia. Nous avons fait le travail que tu avais demandé. Vois cet anneau... c'est bien celui du jeune Thibaut Vasari ?

- Et... qu'avez-vous fait de lui ?

- Il a trouvé un emploi auprès de notre capitaine. Il se porte à merveille... pour le moment.

- Alors tout est bien. Prenez ce panier, l'argent est dedans.

- Tout doux, belle enfant. Qui nous dit que tu ne te serais pas trompée sur la somme ? Il serait dommage que nous n'ayons œuvré que pour des pommes.

La jeune fille pâlit. Elle avait compté sur l'inquiétude des hors-la-loi pour ne pas regarder de trop près à la transaction, et voici que le Bachelier, qui semblait sans la moindre appréhension, parlait de vérifier le compte. Il y avait bien quelques pièces sous les fruits, mais dont la valeur était loin d'atteindre celle attendue. Tandis que le faux moine vidait le panier, elle regarda vers la cité. La haie vive qui bordait les vignes cachait la vue le long du chemin sinueux, et par un hasard malheureux, il n'y avait personne aux alentours. Abandonnant les sabots qui auraient ralenti sa course, elle s'élança. Elle sentait à peine le dur contact avec les cailloux de la route tant sa peur était grande. Sa courte robe de paysanne, et sa jeunesse lui donnaient des ailes. Pourtant, elle ne courut pas plus de dix toises. Une main gigantesque la saisit brusquement et la souleva de terre. Piarre le Viregolia la regardait se débattre en ricanant.

*
* *

Pour Mathilde, la première hésitation passée, le jeu lui parut très plaisant. Habituée à sa condition de servante, les seuls égards qu'elle avait trouvés jusque là était ceux témoignés par son ami Robin. Si elle était aimée pour sa gentillesse, on la traitait sans ménagement particulier, et le respect qu'elle découvrit tout à coup la stupéfia. Elle pensait être reconnue tout de suite, et mit un moment à comprendre la méprise des Pérougiens. Ce fut sa propre attitude qui l'éclaira. En croisant le syndic, elle baissa instinctivement le regard, et le salua. Lui fit de même, un peu plus lentement, l'ayant prise pour Agnès. Par respect, les humbles ne levaient pas les yeux sur leurs maîtres, sans y être invités, et personne ne la dévisageait. De loin, elle pouvait faire illusion, sous le savant maquillage. Et pour confirmer son personnage, elle répondait aux compliments en français.

Les dix sous qu'elle avait reçus pour en user à sa fantaisie lui paraissaient une fortune. Son service à l'auberge lui rapportait parfois quelques menues monnaies quand un fermier venait fêter une bonne affaire, ou qu'un voyageur lui témoignait sa satisfaction. Mais ces occasions étaient rares, et une année entière ne produisait pas autant. Elle comptait acheter une coupe de toile bon marché pour confectionner des chemises à son père, et renouveler un peu sa garde-robe. Mais elle n'avait pas songé qu'elle avait l'apparence d'une demoiselle fortunée, et les marchands ne lui montraient que leurs plus belles étoffes. Elle comprit qu'elle ne pouvait pas insister pour obtenir ce qu'elle souhaitait, sans susciter des interrogations, et elle se résigna à remettre à plus tard son acquisition.

Elle décida de continuer sa promenade jusque vers l'esplanade des remparts, pour voir le marché dans son ensemble. La foule qui se pressait hors des murs de la cité était composée par un grand nombre d'arrivants des domaines voisins, et qu'elle ne connaissait pas pour la plupart. Presque tous étaient déjà installés, proposant essentiellement des produits de leur ferme. Mais il y avait aussi quelques marchands ambulants et colporteurs, qui présentaient des denrées venues parfois de loin. La brise mêlait aux effluves variées de plantes, de fleurs coupées, de fumier, l'odeur fade des viandes et celle de fruits mûrs ou séchés.

Un mélange particulier d'arômes attira son attention. Il s'agissait d'un étal d'épices derrière lequel se tenait un homme à la peau sombre, vêtu d'une robe bleue ornée de dessins chatoyants. Des coupelles de terre cuite présentaient des échantillons des précieuses marchandises.

Elle reconnut sans peine le poivre, la moutarde, la cardamome, l'anis, la cannelle, le cubèbe et la muscade, mais d'autres espèces lui étaient totalement inconnues. Devant l'intérêt qu'elle manifestait, le vendeur s'approcha en souriant, mais ce qu'il y avait d'insolite dans son sourire, c'est que ses dents étaient absolument noires. Pourtant, il se dégageait de lui une chaleur amicale, et son étrange langage, mélange de français et de divers patois, se rehaussait d'un accent jamais entendu nulle part. Un sarrasin, songea-t-elle, en cherchant du regard s'il était accompagné par les animaux prodigieux dont elle avait entendu parler par des voyageurs. Mais il n'avait qu'un mulet attaché près d'une charrette.

Il nomma successivement chaque variété, en la montrant du doigt : cumin, gingembre, girofle, safran, vanille, sucre... S'arrêtant sur ce dernier, il en prit un grain, et le tendit à Mathilde en l'invitant à goûter. Après une petite hésitation, la jeune fille accepta, et fut surprise par la saveur. Cela lui rappelait le miel, mais c'était différent, à la fois dur et fondant. Elle s'émerveilla, et pensa qu'elle pourrait remercier Agnès pour sa générosité en lui offrant un peu de cette étonnante nouveauté. Elle en demanda pour quatre deniers, ce qui correspondait au prix d'un pot de miel, et elle fut déçue par la petite quantité qu'elle obtint, juste une douzaine de morceaux de la taille d'une noix. Devant son air désappointé, le noir éclata de rire et rajouta deux fragments, en se lançant dans une longue explication pour justifier le prix de sa marchandise. Le sucre venait de très loin, d'une plante qui ne poussait que dans des contrées très chaudes par delà les mers et les déserts. Son langage éprouvait quelques difficultés à choisir ses mots parmi de nombreux idiomes, mais ses mimiques étaient si expressives qu'il faisait voir ce qu'il voulait dire. Il imitait les cris des animaux féroces, le balancement des chameaux, le roulis des embarcations prises dans les tempêtes, la marche épuisante sous de lourds fardeaux, et bientôt un groupe de badauds s'assembla pour profiter du spectacle.

Ravi d'intéresser un tel auditoire, l'étranger continua de plus belle son récit, provoquant des moments de franche gaieté. Il se montrait aussi drôle qu'un baladin, mais il présentait en plus un aspect inhabituel qui avivait l'intérêt des Pérougiens. Les enfants, un peu effrayés au début, furent vite rassurés et amusés. Arrivé au terme de sa pantomime, il profita du rassemblement pour vanter sa marchandise, et réussit à séduire quelques curieux.

Mathilde reprit sa promenade jusqu'à la porte d'En-Bas. Elle fut saluée avec égard par les gardes, qui s'empressèrent de lui faire libérer le passage encore bien encombré. Lorsqu'elle repassa enfin le seuil de la Maison des Princes par l'entrée d'honneur, elle ne se doutait pas que de nombreux témoins affirmeraient plus tard que la demoiselle Agnès de Charny y était revenue peu avant midi.

*
* *

Le Bachelier, rouge de colère, s'approcha d'Agnès qui, solidement maintenue par un bras du Piarre, avait renoncé à se défendre. Effondrée, et en proie à une terreur incontrôlable, elle pleurait sans retenue.

- Ainsi, Danizia, tu voulais t'acquitter de nos service pour trois deniers ? On croyait avoir affaire à une dame qui avait le respect de ses engagements, et voilà que tu te conduis comme une ribaude. Mais l'heure n'est pas à la badinerie. Le capitaine sera furieux si je ne rapporte pas le prix convenu, et tu ne peux pas savoir à quoi sa fureur peut le conduire. Je n'ai aucune envie de payer à ta place, alors tu me donnes ce que tu dois, et tu pourras repartir, sinon...

- Mais je n'ai pas cette somme ! Tout ce que je possède est dans cette bourse.

- Seulement un ducat et trois sous ! fit le bandit après avoir compté. Eh bien tant pis pour toi! Tu vas t'expliquer avec Wolf le Germain.

Puis s'adressant à son complice, il lui dit vivement une phrase en patois. Avant que la jeune fille ait pu réaliser ce qui lui arrivait, le géant l'avait saisie et commençait à lui serrer la gorge entre ses mains puissantes.

- Ne la tue pas, le Piarre !

- Je sais y faire. Juste l'endormir...

Agnès à demi étouffée perdit conscience. Le géant l'enveloppa alors dans un sac de chanvre et la chargea sur son épaule.

- VIII -

Marie et Jehan franchirent la monumentale porte de la Halle derrière le sergent Badier qui ouvrait la route. La matinée était fraîche, mais la brume légère qui montait des marais de la Reyssouze semblait ne pas devoir résister longtemps au soleil. La jeune femme avait souhaité abandonner la charrette confortable à Déliane, pour voyager au côté de son époux, et pouvoir ainsi lui faire découvrir la région de son enfance.

Philippe et Antoine fermaient la marche, en compagnie du garde qui s'était joint au groupe. Ils laissaient derrière eux les immenses remparts de brique rouge, surplombés des toitures de bois qui protégeaient le chemin de ronde où résonnait le pas des gardes. A intervalles réguliers se dressaient quelques-unes des quarante tours qui veillaient sur la ville, tassées sous leur chapeau de plomb luisant d'humidité. Devant leurs pas, la route s'étendait étonnamment droite et plate, jusqu'au pied des collines qui barraient l'horizon.

Messire Favre était resté à Bourg. Il avait chargé le tisserand de retrouver la tombe de Magdeleine, et les recherches auprès des clercs et des religieux lui paraissaient beaucoup plus ennuyeuses que la partie de chasse proposée par le sire Guillaume de la Baume, gouverneur de la ville. Il devait rejoindre Treffort dans le milieu de la semaine, où l'attendrait son châtelain.

Jehan était partagé entre la joie de se trouver auprès de son épouse, et l'inquiétude de ce qu'il allait découvrir. Il savait pertinemment que la mère de Marie qui reposait dans l'un des cimetières de la région, n'était pas Magdeleine, l'amour perdu de messire Favre. Il était possible que le châtelain se contente de faire fleurir sa tombe, et de venir s'y recueillir sans poser trop de questions, parce que la consultation de manuscrits rédigés en latin était une tâche qui dépassait ses connaissances. Il s'en remettrait à ce qu'on lui dirait. Mais il n'en serait pas de même pour Marie qui tenait à retrouver la trace du passage de ses parents. Comment réagirait-elle lorsqu'elle apprendrait que son père était réellement le Turinois, et qu'elle n'avait aucun lien ni devoir envers le maître de

Pérouges ? Et ne serait-elle pas tentée de le lui dire, plus par honnêteté que par intérêt ? Ce qui la retiendrait probablement, c'était la fureur prévisible du châtelain s'il apprenait qu'il avait été dupé.

- Vous semblez bien soucieux, mon ami, et mes propos ont l'air de vous ennuyer. Suis-je trop bavarde ?

Brusquement ramené à la réalité, Jehan sourit et dit :

- Certes non, Marie. Mais je suis tourmenté par une chose que je vous ai cachée. Puisque la route nous permet de parler sans témoin, je vais vous la dire. J'ai longtemps hésité à le faire, mais aujourd'hui les circonstances m'y obligent.

- Est-ce donc si grave que cela ?

- C'est en tout cas très important, et vous concerne. Vous vous souvenez que Messire Favre vous a reconnue pour sa fille après la lecture de la lettre retrouvée dans les parchemins de mon père. Certaines lignes en étaient effacées, mais elles sont redevenues lisibles à la chaleur d'une lampe. Leur contenu prouve de façon certaine que Magdeleine n'attendait pas d'enfant lorsqu'elle a quitté Pérouges, et que la fillette qui l'accompagnait quand elle s'est rendue ensuite à Montmelian, n'était pas la sienne, et que ce n'était pas vous non plus.

- Mais la lettre parlait aussi d'un capitaine Bertrand, qui était parti pour Turin...

Jehan s'attendait à l'objection, et il y avait longtemps réfléchi. Il ne voulait pas révéler la falsification de Thibaut, car Marie n'aurait pas manqué de se demander pour quoi ou pour qui il l'avait faite. Il répondit sans hésiter :

- Il pouvait effectivement s'agir de votre père, puisqu'il a habité Treffort pendant plusieurs années, et qu'il s'y est marié. Mais rien ne prouve que votre mère soit Magdeleine, de Pérouges.

- Alors pourquoi Monseigneur Amédée m'a-t-il officiellement reconnue comme fille d'Humbert Favre ?

- Parce que cela n'avait pas de conséquence, puisque Humbert est sans héritier direct, mais surtout parce que cela vous donnait une raison inattaquable pour échapper à un mariage qu'il n'aurait pu vous éviter autrement.

- Vous avez sans doute raison. Sans la découverte de cette lettre, j'aurais dû épouser cet homme qui se dit aujourd'hui mon père, et je n'aurais pas le bonheur de partager votre vie. Mais puisque vous saviez, pourquoi ne m'en avoir rien dit ?

- Je pensais que cela vous troublerait. Vous êtes trop droite pour profiter d'une imposture, et vous seriez trouvée devant un dilemme. Soit prouver à Favre que vous ne pouviez être sa fille, et devoir l'accepter pour époux, soit accepter la forfaiture pour retrouver votre liberté.

Marie resta silencieuse un moment. Elle avait été frappée par les arguments de Jehan, et réfléchissait à ce qu'elle venait d'apprendre. Elle demanda enfin :

- Quand avez-vous découvert la vérité, et comment ?

- C'est notre bon père Augustin qui a attiré mon attention sur le côté hasardeux de cette filiation. Il m'en a parlé le lendemain du jour où vous l'avez apprise. Il s'était étonné de certains détails, et en particulier, de ces lignes effacées au milieu de la lettre. Pensant qu'elles avaient pu être grattées, j'ai voulu vérifier si le parchemin était usé à cet endroit. Et la chaleur de la lampe a fait réapparaître les mots.

- Ainsi, vous l'avez su avant que j'apprenne la trahison de Thibaut. En vous taisant, vous lui laissiez toutes les chances... Vous l'avez donc fait pour moi ?

- Pouvais-je agir autrement ? Je n'avais rien à y gagner, et j'aurais fait votre malheur.

La jeune femme se rapprocha et prit la main de Jehan et dit en le regardant avec tendresse :

- Je n'oublierai jamais cela. C'est la plus grande preuve d'amour que vous pouviez me donner.

- Nous voici complices d'un bien lourd secret, ma mie. Nous découvrirons probablement la vérité dans votre village natal. Vous comprenez maintenant combien il est important que messire Humbert l'ignore ? S'il l'apprend, tout le bon que vous avez ramené chez lui risque d'être anéanti, et le pire, c'est que vous perdriez toute influence sur lui.

- Il est vrai qu'il n'aurait plus de raisons de chercher à me plaire. Mais une fois le coup de l'émotion passé, on pourrait peut-être le raisonner. Il a été très sensible à sa nouvelle popularité, aux acclamations des gens qui le haïssaient autrefois, aux félicitations du comte Philippe... Tout cela, il croit me le devoir, et il ne tient pas à le perdre. Cependant, et bien que cela m'en coûte, il vaut mieux qu'il ne connaisse jamais la vérité.

Soulagé, Jehan allait répliquer, lorsque le sergent Badier se rapprocha d'eux.

- Maître Dupuy, nous arrivons en vue du château de Jasseron, et le bourg est proche. Mais nous allons bien lentement avec les attelages, et le soleil est déjà haut. Nous ne serons pas rendus à Treffort pour midi. Il ne serait pas séant de déranger messire Louis de Genost au moment du repas. Aussi, je vous propose de faire halte à Meillonas. On dit que l'auberge y est bonne.

- Qu'en pensez-vous, ma mie ? demanda le tisserand à Marie.

- Je n'ai aucun souvenir de cette auberge, mais je me rappelle bien ce petit hameau. L'église venait juste d'être terminée lorsque j'y suis passée pour la dernière fois. La route monte ensuite, et il serait sans doute sage de laisser reposer les bêtes. Aussi j'approuve la proposition du sergent.

- Eh bien c'est d'accord. Je vais envoyer Philippe pour prévenir de notre arrivée.

Les voyageurs commençaient à distinguer les petites maisons de pierre à travers les ramures que l'automne avait dépouillées. Dressée au milieu de la forêt qui habillait la longue barrière de collines, la tour semironde et les murailles de la forteresse de Jasseron donnaient une impression de puissance redoutable. La blancheur de la construction prenait encore plus d'éclat parmi les tons roux et bruns des bois environnants. Quelque part dans la place, le cri d'un cor annonça le passage de la caravane.

*
* *

De Meillonas à Treffort, la route ne présenta pas de surprise, et le bourg fortifié apparut bientôt après une dernière courbe qui terminait le bois. Les remparts qui réunissaient une longue suite de tours rondes ou carrées laissaient deviner la forme générale de la cité, à peu près circulaire. L'arête rocheuse qui lui servait de support s'élevait vers le nord, révélant de nombreuses constructions. La porte massive, surmontée d'un mur crénelé apparaissait avec son étroit pont-levis où deux gardes qui venaient d'apercevoir les voyageurs, semblaient hésiter à prendre une décision. Finalement l'un d'eux se précipita à l'intérieur de la forteresse, tandis que l'autre se plaçait au milieu du passage. Il était visible que les malheurs de la guerre n'étaient pas venus jusque là. Le bord des fossés était envahi de buissons et les chaînes rouillées n'avaient pas dû lever depuis longtemps le pont délabré. Le plancher vermoulu à demi enterré était consolidé par endroit par des planches grossièrement ajustées.

L'arrivée du prévôt mit fin à l'attente, et il invita les arrivants à le suivre. Marie, ravie de retrouver les lieux de son enfance, parlait avec vivacité :

- Vous allez voir, Jehan, combien cette ville est agréable et bien ordonnée. Elle n'a pas beaucoup changé d'après mon souvenir. Elle était dans l'apanage de notre bon prince Amédée, alors baron de Bresse, mais depuis son accession à la tête du duché, c'est son frère Philippe qui en dispose. Six portes livrent passage sur chaque face des fortifications. La porte Jordan, celle des Lombards, celle des Pelans, la porte Butier... j'ai oublié les autres. Le châtelain ne demeure pas au château, mais a sa maison près des halles.

- Nous aurons le temps de faire une visite plus complète un peu plus tard, et vous me direz tout sur cette ville. Mais nous arrivons apparemment, et nous sommes attendus.

*
* *

Le sire de Genost reçut ses visiteurs avec amabilité. C'était un homme d'environ quarante ans, bien que ses cheveux grisonnants aient pu laisser penser qu'il était plus âgé. Il se tenait près d'une vaste cheminée où un feu flambait avec un ronronnement piqueté de craquements. Un lévrier couché à ses pieds se leva à l'entrée de Jehan et Marie.

Après les politesses d'usage, on en vint au sujet de l'entrevue.

- Messire Favre, de Pérouges, m'a fait envoyer une missive, dans laquelle il me demande de favoriser vos recherches pour retrouver la tombe d'une dame Magdeleine, qui aurait été l'épouse d'un officier nommé Bertrand Tamisier, dit "le Turinois." Il ne donne pas d'autres détails, sinon que cela se passait il y a près de quatre lustres. Je n'ai en charge la châtellenie que depuis deux ans, et je ne suis arrivé ici qu'en 1460. A l'époque, le châtelain était Humbert de Rougemont.

- Ainsi, vous ne pouvez pas nous aider ? demanda Marie

- Je n'ai pas dit ça. Je ne sais rien sur cette affaire, mais j'en ai parlé au chacipol Blayer. Il a toujours servi à Treffort, depuis sa jeunesse, et il se souvient de certaines choses. Je vais le faire appeler.

Messire de Genost fit tinter une clochette, et dit quelques mots rapides au valet accouru. Peu après, un homme de grande taille pénétrait dans la salle après avoir frappé à la porte. Il devait être plus âgé que le châtelain, mais il donnait une impression de force et d'énergie que le temps n'avait pas affaiblie. Il était vêtu comme la plupart des gardes, d'une cotte de cuir recouverte de plaques de métal. Son bonnet de mailles d'acier rabattu sur ses épaules découvrait une abondante chevelure grise. Sa moustache épaisse contribuait à lui donner un air sévère, mais dénué de méchanceté. Il n'avait comme arme qu'une dague passée dans sa ceinture. Le plus surprenant était le trousseau de lourdes clefs qui lui faisait pendant.

- Le sergent Blayer a bien connu Tamisier, et il répondra à vos questions, fit le châtelain. Parlez lentement, car il ne pratique pas bien le français.

Le conseil n'était pas superflu car le début du dialogue fut assez difficile. C'est alors que Marie intervint. Elle s'adressa à l'homme dans un patois inconnu de Jehan :

- Quèy a-t-eu de nouvé u velajou?

Celui-ci eut l'air étonné, puis sourit et un échange vif de propos s'ensuivit. Messire de Genost, l'air intéressé, suivait la discussion avec attention. Seul, le tisserand se sentait exclu, mais sans en éprouver d'amertume. Il découvrait un nouveau talent de sa bien-aimée, et il réalisa qu'elle venait de retrouver le parler de son enfance. Il essayait de deviner, d'après la mobilité de son visage, la nature de l'entretien, et il y lut de l'étonnement et de l'incrédulité. Finalement, Marie lui résuma la conversation :

- Ce que vient de me dire le sergent est pour le moins surprenant, mais ne fait aucun doute. Mon père, le vrai, Bertrand, était originaire de Pressiat, un village à deux lieues d'ici. Fils d'une famille nombreuse et sans fortune, il était venu se mettre au service du châtelain de Treffort aux environs des années 1440. Le sergent Blayer n'était à l'époque qu'un jouvenceau insouciant. Mais qui partageait avec mon père la passion du tir à l'arc. C'est lui qui lui avait appris à choisir le meilleur bois, l'if ou le châtaignier, et à le travailler longuement. A tresser ses cordes de lin, et empenner ses flèches. Mais ce qui est important, c'est que mon père avait une promise, fille unique d'une vieille famille de Treffort. Elle s'appelait Magdeleine Lacroix, et il l'a épousée au printemps 1443. Le sergent s'en souvient, car c'est cette année-là qu'il a pu entrer dans le corps des gardes, grâce à mon père. Je suis née l'année suivante, et ma mère est morte avant mon cinquième anniversaire. Lorsque nous sommes partis pour Turin, mon père n'était pas capitaine, mais seulement sergent.

Jehan allait poser une question, mais le châtelain le devança :

- Si j'ai bien compris, vous parlez de cet homme comme étant votre père ? Mais comment pouvez-vous le prétendre ?

- J'ai passé mon enfance à Treffort, que j'ai quitté vers ma neuvième année pour aller en Italie avec lui. J'étais trop petite quand ma mère est morte, pour en garder plus qu'un vague souvenir. Mais je me rappelle bien des choses sur ce village, et je n'ai pas oublié le parler d'ici.

- Je n'étais pas là à l'époque, mais vous avez dû rencontrer Blayer, et lui doit se souvenir de l'enfant que vous étiez.

Marie répondit en patois pour être comprise du soldat. Celui-ci écouta avec une attention qui se transforma vite en stupeur. Visiblement ému, il questionna la jeune femme, puis partit d'un grand rire. Il lui prit les mains et les baisa avec effusion.

- J'ai l'impression qu'il vous a reconnue, fit le tisserand d'un air interrogateur. Mais peut-être pourriez-vous m'en dire plus ?

- C'est vrai, Jehan. Voici notre histoire. A Treffort, comme dans beaucoup de villages, les enfants sont très tôt chargés de tâches pour aider leur famille, et gardent le plus souvent les bêtes aux champs. Je ne voyais mes amies que le dimanche à la sortie de la messe. Mon père voulait que j'apprenne à lire et à compter avec le scribe, et je ne pouvais les suivre la semaine. Mais j'avais un compagnon d'école, un jeune homme que j'admirais pour son adresse et son courage. Quoiqu'en âge de se marier, il apprenait aussi son alphabet. C'était Edouard, que j'appelais Doudou. Et Doudou, c'est le sergent Blayer !

*
* *

La venue des voyageurs avait déjà suscité la surprise des villageois, mais quand fut connue la nouvelle qu'une des dames était la fille de Bertrand Tamisier, leur curiosité s'en trouva avivée. Et lorsqu'ils sortirent avec le chacipol, il s'en trouvait quelques-uns qui attendaient devant la maison du châtelain. Mais ils se contentèrent de les regarder et de les saluer, sans oser leur adresser la parole.

- Voici le cimetière, fit le sergent en désignant une grille de fer surmontée d'une arche cintrée, unique ouverture dans le haut mur qui fermait l'enclos. Il ouvrit, et s'effaça pour laisser le passage. Puis il expliqua à Marie que la tombe se trouvait dans une ancienne partie qui n'était plus entretenue, que les ronces avaient envahie, et qu'elle serait sans doute difficile à découvrir. De fait, si les sépultures de l'entrée étaient fleuries, et les allées soigneusement sablées et ratissées, une haie vive taillée à hauteur d'homme fermait le fond du cimetière, ne laissant qu'une trouée étroite. Au-delà, parmi les herbes folles et les orties qui avaient pris possession de l'espace, des pierres moussues et des croix de bois mutilées se dressaient encore. L'ensemble offrait un tel aspect de désolation et d'oubli, que Marie frissonna, et se rapprocha de son époux, en lui disant :

- Le sergent m'a raconté que dans l'année qui a suivi notre départ, le dauphin Louis avait fait des ravages en Bresse, et ses troupes avaient propagé un mal mystérieux et mortel qui se répandit rapidement au cours de l'hiver. Toutes les victimes de la maladie furent enterrées à cet endroit. Peu à peu, le fléau s'éteignit et seuls furent encore frappés les parents qui se rendaient au cimetière. Le lieu fut considéré comme maudit, et la crainte ne s'en est jamais complètement effacée.

Pourtant, un passage assez nettement tracé indiquait qu'on y venait de nouveau. Quelques tombes semblaient entretenues, et on pouvait y lire des noms. Mais qui pouvait encore se soucier de Magdeleine ? Elle devait sans doute reposer dans un fouillis de verdure qui rendait l'approche impossible. Le sentier poursuivait ses méandres, et devait probablement retourner à l'entrée, c'est pourquoi Jehan proposa d'avancer encore. C'est alors qu'ils découvrirent ce qu'ils étaient venus chercher. Entourée d'une bordure de buis soigneusement taillée, une longue pierre portait, profondément gravé, le nom de la mère de Marie. L'herbe était fauchée tout autour, et la croix qui se dressait ne devait pas compter plus de trois ou quatre hivers. Une cruche en terre contenait encore une brassée de roses fanées.

Edouard Blayer ne put fournir aucune explication. Il ne venait jamais à cet endroit, et ne savait pas qui pouvait s'être ainsi occupé de cette dernière demeure. Mais pour Marie, cela n'avait pas d'importance. Elle ne voyait que l'endroit où sa mère gisait, et elle se mit à prier.

- IX -

Le loup ne semblait pas accorder d'intérêt à son compagnon, mais dès que celui-ci s'approchait d'une des sorties des ruines de l'enceinte de l'abbaye, il grondait de façon menaçante. L'animal ne se laissait pas davantage approcher, et conservait toujours une distance d'un peu plus d'une toise, suivant le jeune homme dans tous ses déplacements, et reculant au besoin.

Thibaut avait ainsi fait le tour du repaire des bandits, satisfait de respirer l'air de la forêt, et de voir le ciel d'automne, où le soleil jouait encore entre les troupeaux de nuages blancs qui se laissaient paresseusement conduire vers le sud par une bise piquante. Wolf avait tenu sa promesse, et il en avait profité pour se lever à l'aube pour sortir de sa prison. Son premier souci était de voir le lever du jour pour situer l'orient. Bien qu'il n'ait encore aucun plan pour tenter une évasion, il voulait connaître la direction à prendre en cas de fuite. Il savait, bien qu'il n'ait rien pu voir après sa capture, qu'on l'avait fait remonter vers le nord, et que la fin du parcours s'était faite sans détours. Il devina ainsi par quel sentier il était arrivé.

Mais tant que Satan serait sur ses talons, il n'y aurait aucun espoir d'évasion. Le fauve, admirablement dressé par Wolf, ne connaissait que son maître, et n'acceptait de nourriture que de lui. Il n'était pas servile à la manière d'un chien, et conservait même dans l'obéissance une fierté incontestable. Comment le Germain avait pu s'imposer auprès de cet animal demeurait un mystère. Toutes les tentatives du poète pour l'apprivoiser avaient tourné à l'échec. Le loup l'acceptait parce qu'il en avait reçu l'ordre, mais il l'aurait tout aussi bien mis en pièces si la fantaisie de son maître avait été différente. De plus, son flair redoutable le conduirait sans hésitation sur la piste d'un fuyard. Même avec plusieurs heures d'avance, Thibaut n'avait aucune chance de sortir à pied de la forêt. Quant aux chevaux, ils étaient trop étroitement enfermés et surveillés pour imaginer en voler un.

Pourtant le barde ne renonçait pas à trouver un moyen d'évasion. La protection de Wolf restait aléatoire, et en admettant même qu'elle persiste, il n'était pas à l'abri pour autant. Si les bandits venaient à être trahis, ou défaits par des troupes ducales, on ne croirait jamais qu'il ne faisait pas partie de la compagnie, et il subirait le sort commun.

Pensivement, il s'assit sur une pierre taillée, au pied d'un pan de mur. Le loup hésita un instant, puis s'allongea sur le sol, les yeux mi-clos. A l'abri du vent, il faisait bon. De sa place, Thibaut découvrait l'ensemble des ruines. A sénestre se dressait la tour carrée, silencieuse, apparemment déserte. Pourtant il finit par déceler la présence du veilleur qu'il savait là aux imperceptibles mouvements de l'ombre des trouées. Il devait, sous peine de ne plus ressortir, regagner l'abri souterrain au premier signal d'alerte, un cri d'animal qui changeait suivant le moment de la journée. Il était encore trop tôt pour le reste des malfaiteurs qui se levaient tard, à cause des beuveries de la veille. La trappe d'accès au refuge grande ouverte permettait d'évacuer l'humidité et de changer l'air. En cas de nécessité, elle pouvait retomber en un clin d'œil. Le reste des débris des bâtiments ne permettait plus d'en identifier la fonction, à part ce qui avait été l'église abbatiale. Les démolisseurs n'avaient pu venir à bout de l'imposante construction. Le feu dont les traces étaient encore visibles, n'avait pas eu de prise sur les pierres massives. La plupart des voûtes avaient cédé sous les assauts, mais le gros des murs délimitait encore nettement l'édifice. Quelques piliers couronnés de chapiteaux offraient un refuge aux corneilles, plantés au milieu d'un amoncellement d'éboulis qui débordait par les ouvertures.

Face à lui, un pan de muraille attira l'attention du poète. Il était encore très haut, et son faîte se perdait dans la ramure d'un chêne gigantesque qui avait poussé à l'extérieur de l'enceinte. Cette partie devait d'être encore debout grâce à l'appui d'un épaulement qui faisait contrefort. Large d'une vingtaine de pas à la base, il se réduisait de moitié au sommet.

Thibaut estima que son escalade devait être facile, et que d'en haut, il pourrait voir au-delà du rideau forestier qui enserrait le couvent, au besoin, en continuant de s'élever par l'arbre. Il s'approcha de l'épaulement abrupt, et commença l'escalade. Le loup se mit à gronder, mais il avait été pris par surprise, le jeune homme était déjà à plus de deux toises de hauteur, et il continuait de grimper avec agilité. Satan ne chercha pas à le suivre par cette voie trop difficile. Il hésita un instant, puis en trois sauts rapides, il atteignit une brèche, d'où il parut rebondir vers une saillie, qui lui permit d'aborder une pente régulière. Et lorsque Thibaut arriva au terme de son ascension, ce fut pour découvrir les crocs du fauve qui le menaçait férocement. Il n'eut plus qu'à redescendre. Mais il s'arrêta hors de portée de l'animal pour regarder par dessus la forêt. Sur les trois quarts de l'horizon, la cime des arbres s'étalait en courbes adoucies, comme les vagues d'une mer figée, sans sommet nettement détaché. Vers le nord, une dépression bien dessinée indiquait la présence d'une vallée profonde, probablement celle d'une rivière. Le vent apportait des effluves de marais qui pourtant n'étaient pas visibles.

Thibaut constata avec surprise que l'abbaye lui apparaissait sous un jour tout à fait différent. Si, au niveau du sol, tout n'était qu'enchevêtrement de pierres et de ronces, il découvrait de sa position ce qui avait été son agencement. Il avait suffisamment voyagé et visité de lieux consacrés pour pouvoir identifier chaque corps de logis. L'enceinte avait une forme à peu près rectangulaire, et les voies se croisaient à l'équerre. La partie occupée par la cachette des bandits correspondait à l'espace réservé aux serfs qui s'occupaient de la ferme, et les caves étaient celles où le vin et les vivres étaient conservés. Près de l'entrée principale, on devait retrouver l'hospice où se pratiquaient les soins dispensés par les religieux, et à proximité, la maison de l'abbé, et celle des hôtes de marque. Il aurait voulu faire un relevé rapide des lieux, mais son sac était resté au bas du mur, et il savait que le loup ne le laisserait pas grimper une seconde fois. Il essaya de conserver en mémoire la vue d'ensemble, en observant attentivement chaque détail. Il constata ainsi que l'église n'était pas entièrement comblée, et qu'on pouvait apercevoir par endroits une partie du dallage du sol. Il redescendit enfin, inquiet sur le comportement de Satan. Le loup l'attendait, ramassé sur lui-même, comme s'il allait bondir.

L'homme et la bête se regardèrent longuement. Thibaut, immobile, fixait l'animal dans les yeux. Il savait qu'il devait l'affronter, et que toute trace de peur pourrait lui devenir fatale. Puis il se décida et fit un pas en avant. Satan grogna, montrant les crocs, hésita et recula. Il se détourna enfin, comme s'il jugeait que l'avertissement était suffisant. Le poète comprit le message, que toute nouvelle tentative de sa part serait suicidaire.

Trop préoccupé pour pouvoir trouver l'inspiration d'une composition, il revint lentement vers la fontaine. Un massif de roseaux s'était développé sur un bord de la mare, et certains atteignaient la grosseur de deux doigts. Au cours de ses études, il avait eu l'occasion de jouer du pipeau, et l'idée lui vint d'en fabriquer un. Il sortit de sa ceinture le minuscule coutel qui lui servait à tailler ses plumes, et que ses gardiens lui avaient laissé, le jugeant inoffensif. Il coupa plusieurs longueurs de tiges, et les plaça au soleil pour les faire sécher. Mais il en conserva deux qu'il commença à tailler avec soin. Il voulait avec cette ébauche, déterminer la bonne longueur de l'instrument, et la position des trous. Il réservait le travail le plus minutieux de la réalisation du sifflet pour plus tard. L'ajustage de deux tubes coulissant parfaitement l'un dans l'autre l'occupa un long moment.

*
* *

Le cri du veilleur le surprit. Le soleil était déjà haut et les ombres si courtes que midi devait être proche. Les brigands qui étaient sortis rentrèrent pour la plupart dans le souterrain, alors que certains gagnèrent des cachettes qu'il n'avait pas remarquées. Mais il n'eut pas le temps de s'en étonner, car la trappe commençait à s'abaisser, et il dut se précipiter à l'intérieur. Eustache Montevignes, le lieutenant du Germain lui ordonna de rejoindre immédiatement sa cellule.

Après la vive clarté du dehors, l'obscurité des couloirs ralentit son pas. Le loup l'avait abandonné sitôt rentré, et il se retrouva seul, les bandits s'étant rassemblés. Il s'arrêta dans l'ombre, essayant de discerner dans les rumeurs ce qui justifiait cette agitation. Mais l'écho des voûtes déformait les sons, et aucun mot intelligible ne lui parvint. Il regagna enfin le réduit qui lui servait de logement. Une vague clarté tombait de l'étroit conduit d'aération, et une petite lampe à huile brûlait encore accrochée au mur. L'air était froid, et l'humidité faisait briller les pierres et imprégnait toutes choses. Wolf lui avait accordé en plus de son lit, une table et un tabouret, afin qu'il puisse écrire. Le bandit attendait avec une certaine impatience que le poète soit en mesure de s'exprimer dans sa langue, et lui avait demandé de composer un lexique qu'ils complétaient ensemble. Cette tâche convenait à Thibaut, curieux de tout, et habitué aux finesses des traductions classiques. Il l'assurait d'autant plus volontiers que cela lui donnait l'impression de prendre de l'importance auprès du capitaine, et de rendre son avenir un peu moins incertain. Mais il constatait avec inquiétude la diminution rapide de sa réserve de papier. Il prit cependant une feuille et commença à tracer de mémoire le plan de l'abbaye, tant qu'il en avait encore une vision suffisamment nette. Il avait presque achevé lorsqu'un bruit de pas lui fit précipitamment cacher son dessin. Le Germain le faisait appeler, et il suivit l'homme sans un mot.

*
* *

Wolf était à table, mais ne mangeait point, malgré les fumets délicieux qui s'échappaient des plats servis. Il avait l'air contrarié et perplexe. Il fit signe à Thibaut de venir prendre la place qu'il occupait habituellement, à côté de Montevignes. Il n'y avait personne d'autre dans la pièce, et seul devant la porte se tenait le Piarre.

- Signor Vasari, j'ai besoin d'un avis. Mais il faut que je vous raconte de quoi il s'agit. Le Bachelier est allé chercher le prix convenu auprès de cette Danizia, qui a essayé de le tromper. Mais notre damoiseau avait si peur de ma colère, si le compte n'y était pas, qu'il ne s'est pas laissé duper. Et comme elle ne pouvait payer, il n'a rien trouvé de mieux que de la ramener ici...

- Et nous discutons pour savoir quoi en faire, termina le lieutenant.

- Il n'est pas question de la relâcher maintenant, reprit Wolf. Elle en sait trop sur notre compte.

- Mais je suppose qu'elle a voyagé elle aussi les yeux bandés, remarqua Thibaut. Elle ne pourrait jamais revenir à cet endroit.

- Peut-être. Mais si elle raconte qu'elle s'est retrouvée dans les ruines d'un couvent de la forêt de Chassagne, ça suffira à déclencher une battue par les troupes ducales. Nous en serions avertis à temps, mais je n'ai aucune envie d'abandonner ces lieux.

- Le plus simple serait de la faire étrangler par le Piarre, fit froidement le lieutenant.

Thibaut sursauta à cette proposition. Quels qu'aient pu être les torts d'Agnès à son égard, et son désir de vengeance, il ne pouvait envisager le meurtre. Il demanda :

- Pourquoi ne l'utiliseriez-vous pas comme servante, en attendant de décider autrement de son sort ?

Le Germain soupira :

- Elle n'est pas bonne à grand-chose. C'est une mädchen habituée à se faire servir, et elle ne connaît rien en cuisine ou en raccommodage. Et puis, elle est jolie, et ça va provoquer des embarras avec ma troupe. Je n'ai jamais voulu de femmes ici, parce que ces hommes sont des rustres qui s'entre-tueraient pour des rivalités. Quand la nature les démange, je les envoie faire un tour dans certaines étuves d'Ambérieu, et ils se calment avec quelques sous.

- Il y a pourtant la Sampille... fit Montevignes en ricanant.

- So. Mais pas de danger avec elle. Vous ne la connaissez pas encore, signor Vasari. C'est une vieille, borgne et si laidement tournée qu'elle ferait fuir un satyre. Mais elle prépare admirablement mon manger, et ce service lui vaut quelques égards.

- Pour en revenir à la demoiselle, dit le lieutenant, nous pourrions la vendre à un bordeau, après l'avoir convenablement dressée à cet état. Je connais une maison d'où elle n'aurait aucune chance de s'échapper.

Wolf eut l'air intéressé par la suggestion. Il remarqua que ce serait une manière d'en tirer un certain profit.

- Elle vaudrait bien une dizaine de florins si elle se montre docile. Mais ça ne sera pas facile de la mater. Enfin, quel est votre avis, Thibaut ? Puisqu'elle a tenté de vous nuire, c'est la moindre des choses de vous laisser le choix de son sort.

- Pourquoi ne demanderiez-vous pas une rançon à son père ? Sa famille est riche et puissante...

- Trop puissante ! Pas question de rançon ! Je n'ai pas envie de finir trop tôt sur la roue. On ne peut se fier à la parole de ces gens, et ils nous tendraient un piège. Même s'ils payaient, nous serions traqués sans répit. Proposez autre chose.

- Alors gardez Danizia comme garant. S'il vous arrivait mésaventure, vous pourriez négocier un échange et racheter votre vie contre la sienne.

- Ach! Voilà une idée ! Il faut que j'y réfléchisse... Mais où est votre intérêt dans cette solution, et quelle satisfaction en tirez-vous ?

- Eh bien, elle va vivre en prison, sans le secours de la moindre amie, de la moindre servante. Et longtemps sans doute. Chaque jour, elle pourra songer que c'est là le prix de son crime.

- Bien ! Et pour qu'elle ne s'ennuie pas, nous la confierons à la Sampille qui lui fera faire les basses corvées. Elle partagera sa bauge, comme ça les hommes ne la verront pas. Mais vous, vous allez la revoir.

Wolf appela le Piarre et lui dit quelques mots en patois. Le géant ricana et sortit, pour revenir peu après, en poussant devant lui Agnès, méconnaissable.

*
* *

Le jour commençait à décliner lorsque Thibaut regagna sa cellule. Le Germain l'avait retenu tout l'après-midi pour parler de poésie et jouer de la musique. Plus aucune allusion n'avait été faite à propos d'Agnès, mais il n'avait pu chasser de son esprit l'image pitoyable qui lui était apparue. Il avait toujours vu la jeune fille richement vêtue, changeant de toilette suivant l'humeur de la journée, constamment soucieuse de sa coiffure et de son maquillage. Et il l'avait découverte en habits de paysanne, déchirés aux épines de la forêt, couverts de la boue des chemins. Les pieds nus lacérés de traînées rouges, la chevelure en désordre, mêlée de paille. Et surtout l'air affolé d'une biche pourchassée.

Quand elle l'eut aperçu à la table du capitaine, traité en familier, sa peur devint panique. Elle avait tout à redouter de Thibaut qu'elle avait trahi auprès de Marie, et qu'elle avait voulu livrer aux bandits. Ce qui accroissait encore son angoisse, c'est que le poète s'entretenait avec le chef des bandits dans un langage qu'elle n'avait jamais entendu auparavant, et dont elle ne pouvait deviner le message. Elle reconnut aussi à sa main droite l'anneau sigillaire qui lui avait été rendu. Finalement Thibaut lui avait adressé la parole sur la demande de Wolf.

- Danizia, je sais tout ce que vous avez tenté contre moi. Autrefois, vous étiez Agnès, et j'ai cru à vos protestations d'amitié. Aujourd'hui, vous êtes Danizia, c'est vous qui avez choisi ce nom, et vous le conserverez. Messire Wolf a décidé de vous garder comme otage, et réjouissez-vous, car votre sort aurait pu être bien pire. Vous travaillerez à la cuisine avec la Sampille, qui va venir vous chercher. Votre intérêt est de lui obéir en toutes choses. Avez-vous compris ?

- Oui, messire Vasari, avait-elle répondu d'une voix tremblante.

Elle avait enfin osé lever les yeux vers le jeune homme. Celui-ci avait continué :

- Vous imaginez sans peine les sentiments que j'éprouve à votre égard. Je vous plains pour votre bêtise, mais je vous hais pour votre méchanceté. N'attendez rien de moi.

Le ton était d'une implacable dureté, mais le regard qu'elle saisit au passage démentait les paroles prononcées.

Puis la Sampille était arrivée. C'était véritablement une créature de cauchemar. D'une laideur si atroce qu'elle avait dû fuir depuis longtemps dans la forêt pour ne pas être brûlée comme sorcière. Les bandits l'avaient découverte dans les ruines de l'abbaye lorsqu'ils en avaient fait leur repaire. Ils l'avaient épargnée par une crainte superstitieuse, et la vieille, qui se découvrait plus en sûreté parmi les truands qu'au sein des honnêtes gens, était entrée à leur service. Elle était grande, quoique bossue, et paraissait d'une force peu commune. Elle n'avait pas le moindre souci de coquetterie, et ne prenait même pas la peine de dissimuler son œil éteint sous le fichu crasseux qui couvrait sa tête. Elle portait une robe sans forme, en laine brute grossièrement tissée, et rapiécée, et un tablier de toile rude qui devait lui servir aussi de torchon.

Agnès, épouvantée, écoutait avec horreur la voix grinçante qui répondait aux ordres du capitaine. Mais elle n'avait opposé aucune résistance lorsque la mégère l'avait saisie par le bras pour l'entraîner avec elle.

Thibaut ne pouvait trouver le sommeil, malgré le silence. Les bandits étaient en assemblée pour préparer une expédition, mais aucun bruit ne parvenait jusqu'à lui. Il avait repris son esquisse du plan de l'Abbaye, et y ajoutait des notes. Il avait appris qu'il se trouvait dans la forêt de Chassagne, et qu'il était sans doute assez près d'Ambérieu. Ce n'était pas grand-chose comme information, mais il espérait, avec le temps, en savoir davantage.

Il plia pensivement sa feuille, et la glissa dans la doublure de son sac, puis resta, songeur, assis sur son tabouret. Quelque part dans le couloir, une goutte d'eau tombait à intervalles réguliers, comme le balancier d'une horloge. La lampe à huile grésillait doucement, et par instants, on percevait le trottinement de rats ou de mulots.

Soudain, il crut entendre un glissement furtif, et un frôlement sur les pierres. D'abord indistinct et hésitant, le bruit se rapprocha. Aucune lumière n'apparaissait, et pourtant il était convaincu que quelqu'un s'avançait dans l'obscurité. Il allait se lever pour aller voir lorsque la silhouette d'Agnès apparut dans l'entrée.

La jeune fille était toujours pieds nus, mais elle avait tenté d'effacer le désordre de sa tenue. Elle avait démêlé et tressé ses cheveux, et une toilette énergique lui avait rendu une apparence plus agréable. Elle semblait également s'être ressaisie, et la terreur qui l'avait accablée laissait seulement une trace d'anxiété dans son regard. Le poète, immobile, la lampe à la main, la regardait d'un air indéfinissable. Elle finit par parler :

- La Sampille me croyait endormie, et elle est partie rejoindre la bande de scélérats sans fermer la porte... J'en ai profité pour aller à votre recherche.

Elle avança d'un pas, et Thibaut, sans répondre, posa sa lampe, et alla s'asseoir sur son lit. Agnès reprit :

- Nous sommes vous et moi prisonniers. Ne pourrions-nous pas oublier nos griefs, et faire alliance pour tenter de nous échapper ?

Le jeune italien éclata d'un rire sarcastique :

- Vous ne manquez pas d'audace ! N'avez-vous pas compris ce que je vous ai dit devant Wolf ? Je vous hais !

- Je l'ai entendu. Mais vos yeux disaient le contraire, et j'y ai lu de la compassion...

- Vous y avez lu ce que vous souhaitiez y trouver. Je vous dois le désespoir de mon amour perdu, et vous avez tenté de me vendre à ces brigands... je ne puis que me réjouir de vous voir en l'état où vos mauvaise actions vous ont réduite, Danizia.

Thibaut avait parlé sans passion, avec une certaine tristesse qui n'échappa pas à Agnès. Elle se jeta à genoux et fit d'une voix suppliante :

- Oh, Thibaut, j'ai de grands torts envers vous. C'est vrai, je suis très coupable. J'ai eu le temps d'en prendre conscience, depuis ma capture. J'ai cru que ces bandits allaient me tuer... Et j'ai eu peur de mourir... sans votre pardon.

- C'est un fait que vous êtes passée bien près de la mort. Le lieutenant voulait se débarrasser de vous, et le capitaine, vous vendre comme ribaude. J'ai déjà fait beaucoup pour vous en leur conseillant de vous garder comme otage.

- Mais je ne pourrai survivre longtemps dans cet enfer ! La Sampille est un démon. Elle me bat lorsque je ne comprends pas son horrible patois, elle me bat encore quand je me montre maladroite. Je n'ai jamais appris à travailler... regardez mes mains tout abîmées ! Je suis brisée de fatigue...

- Avec le temps, vous vous endurcirez. Vous avez choisi un costume de paysanne... pour elles, c'est leur vie de tous les jours.

- Mais je suis une damoiselle ! Je sais, j'ai mérité ce qui m'arrive, et je dois sans doute l'accepter un temps comme punition. Mais je ne puis imaginer finir mon existence dans cette condition. Vous pouvez m'aider... vous êtes bon, Thibaut, bien meilleur que moi.

- Je ne vois pas ce que je pourrais faire, en admettant que j'en aie envie.

- Le capitaine vous écoute, et il a suivi votre conseil. Demandez-lui de me rendre à ma famille contre une rançon. Mon père est riche, il vous fera libérer aussi et saura vous récompenser au-delà de vos désirs.

A ces mots, Thibaut rit nerveusement, et déclara en se levant :

- Quelle confiance puis-je avoir en vous, Danizia ? Vous parlez de me faire libérer, alors que vous avez payé pour que l'on me capture ! Vous ne tenez pas du tout à me revoir en liberté. Quant à votre père, j'ai eu l'occasion de le rencontrer, et sans la bienveillante intervention de la duchesse, il m'aurait fait appliquer la question... par votre faute !

Accablée par les reproches, Agnès fondit en larmes. Elle se rendait compte que la rancune du poète était parfaitement justifiée. Ne sachant plus que dire, elle resta un long moment à genoux, à sangloter. Thibaut, apparemment indifférent, s'était assis devant sa table. La lumière incertaine de la lampe ne lui permettait pas de voir l'expression de son visage. Alors, vaincue, elle se leva lentement pour sortir.

- Attendez, Danizia.

Elle s'immobilisa, puis se retourna. Le jeune homme la regardait d'un air pensif. Il dit enfin:

- Je ne vous accorderai mon aide que si vous me dites toute la vérité sur vos actes. Je connais certaines choses, et si vous me mentez une seule fois, je vous abandonnerai à votre sort. Quant à mon pardon, c'est trop me demander aujourd'hui. Si d'aventure je devais vous l'accorder, vous le sauriez le jour où je vous appellerai de nouveau Agnès. Venez vous asseoir, et confessez-vous.

Pleine d'espoir, la jeune fille ne fit plus aucune difficulté pour tout avouer.

- X -

Dom Jean de Marboz termina son service devant un auditoire recueilli et attentif. L'église rassemblait plus de monde qu'à l'accoutumée, beaucoup étant venus pour voir la dame que l'on disait fille de Bertrand Tamisier. On attendait impatiemment les annonces que le prêtre faisait habituellement à la fin de l'office, pour en savoir un peu plus. L'automne, qui jusque-là s'était montré particulièrement clément, s'était laissé gagner par un froid inattendu, et des rafales de vent passant sous les portes faisaient vaciller les cierges et frissonner les enfants. Dom Jean, peut-être par malice, commença par les événements habituels : le paiement d'une livre de cire par la paroisse de Cuisiat, pour sa sauvegarde par Treffort, la nomination effective du chacipol Edouard Blayer comme geôlier à vie, le prix du bichet de froment au marché de Bourg fixé à trois deniers, celui du seigle à deux, et de l'avoine à un...

Enfin, il parla de Marie.

- Vous savez tous que messire Dupuy et son épouse nous honorent de leur présence dans notre village. Dame Marie est née ici, bien avant mon arrivée, et certains d'entre vous se souviennent de son père qui avait en charge la garde, avant son départ pour Turin. Les années ont passé, apportant l'oubli. Mais notre frère Bertrand avait fait son chemin, puisqu'il était devenu capitaine au service du duc Louis. Dieu l'a hélas rappelé à lui, alors qu'il faisait héroïquement son devoir. Son épouse, Magdeleine, une fille Lacroix, repose dans notre ancien cimetière, et son enfant est venue se recueillir sur sa tombe. Elle m'a exprimé le souhait de rencontrer ses amies d'autrefois, et les invite cet après dîner, à l'auberge.

Nous aurons aussi la visite de messire Humbert Favre, châtelain de Pérouges dans la semaine. Mais j'ignore la raison de sa venue.

Peu après, les paroissiens se dispersaient rapidement pour échapper à la bise qui s'était remise à souffler. Au moment où Jehan et Marie franchissaient le seuil, le prêtre les arrêta :

- Suivant votre demande, j'ai fait des recherches dans les registres des cérémonies, et j'ai retrouvé les actes concernant le mariage de Magdeleine avec le garde Bertrand Tamisier. Il y a aussi la transcription du baptême de votre épouse, et du décès de sa mère. Si vous voulez bien me suivre jusqu'à la sacristie vous pourrez en prendre connaissance.

La faible clarté tombant d'une étroite ouverture révélait une table où des parchemins étaient déroulés. Le reste de la pièce disparaissait dans l'ombre qui laissait entrevoir le fantôme de statues mutilées, les bras tordus et rouillés de chandeliers brisés, des bannières de processions, et d'autres objets indistincts. A la lueur d'un cierge, Jehan lut le document authentifiant le mariage des parents de son épouse. Rédigé avec soin, en assez bon latin, il apportait la preuve irréfutable que Marie était bien la fille du Turinois, et que Magdeleine Lacroix ne pouvait être sa nourrice Mamène.

Après avoir regardé à son tour, Marie dit :

- Je suis heureuse d'avoir enfin la certitude que je suis bien la fille du capitaine Bertrand. Mais imaginez-vous ce que messire Favre va dire quand il le saura ?

- Si personne ne lui en parle, il pourra l'ignorer. Je ne pense pas qu'il demande à voir ces écrits, ni à se les faire lire. Il n'entend rien au latin, et tout ce qu'il souhaite, c'est de retrouver la tombe de sa bien-aimée.

- Mais tout le village sait la vérité. Il peut l'apprendre par hasard, même s'il ne comprend pas le parler d'ici. Il serait alors persuadé que nous avons voulu le lui cacher, et il aurait vite trouvé des raisons à cela.

- Je sais. Il y a des jours que je retourne tout cela sans savoir quelle est la moins mauvaise solution. S'il repart pour Pérouges dans l'ignorance, nous aurons évité un pénible affrontement. Mais s'il découvre la réalité, que nous la lui disions, ou qu'il l'apprenne autrement, ce sera dramatique.

Le prêtre qui s'était tenu à l'écart, s'approcha et fit :

- Je vous vois dans l'embarras. Ne croyez-vous pas que vous devriez vous confier à moi ? Peut-être pourrais-je vous conseiller, si je savais la nature de vos soucis.

- Le père Jean a raison, Jehan. Si quelqu'un peut avoir un avis équitable, et nous aider, c'est bien lui.

Après une courte hésitation, le tisserand y consentit. Il résuma les événements sans entrer dans les détails. Le prêtre resta un moment songeur, puis il affirma :

- Il n'y a pas eu tromperie délibérée de votre fait, et vous pouviez être conforté dans l'idée que Dame Marie était la fille de messire Favre, par la reconnaissance faite par monseigneur Amédée. Mais aujourd'hui, vous savez. Il faut choisir la vérité, même si cela doit compliquer les choses. Si messire Favre vient ici, je ne saurais lui mentir, et ces actes sont indiscutables. De plus, en lui présentant vous même les faits, il ne saurait mettre en doute votre sincérité. Alors que si vous les lui cachez, il croira à un complot de votre part. Quant à espérer qu'il puisse repartir sans être mis dans le secret, il ne faut pas trop y croire.

Un silence suivit. Puis Jehan consulta Marie du regard et approuva :

- Nous suivrons votre conseil, mon père. Mais ce sera une partie difficile. Priez pour que la colère inévitable de messire Favre ne soit pas d'un poids trop lourd pour les Pérougiens.

- Ayez confiance, mon fils. Vous me semblez être un homme droit et loyal. Vous ne regretterez pas d'avoir agi selon votre conscience.

- Puissiez-vous avoir raison ! Vous parlez comme notre regretté père Chanin.

*
* *

- Voici le pressoir et les caves de la châtellenie, fit Marie. Nous allons faire le tour de la ville par le bas, puis nous monterons au château. Les halles sont à quelques pas d'ici. Elles ont été reconstruites sur l'ordre de notre comte Amédée le Cinquième. Elles servent pour les marchés, mais aussi pour les réunions publiques.

- C'est un peu comme à Pérouges. Est-ce que la coutume de l'Assemblée existe aussi ?

- On n'utilise pas ce mot, mais la plupart des problèmes sont débattus ici, et on y procède à la nomination des syndics.

Le bâtiment présentait pour Jehan des différences importantes par rapport à la halle de sa cité. Outre le fait qu'elle était de beaucoup plus grande importance, elle était close de murs de briques et de bois avec quelques ouvertures sur la rue. Déserte en cet après midi, on pouvait apercevoir les étals des artisans. Marie reprit son commentaire :

- Vous voyez, il y six bancs de bouchers, autant de tanneurs, cinq merciers, quatre cordonniers, trois potiers et plusieurs sauniers. Chacun paie un droit qui varie suivant son état. En ce qui concerne les bouchers, il existe une curieuse coutume. Le seigneur de Pommier sous Treffort, Pierre de Seyturier, possède un droit sur les langues de toutes les bêtes qui se tuent et sont vendues sous la halle. Il demeure dans une maison forte à proximité de la Porte-Huile.

- Il est vraiment surprenant que vous ayez gardé le souvenir de tout cela. Vous n'étiez qu'une enfant lorsque vous avez quitté Treffort.

- C'est vrai. Mais mon père m'en parlait souvent. Il regrettait autant que moi le bonheur des années passées ici. Voici maintenant l'hôpital Sainte-Marie et sa chapelle. Il y en a beaucoup d'autres dans la juridiction : Saint-Barthélémy, Saint-Jean-Baptiste, Saint-Paul... sans compter l'église Notre-Dame de l'Assomption, et celle du Monetay. La ville compte plus de deux cents maisons et quatre-vingts familles.

La grand'rue montait assez rudement, et Marie se tut. D'étroits passages que l'on ne pouvait appeler des ruelles apparaissaient par endroits pour rejoindre de petits jardins. En haut de la côte, on apercevait le cintre d'une porte fortifiée qui donnait le passage vers le village de Cuisiat. Mais Marie tourna sur la droite dans une voie semée de marches espacées.

- Nous arrivons à la porte haute et le château est devant nous. Il comporte huit tours de formes assez différentes. C'est là que loge la garnison et où j'ai habité avec mon père. Mon ami Edouard, le chacipol, nous attend pour nous faire visiter.

La forteresse était construite suivant une forme sensiblement rectangulaire. Deux cours intérieures communiquaient au travers d'un bâtiment qui servait de cuisine et de cellier. Les murs extérieurs servaient de remparts et s'appuyaient sur le rebord abrupt de la colline.

Le sergent faisait un grand effort pour être compris de Jehan, et Marie lui soufflait le plus souvent les mots qui lui faisaient défaut. Il s'en suivit des quiproquos, et le rire finit par amener une joyeuse humeur.

Lorsque vers le soir le chacipol quitta Jehan et Marie au pont-levis, toute réserve avait disparu entre eux et le tisserand le remercia chaleureusement.

Le couple regagna lentement l'auberge tandis que le jour déclinait rapidement et que des lumières commençaient à briller dans les chaumières. Le terrible Humbert devait arriver le lendemain, et cette perspective les rendaient songeurs. Ils ne craignaient pas sa colère pour eux-mêmes, mais surtout pour les accès de démesure où elle le conduisait parfois. Sans s'être concertés, ils entrèrent dans l'église Notre-Dame pour y trouver un réconfort.

*
* *

Messire Favre était ému et silencieux tandis qu'il suivait Jehan et Marie dans les allées du cimetière. Le tisserand n'avait pas encore trouvé l'occasion d'entretenir le châtelain depuis son arrivée. Il faudrait donc le faire maintenant, devant la tombe de Magdeleine. Philippe, qui les précédait, déposa la gerbe de roses blanches qu'il portait sur la dalle. Au moment où messire Favre allait s'agenouiller, Jehan le retint.

- Un moment, messire, il faut que je vous parle.

- Ça peut attendre. Je viens de retrouver Magdeleine. Laissez-nous...

- Justement, ce n'est pas elle qui se trouve ici.

- Que racontez-vous là ? N'est-ce pas son nom sur la tombe ?

- Il s'agit bien d'une Magdeleine. Magdeleine Lacroix. Celle que vous êtes venu chercher n'avait pas de nom, c'était une enfant trouvée. Elle, c'est la mère de Marie dont vous n'êtes pas le père.

- QUOI ?

- Les registres de la paroisse sont formels. Le Turinois a épousé une fille Lacroix au printemps 1443. Marie est née de cette union. Son certificat de baptême est conservé à l'église.

Le châtelain avait pâli. Il avait du mal à réaliser ce qu'il venait d'apprendre. Il s'était mis à marcher de long en large en marmottant à son habitude. Jehan attendait avec anxiété l'explosion de colère. Elle se produisit sans transition. Favre hurla :

- Vous voici au pied du mur, alors vous avouez ! Vous saviez tout, et vous avez eu peur que je l'apprenne par quelqu'un d'ici ! C'était une machination et vous avez inventé cette lettre qui m'a berné !

- Non, messire. La missive de mon père était bien écrite de sa main, et de toute façon, ne vous était pas destinée.

- Bien sûr ! Mais vous vous êtes arrangé pour que Mollod la voie, sachant qu'il allait aussitôt m'en parler !

- Vous oubliez qu'à ce moment-là, je n'étais pas encore remis de ma blessure, et incapable de me lever. Maître Mollod l'a même lue avant moi, car je l'avais confiée à Thibaut Vasari pour qu'il assouplisse le parchemin devenu cassant.

- Et qu'il le falsifie !

- Comment aurais-je pu le lui demander puisque j'ignorais de quoi parlait la lettre ?

- Fort bien. De retour à la cité, je ferai examiner ce document par des scribes pour savoir s'il a subi des modifications. Et dans ce cas, vous connaissez le châtiment des faussaires ?

Jehan ne répondit pas. Le texte réapparu à la chaleur de la lampe était resté visible dans l'épaisseur du manuscrit, et il semblait impossible de l'effacer. La preuve que cherchait Favre était toute trouvée. Il fallait absolument détourner son attention de cette idée et gagner le temps de faire réaliser une copie de l'original. Marie devait avoir la même pensée, et elle réagit la première :

- Dois-je vous rappeler, messire, que je ne croyais pas au fait d'être votre fille, que c'est vous qui en avez décidé ainsi, et qu'il a fallu la reconnaissance de mon parrain pour lever mes derniers doutes ?

- Alors, depuis quand saviez-vous que tout ça était faux ? Et comment l'avez-vous appris ?

Marie put répondre sans mentir :

- En venant ici. Nous en avons eu la révélation sur les registres de l'église. Nous avons tenu à vous en avertir au plus tôt.

Favre parut se calmer, mais il n'était pas convaincu. Il conservait l'impression d'avoir été trompé, parce que la raison inattaquable qui l'avait obligé à renoncer à Marie comme épouse, n'avait jamais existé. Marie n'était pas sa fille, mais était reconnue comme telle par le duc. Et son rôle de père ne lui avait pas déplu. Jehan pouvait être de bonne foi, et dans ce cas, il ne trouvait plus de griefs contre lui. Finalement, il prit le parti de se montrer bon joueur, et déclara avec une ombre de sourire :

- Je veux bien croire que le sort ait été contre moi. J'espérais sincèrement retrouver Magdeleine en venant ici... Marie, vous resterez ma fille, je vous le demande comme une faveur. Et vous, Jehan, je n'attends de vous qu'une chose pour que tout soit clair : jurez-moi sur la tête de votre dame que vous ignoriez tout de cette erreur avant votre mariage.

Les époux se regardèrent avec consternation. Alors que la partie semblait gagnée, par une malice peut-être involontaire, Favre remettait tout en question. Jehan ne pouvait prononcer un faux serment aussi terrible.

- Je ne puis jurer ce que vous souhaitez, messire. Je n'avais aucune certitude pour ou contre cette filiation entre Marie et vous. Mais le père Augustin m'avait fait part des doutes qu'il avait.

- Ainsi vous saviez qu'elle n'était pas ma fille ! Taisez-vous ! Le vieux Chanin ne parlait jamais sans savoir, et il était sûr de son fait. Vous avez profité de cette situation pour m'évincer ! Mais vous allez le payer ! Je ne puis vous prendre votre femme, mais rien ne m'empêchera d'épouser votre veuve ! Défendez-vous !

Ivre de rage, Favre avait sorti sa dague et menaçait le tisserand. Jehan comprit que toute discussion était impossible avec ce fou, qui constituait cependant une menace dangereuse. Bien qu'il ait négligé de faire de l'exercice régulièrement, il avait l'expérience de la guerre, connaissait toutes les ressources du combat, et restait d'une force bien supérieure à celle de Jehan, qui avait comme faible avantage la mobilité, et une plus grande maîtrise de soi.

Marie tenta vainement d'intervenir et de raisonner le châtelain. Mais son pouvoir de persuasion avait perdu beaucoup de sa force, et dans l'état de furie où il était, aucun argument n'aurait pu se faire entendre. Jehan prit le parti de fatiguer son assaillant, en se bornant à parer les coups. Il ne voulait pas le blesser, et cherchait seulement l'ouverture qui lui permettrait de le neutraliser pour l'obliger à traiter. Malgré le froid mordant, Favre fut assez vite essoufflé et suant. Sa rage ne baissait point, mais ses maladresses se multipliaient, et finalement, Jehan passant brutalement à l'attaque, fit sauter l'arme des mains du châtelain qui se retrouva avec une lame sous la gorge.

- Allez-y ! Tuez-moi, et vous finirez au gibet ! Mais faites vite !

- Je n'ai aucune intention de vous tuer. Je veux seulement que vous m'écoutiez.

- Il n'y a rien qui puisse racheter votre traîtrise. Si vous me laissez la vie, je vous poursuivrai en justice ! Je ferai annuler votre mariage pour tromperie sur la personne... vous finirez en prison !

- Allez-vous enfin m'écouter, ou faut-il que je vous rosse à coups de poings pour vous mater ?

- Pourquoi pas ? Jetez votre arme, et allons-y à mains nues !

Cette fois, Humbert avait l'avantage. Plus lourd et plus solide, ses coups portaient durement, et sans sa rapidité, Jehan aurait été vite dominé. Il cognait de toute son énergie, mais l'autre avait une surprenante capacité à endurer. Ils finirent par rouler à terre, chacun cherchant à immobiliser l'autre. Après une mêlée indécise qui les couvrit de boue, Jehan parvint enfin à plaquer son adversaire, le tenant à la limite de l'étranglement. Ils étaient l'un et l'autre épuisés, et incapables de parler.

Marie s'adressa alors au châtelain :

- Père, puisque vous m'avez demandé de continuer ainsi, puis-je vous faire remarquer que si ce n'est pas Dame Magdeleine, votre promise, qui est enterrée ici, cela veut dire qu'elle peut ne pas être enterrée du tout, et qu'elle pourrait vivre encore quelque part ?

Le tisserand et son adversaire la regardèrent, interloqués. Puis ce dernier partit d'un formidable éclat de rire, aussi violent qu'incongru.

- Ah, ça, ma fille, vous m'étonnerez toujours ! Mais par le diable, vous dites peut-être vrai ! Allez, Dupuy, relevons-nous. Marie a trouvé un moyen de racheter votre crime. Retrouvez Magdeleine, et je vous pardonne... vous avez trois mois !

- Mais sa trace est perdue depuis plus de vingt ans, mon père l'a cherchée en vain, comment voulez-vous...

- Ne discutez pas ! Trois mois, c'est tout, avant que je ne vous poursuive. Si vous échouez, ne reparaissez jamais en Pérouges, vos biens seront confisqués et vous serez hors-la-loi. Si vous réussissez, ce dont je vous sais capable, tout sera oublié.

- Mais si malgré tout, sa vie est arrivée à son terme ?

- Alors vous me conduirez au lieu où elle repose. Mais pas de tromperie !

- Le marché me parait à votre avantage. Aussi y mettrai-je une condition. Jusqu'à mon retour, au plus tard dans trois mois, vous vous conduirez de manière irréprochable. Si j'apprends que vous êtes retombé dans vos excès de violence ou d'ivrognerie, vous ne saurez jamais rien de Magdeleine.

- Vous ne manquez pas d'audace... mais ça me plaît ! Vous faites un beau couple avec Marie. Eh bien c'est entendu. Vous n'avez qu'une saison, mais vous avez aussi la compagnie d'une épouse sage et de bon conseil. Comme je n'ai plus rien à faire ici, je vais retourner à Bourg après avoir réparé le désordre de mes habits, dont vous êtes responsable. Je vous salue, maître Dupuy. Marie, venez embrasser votre père !

- XI -

Le châtelain avait disparu au tournant du sentier, bousculant au passage Philippe qui s'était tenu prêt à intervenir au cas où son maître aurait été menacé dangereusement. Comme le calme était revenu dans ce coin du cimetière, il se retira discrètement. Marie vint se serrer contre son époux, en murmurant :

- Pardonnez-moi, mon doux ami, j'ai dit n'importe quoi sans en imaginer les conséquences. Je voulais essayer de raisonner cet homme, et je ne sais pourquoi cette idée sëest imposée à mon esprit.

- Il est vrai que vous avez réussi à dénouer l'affaire, mais à quel prix ! Oh, je ne vous en veux pas le moins du monde, mon bel amour. Mais cela va précipiter notre voyage, et nous devrons reprendre la route de Chambéry dès demain. Après avoir présenté notre hommage à monseigneur, il nous faudra nous rendre au couvent des Clarisses, en espérant y trouver quelqu'un qui se souvienne.

- Mais nous devons retrouver Agnès pour la ramener à son père, et nous avions convenu d'un rendez-vous dans deux semaines à Ambérieu...

- Nous ne pouvons attendre. La solution la plus rapide est de retourner à Pérouges sans tarder, et de la prendre au passage. Messire Favre n'y sera pas encore, car je gage qu'il va de nouveau se laisser tenter par la chasse du seigneur de la Baume. Nous ne resterons dans la cité que le temps nécessaire. J'aurai quelques affaires à régler au cas où nous échouerions dans cette entreprise.

- Vous pensez que messire Favre mettrait ses menaces à exécution ?

- Ce n'est pas certain. Quand il est sous le coup de la colère, il est capable du pire, il devient une bête féroce. Mais quand il a retrouvé son calme, il est presque raisonnable. Les menaces qu'il a proférées sont absurdes pour la plupart, et il s'en rendra vite compte. Et puis il ne peut pas toucher à la Dame de Pérouges sans provoquer une jacquerie dans la cité, et votre renom nous protège.

- Mais vous prévoyez cependant des difficultés ?

- Il est sûr que Favre est mauvais perdant, et je préfère préserver mon patrimoine. Et puis nous aurons besoin de beaucoup d'argent pour...

Jehan laissa sa phrase en suspens. Il venait d'apercevoir une vieille, courbée par l'âge, et un jeune garçon d'une douzaine d'années qui soutenait ses pas hésitants, venant à eux.

Ils s'arrêtèrent à quelques pas, et l'enfant s'adressa au tisserand qui ne comprit pas, mais sentit un ton de reproche dans la voix. Marie traduisit :

- Ils vous ont vu vous battre auprès de cette tombe, et sont indignés qu'un homme de votre condition ne respecte pas ce lieu.

- Ce serait trop long de leur expliquer mes raisons, et cela ne les concerne pas. Mais ils ont l'air de s'intéresser à cette sépulture ; peut-être savent-ils qui l'entretient ?

Le garçon le regarda les yeux brillants, et dit avec une certaine fierté :

- Je connais aussi votre parler, messire. Je suis Hugon, de Pressiat. C'est moi qui prends soin de cette tombe, pour grand-mère Annette.

- Mais pourquoi ta grand-mère s'intéresse-t-elle à Magdeleine ?

- Ce n'est pas ma grand-mère. Je suis berger au village... comme je n'ai plus de parents, j'habite avec elle et je l'aide parce qu'elle est seule elle aussi. Son fils est mort à la guerre, et c'est sa fille qui se trouve ici.

*
* *

De retour à l'auberge, Jehan s'était empressé de commander un bain avant de changer ses vêtements souillés et déchirés contre une tenue décente. Tandis que Philippe l'aidait dans sa toilette, il repensait à la révélation de Hugon. Après un instant de stupeur, Marie s'était adressée à la vieille femme, et une longue discussion en patois avait suivi, à laquelle il n'avait pas compris grand-chose. Mais il apparaissait certain que son épouse avait retrouvé une aïeule dont elle ignorait tout.

Le froid vif avait incité le petit groupe à quitter le cimetière assez rapidement, après avoir remis de l'ordre autour de la dalle funèbre. Grand-mère Annette avait d'abord été sceptique, puis s'était laissé convaincre, fondant en larmes dans les bras de sa petite-fille qui avait insisté pour la ramener à l'auberge, ainsi que le jeune berger. Jehan avait donc mis à profit la conversation qui se prolongeait à son insu pour se retirer et effacer les traces de son affrontement avec le châtelain.

Philippe restait silencieux, attendant que son maître lui adresse la parole. Il avait été témoin de faits surprenants, et s'il se posait des questions, il n'en laissait rien paraître. Il avait découvert avec étonnement que Dame Marie n'était pas la fille de Favre, contrairement à ce qui avait été publié, et pour finir, rencontré une vieille qui prétendait être la mère de Magdeleine.

- Tu ne dis rien, Philippe, mais je devine ce que tu penses. Cette journée aura été pleine d'inattendus. Le plus étrange est cette grand-mère dont Marie n'a pas le moindre souvenir.

- C'est ce que j'ai cru deviner, mais je ne comprends pas bien les gens d'ici, surtout les vieux. Enfin vous saurez tout par votre épouse. Ce qui me préoccupe davantage, c'est le commandement de messire Favre.

- C'est vrai, je ne sais trop où chercher. Mon père avait tenté en vain pendant des années de retrouver la trace de notre Mamène. Il avait fini par arriver ici, mais il s'agissait de Magdeleine Lacroix.

- Justement, et ça m'intrigue. Pourquoi votre père a-t-il écrit qu'elle était orpheline, alors qu'elle avait au moins sa mère ?

Jehan regarda son serviteur avec étonnement. Il se souvenait assez exactement du contenu de la lettre, et ce détail lui avait échappé.

- Bravo, Philippe ! C'est un point que nous devrons tenter d'éclaircir, mais qui reste secondaire. Puisque ton esprit est aussi subtil, peut-être pourrais-tu me proposer comment diriger nos recherches ?

- Eh bien, si nous nous en tenons aux choses certaines, la trace s'arrête au couvent des Clarisses. Il est dit qu'après, Mamène et l'enfant sont partis pour Montmelian, où personne ne les a vu arriver. Pourtant, la distance n'est pas si grande, et je pense que les religieuses les ont fait accompagner par prudence par un groupe de voyageurs.

- C'est probable. Alors quelle est ta conclusion ?

- Je suppose que, pour une raison que j'ignore, on voulait que l'enfant bâtard ne soit jamais retrouvé, et pour ça Mamène est partie dans une toute autre direction !

*
* *

Marie était assise, pensive, près de la fenêtre de la salle commune et Déliane cousait à la lumière du dehors. L'entrée silencieuse du tisserand les surprit.

- Oh, Jehan, vous voici enfin ! Grand-mère Annette vient de partir avec Hugon. Il faut que je vous raconte tout ce que je viens d'apprendre...

- J'y compte bien, mon doux cœur. Déliane, veux-tu aller trouver Philippe qui te remettra mes habits abîmés, et voir ce que tu peux faire pour les nettoyer et les réparer ?

La jeune fille sourit, et posa vivement son ouvrage en disant :

- J'y vais tout de suite, messire. Puis elle disparut dans l'escalier en sautillant.

- Il me semble que cette jouvencelle prend à cœur son travail. En êtes-vous satisfaite ?

- Tout à fait. Mais je crois surtout que c'est l'idée de retrouver Philippe qui la réjouit autant. N'avez-vous pas remarqué comme elle le regarde ?

- Ma foi non, ma tendre amie. Ce sont des choses auxquelles je ne prête pas grande attention. Mais pensez-vous que Philippe y soit sensible ?

- Il s'est montré réservé, mais n'a rien fait pour la décourager, pour autant que j'aie pu m'en apercevoir. Cela vous déplaît-il ?

- Non, mon cœur. Je suis moi-même si heureux de partager votre vie, que je leur souhaite un bonheur comparable. Et tant qu'ils seront discrets et assureront leur service avec le même dévouement, je n'en prendrai nul ombrage.

- J'en suis heureuse. J'aime beaucoup Déliane, et je n'ai qu'à louer ses qualités.

- Eh bien voilà une bonne conclusion. Si vous me dissipiez maintenant tous les mystères qui vous entourent ?

- C'est une histoire assez embrouillée, parce que grand-mère Annette n'est plus très sûre de ses souvenirs et mélange un peu tout. Mais il ne fait aucun doute qu'elle soit mon aïeule. Son époux s'appelait Raoul, forgeron de son état. C'était un homme autoritaire, taciturne, travailleur, et on disait qu'il avait su remplir sa bourse. Et de fait, il vivait confortablement, mangeant à suffisance, buvant du vin, et sa réputation lui assurait de bons revenus. Il avait un fils, Gilles, dont il était très fier, à juste titre, et une fille, Magdeleine. En plus d'être un bon parti, cette damoiselle était, parait-il d'une étonnante beauté, et se trouvait fort courtisée. Mais grand-père avait des projets pour elle, et s'était engagé avec le charron à ce qu'elle épouse son fils. Il s'agissait d'un mariage arrangé par les familles pour des questions d'intérêts réciproques. Tout cela ne faisait pas le bonheur de Magdeleine qui aimait depuis longtemps mon père. Malheureusement, il était sans fortune, et même sans métier. Mais courageux, adroit, fort et l'esprit vif, il songea à se mettre au service d'un châtelain, d'abord comme simple soldat. Il réussit parfaitement, et sut se faire apprécier. Mais quand il apprit que le mariage de sa bien-aimée allait être décidé, sa position était encore loin d'être brillante. Comme il était certain d'être rejeté par grand-père, il décida d'enlever ma mère, avec son consentement.

Marie fit une pause, et Jehan demanda :

- J'imagine que le grand-père Raoul n'a pas du tout apprécié cette aventure ?

- Moins encore que vous ne l'imaginez. Les deux amoureux et leurs témoins se retrouvèrent devant un vieux moine trop porté sur la boisson, qui les maria sans façon, après avoir fait un peu trop honneur aux trois cruches de vin qui lui avaient été offertes. Si les circonstances de cette union restèrent discutables, le mariage n'en était pas moins sacré et indissoluble. Mon aïeul en conçut une froide colère qu'il ne montra pas à la manière de messire Favre. Mais elle n'en fut que plus terrible. Il ne tenta rien contre mon père. Peut-être admirait-il secrètement son audace. Mais il renia sa fille. Il lui interdit sa maison et défendit que l'on parlât d'elle. Gilles, qui aimait beaucoup sa sœur, tenta vainement de fléchir son père. Finalement, irrité par autant de dureté, il partit à son tour pour Chambéry, où il se mit au service du duc Louis qui venait de succéder à son père Amédée VIII, devenu pape. Après diverses fortunes, dont les échos parvinrent jusqu'ici, il devait malheureusement être défait à la guerre quelques années plus tard.

Mon grand-père, qui avait bâti de grands espoirs sur ses enfants et qui avait vu en son fils son digne successeur, fut au désespoir. Il cessa de travailler, vivant sur le bien qu'il avait amassé, et ne sortant que rarement de sa maison où il retenait son épouse prisonnière. Il mourut au cours de l'hiver 1454, pratiquement ruiné. Grand-mère Annette retrouva enfin sa liberté, et apprit ainsi la mort de sa fille et ma naissance. Mais nous avions quitté Treffort l'année précédente, et elle ne sut jamais rien de moi.

- Mais comment a-t-elle subsisté si elle ne possédait plus rien à la mort de son mari ?

- Elle avait en propre une petite bergerie qui lui venait de ses parents, et qu'elle avait affermée, ce qui lui procurait un petit revenu. Et tant qu'elle en a eu la force, elle a travaillé comme servante. Aujourd'hui, sans l'aide de Hugon, elle serait dans la misère. Oh, Jehan, est-ce trop vous demander que de la ramener avec nous ?

- Cela va de soi... mais consentira-t-elle à quitter sa maison pour vous suivre ? Et que deviendra le jeune pâtre ?

- Nous avons parlé de tout ça. Grand-mère aura bien sûr des regrets à laisser son village et ses souvenirs. Mais elle est si heureuse de m'avoir retrouvée qu'elle viendra avec joie à Pérouges. Quant à Hugon il ne demande qu'à nous suivre, si nous acceptons de le prendre en charge.

- Je pourrai toujours l'essayer comme apprenti, s'il se sent attiré par le métier. Sinon, je ne vois pas à quoi l'occuper...

- Il semble très habile de ses mains, et il a appris le français, ce qui montre son esprit éveillé. Grand-mère en dit le plus grand bien, et le sergent partage son opinion. Il est orphelin depuis deux ans et il a su s'employer pour trouver à vivre...

- Tiens, ça me rappelle une remarque de Philippe. Savez-vous pourquoi on avait dit à mon père que Magdeleine était orpheline ?

Marie sourit et dit : "Cette contradiction m'avait frappée, et j'en ai parlé à Edouard, mon ami le chacipol. Il m'a expliqué que le mariage de mes parents ayant été contracté par la force des choses dans la plus grande discrétion, mon père avait laissé entendre que son épouse n'avait plus de famille. Comme les affaires d'un village sont presque toujours ignorées des domaines voisins, nul n'a cherché à en savoir davantage."

- Eh bien voici une question résolue. Demain, nous verrons comment assurer le voyage de votre grand-mère vers Pérouges, où nous devrons la laisser. Il faudra aussi mettre ses affaires en ordre pour le peu de biens qui lui reste.

- Quel étrange voyage de noces faisons-nous... Il va se transformer en une quête désespérée, alors que j'imaginais que ce serait une découverte sans l'ombre d'un souci...

- Tant que nous serons ensemble, ma douce Marie, aucune épreuve ne me fera reculer. Mais oublions les périls qui peuvent nous attendre pour vivre ce moment de paix qui nous réunit. Venez, cette soirée est à nous, et j'ai ordonné que nul ne nous dérange avant demain.

- XII -

Thibaut avait écouté avec stupéfaction la longue justification d'Agnès. Il était partagé entre la conviction que pour une fois, elle disait la vérité, et l'effarement sur ses motivations. Le récit de l'évasion du Bachelier et de son complice était exactement conforme à ce qu'il en savait, et il ne mettait pas le reste en doute.

Lorsque la jeune fille se tut, la lampe se mit à grésiller, prête à s'éteindre. Il y avait donc à peu près une heure qu'elle parlait. Il se leva pour remettre de l'huile, puis déclara :

- Danizia, je veux bien accorder foi à votre récit. Mais j'ai besoin de réfléchir à tout ce que vous m'avez dit. Je ne sais pas encore si je dois vous prendre en pitié, ou vous haïr davantage. Votre sincérité plaide pour vous... Dans le doute, je vais essayer d'atténuer la rigueur de votre servitude. Mais je ne saurais vous faire confiance... Nous reparlerons de tout ça demain, revenez me voir.

- Toute ma gratitude vous est acquise. Si vous me sauvez, je saurai vous le prouver.

- Ne me remerciez pas, Danizia. Il vous faudrait beaucoup changer pour avoir la moindre chance d'attirer ma sympathie. Mais peut-être pourrons nous conclure un marché, si vous devenez loyale. Je vous souhaite le bonsoir.

*
* *

Mais il devait en être décidé autrement, et Thibaut ne regagna que fort tard sa cellule le lendemain. Agnès, enfermée par la Sampille, ne put venir, et les jeunes gens ne se revirent pas de plusieurs jours. Toutefois le poète n'avait pas oublié sa promesse, et il avait profité d'un moment de discussion amicale avec Wolf pour y faire allusion. Il ne pouvait pas prendre la défense d'Agnès sans susciter la curiosité du bandit, aussi parla-t-il de sa mauvaise mine.

- Vous avez retenu ma suggestion, messire, de garder Danizia comme monnaie d'échange s'il vous arrivait quelque mésaventure. Mais vous ne semblez pas prendre grand souci de sa santé. Elle ne vaudra que ce que sa famille pourrait retrouver, et le moins est de la garder vivante.

- Vous voici donc en souci pour votre ennemie ?

- Je pensais à votre intérêt, capitaine. Et aussi, il me déplairait qu'un trépas prématuré ravisse la demoiselle à la punition qu'elle mérite.

Wolf éclata de rire :

- Enfin une bonne raison ! C'est vrai que sa mort ne me servirait pas. On va lui laisser le temps de prendre des forces, et de se tanner le cuir... j'en parlerai à la Sampille qui ne la ménage pas beaucoup. Nous allons partir bientôt en campagne. De l'or va se promener dans la région, avec les taxes de guerre... Finalement, le mieux est que je vous charge de prendre soin de Danizia. Gardez-la moi monnayable, et pour le reste, agissez selon votre plaisir

C'était plus que Thibaut n'en attendait, et il commençait à imaginer ce qu'il pourrait en obtenir. Les ordres du Germain n'étaient contestés par personne, et la Sampille dut accepter ses directives. La vieille était furieuse qu'un prisonnier puisse la commander, mais elle n'en laissa rien paraître. Le poète aurait pu considérablement adoucir le sort d'Agnès, mais il se borna, dans un premier temps à lui rendre la vie supportable. Sa rancune n'était pas tombée, et en tout état de cause, il devait continuer à se conduire en ennemi pour donner le change au capitaine. Pourtant, petit à petit, il fit diminuer ses corvées sous des prétextes divers mais péremptoires. Agnès en conçut une reconnaissance qui la surprit elle-même. Elle réussit à mener à bien les tâches qui lui étaient imposées, et sa bonne volonté apparente finit par amadouer la redoutable mégère qui se voyait soulagée dans son travail. Mais elle devait toujours dormir dans un cadre grossier, rempli de feuilles de châtaignier, avec seulement deux couvertures pour se protéger du froid humide. Enfin la Sampille renonça à la tenir enfermée, et elle s'empressa d'aller retrouver Thibaut. Le poète l'accueillit avec froideur et l'invita à s'asseoir sans prononcer une parole. Après un moment d'indécision, Agnès rompit le silence :

- Merci, signor Vasari, pour votre intervention. Mon existence est toujours difficile, mais ce n'est plus l'enfer. Seulement le purgatoire. Je sais que vous me détestez, avec de bonnes raisons, et j'en apprécie d'autant votre générosité.

- Ne cherchez pas de bons sentiments là où il n'y en a pas, Danizia. J'aurais agi ainsi pour n'importe quel être en détresse, prince ou manant, damoiselle ou ribaude. La souffrance ne saurait me réjouir, et le goût de la vengeance est bien amer. Je suis un poète, né pour chanter la beauté du monde, la profondeur des sentiments, la tendresse d'une mère, l'amour d'une Dame... je ne saurais être un bourreau. J'aurais infiniment plus de bonheur à vous aimer, si vous en étiez digne, qu'à vous haïr.

- Mais comment pouvez-vous parler de haine si votre cœur la refuse ?

- C'est le prix de mon rêve perdu. Je ne saurais tenir rigueur à Marie de son inconstance, puisqu'elle a été trompée. Tout ce que mon âme avait bâti pour elle de grand et de beau, est devenu source de rancune. Un sentiment aussi fort que l'amour ne peut mourir, et parfois il s'inverse lorsqu'il est bafoué... mais vous ne pouvez pas comprendre, vous qui n'aimez que vous-même.

Agnès soupira :

- Vous êtes dur. Je ne suis pas aussi insensible que vous l'imaginez. C'est par affection pour Marie que j'ai agi ainsi. J'avais si peur de la perdre en la voyant éprise, que je n'ai pas réfléchi à l'absurdité de ma démarche.

- Vous n'aimez Marie que pour ce qu'elle vous donne, et vous lui avez interdit d'être heureuse pour tenter de l'accaparer. Si vous l'aviez vraiment aimée, vous vous seriez réjouie de son bonheur.

A bout d'arguments, la jeune fille éclata en sanglots :

- Oui, c'est vrai, je déteste les gens heureux ! Tant que Marie était dans l'incertitude de son destin, j'étais là pour l'aider, et je comptais pour elle. Nous étions les meilleures amies du monde. Mais j'ai su qu'elle était amoureuse avant même qu'elle ne me le dise. Avant qu'elle ne le sache elle-même. Je l'ai senti, je l'ai vue s'éloigner de moi, me faire des mystères. Je n'ai eu aucune peine à découvrir la vérité, les amants sont si aveugles...

- Mais il était inévitable qu'un jour ou l'autre, elle rencontre quelqu'un qu'elle aime. Et vous n'avez pas pu empêcher son mariage avec le tisserand.

- Je sais. Je n'ai rien vu venir, car c'était vous qui obsédiez mon esprit, et que je voulais éloigner définitivement. La peur de vous voir revenir me demander des comptes m'épouvantait.

- Quel gâchis, ma pauvre Danizia ! Votre vie compromise pour rien. Même si Marie ignore tout de votre action, pourrez-vous encore vous prétendre son amie ?

- Elle est perdue pour moi. Vous la reverrez peut-être un jour, et elle apprendra la vérité. Car je ne tenterai plus rien pour vous empêcher de la lui dire.

- Je ne chercherai jamais à la revoir, Danizia. Pour elle, j'ai été infidèle. Cela m'est infiniment dur de la laisser sur cette idée, mais la vérité lui ferait trop de mal. Si elle est heureuse avec maître Dupuy, je ne veux pas être le mauvais génie qui briserait leur union. Quoi qu'il en soit, il y a fort peu de chance pour que vous ou moi sortions un jour de ce lieu.

- Mais mon père...

- Inutile de songer à une rançon. Wolf en a une malheureuse expérience. Il m'a raconté que son frère est tombé dans un traquenard alors qu'il allait en chercher une. Sa compagnie a été décimée, et tous les survivants jugés et pendus.

- Il reste l'évasion. Seule, je ne saurais comment faire, mais avec vous...

- Croyez bien que j'y ai réfléchi. Je ne pense qu'à ça depuis mon arrivée. Mais chaque jour confirme la vanité d'une telle tentative. Il faut trois heures, à cheval, pour sortir de la forêt, en connaissant le chemin secret. A pied, avec beaucoup de chance, il en faudrait le double, pour un homme au mieux de sa force. Dès notre fuite connue, Satan, le loup serait sur nos traces et nous arrêterait. Wolf n'aurait aucune pitié; ce serait la mort, plus ou moins horrible suivant son humeur.

- Il n'y a donc aucun espoir ? fit Agnès d'une voix suppliante.

- Je crains bien que non...

- Alors si nous devons rester très longtemps ici, ne vaudrait-il pas mieux faire la paix... ou du moins une trêve ? Je... je voudrais vous dire encore une chose...

- Eh bien parlez.

- Ce n'est pas facile à reconnaître. Mais si j'ai trahi Marie, c'est aussi parce que j'étais jalouse d'elle.

- Voilà un aveu qui plaide pour vous, et je suis enclin à vous croire.

- Oui. Mais pas seulement jalouse de sa renommée ou de son bonheur. J'étais jalouse parce que vous ne regardiez qu'elle, et que je n'existais pas pour vous.

Thibaut fixa la jeune fille avec stupéfaction. Il était à la foi incrédule et indigné. Etait-ce encore une ruse pour l'abuser ? Dominant la colère qu'il sentait monter, il se contraignit à demander calmement :

- Ainsi vous oseriez prétendre que vous éprouviez pour moi des sentiments que vous n'avez jamais exprimés d'une façon ou d'une autre ?

- Je n'ai pas dit que j'étais éprise de vous. Et je n'ai pas cherché à vous séduire, car Marie avait déjà réussi à le faire, et je ne pouvais rien contre son charme. Mais si vous m'aviez courtisée, alors oui, oui, j'aurais été infiniment heureuse. Quand je vous ai demandé ce poème, j'espérais y trouver plus de tendresse, et peut-être un encouragement. Mais vous étiez seulement courtois et amical. Je n'étais rien pour vous, et vous ne me donniez aucune raison de vous ménager.

- Alors vous vous êtes vengée de moi ?

- Par dépit... Mais aujourd'hui, je voudrais que vous sachiez que je regrette profondément le mal que je vous ai fait, que je le regrette d'autant plus que maintenant, je sais...

- Quoi ?

- Que je vous aime.

*
* *

Agnès, qui s'attendait à une réaction d'incrédulité, ou pire, à un rire moqueur, avait baissé les yeux, prête à s'enfuir si Thibaut se fâchait. Surprise par le silence, elle osa enfin le regarder. Le jeune homme semblait perplexe, vaguement ironique.

- Vous êtes vraiment prête à tout pour obtenir mon aide... jusqu'à me jouer la comédie de l'amour. Pourquoi ? Vous connaissez mes sentiments envers vous !

- Je ne cherche pas à vous tromper. Si nous avions eu des chances de quitter ce repaire, je ne vous aurais rien dit. Mais des années vont s'écouler, et nous allons les vivre ensemble. J'ai voulu être sincère avec vous, et que vous sachiez que je ne suis plus votre ennemie. Et que moi aussi, je souffrirai pour un amour impossible. Vous avez tout pouvoir sur moi, de par la volonté du capitaine. Que redoutez-vous ?

- Si j'étais convaincu de votre sincérité, je pourrais être sensible à cet aveu. Mais ce n'est pas le cas. Toutefois, je vais vous accorder une chance. Voici du papier, de l'encre, et une plume. Ecrivez-moi comme vous le feriez si j'étais votre ami, et que vous désiriez me convaincre de vos sentiments. J'ai une grande habitude de l'étude des textes, et on ne peut y mentir aussi facilement que par la parole. Je crois que je pourrai assez vite juger de la valeur de vos arguments. Si vous laissez parler votre cœur, je le verrai. Si c'est votre esprit qui calcule, je le verrai aussi. Acceptez-vous ?

- Certes oui. Je vous donnerai une lettre demain soir. Merci pour tout, signor Vasari.

- Vous pouvez m'appeler Thibaut, même par écrit.

*
* *

Le lendemain, le poète profita de l'absence de Wolf pour sortir tôt dans les ruines, avec l'intention d'avancer le travail de son pipeau. Les roseaux qu'il avait mis à sécher avaient légèrement rétréci. Ils étaient loin d'avoir atteint leur état définitif, mais leur taille ne changerait plus, et c'était suffisant pour faire une première ébauche. Il entreprit la confection du sifflet avec un soin méticuleux. Le loup le voyant installé s'était couché à quelques pas, les yeux mi-clos. Le pâle soleil automnal ne parvenait pas à chasser le froid qui commençait à s'installer. Mais Thibaut préférait le grand jour à la tiédeur moite de la cave.

Après plusieurs tentatives, il parvint à tirer un son faible mais aigu de son instrument, qui fit sursauter Satan. Quelques retouches légères lui permirent d'obtenir une note plus forte. Il constata avec surprise que le loup réagissait de plus en plus nettement aux coups de sifflet. Il n'osa cependant pousser plus loin l'expérience, le veilleur de la tour lui ayant fait signe de cesser. Il se borna à ajuster ensemble les deux parties du pipeau, et à vérifier la justesse de la gamme sans provoquer de réaction de la part du fauve.

Satisfait de son travail, il décida de rentrer pour essayer son instrument dans sa cellule où personne ne l'entendrait. Satan, qui se retrouvait sans son maître, le suivit.

Il se mit à jouer un joyeux air de danse de sa lointaine Italie. Absorbé par l'écoute de la mélodie, il ne remarqua pas tout de suite le comportement du loup qui poussa des gémissements à plusieurs reprises. C'est lorsqu'il attaqua le second morceau qu'il surprit son manège. Chaque fois que la tonalité montait dans l'aigu, l'animal semblait souffrir, comme si la note lui déplaisait. Intrigué, Thibaut fit une modulation sur les deux plus hautes notes, et le loup recula vers la porte en grondant. Il réfléchit longuement au phénomène, puis retira le sifflet du pipeau, et souffla de toute sa force. Les voûtes résonnèrent et répercutèrent en écho multiple le son déchirant, tandis que le fauve se tassait sur le sol comme s'il était battu, mais il ne se retira pas.

Le poète en conclut que plus la note était haute, plus elle l'indisposait. Il décida de modifier son sifflet pour en monter encore le ton et voir l'effet produit. Le loup, rassuré par le silence, revint se coucher à quelques pas. Mais lorsqu'il vit l'instrument s'approcher des lèvres du jeune homme, il dressa la tête d'un air alarmé. Thibaut hésita un instant... puis il se dit qu'il avait peut-être un moyen de dompter la bête, et sans plus attendre, il souffla. Aucun son ne sortit, du moins, il ne perçut rien, mais le loup s'enfuit précipitamment en gémissant. Interloqué, il recommença sans rien entendre davantage, sinon le galop de Satan qui s'éteignait dans les profondeurs du souterrain.

- XIII -

Le loup paraissait dormir à côté de l'homme qui montait la garde près de la trappe d'accès du repaire. Soudain il releva la tête comme s'il avait été alerté . Le bandit, surpris et effrayé par la brusquerie du mouvement, se fit attentif au moindre bruit. Mais il n'entendit que le grésillement de la torche de résine, le clapotis des gouttières, et la rumeur confuse qui ne cessait jamais complètement dans ce refuge souterrain. Mais rien d'anormal. Pourtant le fauve s'était assis, et regardait vers la sortie, dans l'attente de quelque chose.

Enfin, un grondement venu du puits annonça que le veilleur de la tour demandait l'ouverture de la trappe. Rassuré, l'homme s'approcha de son compagnon endormi et le secoua. Après quelques grognements de part et d'autre, ils saisirent les barres d'une énorme roue horizontale posée sur un socle, comme le guindeau d'un navire, et se mirent à pousser sans effort apparent. Un ingénieux système de cordages faisait basculer la fermeture comme un pont-levis, tandis que de lourds contrepoids de pierre descendaient du plafond.

Satan avait bondit au dehors dès que l'espace le lui avait permis. Il revenait peu après en sautant autour du cheval du capitaine. La troupe qui suivait mit pied à terre et commença à rentrer. Les montures portaient pour la plupart des sacs aussi pesants qu'elles pouvaient le supporter, et semblaient fourbues. Wolf, qui était visiblement de mauvaise humeur, ordonna sèchement qu'on lui apporte de quoi se restaurer et qu'on appelle son barde.

En dépit de l'heure tardive Thibaut ne dormait pas. Il venait de relire une fois de plus la seconde lettre d'Agnès, et hésitait encore sur ses impressions. Il était partagé entre la sincérité qu'il découvrait dans les lignes d'une écriture petite, serrée, et un peu trop étudiée, avec des ornements apprêtés, et ce qu'il croyait savoir de la jeune fille. Le fond de la missive paraissait d'une émouvante simplicité alors que la forme était encore empreinte de coquetterie. Qui était cette Agnès-Danizia? Dans l'adversité, elle se révélait fragile et vulnérable, mais que serait-elle dans sa puissance retrouvée ? En dépit des sentiments de compassion qu'il éprouvait malgré lui, il ne pouvait se résoudre à lui faire confiance. Sa haine se montrait toutefois moins virulente, et il n'aurait su utiliser le pouvoir dont il disposait sur elle pour assouvir une quelconque vengeance. Mais petit à petit, l'idée de tirer parti de la situation s'insinuait dans ses pensées. Il n'eut pas cependant le loisir d'approfondir davantage sa réflexion car on vint le chercher.

Wolf mangeait avec appétit lorsqu'il pénétra dans son antre. Le bandit était seul avec la Sampille qui le servait. Dès qu'il vit le barde, il renvoya sa servante et se mit à parler en bavarois :

- Rien ne s'est passé comme je l'imaginais, et l'or nous a fait défaut. Alors, j'ai besoin d'oublier. Chantez-moi une de vos ballades.

Thibaut s'assit sur des coussins, à coté du loup qui le regardait avec une ombre de crainte, et saisissant un bouzouki, il en tira un prélude assez vif. Enfin sa voix se mêla à l'accompagnement :

A vous tous, nobles sires et vaillants paladins,
Qui vertu et courage en votre cœur avez
Pour affronter assauts et périls soudains
En longue quête pour quérir amour, oyez.

Il est château mussé en terre méridionale,
Sur cime de cousteau, invincible et altier,
Reflétant dans Garonne, en sa rive orientale
L'ombre de ses remparts qui abritent un moutier.

En ce lieu retiré se languit une Dame,
Par l'attente d'Amour, peu à peu consumée.
Sa beauté sans pareille, les vertus de son âme,
Les traits de son esprit, lui ont fait renommée.

Mais certes point n'est là conquête trop facile,
Parmi moult essoines il faudra l'affronter.
Aux échecs, d'abord, en ce jeu si subtil
Où nombre l'ont défiée, mais n'ont pu la mater.

Gagner à ce tournoi ouvre nouvelle joute.
Par l'arc et la framée, montrer habileté.
Et pour qu'à cette lutte, autres lauriers s'ajoutent
Il faut sur son talent défaire et l'emporter.

Adonc restera comme épreuve finale
Par les mots les plus doux, murmurés à l'envi

Allumer en son cœur une passion égale
A son désir d'amour toujours inassouvi.

Si montjoye est le prix de si bonne fortune,
Douloir sera celui de son moqueur dédain.
Mais elle vous offre aussi une chance opportune
A vous tous, nobles sires et vaillants paladins.

Le capitaine avait cessé de manger, plongé dans une rêverie qui se prolongea au-delà des dernières notes. Puis il rompit le silence.

- Sehr gut, signor Thibaut ! Il faudra que vous me recomposiez ce lied dans ma langue, pour que je puisse en jouir pleinement. Ça me rappelle de si vieux souvenirs... Allez, venez boire avec moi, vous l'avez bien mérité.

Il remplit alors deux coupes d'argent et en tendit une au poète, qui découvrit avec désagrément qu'il s'agissait du terrible alcool bavarois.

Thibaut se contenta d'en goûter une gorgée, tandis que son compagnon avalait le tout d'un trait. Puis il reprit son instrument, et se mit à jouer un air de barcarolle. Comme il l'avait prévu, le capitaine se laissa prendre par le charme de la mélodie, et, l'effet de la boisson aidant, commença à s'émouvoir. A la fin du morceau, qui avait longuement duré, il s'exclama :

- Ach ! Thibaut ! La vie est parfois bien étrange. Dans cette troupe, je n'ai pas d'ami à qui parler, ils sont trop balourds, ou trop roués. Ils prendraient mes confidences pour de la faiblesse. Tandis qu'avec vous, je peux tout dire, vous me comprenez. Et comme votre existence dépend aussi de votre discrétion...

Wolf laissa planer un moment la menace non dissimulée, puis il reprit :

- Je n'ai pas toujours été le chef d'une compagnie de truands. Dans ma jeunesse, j'habitais un vaste château, perché sur un pic, au cœur de la forêt. J'aimais l'étude, les arts, et j'écoutais avec passion toutes les légendes dont mon pays est si riche. Malheureusement j'étais le quatrième fils de la maison, et à la mort de mon père je dus choisir un état. Je rêvais d'aventures, c'est pourquoi je m'engageai dans le métier des armes, où je devins rapidement redoutable. Mais la vie de garnison n'était pas faite pour moi, et bientôt j'allai en France, me mettre au service du dauphin Louis.

Après avoir vidé une seconde coupe, le bandit continua son récit :

- Ah, c'était un fameux homme de guerre, ce prince ! Non seulement il aimait les batailles, mais il les menait en chef accompli, et alliait le courage à la stratégie. Son père, le roi Charles, lui avait confié le soin de faire une armée avec des gens de sac et de corde venus de Gascogne, de Bretagne, de Lombardie, de Wallonie, ou comme moi, d'Allemagne, et qui ne songeaient qu'à bien vivre de pillage et de rapines. On les appelait les Ecorcheurs, un nom pleinement justifié. Je me retrouvai vite capitaine à la tête d'une bande de malandrins que je devais conduire d'une main de fer. En l'année 1443, nous partions pour Dieppe, ville reconquise sur les Anglais par Charles Desmarets, un courageux corsaire, mais assiégée par eux.

Nous étions commandés par le comte de Dunois, bâtard d'Orléans, et le fameux Antoine de Chabannes. Ce fut une rude partie, et notre premier assaut contre le fort qui dominait la ville, un échec. Mais le second fut décisif, et après une dure empoignade, on faisait prisonnier ce qui restait des survivants. La victoire fut fêtée avec un enthousiasme délirant, et le Dauphin se montra généreux pour ceux qui l'avaient servi.

Profitant d'une pause, Thibaut demanda :

- Mais pourquoi avez-vous abandonné une fonction honorable, pour devenir un hors-la-loi ?

- Par la force des choses. Après Dieppe, nous nous sommes attaqués au comte d'Armagnac qui s'était rebellé contre le roi. Au début de l'année suivante, Rodez et l'Isle-Jourdain avaient capitulé, et d'Armagnac se retrouva en prison. C'est là que je rencontrai Jean de Salazar, un sacré chef, et que le Dauphin, qui m'avait remarqué, me félicita en m'appelant “son compère”.

Mais les choses se gâtèrent au cours de l'été. L'empereur Frédéric et le duc d'Autriche demandèrent l'appui de la France contre les montagnards helvétiques en révolte. Mon pays se réjouissait aussi de cette intervention, et je me réjouissais de m'en approcher. Il y avait près de vingt cinq mille hommes réunis à Langres, et nous étions cent quarante capitaines, dont Blanchelain et Dimanche de Cours... Les Suisses furent écrasés, mais nous en avions payé le prix avec quatre mille des nôtres. Après cette victoire, on pouvait s'attendre à ce que l'empereur tienne ses engagements, mais il n'en fut rien, et Louis s'empara alors des villes de Haute-Alsace. Du coup, je me retrouvais à combattre contre les alliés de mon pays, et j'étais pris entre ma loyauté envers le dauphin, et mes origines. Mais je n'eus pas à choisir car on me fit savoir que j'étais considéré comme un traître chez moi, et que j'étais banni. Pour comble de malchance, le roi Charles VII interdit à son héritier de continuer les opérations, et l'obligea à se rendre à Nancy. Une partie des troupes fut abandonnée à son sort, et les capitaines se mirent à piller pour leur compte. Et c'est ce que j'ai fait.

Wolf se tut. Comme le silence se prolongeait, Thibaut se mit à jouer machinalement un air mélancolique. Le bandit écouta sans l'interrompre, tout en vidant encore deux fois sa coupe. En dépit de sa résistance, la boisson commençait à faire son effet et le rendait plus vulnérable. C'est d'une voix pâteuse, et altérée par l'émotion qu'il s'exclama enfin :

- Ach ! Thibaut, mon ami ! Comme vous savez bien ce qui me touche ! Il m'arrive parfois d'imaginer que je retourne chez moi, et que j'écoute à la veillée des troubadours chanter comme vous le faites... Au cours des années qui ont suivi, ajouta-t-il en reprenant le récit de ses souvenirs, les hasards de la providence me permirent d'amasser des fortunes, qui disparaissaient vite dans des festins de prince, ou dont j'étais à mon tour dépossédé par de faux amis. Lorsque je fus trop connu en royaume de France, et que ma tête fut mise à prix, je vins me réfugier en Savoie. La découverte de ce qui reste de cette abbaye m'a décidé à m'installer le plus confortablement possible... Nous allons rançonner assez loin d'ici, pour ne pas trop attirer l'attention sur cet endroit. Notre dernière sortie a été décevante. On ramène des provisions pour l'hiver, mais il a fallu piller plusieurs fermes et chauffer les pieds des bouseux pour trouver quelques sacs. Pas d'or, ni dans les maisons, ni sur les routes. On dit même que le comte de Bresse est à court d'argent, et qu'il a demandé une aide aux villes déjà saignées par la guerre... Je vais encore devoir payer mes hommes sur mes réserves, et je déteste ça ! Allez, jouez-moi quelque chose de gai pour changer.

Le jeune homme se lança sur une improvisation à partir d'un thème de danse qu'il avait entendu chez des montagnards de son pays. Le choix dut plaire à Wolf, qui avait fermé les yeux, et écoutait avec attention.

- Wunderschön ! Tout à fait comme chez moi ! Je crois que c'est ce qu'il me fallait pour passer une bonne nuit. Il est temps de dormir. Vous m'avez grandement satisfait, barde mon ami. Demandez-moi ce qui vous ferait plaisir...

- Eh bien puisque vous me le proposez, j'aimerais pouvoir prendre un bain demain, et changer de vêture.

- Seulement ça ? Alors c'est entendu. On vous trouvera un cuveau, et je dois avoir dans mon butin des habits à votre taille. Schlafen Sie gut !

- Vous aussi, messire Wolf. Et merci.

*
* *

Un vent glacé soufflait, chassant de lourds nuages gris annonciateurs de neige prochaine, quand Thibaut se hasarda au dehors. Le jour hésitait à se lever dans la brume qui noyait la forêt, et les ruines paraissaient encore plus fantomatiques. Le poète avait découvert les mécanismes simples qui servaient à effrayer d'éventuels errants. Des chaînes attachées à des lambeaux de toiles raclaient le sol au gré de la brise, et des épouvantails se balançaient dans les ouvertures des murailles. Des roseaux taillés en forme de flûte gémissaient sinistrement sous les rafales.

Thibaut hésita à continuer sa promenade dans les tourbillons qui perçaient sa cape de laine, puis il se décida à visiter les restes de l'église abbatiale, dont les murs encore debout arrêtaient le souffle de l'hiver. Satan le suivait en silence, toujours en arrière, mais toujours vigilant. Le porche conservait encore sa voûte, et laissait un étroit passage parmi les pierres éboulées. Tout le dallage disparaissait sous des amas de débris où la végétation commençait à trouver sa place. Pourtant, vers le chœur, le sol était partiellement dégagé, comme si on avait commencé à enlever le plus gros des décombres qui avaient été rejetées au dehors. Il paraissait évident que l'on avait cherché quelque chose à cet endroit. Quoi ? Et quand ? Le jeune homme se posa la question. Ce n'était sûrement pas Wolf et sa bande de pillards. Ils ne se seraient pas arrêtés au milieu de la besogne sans avoir trouvé, et l'épaisse couche de poussière et d'humus attestait que ces recherches remontaient à fort longtemps. Saisissant une pierre plate, Thibaut se mit à gratter la terre humide, et mit à jour un dallage régulier qui ne portait pas de traces d'usure. Mais rien que des pierres jointes les unes aux autres sans particularité. La surface qui avait été déblayée autrefois était vaste, au moins trente pieds sur vingt. Il faudrait des jours de travail pour mettre à nu la totalité du sol. Et sans rien trouver, probablement. Car si les inconnus qui étaient venus avaient mis la main sur ce qu'ils convoitaient, il n'y avait plus rien. Ou bien, ils n'avaient pas abouti dans leurs recherches, et le butin se trouvait encore sous les pierres restées en place.

Le poète, excité par le mystère, se mit à faire rouler les blocs en les poussant sur la partie dégagée, où il pensait qu'il n'y avait rien d'intéressant. Pendant près de deux heures, il s'acharna, et ne s'arrêta qu'épuisé et en nage, sans avoir rien découvert. Par dépit, il fit dégringoler un monticule instable, et tressaillit en entendant un écho caverneux. Son énergie retrouvée, il enleva en hâte le reste des débris, et mit à jour une dalle qui résonnait sous les coups. Sa plus grande partie était encore ensevelie sous des blocs énormes impossibles à remuer, mais le début d'une inscription apparaissait sur ce qui en était visible. Thibaut fut convaincu que c'était là ce que les visiteurs inconnus étaient venus chercher et n'avaient pu atteindre. Il y avait un secret sous cette dalle, et il se promit de le découvrir. Mais il lui fallait pour cela un outillage qui lui permette de la dégager complètement et de la soulever. Et dans l'immédiat, c'était une tâche au-dessus de ses forces.

Il remit de la terre et des cailloux sur sa découverte pour la dissimuler, puis rentra dans le repaire, réfléchissant aux moyens à mettre en œuvre. En entrant dans sa cellule, il découvrit le cuveau qu'on y avait déposé ainsi que de riches vêtements placés sur le lit. Un réchaud qui faisait chanter un broc de fer dont l'eau commençait à bouillir, et deux seaux d'eau froide attendaient son bon plaisir.

*
* *

La journée s'était écoulée sans que Wolf se manifeste, et Thibaut avait pris son repas dans sa cellule. Il avait installé le réchaud juste en dessous du soupirail qui ouvrait à la surface, de façon à ce que la fumée, entraînée par le courant d'air, n'envahisse plus la pièce. Il avait obtenu de la Sampille une provision de bois, et le feu entretenu avait commencé à chasser l'humidité.

Puis il avait longuement réfléchi à la façon de s'y prendre pour enlever les blocs qui masquaient la dalle. Il avait découvert dans un réduit de solides bâtons qui pouvaient faire des leviers. Mais la difficulté était de les sortir sans attirer l'attention des hommes de garde. Et même s'il réussissait, ce ne serait pas suffisant. Une base de pilier haute de trois pieds, et large d'autant reposait en totalité sur la pierre. Il avait essayé d'en calculer le poids approximatif, et le résultat lui enlevait tout espoir. Un attelage de bœufs n'aurait pas suffi à la déplacer.

- Comme il fait bon chez vous ! Dans mon réduit, je n'arrive pas à me réchauffer.

C'était Agnès qui venait une fois de plus lui rendre visite, sa journée de travail terminée Elle apportait une nouvelle lettre dissimulée sous sa robe. Elle la tendit au poète.

- C'est bien, Danizia. Allez voir à côté de mon lit. Il y a un cuveau et de l'eau chauffe sur le feu. Je pense que vous apprécierez un bain, n'est-ce pas ? Pendant ce temps, je lirai votre missive.

- Il est vrai que j'aurais grand besoin de faire ma toilette. Mais pourquoi faites-vous cela ? Pour m'humilier en assistant à mon déshabillage ?

- Vous ne comprendrez jamais un geste désintéressé, ma pauvre demoiselle. Je ne vous regarderai pas, vous avez ma parole. Mais votre parfum d'écurie n'est pas ce qui vous sied le mieux.

- Pardonnez-moi, Thibaut. C'est vrai que vous savez être bon. Mais je ne devine jamais ce que vous pensez.

- Allez. Nous parlerons quand vous aurez terminé. Il y a aussi des chausses fourrées, en feutre. Elle sont pour vous. Il n'est pas bon de marcher nu-pieds dans la boue des couloirs.

Puis, sans plus attendre de réponse, le poète se plongea dans la lecture de la lettre. Agnès n'hésita pas davantage, et peu après, elle se plongeait avec délice dans l'eau tiède et parfumée de plantes séchées. Un long moment s'écoula, presque silencieux, hormis l'éclaboussement du bain.

Thibaut relisait pour la troisième fois la feuille entièrement remplie, lorsqu'il eut la sensation d'une présence. La jeune fille, dans un élan spontané, venait l'embrasser sur la joue.

Elle lui apparaissait réellement belle dans la pâle clarté de la lampe. Ses cheveux lavés et soigneusement brossés bouclaient légèrement, encadrant son visage amaigri par l'épreuve. Son regard même semblait plus limpide et plus serein. Elle sourit.

Ils se regardèrent un moment sans parler, puis Agnès murmura :

- Comme j'aimerais vous sentir mon ami. Je sais, je ne le mérite pas. J'ai tout fait pour que vous me détestiez. Mais je vous aime...

- Je sais Danizia. Je l'ai vu dans vos lettres. Surtout celle-ci. Vous pouvez peut-être maintenant comprendre ma douleur pour mon amour perdu.

- Je le crois, Thibaut. Et j'ai honte d'en être la cause. La seule chose que j'attends de vous, c'est qu'un jour vous puissiez me pardonner.

- Moi, j'attends autre chose de vous. Mais avant de vous le dire, je vais vous résumer notre situation. Une évasion est actuellement impossible. Il y a encore trop d'éléments que j'ignore pour avoir la moindre chance. Mais j'ai appris où nous sommes, et je commence à entrevoir un plan qui pourrait se réaliser à la fin de l'hiver, si je manœuvre bien. Je ne vous en dis rien pour l'instant. Ce qu'il faut savoir, c'est qu'en vous emmenant avec moi, je réduis considérablement mes chances... et un échec signifie la mort.

- Cela veut-il dire que vous m'abandonnerez ?

- Tout dépendra de votre réponse. Si nous réussissons à fausser compagnie à ces brigands, j'entends en tirer avantage. Mais qui me dit que votre père ne me fera pas enfermer dans un cachot, ou pire encore ?

- Quelle garantie puis-je vous donner si vous doutez toujours de moi ?

- Il n'y en a qu'une que votre père ne pourra pas transgresser. Promettez-moi, si nous réussissons à nous échapper, que vous me suivrez à Lyon, et que vous m'y épouserez.

Agnès regarda le poète avec incrédulité. La demande la déroutait complètement. Elle finit par murmurer :

- Pourquoi ? Vous ne m'aimez pas... Et pourtant c'est la chose la plus merveilleuse que vous pouviez me demander ! Car moi j'aimerai pour deux !

- Il ne s'agit pas d'amour, Danizia. Mon cœur est à jamais à Marie. Mais comme je devrai bien prendre femme un jour, vous m'offrez une opportunité. Vous êtes belle, riche, et vous m'aimez. Nous serons complices si nous ne sommes pas amants. Je vous traiterai avec égards, et vous ne manquerez de rien. Vous m'aiderez à m'établir, et vous ne serez plus mon ennemie. Ai-je votre promesse ?

- Vous l'avez Thibaut. Je m'engage solennellement à vous épouser, et à me montrer bonne et loyale compagne.

- Alors vous m'écrirez une dernière lettre où vous répondrez à cette demande et direz pourquoi vous acceptez. Enfin, pour sceller ce pacte, vous dormirez avec moi cette nuit. Ainsi, vous ne serez plus vierge et ne pourrez sans scandale faire un autre mariage.

Sans l'ombre d'une hésitation, Agnès se blottit dans les bras de Thibaut et lui offrit ses lèvres en signe d'acquiescement.

- XIV -

Jehan chevauchait, pensif, aux côtés du sergent Badier, ouvrant la marche aux voitures qui suivaient lentement au pas sage des mules. Marie avait renoncé provisoirement à sa monture, à cause du froid pénétrant de la grise matinée qui sentait l'hiver. Elle se retrouvait en compagnie de Déliane et sa grand-mère, confortablement installées parmi les coussins et les fourrures. Hugon avait pris place auprès du conducteur qui lui avait abandonné le soin de mener l'attelage.

Le tisserand repassait dans son esprit les multiples interrogations provoquées par les derniers événements, et les tentatives de réponses qui en avaient découlé. La nouvelle de la disparition d'Agnès était parvenue à Treffort le matin de leur départ qui s'en était trouvé précipité.

Messire Favre, averti à Bourg, où il venait juste d'arriver, avait décidé de rentrer à Pérouges. Parti un peu plus tard, il avait rapidement rattrapé le groupe de Jehan. Il avait apparemment oublié sa colère, et avait longuement discuté avec le tisserand. Le messager ne savait pas grand chose, et il avait fallu attendre d'arriver à la cité pour en apprendre davantage. Favre était très embarrassé, car la famille de Charny passait pour riche et puissante, et ne manquerait pas de demander des comptes. Il était bien décidé à tout mettre en œuvre pour retrouver la jeune fille. A la fin, il avait sollicité l'aide de son compagnon :

- Dupuy, bien que nous ayons un différend, je vous tiens en bonne estime. Si quelqu'un est capable de démêler cette affaire, c'est bien vous, d'autant plus que Marie est la meilleure amie de la disparue. Alors je vous demande de la retrouver !

- Vous oubliez, messire, que vous m'avez donné trois mois pour vous ramener Magdeleine, sous peine de me poursuivre en justice... je regrette, mais mon temps est trop limité pour...

- Non ! Je n'ai pas oublié ! Mais devant l'urgence, je vous délie de cette obligation. Trouvez d'abord demoiselle Agnès.

- Pourquoi "d'abord" ?

- Parce que je tiens à savoir ce qu'est devenue Magdeleine. Alors il vous faudra vous enquérir d'elle ensuite, et je ne vous impose plus de délai... Disons que c'est un marché : ma bonne conduite contre son retour ! Mais vous savez que je ne suis pas très patient.

- Voilà qui me convient davantage. Cependant, je vous aurais aidé, car Marie est accablée par le malheur qui la frappe, et je ne veux pas la voir dans la peine.

Dans la soirée qui avait suivi le retour, messire Humbert avait fait réunir dans la grande salle de la Maison des Princes tous ceux qui étaient concernés par les derniers événements. Le châtelain, entouré du capitaine, de Philibert de Moyria et de maître Mollod, faisait face à Jehan, Marie, Mathilde, le sergent Badier, le syndic, Edmond le Vieil et Pinon. Le greffier étalait devant lui les notes qu'il avait déjà prises au sujet du meurtre du prieur, et préparait ses plumes. De Moyria ouvrit les débats :

- Pour la deuxième fois nous nous retrouvons face à des faits graves et inexpliqués. Je ne sais pas s'il y a un lien entre les deux affaires, mais il serait utile de savoir d'abord où en sont les recherches à propos de la fuite des bandits. Capitaine Langlois, nous vous écoutons.

- Nous avons interrogé tous les habitants de la rue de la prison, mais personne n'a rien remarqué d'anormal. A cause du mariage, il y avait beaucoup de bruits aux alentours, et quelques passages de groupes de jouvenceaux qui chahutaient. On n'a pas retrouvé la lime qui a servi à couper un barreau, mais d'après l'avis du serrurier, il s'agit d'un outil triangulaire à dents fines, particulièrement silencieux s'il est manié avec douceur. Le travail a dû être très long, au moins trois heures. Le père Chanin a été assailli vers la deuxième heure après minuit, ce qui situe l'intervention de la complice entre dix et onze heures, au plus fort des réjouissances.

- Comment savez-vous qu'il s'agit d'une femme ? demanda Jehan.

- Messire Bagelley nous a révélé que le père Chanin avait parlé d'une certaine Danizia. Et d'autre part, les frères Guigne, en échange de deux cruches de vin, ont avoué avoir reçu de l'argent d'une dame qui, parait-il, avait eu pitié de leur misère. Mais ils ne la connaissent pas, et il y avait tellement d'invités qu'ils ne se sont pas soucié de savoir de qui venait l'aubaine.

- Et ils n'ont donné qu'une très vague description, précisa maître Mollod. Elle était vêtue de sombre, bleu ou noir, et sa coiffe cachait ses cheveux et une grande partie de sa figure. De plus, elle n'a pas parlé.

Elle s'est contentée de poser les pièces sur la table en mettant un doigt devant ses lèvres. Malgré tout, l'aîné a commencé à lui expliquer qu'ils étaient endettés à l'auberge, et que ça ne suffisait pas. Alors elle a refait signe de se taire, a rajouté quelques sous et a disparu.

- Mais si cette mystérieuse dame est la complice des bandits, comment a-t-elle su que les frères Guigne devaient aller le soir en prison ? demanda le sergent. Et où s'est-elle procuré la lime ? Elle n'a pas pu l'acheter, et ce n'est pas un outil que les dames utilisent.

- C'est au cours du banquet que j'ai parlé à messire de Moyria de l'idée de faire boire les bandits pour leur délier la langue avec l'aide des frères Guigne, répondit le capitaine. N'importe qui a pu surprendre nos paroles. Quant à la lime, nous avons évidemment cherché sa provenance, pensant qu'elle avait été volée. Nos artisans prennent grand soin de leur matériel qui pour eux a beaucoup de valeur, et aucun d'entre eux n'a constaté de larcin.

- Cette femme pourrait être l'épouse d'un compagnon qui utilise une lime dans son métier. Elle l'aurait remise en place après la fuite des bandits. Avez vous cherché dans ce sens ? demanda Jehan.

- Non, messire. Mais nous avons essayé d'établir la liste des dames assez riches pour pouvoir donner douze sous sans hésiter. Toutes celles de la cité sont honorablement connues, et les invitées au dessus de tout soupçon. Mais il y avait aussi nombre de personnes non recensées qui ont profité du mariage pour entrer dans la ville.

- Vous voulez dire qu'à l'heure présente vous ne savez rien et n'avez pas la moindre indication ? tonna le châtelain d'une voix irritée.

- C'est hélas la réalité, fit le sire de Moyria. Toute la population est prête à nous aider pour retrouver les coupables, mais personne n'a rien vu ni entendu.

- J'espère que vous en savez davantage sur la disparition de la demoiselle de Charny ?

- C'est Mathilde Dubourg qui est venue me parler de l'absence de sa maîtresse au repas du soir, répondit le capitaine. Demoiselle Agnès avait eu la curieuse fantaisie de se déguiser en paysanne avec les habits de sa servante, afin de pouvoir aller au marché sans être reconnue. Il semblerait pourtant qu'elle soit rentrée dans cette maison vers midi, d'après le témoignage du bourrelier qui l'a vue passer.

- Ce n'était pas elle, fit Mathilde en sanglotant. C'est moi qui portais sa belle parure, à sa demande, et qui suis revenue à ce moment-là.

- J'ai alors demandé à Pinon de retrouver la trace de la demoiselle. Nous avions une description cette fois très précise de son apparence. Il a finalement découvert ses sabots et un panier de pommes renversé dans le fossé près de la fontaine de Derrière-la-Tour. Mais les traces qu'il aurait pu y avoir dans la boue du chemin avaient été brouillées par de trop nombreux passages. Une chose pourtant a paru étrange : deux chevaux avaient été attachés dans un bosquet voisin, le crottin frais ne laissant pas de doute. Après la guerre que nous venons de subir les chevaux sont très rares, et on ne comprend pas pourquoi des voyageurs auraient laissé leurs montures à cet endroit plutôt qu'en sécurité dans la ville.

- Un Italien, le commis du signor Giacommeto, banquier de Chambéry, était venu la veille, avec deux chevaux, fit maître Edmond. Il venait se renseigner à propos du papier que nous fabriquions. Quand il a su que nous avions perdu le secret de sa réalisation il a décidé de repartir le lendemain avec ce qu'il avait pu nous acheter. Comme c'était jour de marché, il a probablement laissé ses bêtes à l'attache pour faire des achats.

- Non, ça ne va pas, fit de Moyria. Cet homme n'aurait pas pris le risque de se faire voler son équipage pour flâner. Les animaux sont restés assez longtemps sur place comme en témoigne l'herbe foulée. Et puis pourquoi demoiselle Agnès a-t-elle jeté ses sabots et son panier ?

- Elle n'était pas habituée à marcher avec, fit Mathilde. Je pense qu'elle avait dû prendre des chausses plus confortables pour continuer sa route. Elle avait ensuite caché le panier, comptant le reprendre à son retour.

- C'est possible, mais on ne sait toujours pas pourquoi elle a tenu à quitter Pérouges sans être remarquée, ni où elle a été.

Maître Mollod, qui était demeuré silencieux, intervint :

- Il y a peut-être une explication qui permettrait de comprendre à la fois la fuite des criminels, et la disparition de demoiselle Agnès...

- Eh bien, allez-y, fit messire Favre. Qu'avez-vous encore imaginé ?

- Dès le départ, nous avons conclu que la personne qui a facilité l'évasion y trouvait un avantage, sinon elle n'aurait pas pris un tel risque. On peut supposer qu'elle a exigé une contrepartie. Et si cette contrepartie était l'enlèvement de la jeune demoiselle ? La complice aurait inventé un prétexte pour amener la victime auprès des ravisseurs, ce qui pourrait expliquer les précautions prises et le déguisement. Mais qui aurait intérêt à la voir disparaître ?

Personne ne put répondre, mais l'idée du magistrat fut retenue, et on en débattit un long moment. On avait une certitude : si Agnès était toujours libre de ses mouvements, elle serait déjà revenue, donc il lui était arrivé quelque chose. Mais elle n'avait été vue dans aucune des auberges à trois lieues à la ronde, ni dans les villages, ni sur aucune route. Le sergent fit remarquer que s'il existait une relation avec la présence des chevaux, la demoiselle pouvait avoir parcouru une distance beaucoup plus grande dans la journée, et que les recherches n'avaient pas été menées assez loin. Ce qui fut admis.

Enfin Marie prit la parole d'une voix posée, comme si elle mesurait soigneusement ce qu'elle allait exprimer :

- J'ai beaucoup écouté ce que chacun a dit, et avec ce que je sais de mon amie, j'ai été amenée à faire la supposition suivante. L'idylle qui s'était nouée entre Agnès et le poète Thibaut Vasari n'était pas un secret, puisqu'elle m'en avait fait part. Elle était follement éprise de son tendre ami, et rêvait déjà d'obtenir le consentement de son redoutable père, noble de Charny. Mais le jeune homme avait été envoyé à Chambéry et un fâcheux malentendu lui a valu quelques difficultés, et des jours de prison. Heureusement sa bonne foi ayant été reconnue, il a été libéré. Pourtant, il aurait dû depuis longtemps être revenu, et Agnès, qui croyait avoir été trompée, en conçut un profond chagrin. Or, la veille de sa disparition, la cité a eu la visite de Stefano, le commis du signor Giacometto, banquier, mais aussi père adoptif de Thibaut. Il venait pour discuter d'affaires à propos du papier, mais peut-être apportait-il aussi un message du poète ?

- C'est possible, ma fille, fit messire Favre. Mais où voulez-vous en venir ?

- A ceci, père. Pourquoi Stefano avait-il deux chevaux ? Il a sans doute fixé un rendez-vous à la fontaine, pour conduire ensuite Agnès auprès de son ami. Et elle, qui voulait que sa fuite passe inaperçue, s'est déguisée en paysanne. Il est possible que d'autres vêtements l'attendaient, ce qui expliquerait l'abandon des sabots. Il devenait de ce fait très difficile de la reconnaître au passage.

- Mais pourquoi cette fugue ?

- Parce que son père a sans doute refusé d'entendre parler de son union avec un baladin. Elle lui en avait fait part dans la lettre que portait Thibaut, et c'est peut-être ce qui explique les mésaventures qui sont arrivées à son messager. Alors le poète a probablement préparé l'enlèvement de mon amie, ainsi qu'une retraite discrète, à l'exemple du chevalier Gaspard de Montmayeur qui enleva Guigonne de la Balme pour en faire son épouse et dont on parle encore.

Une discussion bruyante suivit cette conclusion, mais une majorité se fit jour pour admettre que c'était la meilleure explication, et probablement la vérité. Il fallait donc retrouver la trace de Thibaut Vasari, et pour cela aller voir le signor Giacometto à Chambéry. Car le jeune homme n'ayant aucun bien et de minces revenus, il avait dû probablement solliciter l'aide de son protecteur.

Messire Favre avait tranché, à son habitude, en décidant que le tisserand et son épouse partiraient le lendemain pour la capitale, et se mettraient en quête du poète dès leur arrivée. Mais comme il n'y avait pas de certitude dans cette voie, l'enquête continuerait et serait élargie autour de Pérouges, aussi bien pour Agnès que pour l'évasion des bandits.

Jehan avait dû en hâte régler un grand nombre de détails, en particulier l'installation de grand-mère Annette qui se désolait de voir repartir si vite sa petite-fille miraculeusement retrouvée. Mathilde, qui avait perdu ses deux maîtresses, fut mise au service de l'aïeule, en attendant le retour de Marie. En établissant les comptes de sa maison, le tisserand s'était aperçu qu'il devait toujours les gages de la servante, et il la combla d'aise en lui remettant non seulement son dû, mais aussi une somme en dédommagement de ses vêtements disparus. Le père Dubourg, devant l'aubaine, avait embrassé sa fille avec un élan qui ne lui était pas coutumier, et ne voyait plus aucun inconvénient à ce qu'elle continue son service.

*
* *

Bien qu'ayant décidé d'aller au plus vite, le tisserand voulait faire halte à l'Auberge du Cerf, d'Ambérieu. Jean Bonnel, le propriétaire, était au courant d'une multitude de nouvelles colportées dans tout le duché, et peut-être savait-il quelque chose en rapport avec la disparition d'Agnès. Mais par un hasard malheureux, l'aubergiste était précisément parti la veille pour Bourg, où se tenait un des plus grands marchés de la région, et ne serait de retour que dans deux jours, avec un lourd chargement de provisions pour l'hiver. Ce délai parut trop long à Jehan, qui ne sut rien du passage de Thibaut. Simonette, qui assurait la bonne marche de la maison, ne put rien lui apprendre. Elle était rentrée depuis peu. Partie dans sa famille pour le mariage de son jeune frère, elle n'était revenue à l'auberge que depuis deux semaines.

La compagnie reprit la route le lendemain sous une pluie fine et glacée qui commençait à détremper la route, et il fallait se montrer attentif aux ornières où il était fréquent de s'embourber. C'est donc à petite allure que les voyageurs se dirigèrent vers Chambéry, dans un paysage sans couleur où la brume habillait les arbres de haillons livides. La vue se perdait rapidement dans la grisaille qui noyait l'horizon, et la monotonie de la progression faisait songer à une errance sans fin.

Personne ne parlait en cette matinée maussade, sur ce chemin qui semblait ne mener nulle part. Pour Jehan, l'avenir paraissait tout aussi imprévisible, et à la couleur du temps...

- XV -

La neige tombait depuis plusieurs jours, interdisant les sorties qui auraient laissé des traces trop visibles autour du repaire. Même Thibaut était confiné dans sa cellule dans les rares moments où Wolf ne réclamait pas sa présence. La troupe des truands commençait à s'ennuyer dans l'inaction, et les altercations devenaient fréquentes. La plupart des hommes étaient installés à proximité des écuries, pour profiter de la chaleur des chevaux. Le feu leur était interdit à cause de la fumée qui aurait pu se voir de loin. Seul, le fourneau de la Sampille s'allumait à la nuit tombante, fournissant des braises et des cendres chaudes pour les réchauds du Germain.

Le souterrain se divisait en deux parties d'inégale grandeur de part et d'autre de la trappe d'accès. Sur la gauche, les salles étaient vastes, placées les unes à la suite des autres le long d'un large couloir. Sur la droite, il n'y avait que quatre caves voûtées desservies par un passage relativement étroit, éclairé en permanence par deux lanternes. C'était le domaine du capitaine, où les hommes n'étaient autorisés à pénétrer que sur son invitation. Du Piarre, Péchou ou Papegaut, il y avait toujours une âme damnée de Wolf qui montait la garde dans une niche à l'entrée qui pouvait être condamnée par une massive porte de chêne, cloutée et bardée de fer.

La cuisine de la Sampille, qui servait aussi de grenier à provisions, occupait le premier emplacement. Si la vieille ne se souciait pas de sa toilette, elle avait en revanche le sens de l'ordre, et tout était parfaitement rangé. Les sacs soigneusement empilés délimitaient deux sortes d'alcôves où elle et Agnès dormaient dans de simples cadres de bois.

La chambre de Wolf venait ensuite, puis une salle toujours fermée à clef. Enfin la cellule de Thibaut, qui avait dû servir de cave à vin avant son arrivée. Le passage se prolongeait sur une dizaine de pas, mais un éboulement qui montait jusqu'à la voûte, l'obstruait ensuite complètement.

La présence d'Agnès n'était connue que du Bachelier, du Piarre, et du lieutenant Montevignes qui avaient dû jurer le secret, et la disposition des lieux avait permis de le conserver. Sinon, il est probable qu'il se serait trouvé bon nombre de prétendants pour obtenir ses faveurs par des moyens dénués de courtoisie. Celle-ci s'en rendait compte, et ne quittait l'ombre de la Sampille que pour rejoindre Thibaut.

Elle était revenue les soirs suivants, mais elle avait été déçue par le comportement du poète. Elle espérait le conquérir par des démonstrations de tendresse et de soumission, mais il lui avait dit d'un ton indifférent :

- Une fois suffit, Danizia. J'ai pris possession de vous, et vous m'appartenez. Je ne vous toucherai plus jusqu'à ce que nous soyons mariés.

- Mais Thibaut... que me reprochez-vous encore ? Ne vous ai-je pas cédé de mon plein gré... et n'avez-vous pas trouvé de plaisir à faire de moi une femme ?

- J'ai pris le même plaisir que celui que l'on trouve auprès de celles que l'on paie pour cela. Mon cœur n'était pas concerné. Si je continuais à vous traiter en maîtresse, je vous ramènerais au rang des ribaudes. Je ne veux pas mépriser celle qui sera mon épouse. Lorsque nous serons unis devant Dieu, je vous honorerai comme il se doit, et selon votre désir.

- Mais cela m'est égal d'être votre catin ! Je vous aime ! Et j'ai souvenir de cette nuit passée ensemble, où vous m'avez témoigné grand empressement et donné pleine félicité.

Thibaut ne répondit pas. Il se rendait compte qu'il commençait à subir le charme pervers d'Agnès, et qu'il avait été fort troublé par sa conquête. Il savait que s'il récidivait, il finirait par perdre son ascendant sur elle, et il ne le voulait à aucun prix. Elle avait continué :

- Pourquoi me repoussez-vous ? Je vous obéirai en toute chose... et j'étais si bien auprès de vous !

- Vous pourrez continuer à partager mon lit, si cela vous fait plaisir, et vous donne plus d'aises. Les nuits sont froides et votre couche est rude. Mais nous serons étrangers l'un à l'autre. Sinon je vous renvoie chez la Sampille.

*
* *

Si Thibaut maintenait une attitude froide et distante, il n'en appréciait pas moins les propos d'Agnès qui savait entretenir une conversation et la rendre intéressante. Elle avait reçu une bonne instruction et, curieuse de tout, avait appris beaucoup. Elle parlait rarement d'elle-même et ne se livrait pas à des confidences. Avec habileté, elle questionnait le poète et témoignait un grand intérêt à ce qu'il lui disait de son passé. Souvent le jeune homme l'interrogeait sur Marie, et elle ne faisait pas de difficulté pour répondre, même si parfois elle laissait échapper une fugitive manifestation de jalousie.

Elle pratiquait les échecs avec une science étonnante. Thibaut, qui avait pu obtenir de Wolf un échiquier, se fit mater plusieurs fois malgré sa connaissance du jeu. Un soir, il lui fit part de sa découverte dans l'église. Il avait dégagé la dalle à l'exception du socle du pilier, et cherchait vainement depuis plusieurs jours une idée pour en venir à bout. Agnès, qui l'avait écouté avec attention, remarqua :

- Il est surprenant que ce bloc se trouve là, dans cette position. D'une part, une base de pilier a peu de chance de bouger même dans l'écroulement d'un édifice. D'autre part, si elle avait roulé, elle serait couchée, et non pas droite.

Le poète la regarda avec surprise, puis approuva :

- Vous êtes dans le vrai... donc cela veut dire...

- Qu'on l'a placée délibérément sur cette dalle pour empêcher qu'on la soulève. Si l'abbaye a été assiégée et conquise, comme vous le supposez, il y a longtemps, il est possible que les religieux aient voulu protéger du pillage ce qu'ils considéraient comme précieux à leurs yeux. Ils devaient être fort nombreux, si on en juge par l'étendue du couvent, et les bras n'ont pas dû manquer pour déplacer cette pierre.

- Et aujourd'hui, je suis seul face à elle... et je voudrais bien savoir ce qu'elle recouvre. Mais je ne vois aucun moyen de la mouvoir.

- Moi, je sais.

- Vraiment ? Alors dites-moi avec quoi.

- Il suffit que vous trouviez des harnais de cuir, ou à défaut, de la corde, bien que le cuir soit préférable.

- Je sais où me procurer des brides. J'ai déjà réfléchi à cet aspect de la question. Mais vous croyez que je vais tirer dessus comme un mulet ?

- Ce n'est pas vous qui allez tirer. Je vous dirai comment... mais vous me donnerez d'abord un baiser.

- C'est encore une de vos inventions pour essayer de m'enjôler. Dites-moi d'abord à quoi vous songez.

- Non. Rien ne presse pour soulever cette dalle. Nous sommes ici pour des années, peut-être. Quand vous serez revenu à de meilleurs sentiments...

Thibaut hésitait sur l'attitude à prendre. Il regarda Agnès qui ne baissa pas les yeux. Il n'y vit pas de malice, seulement un peu de défi, et beaucoup d'attente. Il la prit dans ses bras, et dit avant de l'embrasser :

- J'espère que votre solution vaut le prix que vous en demandez...

Puis il oublia tout l'espace d'un moment qu'il n'aurait su évaluer. Ce fut Agnès qui mit un terme à l'étreinte en disant :

- Mon prix n'était pas aussi élevé que ce que vous m'avez offert.

Puis elle reprit en chuchotant très bas en se serrant contre le poète :

- Je vais tout vous dire. A Pérouges j'ai rencontré messire Robin, le neveu du châtelain. Un jour, il m'a fait voir les étranges ouvrages contenus dans la bibliothèque de la Maison des Princes. Beaucoup étaient rébarbatifs avec leur écriture latine illisible, mais il y en a eu un qui m'a vivement intéressée. Il s'agissait de "In Ægyptum peregrinatio", par Isocratus Senex, un récit de voyages au pays des pharaons. Ce qui en faisait l'attrait, c'est qu'il comportait de nombreuses enluminures richement réalisées. On y parlait des pyramides, et du mystère de leur construction. Les Egyptiens avaient le même problème que vous : déplacer des blocs cent fois plus lourds qu'un homme.

- Je sais, l'interrompit Thibaut. J'ai étudié cette partie de l'Histoire. Et je connais la plupart des moyens utilisés. Aucun d'eux n'est praticable ici.

- Alors vous ne savez pas tout. L'auteur parlait d'un procédé peu connu, et assez lent, mais qui produit une force irrésistible, et utilisable par un homme seul. Vous savez que lorsque le cuir est mis à tremper dans l'eau, il s'assouplit et se détend. Une lanière peut s'allonger de manière importante. En séchant, il rétrécit. L'Egyptien attachait l'extrémité d'une tresse de cuir mouillé à un solide point d'appui, et l'autre bout autour du bloc de pierre, et tendant fortement le tout. Le soleil brûlant de ce pays avait tôt fait de tarir l'eau du cuir qui produisait alors un effort indomptable pour pouvoir se rétracter, entraînant la pierre avec lui !

Le poète était stupéfait. Il savait que le cuir se détend à l'humidité, ce qui l'obligeait à resserrer parfois les sangles de sa selle les jours de pluie, et surtout de ne pas oublier de la desserrer au retour de la chaleur.

Il ne doutait pas de l'affirmation d'Agnès, et il lui découvrait plus de science qu'il n'en avait lui-même. Il finit par dire en l'écartant avec douceur :

- Je crois que vous avez honnêtement rempli les termes de notre marché. Nous saurons vite si cet artifice donne un résultat.

- Ce n'est pas tout. Lorsque le câble est tendu comme une corde de vielle, l'homme se place en son milieu, et pèse dessus de tout son poids. Cela produit un nouvel effort considérable qui déplace encore le bloc.

- Mais c'est vrai ! Les marins utilisent une semblable pratique pour tendre les voiles ! Grâce à vous Danizia, nous pourrons savoir ce qu'il y a sous la dalle !

- Et qu'espérez-vous y trouver ?

- Peut-être bien le moyen de quitter cet endroit.

*
* *

Thibaut avait tenté dès le lendemain de se procurer les brides de cuir indispensables. Il n'avait pas eu trop de difficulté à s'introduire dans la resserre attenante aux écuries où un impressionnant butin touchant aux chevaux, s'entassait. Mais il dut faire plusieurs passages pour ramener une quantité suffisante de harnais, enroulés autour de sa taille. Trois jours lui furent nécessaires pour les sortir et les cacher dans l'église où il les mit à tremper. Il put enfin faire une première tentative un matin annonciateur d'une belle journée. Il vit dans le retour timide du soleil un heureux présage.

Après avoir soigneusement balayé le sol de pierre, et répandu de l'huile à la base du bloc, il avait gravé un trait fin pour marquer sa position. L'arrimage des brides avait posé quelques questions. Il fallait qu'elles puissent se dénouer ensuite, et des nœuds, resserrés, n'auraient pu se défaire. Il avait résolu le problème en utilisant des crochets de fer, et tendu son appareil en faisant des tourniquets avec des bâtons. Enfin, il avait caché le tout sous des touffes de broussailles, en attendant le lendemain.

Lorsqu'il était revenu, il avait constaté avec excitation que le bloc avait bougé de la largeur d'un doigt. En pesant sur le câble il avait obtenu un déplacement plus important encore.

A la fin du mois de novembre, il ne manquait plus que deux pouces pour libérer la dalle, lorsque la neige s'était mise à tomber. Thibaut, très contrarié, avait dû se résigner à remettre à plus tard le terme de son entreprise. Il guettait chaque matin la pâle clarté qui tombait du plafond dans l'espoir d'un changement. Mais le temps commençait à sombrer dans l'hiver, et le froid à se faire plus mordant. Il ne gelait pas dans le souterrain, mais sans le réchaud que lui avait accordé Wolf, sa cellule serait devenue glaciale. Agnès venait le rejoindre chaque nuit, et il la trouvait parfois endormie lorsqu'il rentrait d'une veillée tardive passée en compagnie du capitaine.

Il s'en était tenu à sa résolution de réserve à son égard, et malgré toutes ses tentatives de séduction, elle n'avait pu le fléchir. Sa tenue de paysanne commençait à souffrir des durs travaux, et se montrait bien insuffisante contre la rigueur du temps. Elle devait se lever tôt le matin, avant que la Sampille ne se réveille, et c'était une dure épreuve pour elle de quitter le lit confortable et chaud pour revêtir en frissonnant des hardes trop légères. Thibaut, qui s'inquiétait pour sa santé, avait réussi à se faire donner plusieurs fourrures en remerciement de ses services. Il en avait offert deux à Agnès qui lui témoigna une vive reconnaissance.

Wolf, qui s'ennuyait, exigeait de plus en plus fréquemment la compagnie de son barde. Suivant l'humeur, il se livrait à des confidences, demandait de la musique, ou bien jouait aux échecs. Il était à ce jeu d'une force redoutable et gagnait le plus souvent. Puis les rôles changèrent et Thibaut commença à se montrer le plus fort. Ce que son partenaire ignorait, c'est qu'Agnès lui avait appris de nouvelles stratégies. Toutefois, le jeune homme restait prudent, et ne cherchait à gagner que lorsque le Germain intéressait la partie par un enjeu qui en valait la peine.

A la fin de la première semaine de décembre, un vent venu du sud provoqua un net adoucissement du temps et la neige disparut. La troupe, qui en avait assez de rester enfermée, exigea de sortir, et le capitaine dut céder. Le lundi suivant, le repaire se vidait de la plupart de ses occupants, à l'exception de Thibaut, d'Agnès, de la Sampille, et de quatre hommes de garde, dont le Piarre. Satan était également resté.

Dès qu'il le put, le poète se rendit à l'église, et constata avec étonnement que le gel avait travaillé le cuir au point que la dalle était totalement dégagée. Il détacha rapidement les brides, et les dissimula sous un tas de débris. Il revint ensuite à la pierre tombale qu'il contempla pensivement. Il en connaissait l'inscription par cœur pour l'avoir relue tant de fois. Ce n'était qu'une épitaphe qui ne révélait rien de particulier. Il cherchait un moyen pour introduire un levier, mais l'ajustement ne laissait qu'une fine rainure où il était impossible de glisser le moindre outil. Il prit alors un crochet de fer et frappa sur les dalles de l'encadrement pour voir s'il pourrait en desceller. Et il eut la surprise de constater que l'une d'entre elles ne sonnait pas plein comme les autres. Il n'eut aucune peine à la soulever avec son instrument, découvrant une cavité peu profonde. Il engagea un solide bâton dans le trou, et pesa. Il s'attendait à une forte résistance, mais à sa grande surprise la massive pierre pivota sur un axe invisible, découvrant une ouverture insondable et obscure.

- XVI -

L'ouverture du passage s'était accompagnée d'un grincement prolongé dont l'écho se répercutait en contrebas. Alarmé, Thibaut s'immobilisa, guettant le moindre mouvement qui aurait pu indiquer que le veilleur de la tour s'inquiétait de la rumeur. Mais il y avait déjà tant de dispositifs destinés à effrayer d'éventuels curieux que ce bruit supplémentaire passa inaperçu.

Au bout d'un moment le jeune homme se pencha sur l'ouverture, et finit par distinguer des barreaux de fer scellés le long d'une paroi. Mais le fond demeurait invisible. Il lui fallait absolument une lanterne pour se hasarder dans cet endroit, et il se mit à réfléchir au moyen d'en sortir une sans attirer des questions de la part des gardiens de l'entrée. Et comme il n'avait pas la possibilité de l'allumer sur place il devrait le faire avant. Il rebascula sans peine la lourde dalle, qui se remit en place avec un déclic auquel il ne fit pas attention. Puis il replaça la pierre de bordure et projeta de la terre et des feuilles sur l'ensemble.

Il se mit alors en quête du soupirail de sa cellule dans les éboulis où il estimait qu'il pouvait se trouver. Il n'eut pas de mal à découvrir la cheminée du fourneau de la Sampille, par les traces de suie qui recouvraient les pierres. A partir de ce point, il compta le nombre de pas qu'il faisait pour aller de la cuisine à sa cellule et décrivit un arc de cercle. Les ronces et les buissons contrariaient sa recherche, et masquaient des pièges inattendus. Il finit malgré tout par trouver l'ouverture qu'il cherchait, au fond d'un vaste trou en forme de cratère tapissé de chardons et d'herbes folles. Il déroula alors une des lanières qu'il avait prises, et la fit descendre dans le conduit. Puis il attacha l'autre extrémité à une solide racine.

Le loup l'avait suivi, sans montrer d'humeur particulière. Apparemment, tant que le poète se contentait de se déplacer dans l'enceinte du couvent, il le laissait faire, se bornant à le surveiller.

Lorsque Thibaut ressortit au cours de l'après-midi le ciel s'était couvert de lourds nuages qui annonçaient le retour de la neige, et du même coup le retour probable de Wolf et de sa compagnie. Il estima qu'il devait disposer d'au moins deux heures, et qu'il entendrait probablement le signal du veilleur. Il était trop impatient pour se montrer plus circonspect, et il se mit en devoir de récupérer la lanterne attachée au bout de la bride qui plongeait dans sa cellule.

Peu après, il recommençait à tenter de faire basculer la dalle. Mais malgré tous ses efforts, il ne put la faire bouger. L'énervement le rendait maladroit, et il se retrouva en nage, épuisé, son levier brisé entre les mains. Il se contraignit au calme et fit quelques pas pour réfléchir. Pourquoi avait-il réussi la première fois ? Le vent se leva soudain et fit tourbillonner les feuilles mortes, menaçant d'éteindre la lanterne. Le ciel se couvrait de plus en plus, la lueur vacillante commençait à tirer des éclats qui devenaient trop visibles. Thibaut dut la placer dans une niche abritée, constatant avec consternation que le niveau de l'huile avait beaucoup baissé.

Il revint à l'ouverture qui commençait à se combler avec des débris de toute sorte, et se mit à la vider. Il y avait là un secret qu'il devait découvrir. La force avait été impuissante, et un faible effort pouvait commander le mécanisme... Son calme retrouvé, il passa lentement la main sur les bords. Il fit une fois le tour sans rien sentir d'anormal. Alors, il ferma les yeux et recommença. Puis il tressaillit. Une imperceptible rainure délimitait un carré dans l'épaisseur de la dalle. Sans plus attendre, il ramassa un bâton, en plaça soigneusement l'extrémité au centre du quadrilatère et appuya. La fermeture céda. Par un hasard heureux, il était tombé sur le bon emplacement la première fois. Mais il ne s'attarda pas en conjectures, et, reprenant sa lanterne, commença à descendre. Satan, qui était resté jusque là impassible se précipita, et le saisit par le bras pour l'empêcher de continuer. Il serrait modérément, mais ses crocs avaient percé le vêtement, et entamaient la chair.

Thibaut hésita. S'il tentait de résister, le loup était de taille à le tirer hors du trou, et à le mettre en pièces. Finalement il ressortit, et comme il s'y attendait, l'animal le lâcha, mais resta prêt à bondir. Il se souvint alors du sifflet qu'il gardait autour de son cou. Il le sortit et le porta à ses lèvres. Il n'eut pas besoin de souffler car Satan reconnut l'objet et se tassa sur le sol, l'air apeuré. Alors le jeune homme prit un risque insensé. Il posa sa main sur la tête du fauve qui se laissa faire. Puis il retourna à l'ouverture sans le quitter du regard, et il disparut sans que le loup ait tenté de l'en empêcher.

Il compta neuf échelons relativement espacés, avant de poser le pied sur un sol dallé. La lanterne n'éclairait que faiblement une sorte de crypte aux nombreux piliers qui soutenaient les arcs d'une voûte massive. Des niches s'enfonçaient dans les murs, et avec déception, il constata qu'elles contenaient des cercueils. Il était dans une nécropole. Les plaques de cuivre qui portaient le nom des défunts, couvertes de vert-de-gris, étaient illisibles. Il fit le tour de la salle, et compta douze sépultures et huit niches vides. Mais il ne vit rien qui puisse présenter le moindre intérêt pour des pillards. Pourtant, il devait y avoir quelque chose qui justifiât les précautions prises par les religieux pour interdire l'accès de ce lieu. Il reprit son examen. Chaque cercueil reposait sur un soubassement de pierre, qui avait dû être rapporté, car les niches vides n'en comportaient pas. Il remarqua enfin que la douzième dépouille était sur un socle en bois. Il pensa que le temps avait manqué pour faire davantage, et il en conclut que ce devait être le dernier arrivant. La plaque portant le nom hâtivement gravé n'était pas en cuivre, mais en plomb, et demeurait déchiffrable. Il lut la date avec surprise : MCCCXXXII... plus d'un siècle !

Puis son attention se porta sur le socle où il remarqua la présence insolite de ferrures et de charnières. Ce n'était pas seulement un support, mais un coffre !

Il fit glisser avec difficulté le lourd cercueil qui bascula sur le sol avec un grondement sourd, éveillant de nombreux échos. Si le bruit avait donné l'alerte, il était trop tard pour tenter quoi que ce soit, et il attendit avec anxiété. Mais rien ne se produisit. Il souleva alors le couvercle dont les gonds rouillés protestèrent bruyamment, et il fut ébloui. Tous les objets précieux du couvent avaient dû se trouver rassemblés là. L'or et les pierres inaltérables jetaient des feux éclatants. Il y avait des ciboires, des chandeliers, des croix, de la vaisselle d'argent et de vermeil, des chaînes, des anneaux, des livres richement reliés le tout soigneusement rangé, et remplissant complètement la caisse. Une fortune fabuleuse ! Un petit coffret, long et large d'un pied environ, surprenait par sa rusticité au milieu de ce trésor. Il semblait être en chêne clouté de fer, et fermé par une serrure massive.

Le poète tenta de le sortir et fut étonné par un poids inattendu. La curiosité le décida à l'emporter, car il n'avait aucun moyen de l'ouvrir sur place. Mais il fut incapable de remonter avec cette charge d'au moins quatre-vingt livres. Puis il se dit que s'il était arrivé à déplacer un bloc infiniment plus lourd, il devait y parvenir. Il ressortit pour aller chercher une sangle. Le loup l'attendait, mais sans manifester de colère, et ne tenta pas de l'empêcher de redescendre. Au dehors la neige commençait à tomber, et il fallait faire vite. Ce fut un travail épuisant. Arc-bouté contre un bloc, Thibaut avait passé la courroie sur une épaule et pesait dessus de tout son poids. Après un quart d'heure d'efforts, le coffret apparut enfin, et finit par basculer sur le sol. A bout de souffle et les mains écorchées, il resta un moment sans bouger. Puis il referma la dalle et la dissimula de nouveau. Enfin il se dirigea vers le soupirail de sa cellule. Mais les barreaux qui en barraient l'accès ne permirent pas le passage de la cassette. La chaux qui les scellait semblait pouvoir s'effriter avec un bon outil, mais le cri du veilleur l'obligea à abandonner. Furieux et harassé, il se résigna à rentrer après avoir hâtivement dissimulé son butin.

*
* *

C'était bien le retour de Wolf et de sa troupe qui avait été signalé. Thibaut fut appelé peu après. Il avait eu le temps de remettre de l'ordre dans ses vêtements malmenés par son labeur et de calmer son esprit agité. Le capitaine était furieux. Plusieurs hommes n'étaient pas revenus comme convenu, et si la neige cessait de tomber, leurs traces au retour pourraient attirer l'attention et révéler le chemin secret. Mieux vaudrait pour eux de rester au dehors ! Le Germain avait la main lourde pour les châtiments et sa réputation de cruauté n'était pas surfaite. A cela s'ajoutait la contrariété d'avoir dû payer les débordements de ses complices qui gaspillaient jusqu'à leur dernier sou quand il leur arrivait d'en avoir.

Le poète qui avait écouté avec attention, profita d'une pause pour prendre une vielle, et se mit à chanter en bavarois. C'était la traduction d'un poème que le capitaine avait particulièrement aimé. L'effet fut immédiat. L'homme se détendit et perdit son air mécontent.

- Bravo, Signor Vasari ! C'est excellent ! Quelques petites fautes de nuance peut-être, mais quelle réussite! Vous me l'écrirez pour que je puisse le relire... Cela mérite une récompense. Que souhaitez-vous ?

- Eh bien j'aimerais pouvoir tailler cette barbe qui commence à m'envahir le visage. Vous m'avez toujours refusé un rasoir...

- Je vais envoyer chercher Péchou. Il a des talents de barbier que j'ai découverts pour mon usage. Mais vous n'aurez pas de rasoir. Et puis je vous conseille de garder cette barbe qui vous ira très bien, une fois arrangée.

La Sampille avait peu après présenté un repas copieux et parfaitement cuisiné. Ce qui avait été l'occasion pour Wolf de faire servir un grand vin venu de France. Ils venaient juste de terminer lorsque le Piarre vint annoncer l'arrivée des retardataires.

Le capitaine se renfrogna aussitôt, et sa colère qui avait paru oubliée resurgit :

- Envoie-les moi tout de suite !

Les deux brigands avaient l'air éméchés, et ne manifestaient pas d'inquiétude, ce qui mit leur chef en rage :

- Ces gredins ont besoin d'une leçon qui leur fasse regretter leur bêtise ! Piarre, fais les dessaouler et avertis-moi quand je pourrai leur parler.

La soirée se prolongea assez tard, avant que le géant ne revienne. Il avait l'air content et fit :

- Ça y est, capitaine ! Les ai fait rouler à poil dans la neige, et y attendent à l'écurie.

- Gut ! Allez, venez Thibaut. On va punir ces crétins.

Le poète aurait préféré ne pas assister au châtiment qu'il pensait sévère. Mais il n'imaginait pas à quel point il était en dessous de la réalité. Les deux hommes étaient attachés par les mains à une poutre, complètement nus. Ils étaient cette fois réellement épouvantés. Wolf, avec un calme terrifiant, leur dit :

- Vous savez que vous nous avez tous mis en péril en rentrant avec cette neige ? Et saouls comme vous l'étiez, vous n'avez pas dû vous soucier de la prudence...

- Mais, capitaine, risqua l'un d'eux, la neige recouvrait nos traces.

- C'est pourquoi je ne vous ferai pas exécuter. Mais vous allez tâter du salage. Piarre, vas-y. Deux douzaines de coups de fouet. Et ne me les tue pas !

Le colosse ricana et commença à frapper alternativement sur ses deux victimes. Les brutes, endurcies, retenaient leurs cris. Le pire n'était cependant pas encore arrivé. Lorsque le Piarre posa son instrument, le dos des suppliciés était zébré de traces sanglantes. Il prit alors un sac de sel et en projeta de grosses poignées sur les blessures. Malgré tout leur courage, les malheureux ne purent s'empêcher de gémir. Impassible, Wolf ordonna :

- Jusqu'à demain matin.

Thibaut, qui ne portait pourtant aucune sympathie pour la compagnie, fut horrifié. Il ne connaissait le capitaine que sous un aspect courtois et cultivé, et il réalisait ce qu'il était vraiment: un Ecorcheur. Et il en eut la triste confirmation quand il entendit :

- C'est maintenant qu'ils vont commencer à regretter. Le plus dur, dans le salage, c'est la soif qui vous prend et vous rend fou. J'espère que leurs hurlements ne nous empêcheront pas de dormir.

*
* *

Agnès était assoupie quand le poète retrouva sa cellule. La journée qu'il venait de vivre l'avait profondément éprouvé, et il ne parvenait pas à calmer son agitation. Il aurait aimé parler avec Agnès mais il hésita à la réveiller. Elle avait, comme à l'accoutumée, accompli une rude tâche, et ne dormait généralement pas suffisamment, du moins par rapport à ses anciennes habitudes.

Il se glissa dans le lit mais ne put trouver le sommeil. Il repensait au trésor de l'abbaye, et tentait d'en évaluer la valeur. Bien que n'ayant jamais manifesté d'intérêt pour les choses de la banque chez le signor Giacometto, il avait souvent vu des objets précieux servir de gage à des emprunteurs, et il avait appris à les estimer. Il essaya de se remémorer le contenu du coffre, et il arriva au chiffre fantastique de dix mille florins.

Il fut tiré de ses spéculations par des cris assourdis qui lui parvenaient malgré l'épaisseur de la lourde porte du couloir et l'éloignement. Les deux victimes réclamaient à boire d'un ton suppliant. Pour que ces hommes, qui supportaient sans broncher la plupart des blessures dans les batailles et les pires sévices, en arrivent à se lamenter de cette façon, la souffrance devait être abominable. Il se dit qu'il ne pouvait rien faire, et tenta de s'assourdir en mettent la tête sous son oreiller. Mais même très affaiblies, les plaintes n'en restaient pas moins déchirantes. Pourtant rien ne bougeait dans le souterrain. Le reste de la troupe, mort à toute espèce de sentiment, devait dormir sans souci.

Finalement, Thibaut n'y tint plus. Sans réfléchir à ce qui le poussait à agir, il se leva sans bruit, et se risqua dans le couloir où une simple veilleuse devant la porte de Wolf jetait une pâle clarté jaunâtre. Si le Piarre ou un de ses complices montait la garde dans la niche d'entrée, il ne pourrait passer, et il fallait qu'il s'en assure sans se faire remarquer. Il n'avait pas pris le temps de se rhabiller, et le froid mordant le faisait frissonner, tout autant que la crainte. Il ne voulait pas imaginer la réaction du capitaine s'il était découvert. Lorsqu'il atteignit la porte du couloir, silencieux comme une ombre, une silhouette surgit de la niche et s'approcha en grondant : c'était Satan. Mais il reconnut le poète, et s'assit en signe de soumission. Surpris et soulagé, Thibaut se remit de l'émotion et commença à tirer lentement les loquets de la porte. Heureusement pour lui Wolf les faisait entretenir, et la graisse rendait leur mouvement imperceptible.

Au-delà du couloir l'obscurité était totale. Oubliant toute prudence, le jeune homme prit la veilleuse pour se diriger. Les cris le guidèrent sans peine jusqu'à l'écurie où il pénétra sans lumière au cas où des hommes y dormiraient. Un étroit soupirail laissait filtrer un rayon de lune réfléchi par la neige du dehors, suffisant pour apercevoir les deux bandits pantelants. Le capitaine avait rendu le supplice encore plus atroce en les faisant attacher à deux toises du filet d'eau qui coulait en permanence dans l'abreuvoir des chevaux, et dont le murmure devait être une tentation intolérable.

Sans plus attendre, Thibaut alla remplir le gobelet qu'il avait emporté, et s'approcha des deux hommes qui, surpris, s'étaient tus à son approche. Il faisait trop sombre pour qu'on puisse reconnaître un visage, et le jeune homme était bien décidé à ne pas dire un seul mot. Le premier bandit avala avec avidité l'eau fraîche que sa hâte faisait ruisseler, tandis que l'autre s'agitait impatiemment.

- Encore !

Pour la troisième fois, le poète redonna à boire aux malheureux qui témoignèrent le même empressement. Finalement l'un d'eux demanda :

- Qui tu es ?

Mais il n'obtint pas de réponse. Comme Thibaut s'éloignait, il entendit :

- C'est le prisonnier du chef. Il sent le barbier !

Furieux, il pesta contre Péchou qui avait cru bien faire en l'aspergeant de l'eau parfumée de Wolf. Il n'attendait pas la moindre reconnaissance des deux malandrins, et aurait préféré rester anonyme. Il y avait peu de chance pour qu'ils le trahissent, mais le fait qu'ils l'aient reconnu constituait un danger. Il parvint à regagner sa cellule sans encombre, et s'endormit presque aussitôt.

- XVII -

Epuisé par le rude effort qu'il avait fourni au cours de la journée, et les émotions qui avaient suivi, Thibaut ne put trouver la paix de l'esprit même dans ses rêves, incohérents comme tous les songes.

Marie lui apparut tout d'abord telle qu'il l'avait quittée pour se rendre à Chambéry, puis il la vit entourée de religieuses qui lui interdisaient d'approcher. Sans transition, il fut à Pérouges, à la porte d'En-Haut, en quête de la Maison des Princes. Mais la cité n'était plus la même, et une rivière furieuse lui barrait le passage... Il s'engagea sur un pont, qui partit aussitôt à la dérive. Sans savoir comment, il se retrouva dans une chambre où Marie lui tendait les bras. Il l'étreignit et ils échangèrent un baiser passionné...

Puis le poète émergea lentement du sommeil avec la sensation que le baiser se prolongeait, et prenait une réalité troublante. Il comprit enfin que c'était Agnès, serrée contre lui, qui l'embrassait. Il fut irrité par son audace, mais en même temps, il avait l'illusion de tenir encore Marie, et il ne fit rien pour s'éloigner. Enfin les caresses de sa compagne finirent par balayer ses résolutions, et il s'abandonna au désir qu'elle avait fait naître.

*
* *

La journée s'était écoulée lentement. La neige qui s'était remise à tomber commençait à atteindre une épaisseur suffisante et aurait comblé le soupirail si le courant d'air tiède provoqué par les braises du réchaud ne l'avait fait fondre. Mais l'entrée de la lumière s'en trouvait réduite, et le fond de la cellule était dans une ombre épaisse. Thibaut, qui n'avait pas été appelé par son maître, était allé explorer le souterrain où il pouvait librement circuler. Les deux condamnés avaient été détachés, et seule sur la terre battue, une tache brune constellée de paillettes brillantes rappelait que le sang avait coulé. Les bandits, réunis en groupes, jouaient aux dés, aux cartes, et même, certains, aux échecs, pour tromper l'ennui qui recommençait. Aucun d'eux ne lui adressait la parole, découragés par son obstination à ne répondre qu'en français.

Il passait entre les tables, regardant une partie ou une autre, et surtout écoutant tout ce qui pouvait lui apporter des informations sur l'extérieur. Il ne vit pas les victimes de Wolf, et en fut soulagé. Mais il apprit que les deux hommes essayaient de dormir après avoir lavé et pansé leurs blessures. La nuit passée dans le froid et l'affaiblissement subi par la sauvagerie de la punition étaient venus à bout de leurs forces, et ils tremblaient de fièvre, couchés sur le ventre. Ils ne pourraient pas trouver d'autre position, ni monter à cheval avant plusieurs semaines, en supposant qu'ils survivent. Le reste de la troupe en parlait à voix basse avec une crainte évidente. Apparemment personne ne s'était aperçu de l'intervention de Thibaut, ce qui le rassura.

En furetant dans les salles, il cherchait un outil qui lui permette de desceller les barreaux de son soupirail, et il finit par trouver un burin de carrier couvert de rouille mais en bon état. Il était toujours obsédé par sa découverte, et il avait hâte de retrouver le mystérieux coffret qu'il ne pouvait aller chercher. Mais une autre difficulté se présentait : comment grimper jusqu'aux barreaux qui se trouvaient à dix pieds du sol ? Il y avait bien des échelles dans le repaire, mais c'était un genre d'objet difficile à dissimuler, et comment pourrait-il en justifier la présence dans sa cellule ?

Il finit par y revenir, et attendit avec impatience la fin du jour pour parler de toutes ces questions avec Agnès.

*

* *

La nuit était tombée depuis longtemps, et Thibaut écrivait à sa table, à la lumière d'une lampe, lorsqu'il sentit deux bras se poser sur ses épaules et la joue d'Agnès contre sa joue. Il ne l'avait pas entendu venir, plongé dans une composition qui lui faisait oublier le reste du monde. Il la repoussa avec douceur, mécontent de sa faiblesse du matin. Il entendait rester maître de la situation, et surtout ne pas se laisser séduire.

Sa rancune resurgissait parfois avec force lorsque le souvenir de Marie le faisait particulièrement souffrir. Il avait imaginé trouver le moyen de se venger utilement en utilisant Agnès pour faire aboutir ses ambitions. Il pensait ne jamais pouvoir éprouver à son égard un sentiment d'affection ou de tendresse, et il n'imaginait même pas lui pardonner un jour le mal qu'elle lui avait fait. La découverte du trésor qui pourrait le rendre plus riche que le banquier Giacometto avait tout remis en question. Pourquoi s'embarrasser d'une épouse qu'il n'aimerait jamais, et dont il n'avait plus besoin ? Il avait obtenu, et pourrait encore obtenir d'elle tout ce qu'il voulait. S'il parvenait à trouver un moyen d'évasion, il ne l'abandonnerait pas aux mains des bandits, mais une fois libre...

Pourtant il avait besoin d'elle, et de son avis sur ce qu'il pensait entreprendre. Plus réaliste et plus prudente que lui, elle voyait davantage les obstacles et ses objections étaient souvent justifiées. Son aide avait été précieuse dans la résolution du déplacement du bloc de pierre, et peut-être aurait-elle une idée pour récupérer le coffret ?

Il la fit asseoir auprès de lui, et commença :

- Je ne vous ai rien dit sur l'avancement de notre entreprise ce matin, car le temps manquait. Mais j'ai réussi à ouvrir la dalle !

- Déjà ? C'était inespéré ! Et qu'avez-vous trouvé ?

- Une nécropole. Huit cercueils dans des niches...

- Et rien d'autre ? fit Agnès vivement déçue.

Dans l'excitation de sa découverte Thibaut était décidé à tout lui dire. Puis il avait réfléchi. Il n'avait aucune intention de partager le trésor avec elle. D'autre part, il lui était impossible de l'emporter au cours d'une évasion, et il devrait nécessairement venir le rechercher plus tard, lorsque les bandits auraient été chassés de l'endroit. L'or, qui avait passé plus de cent vingt ans dans sa cachette, ne risquait rien à y demeurer encore quelques mois. Mais s'il en parlait à sa compagne, celle-ci pourrait être tentée de s'en emparer avant lui, surtout s'il la délaissait. Sa famille possédait des moyens qu'il n'avait pas, et il risquait de se retrouver totalement dépouillé, sauf en l'épousant, ce qu'il ne voulait plus.

- Si. Un étrange coffret verrouillé, que je n'ai pas pu ouvrir. Je l'ai amené jusqu'à ce soupirail mais les barreaux m'ont interdit de le rentrer. Et je cherche un moyen pour les atteindre et les desceller. Si j'y parviens, cela pourrait aussi constituer un moyen pour sortir d'ici. Mais comment grimper là-haut ?

- On ne peut rien laisser d'apparent sans attirer l'attention, fit Agnès songeuse. Il faudrait quelque chose que l'on puisse dissimuler en quelques instants... attendez, avez-vous un outil pour attaquer le mortier ?

- Oui, le voici.

- Bien. Le plus simple consisterait à déchausser quelques pierres de la paroi, sans les enlever complètement. Elle constitueraient des marches qui vous permettraient de vous élever, et en les repoussant, de rendre au mur son apparence.

- Bravo, Danizia ! C'est tellement simple que je n'y avais pas pensé. On va commencer tout de suite. Vous ferez le guet pendant ce temps.

- Inutile de commencer trop bas. Votre table placée là-bas n'aurait rien d'insolite, et vous ferait gagner quelques pieds.

La chaux gorgée d'humidité se laissait attaquer sans trop de peine, et en moins d'une heure, la première pierre glissait librement dans son logement. Mais le mortier profond était d'une blancheur qui trahissait le travail de Thibaut. Il dut cacher les gravats sous une dalle du sol, et badigeonner de boue les traces du burin.

Tout était silencieux dans le souterrain, et la porte de la cellule étouffait le bruit de la pierre enveloppée de chiffons, qui frappait sur l'outil. Il était trop tard pour qu'une visite soit à redouter, et Agnès vint bavarder.

- Que comptez-vous trouver dans ce coffre, mon gentil Thibaut ?

- Je ne sais pas trop, et j'espère seulement ne pas être déçu. Il est très lourd, et pourrait peut être contenir de l'or. Quelques pièces nous seraient d'un grand secours si nous parvenions à nous échapper.

- Mais il pourrait y en avoir beaucoup...

- Dans ce cas, il serait possible de négocier notre libération avec Wolf. Il est à court d'argent. Ses derniers pillages ne lui ont rapporté qu'un peu de vivres et quelques sous. Le pays a été saccagé par les Dauphinois, et ce qui reste de valeur est à l'abri dans les villes.

- Je ne doute pas que ce bandit affreux apprécie une rançon sans courir aucun risque. Mais pourquoi traiterait-il avec vous un quelconque arrangement ?

- Si je lui montre quelques florins bon poids, et que je lui en propose dix fois plus, il sera sûrement intéressé.

- Mais vous êtes fou ! Un rêveur ! Quel besoin aurait-il de discuter ? Vous connaissez les pratiques des Ecorcheurs : les tourments qu'ils infligent à leurs victimes pour les faire parler sont si horribles que personne ne résiste. Vous serez tout simplement dépouillé sans aucun profit !

Agnès avait raison et Thibaut dut en convenir. Il avait toujours des relations courtoises avec Wolf, et avait fini par lui faire trop confiance, oubliant son état. Si le coffret contenait de l'or, il faudrait le cacher en attendant une occasion de l'utiliser.

Il s'arrêta enfin après la sixième marche. La nuit était très avancée et le manque de sommeil se faisait durement sentir.

*
* *

- Bravo, signor Vasari ! Voici une plaisante façon d'assumer votre vengeance !

Réveillé en sursaut, Thibaut découvrit avec stupeur et consternation Wolf, debout au pied du lit, ironique, éclairé par une lampe que tenait la Sampille. La fatigue lui avait fait oublier la nécessité du réveil matinal.

- Je vous l'avais bien dit, maître, que cette garce venait se réchauffer dans le lit du barde !

- C'est bon, la vieille. Ce n'est pas à toi que ça arriverait ! Emmène la fille, et mets-la à l'ouvrage en attendant que je décide ce que je vais faire d'elle. Quant à vous, messire mon poète, habillez-vous et venez me rejoindre immédiatement dans ma chambre.

Agnès, atterrée, se vêtait en hâte, tandis que des larmes inondaient son visage. Elle se rendait compte que son aventure avec Thibaut tournait court, et que la colère du Germain aurait des conséquences terribles. Ils seraient séparés définitivement, et elle perdait toute chance de pouvoir s'échapper un jour. Elle perdait aussi le seul appui qui l'aidait à vivre dans ce repaire infernal.

Comme la Sampille l'entraînait, elle se précipita dans les bras du jeune homme et le supplia :

- Embrassez-moi une dernière fois ! Cela m'aidera à affronter mon sort.

- C'est ça, faites vos adieux! grinça la vieille. Je suis bonne, je vous laisse deux minutes.

Thibaut, ému, ne put refuser. Puis il sortit sans se retourner, et frappa avec appréhension à la porte du capitaine.

- Eh bien, grand charmeur, racontez-moi comment vous êtes parvenu à séduire votre ennemie d'hier au point d'en faire votre concubine ?

- Je lui ai simplement témoigné un peu de pitié, en adoucissant les rigueurs de sa servitude.

- Et ça a suffi ? Vous me prenez pour un imbécile ! Vous me cachez la vérité, et je n'aime pas ça ! Comme je n'aime pas du tout que vous en ayez fait votre maîtresse à mon insu. Je comprends maintenant pourquoi vous m'avez proposé de la garder comme otage !

- Il n'y avait aucune arrière-pensée dans mon conseil. Je voulais seulement éviter à Danizia une infortune beaucoup plus grande. J'étais persuadé qu'elle me détestait, et je n'attendais pas de reconnaissance de sa part.

- Alors pourquoi l'avoir aidée ?

- Parce qu'elle était comme moi prisonnière, et que ça me semblait une punition suffisante. Et je ne voulais pas la voir périr de mauvais traitements.

- Vous êtes bien un poète ! La tête dans les nuages et un cœur de pucelle ! Mais comment l'avez-vous amenée dans votre lit ?

Le ton de Wolf s'était considérablement radouci, comme chaque fois qu'il parlait d'art ou de poésie, et Thibaut plein d'espoir, raconta sans méfiance :

- Elle m'a dit qu'elle m'aimait depuis longtemps, que mon indifférence la désespérait, et que c'est surtout par dépit qu'elle voulait me vendre à vous.

- Ce n'est pas ce que vous m'avez raconté sur elle !

- Mais je l'ignorais ! J'étais à cent lieues de l'imaginer ! Ce qui est sûr, c'est qu'elle est éprise de moi. Voici une lettre qu'elle m'a écrite.

Le bandit lut avec attention, puis rendit la feuille en souriant :

- Que de beaux sentiments ! Vous êtes un homme comblé, Thibaut ! Une cellule confortable, des repas abondants et soignés, et pour finir, la compagnie d'une femme amoureuse !

- Est-ce trop pour m'avoir constamment disponible auprès de vous ?

- Je suis seul juge de ce qu'il convient de vous accorder ! fit Wolf d'une voix devenue brusquement glaciale. Vous m'avez trompé, Thibaut ! Et vous allez me le payer. Vous m'avez laissé croire que vous vous délectiez des misères de Danizia, alors que vous la combliez d'attentions. Ne niez pas, j'ai vu sur elle les fourrures que vous m'avez extorquées !

- Mais comment aurais-je pu vous demander de la traiter moins rudement ? Vous n'auriez pas compris... La pitié vous est étrangère.

- Précisément ! Comme j'apprécie vos services, je n'entends pas me séparer de vous. Mais c'est elle qui fera les frais de mon courroux ! Je vais revenir à ma première idée : celle de la vendre à un bordeau. Bien parée et fardée, je pourrai en tirer beaucoup ! Puisqu'elle aime dormir dans un lit, elle partagera ce soir celui de Montevignes. Après, ce sera le tour de chacun de mes brigands. Comme ils sont sales, pouilleux, dépourvus de délicatesse, et remplis de vices, à la fin du mois ils l'auront matée, et lui auront enseigné les secrets de son futur métier !

Thibaut réalisa immédiatement ce qui attendait Agnès. Il savait qu'aucune parole ne pourrait changer la décision de Wolf, mais il ne pouvait accepter de la voir réduite à cette existence perdue sans espoir. Il aurait admis plus facilement une condamnation à mort, aussi excessive soit-elle, que cette descente vers l'enfer. Sa rancune fut oubliée. Il ne voulait pas qu'elle paie d'une façon si horrible. Pourtant il ne trouvait aucun argument. La pensée du trésor s'imposa à son esprit. Le bandit se laisserait probablement fléchir devant ce monceau d'or. Mais pourquoi se déposséderait-il d'une immense fortune pour la sauver ? Pour gagner du temps, sans plus réfléchir, il demanda :

- Pourquoi ne commencez-vous pas vous-même à la soumettre ? N'est-elle pas d'assez haut parage ?

Le bandit sursauta comme si on l'avait giflé et gronda :

- Ne raillez pas, jeune coq stupide ! Si je n'ai pas réservé cette mädchen à mon usage, c'est qu'une fâcheuse blessure de guerre m'interdit à jamais le commerce des femmes ! Et j'en ai même perdu l'appétit pour elles ! Il ne me reste que le refuge de la poésie lyrique ! Vous ne pouvez pas savoir...

Après une pause, il reprit sur le ton de la confidence :

- Quand j'ai quitté ma Bavière bien-aimée, j'ai laissé derrière moi la jeune fille qui était le rêve de mon existence, et je suis parti avec l'intention de revenir riche pour la demander en mariage. Frida m'avait donné sa foi. Nulle part dans le monde, on ne peut rencontrer beauté plus parfaite. Ses cheveux d'or pâle lui font une auréole, et la mer se retrouve au fond de ses yeux. Sa voix incomparable semble être faite pour chanter en s'accompagnant de la harpe ou de la cithare... Mais quelle que soit la fortune qui puisse jamais m'échoir, jamais je n'oserai me représenter devant elle ! Pourtant...

Il fut interrompu par le Piarre qui entra brusquement en criant. Le guetteur avait donné l'alerte. Une troupe approchait de l'abbaye.

- Rentrez dans votre cellule, et n'en bougez pas. Nous reparlerons de tout ça plus tard. Eteignez votre réchaud, et ne faites aucun bruit !

*
* *

Le Piarre avait enfermé Thibaut en poussant le loquet extérieur. La porte coinçait parfois, et le jeune homme pensa qu'il pouvait la bloquer sans éveiller de soupçons, de façon à ne pas être surpris à l'improviste. Il enfonça un coin de bois dans un angle, en s'assurant qu'il pouvait l'ôter rapidement. Dans le repaire, l'agitation des bandits était à peine perceptible.

Il dégagea les pierres descellées, et reprit aussitôt son travail après avoir grimpé. Il n'était plus qu'à une toise des barreaux, et il voulait les atteindre au plus vite. L'idée de devoir abandonner son trésor pour sauver Agnès lui était insupportable, et il espérait que le coffret renfermait suffisamment de richesse pour arriver au même résultat. Mais le temps manquait.

Après une heure d'obstination, il touchait un des montants de fer. Il se contraignit cependant à effacer les traces de son labeur avant de continuer. Puis il attaqua la base du premier barreau. La neige absorbait le bruit de l'outil, mais il entendait au dehors la rumeur des cavaliers qui inspectaient les ruines. Il était peu probable que l'un d'eux découvre le soupirail au milieu des buissons. Il fut tenté d'appeler, mais pensa qu'on ne le croirait jamais innocent, et qu'il serait condamné avec le reste de la bande. Qui étaient ces gens qui fouillaient la forêt ? Il resta silencieux jusqu'à ce que les bruits s'éloignent, puis il se remit à la tâche.

Le barreau céda enfin. Le passage était d'un peu plus d'un pied, et le coffret devait pouvoir passer. Mais il était trop lourd pour qu'il puisse redescendre avec. Il alla chercher un harnais qu'il passa autour du second barreau, puis se hissa au dehors. Les visiteurs étaient repartis sans avoir constaté quelque chose d'anormal, et l'alerte allait bientôt finir. Il retrouva rapidement son butin, et l'attacha à la courroie avant de le pousser dans l'ouverture. Puis il redescendit, et fit lentement glisser le coffret jusqu'au sol. Il remit enfin le barreau en place, et repoussa les pierres dans leur logement avant de s'écrouler, épuisé sur son lit.

Le repaire était toujours silencieux, et les bandits restaient sur leur garde. Le fourneau avait été éteint, et le repas en serait d'autant retardé. Thibaut se décida à tenter l'ouverture de la serrure. C'était un travail solide, qu'il n'était pas possible de forcer sans de grands moyens, mais qu'il était sûrement plus facile de crocheter, le système paraissant assez rudimentaire.

A l'aide d'un clou de la porte arraché à un montant vermoulu, il parvint rapidement à faire jouer le verrou. Le cœur battant, il ouvrit.

- XVIII -

- Eh bien, Thibaut, vous ne mangez ? Est-ce la perte de votre tendre ennemie qui vous rend morose ?

Wolf regardait le poète avec ironie. Il semblait avoir oublié l'alerte et dévorait avec appétit le déjeuner servi tardivement. Il reprit :

- Ou peut-être êtes-vous déçu que nos visiteurs ne nous aient pas trouvés ? Pourtant, sachez-le bien, il n'y avait rien à espérer de ce côté-là. Vous seriez mort avant d'avoir entrevu le moindre d'entre eux. Le Piarre a des ordres...

- Non, messire. Je pensais effectivement à Danizia. Vous songez à la vendre parce que vous avez besoin d'argent, n'est-ce pas ? Combien comptez-vous en tirer ?

- Si elle se montre docile, et experte, elle vaut bien cinquante florins. Elle sera sans doute un peu réservée au début, mais elle comprendra vite où est son intérêt.

Thibaut respira profondément, et se forçant au calme, se lança :

- Et si je vous en proposais huit fois plus ? Quatre cents florins d'or, bon poids !

Le bandit éclata de rire :

- Gut ! Grosse plaisanterie ! Bien sûr, mon doux poète ! Montrez-moi quatre cents florins, et elle est à vous ! Mais où diable allez-vous les prendre ?

- Ai-je votre parole ?

Interloqué, Wolf fronça les sourcils.

- Si vraiment vous avez cette somme, je vous jure sur mon honneur de capitaine que je tiendrai ma promesse ! Mais si vous vous moquez, vous vous en repentirez !

- Alors venez dans ma cellule.

Et sous les yeux stupéfaits du capitaine, Thibaut leva la fourrure qui couvrait sa table. Dessous, les pièces d'or luisaient doucement sous le feu de la lampe. Après un instant d'indécision, Wolf demanda :

- Où avez-vous trouvé ça ?

- Sous une dalle. J'avais observé qu'elle sonnait creux, et je l'ai soulevée avec bien du mal. Et j'ai trouvé ceci.

Emerveillé, le bandit jouait avec les pièces, et les plaçait en piles pour les compter.

- C'est plus que ce que m'a rapporté toute cette année ! C'est entendu, Thibaut, vous garderez Danizia. Mais pas un mot de tout ceci à mes hommes ! Et à l'avenir, ne me faites plus de cachotteries !

Tout à la joie de cette fortune inespérée, Wolf n'avait pas posé davantage de questions, et Thibaut crut qu'il avait définitivement gagné la partie. Mais il dut bientôt déchanter, lorsqu'il le vit revenir dans l'après-midi.

- J'ai bien réfléchi à votre découverte, signor Vasari. C'est très chevaleresque, et bien digne de vous d'abandonner une aubaine pareille pour sauver une femme, alors que cet or vous aurait permis d'en avoir des dizaines !

- A quoi pouvait-il me servir, dans ma situation ? Vous m'avez dit que je ne sortirai jamais d'ici vivant, et sur cette question, je vous crois. La seule femme que je pouvais acheter, c'était Danizia !

Surpris par l'argument, Wolf reconnut :

- So ! C'est bien vrai ! Mais qui me dit que vous m'avez donné tout ce que vous avez trouvé ? Je vous laisse une chance : vous me remettez tout, absolument tout, et j'oublie votre... distraction. Ou bien je fais fouiller votre cellule de fond en comble, et si on trouve la moindre pièce, adieu Danizia !

- Eh bien faites fouiller, capitaine! Je vous ai tout donné. Pourquoi aurais-je gardé une fortune inutilisable ?

- Pour un autre marchandage, peut-être ? Ou pour soudoyer mes hommes ?

- Dont je ne comprends pas le parler ? Et si je vous proposais une autre transaction, j'avouerais avoir encore quelque chose.

- C'est vrai. Bon, je vous crois. Vous ne prendriez pas le risque de tout perdre stupidement. Vous m'avez fait faire une bonne affaire, et on va fêter ça ! Allez, venez boire avec moi, et me chanter une romance !

*
* *

Thibaut quitta Wolf lorsque celui-ci se fut endormi, complètement ivre. Il eut la surprise de découvrir Agnès qui l'attendait en lisant son dernier poème. Mais le plus inattendu était la robe qu'elle portait à la place de ses hardes de paysanne. Elle se leva d'un bond en le voyant entrer.

- Oh Thibaut ! Je ne saurai jamais vous exprimer ma reconnaissance ! La Sampille s'était fait une joie de m'annoncer la décision abominable du capitaine, et j'étais au désespoir. Si j'avais été plus courageuse, je crois que j'aurais essayé de mettre fin à mes jours... mais j'ai la hantise de la mort, qui m'effraie plus que tout. J'étais anéantie de façon si visible, que la vieille ne m'a même pas bousculée pour me mettre à l'ouvrage. Elle semblait jubiler. Et puis après le repas, Wolf est venu lui parler. Je n'ai pas tout compris, mais il lui a ordonné de me faire choisir dans le butin, des vêtements à ma taille. Puis il m'a dit que désormais, je vous appartenais. Comment avez-vous obtenu ce miracle ?

- Cela n'a pas été trop difficile, mais m'a coûté cher, fit le poète d'un ton indifférent. Ne vous méprenez pas, Danizia, je n'ai agi que par simple humanité, et non par sentiment. J'ai été obligé de donner quatre cents florins à ce bandit...

- Mais c'est une somme fabuleuse ! Ça veut dire que vous avez ouvert le coffret ?

- Oui. J'ai dû faire très vite, c'était votre seule chance.

- Et vous lui avez tout donné ?

- C'est ce que je lui ai fait croire. Comme je me méfie de lui, j'ai laissé le reste au dehors, au cas où il aurait eu l'intention de faire fouiller ma cellule. Et il a bien failli le faire.

- Vous devenez prudent, c'est bien. Qu'y avait-il d'autre ?

- Au total, quatre cent quatre-vingt-deux florins, et douze écus de Saint Louis. Plus deux lingots d'argent fin d'au moins cinq livres chacun. Et plusieurs pierres précieuses, rubis, saphir, émeraude. Ajoutez à cela un rouleau de parchemins, et une relique de saint Benoît. Le contenu du coffret était destiné à la fabrication d'un reliquaire qui devait constituer l'ornement principal de l'Abbaye.

- Mais nous serons riches ! Les écus de Saint Louis sont rares et ont une grande valeur... Mon père n'aura aucun motif pour vous refuser son consentement quand il connaîtra votre fortune.

- Ne rêvez pas Danizia. Tout cela ne vaut rien pour nous tant que nous sommes ici. Il reste quatre-vingt-deux florins pour notre évasion. Le reste n'est pas monnayable facilement. Et je ne sais pas encore comment envisager notre fuite. Il nous faut absolument des chevaux.

- Ne pourriez-vous pas acheter la complicité du Bachelier ? Il me semble prêt à n'importe quelle entreprise pour un peu d'or...

- C'est un trop grand risque. S'il nous trahit auprès de Wolf, nous sommes perdus. Et lui sait ce qu'il encourt en nous aidant : le châtiment des traîtres chez les Ecorcheurs glace le sang rien que d'y songer.

- Alors que faire ?

- Si d'ici l'été, je n'ai pas trouvé autre chose, nous tenterons une approche auprès du Bachelier. Mais pour vous qui craignez de mourir, sachez qu'un échec se paierait de ce prix.

Agnès frissonna, et murmura :

- Prenez le temps de trouver un moyen, mon doux poète... auprès de vous il ne me paraîtra pas trop long... Au fait, comment trouvez-vous ma nouvelle toilette ?

*
* *

Les jours suivants s'écoulèrent sans histoire. Agnès continuait à aider la Sampille, dans des conditions cependant beaucoup moins sordides. Wolf qui ne souhaitait pas sa compagnie, avait estimé qu'il valait mieux qu'elle travaille lorsque Thibaut était auprès de lui, afin de faire taire les récriminations de la vieille qui s'était habituée à se voir soulagée dans sa tâche. Pour les corvées, elle reprenait ses habits de paysanne, et se changeait le soir avant de rejoindre le poète. Elle essayait toutes les ressources de la séduction pour le fléchir, mais il était redevenu distant et ne cédait point à ses avances. Il avait toujours avec elle une attitude courtoise et il entretenait volontiers une conversation. Il lui arrivait même de rire et de plaisanter, et elle aimait ces moments plus chaleureux. Mais elle espérait bien davantage, et attendait avec impatience les circonstances qui pourraient rendre une fuite possible. Elle avait confiance en Thibaut, et l'amour sincère qu'elle éprouvait à son égard lui faisait perdre un peu de son habituelle lucidité. Elle ne concevait aucun doute sur la réalité de ses promesses, et rêvait de ce mariage qui lui rendrait son amant.

Elle qui ne s'était souciée que d'elle-même jusqu'alors, découvrait avec une certaine ivresse le trouble délicieux qui ramenait sans cesse ses pensées vers le jeune homme. Elle voulait oublier que peu auparavant, elle avait fait échapper des assassins pour l'éloigner définitivement de sa route. Sa bienveillance, le secours inespéré qu'il lui avait apporté la confortait dans l'idée qu'il oubliait peu à peu sa rancune, et son remords, pour l'énormité de ses forfaits s'atténuait de jour en jour. Nul, à part Thibaut, ne pouvait la mettre en accusation, et il ne le ferait pas s'il maintenait sa décision de l'épouser. Et elle était bien décidée, à force de charme et de soumission, à le conquérir.

Lorsqu'il lui arrivait de se retrouver seule dans sa cellule, en attendant son retour, elle cherchait à la rendre plus agréable et accueillante. Sa maladresse de demoiselle oisive cédait lentement la place à une certaine habileté, et le nettoyage, le rangement ne la rebutaient plus.

Elle avait demandé à voir les pierres et les pièces d'or, mais Thibaut avait refusé, prétextant que le risque d'une visite inopinée était trop grand, et que le trésor était bien plus en sécurité sous son manteau de neige. Il avait seulement conservé certains manuscrits écrits en latin, à l'exception de celui qui rassemblait les prescriptions pour la fabrication du reliquaire. Tout y était consigné, la provenance des gemmes, le prix payé pour leur acquisition, le poids d'argent nécessaire pour la fonte du coffret, les verres venus de Murano, et la patiente collecte des contributions indispensables. Il y avait aussi des dessins proposés par un orfèvre florentin et retenus par l'abbé. Et surtout une bulle pontificale qui attestait de l'authenticité de la relique.

Les autres documents concernaient la vie du couvent et des religieux. Là aussi tout était soigneusement noté, depuis le nom des fermiers, et ceux des membres de leur famille, jusqu'à la constitution du cheptel, le contenu des caves et greniers...

Le plus intéressant était un plan de l'ensemble de l'abbaye, où on retrouvait en détail le repaire, tel qu'il était avant les aménagements réalisés par les bandits. Mais la crypte de l'église n'y était pas mentionnée.

Thibaut attendait avec impatience de pouvoir ressortir pour faire une exploration plus complète du domaine, et tenter de découvrir d'autres souterrains dont les issues n'étaient plus visibles. Mais la neige, loin de disparaître, avait recommencé à tomber, et c'est alors que Wolf le fit appeler pour lui faire part d'un surprenant projet.

*
* *

- Signor Vasari, je vous ai dit que vous ne quitteriez jamais ce lieu de votre vivant. Pourtant, j'ai changé d'avis. Nous approchons des fêtes de la Nativité, et je vous offre d'assister à la messe à Lyon !

Thibaut resta impassible et remarqua seulement :

- Je suppose que ce n'est pas dans l'intention de me rendre ma liberté. Vous attendez quelque chose de moi ?

- Tout juste ! Vous avez l'esprit vif, et vous allez vite comprendre. Je possède dans la pièce qui fait suite à celle-ci, un important butin constitué d'objets d'église, de vaisselle, de bijoux. Tout cela peut se vendre, mais pas en Savoie, d'où proviennent la plupart de ces choses, et qui seraient reconnues. Alors vous allez partir pour Lyon la Brumeuse avec le Piarre et le Bachelier.

- Mais pourquoi moi ?

- Parce que vous avez l'air honnête, et on ne soupçonnera pas un marchand de grain. Et parce que je sais que vous reviendrez avec ... Danizia en répond. Vous ne l'aimez pas, vous la haïssez peut-être encore, mais vous ne voudriez pas la voir réduite à la condition de ribaude, ou pire encore...

- Et si malgré tout je l'abandonnais ?

- C'est peu probable. D'abord parce que je vous connais bien. Et puis le Piarre vous suivra comme votre ombre, et le Bachelier écoutera tout ce que vous direz. Si vous tentez quoi que ce soit, vous serez occis, et Danizia paiera.

- Mais on n'entre pas dans Lyon aussi facilement, avec un char rempli d'or et d'argent...

- Aussi vous y rendrez-vous comme marchand de grain. La marchandise sera cachée au milieu du blé. Le Piarre sera votre valet armé, et le Bachelier votre intendant. La ville souffre pour l'heure d'une disette sévère, et vous serez le bienvenu. Vous pourrez même tirer un bon prix du froment. Et pour aider la chance, vous aurez une lettre de recommandation de messire Odet de Chandieu, châtelain de Versailleux. Il vous suffira de gratter le nom de son défunt propriétaire, et d'y mettre celui que vous choisirez. Vous êtes très adroit pour ce genre de besogne... N'oubliez pas d'acquitter les taxes d'entrée, et pensez à donner au tronc pour les pauvres. Vous aurez cinq florins pour vos frais.

- Vous avez pensé à tout... mais à qui vais-je proposer le butin ?

- Quand vous serez dans la ville, où vous entrerez par la porte de la Lanterne, le Bachelier vous conduira à une retraite sûre. Il connaît aussi tous les receleurs, et vous guidera. Je sais que ces rapaces sont pingres, mais j'estime que vous pouvez obtenir cinq mille florins du total, sans compter le blé, que vous irez ensuite vendre à la Grenette. Vous ferez alors changer l'équivalent de cinq cents florins en sous, deniers et liards. L'or est trop compromettant dans les mains de mes soudards. Pour ça, vous irez voir plusieurs changeurs, afin de ne pas attirer l'attention.

- Quand devrai-je partir ?

- Demain, si la neige tombe toujours, afin de cacher vos traces. Vous aurez les yeux bandés jusqu'à la sortie de la forêt. Vous devrez être revenu dans une semaine. Une douzaine de mes gaillards vous escorteront et vous prêteront main-forte pour frayer le passage parfois difficile. Ils attendront votre retour après Sathonay.

Pendant plus d'une heure encore, Wolf détailla les points de l'expédition. Puis il conclut :

- Servez-moi loyalement, et je saurai vous en récompenser. Lorsque vous aurez mené à terme vos transactions, je vous autorise à dépenser le quart du prix du blé, afin d'agrémenter votre séjour ici. Le Bachelier est au courant, et tiendra tous les comptes. Il sait que j'ai des yeux et des oreilles à Lyon, et que je pourrai faire des vérifications. Son intérêt est d'être scrupuleux.

- XIX -

Un vent aigre venu de l'ouest poussait des nuées brumeuses qui annonçaient l'approche du Rhône. L'épais tapis blanc, qui se renouvelait sans cesse, faisait pâlir les ornières boueuses labourées par le char lourdement chargé. La neige piétinée par de nombreux passages se transformait en glace traîtresse. Les quatre mulets peinaient pour avancer avec une lenteur décourageante, et le Piarre qui préférait marcher poussait parfois dans les montées sans paraître le moins du monde fatigué.

La ville était à moins d'une lieue, et un brouillard épais masquait les autres voyageurs dont on entendait les cris d'avertissement, et les grincements des charrois.

Thibaut, assis au côté du Bachelier, ne parvenait pas à se réchauffer, serré dans une épaisse pelisse de fourrure d'ours. Son compagnon bavardait, et racontait ses aventures de jeunesse, lorsqu'il allait courir dans les bas-quartiers, plutôt que de suivre l'enseignement que son pauvre père voulait lui faire donner aux écoles de la ville ouvertes par le Consulat.

Soudain, des rafales de vent glacé déchirèrent la brume en lambeaux blanchâtres qui laissèrent deviner la ville au bas d'une longue et sinueuse descente. La route formait une fourche dont l'une des voies conduisait à la porte Saint-Sébastien, près du fleuve, et l'autre à la porte de la Lanterne qui contrôlait la Saône, avec celle de Pierre Scize qui lui faisait face. Le poids du chargement poussait fortement sur l'attelage que le Piarre avait grand mal à retenir.

En dépit des difficultés, et des glissades intempestives, le char finit par retrouver la large voie qui menait à la ville, où venaient se perdre comme autant d'affluents, les multiples chemins qui apportaient leur part d'arrivants.

La porte apparut tout à coup, avec son guetteur qui veillait à l'ouverture d'une échauguette. Puis Thibaut distingua l'huissier en robe sombre, et à manches d'écarlate portant en broderie les armes de Lyon, qui réglait les entrées. Son autorité incontestée provenait surtout de la force d'archers et d'arquebusiers dont la présence suffisait à dissuader les fauteurs de troubles. Des notables installés confortablement à l'abri, interrogeaient les arrivants, demandant le nom, le métier, le motif de le venue, les ressources, et repoussaient impitoyablement les errants inutiles. Les artisans, les barlatiers, les épiciers, les trouilleurs, les ferratiers étaient les bienvenus. Les maraîchers, les poissonniers, tous ceux qui apportaient des vivres passaient sans difficulté, et le chariot de blé ne fit pas exception. Un dizenier jeta un vague regard à la recommandation présentée par le Bachelier, fit un signe d'assentiment à l'huissier, et libéra le passage. Il fallut cependant acquitter les droits. Un scribe fit compter les sacs, estima le poids et calcula laborieusement le péage. Pendant ce temps un des bourgeois murmurait à Thibaut :

- Le blé est très demandé en ce moment. Attendez demain matin pour le vendre, et vous m'en réserverez la moitié. Je suis messire Guillaume Dodieu. Vous irez de ma part à l'auberge du Charbon Blanc. Le tenancier est un ami, et il mettra votre marchandise en lieu sûr. Vous lui demanderez de trouver des acheteurs, et il vous évitera la cohue de la Grenette... et les droits à acquitter !

- Je vous sais gré de votre amabilité, et vos conseils sont précieux. Je ne connais pas la ville, et j'aurai sans doute eu quelque peine à m'installer.

- C'est bien naturel ! Et vous pourrez témoigner de votre reconnaissance en me faisant un prix d'ami, fit l'autre en clignant de l'œil. Un appui comme le mien vous évitera beaucoup de soucis...

Le poète sourit et acquiesça. Lorsqu'ils eurent passé la porte, le Bachelier, qui avait entendu, commenta :

- Ce gros porc qui se prétend certainement honnête, profite de sa position pour rançonner les “pieds poudreux”. Il va sûrement proposer un prix dérisoire... et si on refuse il va nous faire des misères !

- On n'a pas le choix. On perdra peut-être quelques écus sur le grain, mais on gagnera la tranquillité pour le reste, et c'est important. Mais qui appelez-vous les “pieds poudreux” ?

- C'est le nom qu'on donne ici aux marchands qui viennent de loin. Vous n'avez qu'à regarder leurs chausses. Du moins en été, car pour l'heure, ce serait plutôt “pieds boueux” qui conviendrait.

L'aubergiste du “Charbon Blanc” se montra accueillant, et le fut plus encore lorsqu'il sut qui lui envoyait ces arrivants. Il proposa une remise pour rentrer le char et en remit la clef à Thibaut. Quant à l'attelage il fut confié aux soins d'un palefrenier qui l'installa dans une écurie bien entretenue en dépit de la neige qui sévissait partout. Le prix relativement élevé de la pension laissa le poète indifférent. Après tout, Wolf lui devait bien un peu de confort! Le Bachelier, pour sa part, ne fit aucune objection.

Comme il n'était pas possible de sortir le trésor du capitaine en plein jour, les trois hommes décidèrent d'aller se réchauffer autour d'une table bien garnie, et bien arrosée. Cette proposition eut l'agrément enthousiaste du Piarre qui commençait à ressentir une faim dévorante après sa longue marche.

*
* *

Le géant avait passé la nuit couché sur les sacs de blé, roulé dans deux grosses couvertures, sous prétexte de les surveiller. Mais lorsque l'auberge eut fermé ses portes, et que le sommeil ait gagné tous ses habitants, il avait réuni l'ensemble du butin dans quatre gros ballots qu'il avait discrètement portés dans la chambre occupée par Thibaut et le Bachelier. Le tout fut placé dans un vaste coffre à double serrure que le poète avait loué à son arrivée.

Tout le grain fut vendu dans la matinée. Le cours élevé permit d'en retirer quatre deniers par bichet, mais messire Dodieu n'en proposa que la moitié pour la part qu'il voulait. Le poète discuta pour la forme, puis céda pour deux deniers et demi. La totalité du chargement rapporta cent vingt livres tournois.

Le plus difficile restait à faire : écouler les rapines de Wolf. Cela prit trois jours, et demanda de multiples allées et venues. Le Bachelier se montra d'une réelle efficacité, et Thibaut le laissa marchander, se bornant à mettre en relief la perfection exceptionnelle de l'orfèvrerie et la beauté des pierres. Il profita largement de ses déplacements dans la ville pour chercher une idée qui puisse faciliter son évasion.

Il ne connaissait personne et commençait à désespérer, lorsque vint le moment de faire changer une partie des paiements en or contre de la monnaie vulgaire. En faisant la tournée des changeurs, il découvrit avec surprise que le signor Giacometto avait un correspondant à Lyon, et qu'il connaissait son représentant. La journée étant bien avancée, il prétexta la fatigue pour rentrer au “Charbon Blanc”, et se mit à réfléchir intensément sur la façon d'exploiter cette chance inattendue.

Le lendemain, il se présentait à l'officine accompagné du Bachelier qui ne le lâchait pas un instant. Il demanda à parler à l'italien et lui dit quelques mots dans sa langue. Son compagnon réagit immédiatement, et lui rappela vivement qu'il devait pouvoir comprendre toutes les démarches pour tenir sa comptabilité. S'il y avait une ombre de menace dans le ton, le commis ne parut pas s'en apercevoir, et continua en français. Mais Thibaut avait réussi à faire passer l'essentiel. Il tendit au jeune homme un papier en lui disant :

- Je désire changer cent florins suivant le détail porté sur ce pli. Je vous prie de faire diligence.

Après une attente assez longue, l'Italien revint avec plusieurs sachets de peau, et commença à aligner les pièces, qu'il additionnait au fur et à mesure avec un boulier. Les comptes étant arrivés à la satisfaction des deux parties, il dit en conclusion :

- Je suis tout à votre service pour d'autres opérations, messires. Puis il ajouta en regardant Thibaut : "Et aussi pour le reste".

Une fois dehors, le Bachelier demanda :

- Qu'a-t-il voulu dire avec "Aussi pour le reste" ?

- Rien de particulier. C'est une expression que l'on emploie dans mon pays, pour signifier que l'on est tout dévoué à son client.

L'autre n'insista pas. Mais ce qu'il ignorait, c'est que le poète avait glissé dans la feuille de compte, un autre papier contenant un écu de Saint Louis, et des instructions précises à suivre, avec la promesse d'une substantielle rémunération. A condition que le secret soit absolu. Et la phrase qui avait surpris le Bachelier était la formule qui concluait l'accord.

*
* *

La neige avait complètement cessé de tomber, et commençait à fondre sous un souffle tiède venu du sud. Le retour se fit dans des chemins transformés en bourbiers, et si le char n'avait pas été soulagé de son lourd chargement il aurait probablement été mis en fâcheuse position à plusieurs reprises.

Par prudence, les trois hommes s'étaient joints à un groupe de marchands qui allaient à Bourg, et le Bachelier s'amusait beaucoup du fait d'être protégé par les gens d'armes qui assuraient la sécurité du voyage.

Il avait fallu participer au paiement de leur solde, mais il aurait été imprudent de se risquer autrement sur les routes avec plusieurs milliers d'écus, même bien dissimulés. Thibaut rapportait, outre les produits demandés par le capitaine, les achats qu'il avait faits pour son compte, et plus particulièrement des vêtements.

Ils atteignirent l'orée de la forêt de Chassagne six jours après l'avoir quittée. Il n'était pas possible de rejoindre les ruines du couvent avec le char qui aurait laissé des ornières profondes et trop visibles, aussi fut-il abandonné dans un ravin, et dissimulé sous un amas de branchages. Les mulets furent chargés avec les marchandises, et Thibaut dut une fois de plus se laisser bander les yeux. Mais il avait eu le temps de s'orienter et chercher des points de repère pour retrouver la direction générale de la route. Il s'aperçut avec surprise que l'on empruntait un parcours différent de l'aller, et finit par en comprendre la cause. Peu après les montures pataugeaient dans l'eau peu profonde d'un vaste marais, où les traces se perdaient définitivement. Le détour devait être important car la nuit était tombée lorsqu'ils atteignirent enfin l'entrée de l'abbaye.

Wolf se montra satisfait de la mission de son prisonnier et le félicita. Il s'assura qu'il ne rapportait pas d'arme dans ses bagages, puis le convia à le rejoindre à l'heure du dîner.

*
* *

Agnès, qui avait craint d'être abandonnée, accueillit Thibaut avec effusion. Le délai fixé par le Germain était presque arrivé à son terme, et son angoisse avait grandi de jour en jour. Elle voulait croire avec ce retour à un attachement certain du jeune homme et reprit espoir de le séduire. Elle écouta sans l'interrompre le récit de son expédition. Il le fit brièvement, sans entrer dans les détails. Puis il ajouta :

- Il est temps maintenant de songer à nous enfuir. Je dois vous avertir que ce sera une épreuve très dure, mais je pense que nous avons de sérieuses chances de réussir. J'ai acheté des vêtements d'homme, ils vous sont destinés. La traversée de la forêt n'est pas pensable avec une robe et des chaussons. Vous aurez des bottes souples qui ne laissent pas passer l'eau.

- Mais vous disiez qu'il nous faudrait des chevaux pour avoir une chance de distancer nos poursuivants...

- Nous les aurons. J'ai pu faire passer un message à un commis de mon père adoptif qui est employé dans une banque de Lyon. Un envoyé nous attendra trois jours à un point convenu sur la route d'Ambérieu. Vous devrez donc chevaucher, et maintenir un train soutenu jusqu'à la ville. Vous en sentez-vous capable ?

- Je le pense. Avec Marie, et d'autres amies de la cour, nous allions autrefois faire de longues promenades. Mais je montais comme une dame, et je n'ai jamais pratiqué le galop.

- Vous aurez peu pour apprendre à aller plus vite. Nos vies en dépendront.

- Je sais, et je trouverai la volonté nécessaire. Quand je veux quelque chose fortement j'y parviens toujours.

- Ça, je le sais, fit Thibaut en souriant malgré lui. Puis il ajouta : Nous partirons demain soir si je peux revenir assez tôt. Rapportez si vous pouvez quelques vivres et du vin de la cuisine. Vous essaierez également les habits que je vous ai amenés. N'emportez que ce qui est absolument indispensable, tout chargement inutile nous ralentirait. Et puis dormez tôt et prenez des forces. Je vais maintenant rejoindre le capitaine.

*
* *

La soirée se prolongea fort tard. Privé de son barde près d'une semaine, Wolf se montrait bavard. L'argent rapporté lui avait permis de contenter sa troupe, et le surplus était soigneusement rangé dans sa réserve personnelle. Il avait exigé le récit de l'expédition, pour contrôler celui du Bachelier qu'il avait déjà entendu. Puis détendu par la confirmation des faits, il s'était mis à boire sans retenue, pour finir par tomber dans les confidences.

- Savez-vous, mon gentil poète, que vous m'avez rendu un fier service ? Je suis aujourd'hui assez riche pour mener à bien un projet auquel je pense depuis longtemps. Après tant d'années passées loin de mon pays, je vais essayer d'y retourner...

- Mais ne m'avez-vous pas dit que vous en aviez été banni ?

- Oui. Mais on peut beaucoup avec de l'or. Il me suffira de m'acheter quelques appuis, auprès de gens en place, et c'est vous qui irez les négocier. Je ne vous aurai pas appris ma langue uniquement pour le plaisir. Si vous réussissez, vous serez libre, vous et Danizia.

Le jeune homme regarda le bandit avec intensité, puis il fit :

- Quelle raison ai-je de vous croire ? Une fois hors d'atteinte, je constituerai un danger pour vous.

- Je suis sans doute un Ecorcheur et je ne fais pas de quartier. Mais je suis fidèle à ma parole. Et puis, si j'obtiens comme je le pense, un commandement dans les armées, mon passé sera oublié. Nul ne pourra plus me poursuivre.

- Et vous pensez que c'est possible ?

- Sans aucun doute. Les bons capitaines sont rares... Nous en reparlerons quand les beaux jours seront revenus. Mais gardez le secret absolu jusque-là.

Puis sans transition le brigand avait parlé de poésie et demandé à Thibaut de chanter. Celui-ci, troublé par les paroles entendues, s'approcha d'une harpe et se mit à l'accorder. Même si Wolf était sincère il ne voulait plus attendre pour tenter de fuir. Mais avait-il des chances de réussir avec Agnès ? S'il était repris, c'était la mort certaine. Pour cela aussi le bandit n'avait qu'une parole. En restant, et en jouant son jeu, il y avait un espoir. Mais aussi des risques. D'abord l'échec possible de l'entreprise. Et puis les visiteurs inconnus qui avaient déclenché l'alerte pouvaient revenir, et signer son arrêt de mort...

Il fut interrompu dans ses réflexions par Wolf qui s'impatientait. Alors il se mit à chanter en s'accompagnant avec son instrument.

- XX -

La cellule était glaciale et obscure lorsque Thibaut s'éveilla. L'aube encore incertaine découpait vaguement la forme du soupirail qui n'apportait aucune lumière. Il se leva en frissonnant, et se vêtit à la hâte. Puis il alla allumer sa lampe à la veilleuse du couloir. Lorsqu'il revint, Agnès était debout. L'appréhension, mêlée d'excitation provoquée par l'idée de leur fuite lui avait donné un sommeil agité et superficiel que le frôlement du poète avait suffi à dissiper.

Son compagnon lui fit signe de ne pas parler ; tout ayant été réglé la veille, les mots étaient devenus inutiles. Pour retarder la découverte de leur évasion, il bloqua la porte avec des coins de bois dur qu'il mouilla abondamment pour les faire gonfler, comptant rendre ainsi plus difficile l'ouverture. Pendant ce temps, Agnès s'était vivement travestie en garçon, emprisonnant sa lourde chevelure dans un chaperon de toile brune. Nul n'aurait pu reconnaître la fragile demoiselle de Charny dans le damoiseau endurci et déterminé qu'elle faisait apparaître.

Thibaut avait soigneusement étudié le parcours pour quitter les ruines sans courir le risque d'être aperçu par le guetteur. Il escalada le premier les pierres mobiles de la muraille, et franchit l'ouverture. Au dehors, la neige avait en grande partie disparu, et bien heureusement, le retour du froid avait durci le sol, où leur passage ne laisserait pas de traces. Il hissa ensuite les deux sacs qui contenaient des vivres, des vêtements de rechange, et le précieux contenu du coffret, malgré le poids des barres d'argent qu'il ne pouvait se résoudre à abandonner. Enfin Agnès le rejoignit avec agilité avant qu'il n'ait eu le temps de lui venir en aide.

La nuit était claire, bien que la lune, basse sur l'horizon, ne jeta que peu d'éclat par le mince croissant de son dernier quartier. Il leur fut possible de se diriger sans trop d'hésitation sur le terrain découvert, et en peu de temps, ils franchirent les limites de l'abbaye, pour se retrouver dans l'ombre des arbres sans avoir été vus. Mais le plus dur restait à faire. Thibaut, qui avait observé longuement le ciel les jours précédents, estima qu'il pouvait être six heures après minuit. Wolf ne se réveillait jamais aussi tôt, et en tous cas, il ne l'avait jamais fait appeler avant d'avoir fait sa toilette et dévoré les crêpes, gaufres, et pâtés préparés par la Sampille. Cela laissait au mieux trois heures de répit avant le début de la poursuite. Bien peu, mais un départ plus matinal n'aurait pas été possible dans les ténèbres de la forêt. Le sentier à peine décelable serpentait en détours capricieux pour contourner les obstacles naturels, mais tant que n'apparaissait pas de bifurcation il n'y avait aucun risque de se perdre. Hélas, ce réconfort fut de courte durée. Après avoir parcouru environ un quart de lieu à vive allure le premier croisement se présenta. La plus grande partie du ciel était cachée par les épaisses ramures qui s'élevaient à plus de cent pieds, mais quelques ténus rayons de lune filtraient entre les branches dépouillées par l'hiver. Agnès rejoignit Thibaut qui s'était arrêté pour l'attendre. Elle avait du mal à soutenir le train rapide de son compagnon, et son souffle court trahissait son effort. Elle laissa glisser son sac à terre et demanda :

- Savez-vous... par où... aller ?

- Nous garderons la bonne direction en prenant à main droite. Il faut nous éloigner le plus possible avant de songer à prendre du repos. Pouvez-vous continuer du même pas ?

- Je vais essayer... ce sera plus dur... que je ne l'imaginais... je suis tombée déjà plusieurs fois.

Le jeune homme ne répondit pas, mais il allégea son sac en prenant une partie de sa charge, et le lui tendit. Puis il lui saisit la main et l'entraîna de nouveau dans sa course, la retenant fermement lorsqu'elle trébuchait. Il se dirigeait avec une sûreté surprenante, bondissant dans les éboulis de pierres instables ou sautant par dessus les troncs abattus. Grâce à son aide, Agnès put le suivre, en dépit des glissades, des gifles des branches basses, et de la brûlure sournoise des épines qui la lacéraient au passage.

*
* *

Malgré l'angoisse qui les poussait en avant, ils ne purent maintenir l'allure de leur course. Agnès, à bout de force, se traînait péniblement, et le sac pesait douloureusement sur le dos du poète. Il faisait presque jour quand il se résigna à faire une pause, dans une clairière où le chemin, qui se heurtait ensuite à une butte abrupte, se divisait encore.

Agnès s'était laissé tomber sur le sol, étendue sur le dos, cherchant à retrouver son souffle, ce qui la faisait haleter. Sur son visage barbouillé de terre, des larmes d'épuisement traçaient des sillons qui scintillaient sous les étoiles. Mais elle dominait encore sa souffrance, et ne laissait pas échapper la moindre plainte. Elle regarda pensivement ses mains autrefois si fines et douces, durcies par les rudes corvées, et rougies par le sang qui coulait de multiples écorchures. Thibaut la considéra avec une admiration certaine, mêlée de compassion. Il était lui-même harassé, et il proposa de manger et de boire un peu de vin. Puis il ajouta :

- Je ne sais pas exactement où nous sommes. Nous avons parcouru plus de la moitié du chemin jusqu'à la route. Mais nous mettrons plus de temps à couvrir ce qui reste.

- Comment pouvez-vous vous diriger dans ces bois ? Pour moi tout est semblable, devant comme derrière, ou sur les côtés.

- Je sais que nous devons aller vers le septentrion. C'est l'étoile la plus brillante de l'ursa minor qui nous l'indique. Vous voyez, c'est droit devant nous.

- Oui. Mais aucun des deux chemins ne s'y dirige vraiment. Lesquels devrons-nous emprunter ?

- Je ne sais. Celui-ci descend vers les marais dont la pestilence monte jusqu'ici. Nous irons plutôt dans l'autre direction.

- Depuis combien de temps courons-nous ?

- Depuis trop de temps. Wolf a dû découvrir notre fuite maintenant, et la poursuite va commencer. Je suis désolé, Danizia, mais nous devrons repartir sous peu.

Agnès se redressa. Le contact avec le sol glacé lui avait vite fait perdre la sensation de chaleur produite par la course, et elle claquait des dents. Thibaut lui tendit un gobelet.

- Buvez. C'est très fort, mais ça vous remettra. C'est l'eau-de-vie du capitaine, je la lui ai volée avant de partir.

C'était certainement beaucoup trop rude pour une demoiselle, et l'effet fut immédiat. Elle se sentit envahie par un feu brutal qui la fouetta avec violence. Son accablement disparut, et elle oublia la douleur de ses meurtrissures. Mais elle se mit à tousser, et renversa ce qui lui restait d'alcool.

Son compagnon ne put s'empêcher de rire, et Agnès, un instant déconcertée, l'imita. Alors que leur situation était encore des plus incertaines, ils se rejoignirent dans un accès de gaieté incontrôlée qui les libéra un instant de la terrible tension qui les torturait.

Ils furent brusquement rappelés à la réalité par une rumeur confuse qui montait vers eux. Dans le lointain, à environ une lieue, la lueur de nombreuses torches perçait la couverture de la forêt, et le grondement d'une chevauchée sauvage se mêlait au craquement des branches récalcitrantes. Mais le pire étaient les hurlements brefs de Satan qui guidait la meute.

Thibaut bondit sur ses pieds.

- Vite ! Il faut fuir... Par le chemin nous serons rejoints en moins d'une demi-heure. Nous allons escalader la pente droit devant. C'est abrupt, et les chevaux ne pourront pas nous suivre. Mais ce sera plus dur pour passer.

Ce fut une nouvelle épreuve. Il leur fallut une interminable recherche pour trouver un passage praticable dans la muraille et la montée se révéla périlleuse. Puis la côte se fit moins escarpée et ils purent progresser plus rapidement. Le bruit de la poursuite, étouffé par l'épaisseur des bois, n'était plus perceptible. Les étoiles avaient pâli dans le ciel clair, et il devenait de plus en plus difficile de s'orienter. Les fourrés empêchaient une progression régulière et il fallait constamment retrouver la bonne direction. L'effet de l'alcool dissipé, Agnès avançait comme dans un cauchemar, tirée de plus en plus difficilement par son compagnon à bout de forces. Heureusement, le terrain commença à redescendre en pente douce, et la forêt se fit moins dense. Par une trouée, ils aperçurent dans le bas le miroitement du marais qui leur coupait la route aussi loin que la vue pouvait porter. Le gel avait pris les berges qui soulignaient d'une bordure blanche le bord de l'étang.

Thibaut eut un instant de découragement et s'assit sur un rocher. Contourner l'obstacle demanderait un effort supplémentaire qu'il se sentait incapable de fournir. Agnès, muette, lui avait pris le main. Elle aussi avait compris que le piège se refermait.

Elle accepta la gorgée d'eau-de-vie que lui tendit le poète et eut la surprise de la trouver beaucoup moins agressive que la première fois.

- Il faut abandonner tout ce que nous portons, Danizia. Mangez un peu si vous le pouvez. Je ne garderai que l'or et les pierres précieuses. Je vais dissimuler l'argent et le reste dans les creux de cet éboulis. Peut-être un jour pourrons-nous venir le rechercher... si nous en réchappons.

- Mais vous ne retrouverez jamais cet endroit...

- C'est possible. Je vais essayer de noter des repères. Enfin peu importe, ce sont nos vies qui sont en jeu.

Puis ils reprirent leur marche. Thibaut, soulagé du poids de son sac, avait retrouvé une nouvelle vigueur, et ils atteignirent rapidement le bord du marais où il firent une nouvelle pause. C'est alors qu'ils entendirent le bruit de la course d'un animal qui se dirigeait vers eux en bondissant. Agnès hurla :

- Satan ! Nous sommes perdus ! Il va nous mettre en pièces !

- Venez ! Il y a un saule au bord de l'eau. Je vais vous aider à y grimper pour vous mettre hors d'atteinte.

Lorsque sa compagne se fut hissée dans la ramure, le jeune homme fit face au fauve qui dévalait vers lui.

- Venez me rejoindre, Thibaut ! Vous n'avez pas d'arme pour affronter ce monstre !

- Non. Mais il va nous assiéger jusqu'à l'arrivé de son maître, si je ne fais rien. Je ne crois pas qu'il vienne pour nous tuer. Wolf ne veut certainement pas se priver du plaisir de me voir mourir lentement sous ses yeux. Nous ne serons en danger que si nous cherchons à fuir encore.

Le loup ralentit sa course pour finir par s'arrêter à dix pas. Il fixa longuement Thibaut, puis s'assit et poussa un long hurlement. Dans le lointain, des cris étouffés répondirent. Alors le poète s'avança. Agnès le vit élever la main vers son visage, tandis qu'il lançait un commandement brutal en bavarois. Le fauve se tassa sur le sol puis recula en gémissant. L'homme et la bête s'affrontaient dans un combat muet, où chaque mouvement se développait avec une lenteur insoutenable.

Finalement Thibaut s'immobilisa et déroula la ceinture de cuir qui retenait sa tunique. Agnès le vit avec stupéfaction passer la boucle de cuir autour du cou de l'animal qui se borna à gronder sourdement, puis attacher solidement l'autre extrémité au tronc d'un jeune chêne. Il recula enfin jusqu'à l'arbre et dit le plus naturellement, comme si tout cela était normal :

- Venez, il est temps maintenant de partir.

- Mais qui êtes-vous ? Ce monstre n'obéit qu'à son maître, et vous l'avez dompté... c'est de le sorcellerie !

- Il n'y a rien de surnaturel là-dedans. Seulement un peu d'observation, et quelque chose que je n'explique pas, mais qui fonctionne.

- Et pourquoi ne tuez-vous pas cette abominable créature ?

- Parce que je n'ai pas d'arme, et que je répugne à la massacrer à coups de pierres. Et cela nous prendrait beaucoup de temps pour en venir à bout. Partons.

Subjuguée, Agnès se laissa entraîner sans rien dire. A peine avaient-ils disparu à un détour de la berge que Satan se mit à hurler, en se débattant pour tenter de se libérer. Les fuyards avançaient assez facilement entre les roseaux clairsemés de la rive. Thibaut avait choisi de se hasarder sur la glace relativement épaisse au bord, qui offrait l'avantage d'avoir un niveau uni et sans obstacle, et des glissades rapides augmentaient sensiblement leur allure. Aussi adroits l'un que l'autre, ils évitaient les chutes, et auraient peut-être pris du plaisir à patiner, si la fatigue qui les accablait s'était faite moins pesante. Les appels du loup, déjà lointains, soudain cessèrent.

- Satan vient de retrouver son maître, fit Thibaut en s'arrêtant pour écouter.

- Mais il va retrouver notre passage, et nous allons être pris ! Vous auriez dû le tuer quand même !

- Ce n'est pas sûr. Il a déjà attiré Wolf loin de nous, et je doute qu'il puisse flairer notre piste sur la glace. Ne perdons pas de temps et courons !

Il parcoururent encore environ un quart de lieue avant que le bruit de la poursuite ne leur parvienne. Devant eux, le marais se prolongeait interminablement, mais la rive opposée semblait se rapprocher. Soudain Agnès :

- Regardez devant, Thibaut ! La glace va jusque de l'autre côté !

- Je l'ai vu aussi. Mais elle ne supportera jamais notre poids au milieu... si elle casse nous sommes perdus.

- Mais si nous ne passons pas, nous le sommes également.

- Attendez... il semble y avoir un arbre abattu là-bas. Continuons jusqu'à lui. Peut-être nous servira-t-il de pont...

Ce n'était pas un tronc, mais un amoncellement de bois en décomposition, rassemblé là par la dérive, et que le gel avait soudé. Il commençait à dix toises de la rive, et barrait les trois quarts de l'étendue.

- Si nous arrivons jusque là-bas, nous passerons de l'autre côté, fit Thibaut après une minutieuse observation. Je vais tenter l'aventure le premier. Si la glace résiste pour moi, vous n'aurez aucun souci.

- Mais si elle cède ?

- Comme vous l'avez dit, nous n'avons plus le choix. Si nous réussissons, les chevaux ne pourront pas nous suivre.

Le jeune homme s'avança avec circonspection, écoutant avec attention le crissement de ses pas. Sentant fléchir la croûte glacée, il s'agenouilla, puis se mit à ramper lentement pour répartir le plus possible son poids. Il était encore à dix pieds des branchages lorsque des craquements commencèrent à l'alarmer. Il reprit sa progression avec encore plus de lenteur, et après une angoissante incertitude, il put enfin agripper une racine, et se hisser en sécurité.

Agnès l'imita aussitôt, mais poussée par la peur, elle commit l'imprudence de courir à quatre pattes, et la mince couche de glace céda soudain, faisant jaillir une gerbe d'eau glacée. A l'instant où elle se sentait irrémédiablement glisser, elle vit la branche que lui tendait son compagnon. Dans un dernier sursaut, elle s'en saisit, et se laissa tirer hors de l'abîme. Mais l'eau avait envahi ses bottes, et le froid l'avait pétrifiée. Thibaut lui donna la dernière rasade d'alcool, puis la força à se lever. Nul ne pourrait plus les suivre par ce passage, et il importait de se mettre à couvert le plus vite possible. Avec un peu de chance, Wolf pourrait croire qu'ils s'étaient noyés.

Ils atteignirent l'autre rive sans encombre et disparurent rapidement dans les fourrés. La route se trouvait maintenant devant eux, et le rendez-vous à moins d'une lieue.

Ils entendirent les clameurs de désappointement de leurs poursuivants qui devraient continuer à contourner le marais. C'était un court répit qu'il fallait mettre à profit.

Mais aucun sentier n'était tracé dans le sous-bois, et bien que le jour soit tout à fait établi, la progression restait difficile. La volonté d'Agnès avait atteint ses limites, et Thibaut ne valait guère mieux. Ils s'écroulèrent enfin en arrivant sur un chemin apparemment bien entretenu, et qui conduisait certainement à cette route dont ils rêvaient depuis leur départ. Mais trahis par l'épuisement, ils ne purent repartir.

- C'est fini, mon gentil Thibaut. Je ne saurais pas... faire trois pas... de plus. Laissez-moi, et allez... chercher les chevaux... si vous le pouvez.

- Je suis épuisé. Et nous n'avons... plus rien pour... nous réconforter. Wolf aura le temps... de nous rattraper.

- Si nous devons être repris... et mourir... m'accorderez-vous votre pardon ?

- Si ce doit être notre lot... je vous pardonnerai... avant.

Serrés l'un contre l'autre, ils essayaient de lutter contre le froid qui semblait vouloir les immobiliser définitivement. Un sommeil irrésistible accablait le poète qui luttait pour rester éveillé, alors qu'Agnès y avait déjà succombé. Par un effort surhumain, il réussit à se lever, et fit quelques pas. Puis, comme dans un rêve, il vit deux cavaliers armés chacun d'une arbalète, surgir au galop au détour du chemin.

- XXI -

Toute fuite était impossible. Mais Thibaut ne pouvait se résoudre à se laisser reprendre sans une ultime résistance. Il savait qu'il n'avait aucune chance contre ces deux bandits armés chacun d'une arbalète. Mais il ramassa une pierre, et attendit. Il préférait être tué en se battant plutôt que mourir entre les griffes de Wolf.

Il réalisa alors l'étrange façon de monter des deux hommes, qui n'étaient pas assis, mais debout sur leurs étriers. Ceux-ci s'approchèrent, mais sans avoir l'air menaçant, et en signe d'apaisement, raccrochèrent leur arme au pommeau de la selle. Le plus proche s'arrêta à dix pas, et mit pied à terre. Il grimaça une sorte de sourire puis se livra à une pantomime surprenante. Il fit semblant de fouetter, puis il leva les bras au ciel et tira la langue avec une expression d'intense douleur. Enfin, il montra Thibaut du doigt et fit le geste de boire.

Le poète comprit que les deux hommes étaient ceux que le capitaine avait punis de si cruelle façon. Un espoir insensé l'envahit et il demanda en patois :

- Tu es venu pour nous aider ? Tu peux parler, je comprends.

Le bandit ricana, mais sans méchanceté :

- Alors comme ça, tu faisais semblant de ne pas savoir... On a une dette envers toi, alors on vient la payer. On a pensé que si tu réussissais à passer, c'est ici que tu arriverais, et on est venu sans détour. Les autres ne sont pas loin, mais on a le temps de vous sortir de la forêt. Tu vas m'aider à mettre la fille sur le cheval de Matricot et je vas te prendre en croupe.

Agnès fut hissée sur l'encolure de l'animal, sans pour autant sortir de sa torpeur, puis le bandit enfourcha sa monture et invita Thibaut à monter en lui disant :

- Tu t'tiendras à mes épaules. Touche pas à mon dos. Comme mon cul, il est pas encore guéri.

Puis il lança son cheval pour rattraper son compagnon qui était déjà loin. La route fut rejointe en peu de temps, et il reprit :

- On va vous lâcher aux abords de Crans. T'y trouveras de l'aide, mais t'attarde pas, parce que Wolf va certainement chercher aussi par là.

- Inutile d'aller si loin. La cabane de bûcheron près de l'étang de Malepalud suffira. Je sais comment faire après.

- T'es plus malin qu'on pensait ! Mais faut rejoindre Matricot pour l'avertir.

- Comment savais-tu qu'il y avait une fille avec moi ?

- C'est le capitaine qui l'a dit quand on est parti à ta poursuite. Il nous l'a promise en récompense si on vous attrapait. Mais on dirait plutôt un garçon.

Thibaut ne répondit pas. Il avait beaucoup de mal à garder son équilibre, et se sentait terriblement faible. Sans cette aide inespérée, il aurait probablement abandonné la lutte. Mais si l'envoyé du banquier était au rendez-vous, il était encore possible de réussir.

- On arrive. Tu vois, l'étang commence ici, et la hutte est un peu plus loin. Comment tu penses continuer ?

- C'est mon affaire. Quel est ton nom ?

- On m'appelle Miséricorde. Parce que c'est moi qui achève les blessés... Quand on se séparera, nous serons quittes. Ne reviens jamais par ici. Je te devrai plus rien.

- Mais tu as chevauché malgré tes blessures pour nous permettre de fuir. Pourquoi nous avoir aidés ? Aucun de tes compagnons n'est venu te donner à boire, et toi, tu agis par reconnaissance.

- Quand quelqu'un est châtié, notre loi défend qu'on bouge. Sinon, on partage la punition. Tu savais pas ce que tu risquais... Oublie que tu nous as vus, ça vaudra mieux. Tu peux descendre, on y est.

Thibaut rejoignit Matricot et reçut Agnès que le galop avait fini par réveiller. Mais elle chancelait, et s'agrippa à lui pour ne pas tomber. Sans attendre, les deux cavaliers firent demi-tour, et repartirent à bride abattue vers la forêt. Aucune présence n'était décelable dans la cabane obscure, dont la porte était close. Le jeune homme se sentit envahi par l'inquiétude. S'il n'y avait personne, tout était perdu. Il aida sa compagne à s'asseoir au pied d'un arbre, puis il frappa contre le volet selon la convention prévue. La porte s'ouvrit alors, et il reconnut le commis de la banque, qui l'invita à entrer. Trois chevaux étaient à l'attache dans un coin de la pièce, sellés et prêts à se mettre en route. Dans la cheminée rustique, des braises achevaient de se consumer, mais dégageaient encore une agréable tiédeur, et maintenaient au chaud un chaudron de soupe. Sur une planche servant de table, il y avait du pain, de la viande froide, du fromage et des pommes. Il s'empara d'une cruche de vin, et but longuement. Puis il demanda :

- Ayez la bonté d'aller chercher la demoiselle qui est dehors. Je suis trop las pour avoir la force de l'aider.

- J'y vais, messire. Mon nom est Paolo Montini... Mais à Lyon, on m'appelle Paul, vous pouvez faire de même.

*
* *

- Il y a tout ce qu'il faut pour vous changer, fit Paul. Mais buvez d'abord un peu de cet élixir fabriqué par les moines de saint Bernard. Cela vous redonnera du courage. Ensuite vous pourrez vous restaurer. Faites vite car nous devons partir au plus tôt.

Le remède eut un effet immédiat, et même Agnès parut se réveiller. Elle échangea rapidement ses vêtements trempés, contre un autre habillement d'homme, et vint se chauffer à la cheminée. Peu à peu le froid qui l'avait engourdie se dissipa, et elle partagea avec avidité, le repas que Thibaut avait commencé.

Le commis montrait des signes d'anxiété, et finit par dire :

- Il faut nous mettre en route. Vos poursuivants peuvent surgir d'un instant à l'autre, et nous serions perdus. J'ai apporté des armes, selon votre demande, mais nous ne pourrions tenir tête à une troupe.

- Il y a peu de risques qu'ils viennent jusqu'ici avant un bon moment, fit le poète. Le capitaine ne peut savoir que nous avons été secourus et ne peut nous imaginer aussi loin. A mon avis, il va chercher à retrouver notre piste en contournant le marais. Il pense sans doute avoir le temps, puisqu'il nous croit à pied, et à bout de force.

- J'aurais aimé voir sa surprise quand il a découvert Satan attaché à un arbre, fit Agnès pensive. Je n'arrive pas à croire ce que j'ai vu moi-même quand vous l'avez maté.

- Il est vrai qu'il ne s'attendait sûrement pas à ça. Mais je pense que ce sont surtout ses hommes qui auront été impressionnés. Ils n'ont peur de rien, sauf du surnaturel. Comme aucun d'entre eux, pas même le Piarre, n'avait osé affronter ce fauve, ils vont m'attribuer des pouvoirs prodigieux. Et le miracle qui nous a permis de franchir l'étang va ajouter à leur crainte.

- Tout cela est rassurant, fit Paul. Mais je ne serai vraiment tranquille que dans l'enceinte d'une ville. Vous n'êtes pas en état de rejoindre Lyon directement, l'effet de l'élixir sera de courte durée. Aussi, je vous propose de gagner Ambérieu, où vous prendrez du repos. Nous partirons ensuite pour le Royaume, en compagnie d'un groupe de marchands bien protégés.

- Je crois que vous avez raison, approuva Thibaut. La chevauchée qui nous attend suffira pour aujourd'hui. Partons tant que nous pouvons encore le faire.

*
* *

Un peu moins de deux heures plus tard, les cavaliers retrouvaient l'Auberge du Cerf et messire Bonnel qui les reçut chaleureusement, à son habitude. S'il fut surpris de voir le signor Vasari en compagnie d'une demoiselle habillée en jouvenceau, il n'en manifesta aucun étonnement. Il se borna à lui rappeler qu'il avait oublié son bagage lors de son dernier passage, et le lui fit apporter. Mais lorsque le valet entra pour le déposer dans sa chambre, Thibaut dormait déjà, tout habillé, sur son lit.

Il faisait nuit lorsqu'il se réveilla, tiré du sommeil par une volée de cloches. Le brouhaha qui montait de la salle commune lui fit penser que l'auberge était encore ouverte, et qu'il pourrait songer à dîner. Il se sentait rompu, les membres douloureux, mais l'esprit clair. Il décida de se rendre aux étuves pour y prendre un bain chaud dont il espérait un soulagement. Lorsqu'il revint, il découvrit Agnès qui l'attendait devant la cheminée. Elle avait eu le temps de procéder à une toilette soignée, et il la trouva resplendissante dans la longue robe de velours noir et or qui lui rendait sa beauté. Elle s'était fait coiffer et maquiller comme l'était autrefois la demoiselle de Charny. Il lui sourit et dit :

- Je ne pensais pas vous trouver ici ce soir, je vous croyais endormie jusqu'à demain. Mais je suis heureux de vous voir ainsi redevenue vous-même. Les épreuves n'ont fait qu'aviver votre grâce, et vous êtes très belle.

- C'est à vous que je dois ma liberté, mon doux ami, fit Agnès en allant à lui, et l'étreignant. Mon père le saura, et je suis certaine de son consentement à notre union. Je vous aime, Thibaut, de toute mon âme.

- Je ne saurais en dire autant, Danizia. Mais j'éprouve pour vous de l'admiration. Vous avez triomphé d'un péril qui aurait pu m'abattre sans le secours providentiel de ces deux gibiers de potence.

- Mais pourquoi ont-ils fait cela ? Etes-vous vraiment sorcier ?

- Non. J'ai seulement soulagé leur souffrance un jour où Wolf les avait fait sauvagement châtier. Ils ont voulu s'en acquitter envers moi.

- Ainsi vous avez ressenti de la pitié pour ces bandits sans âme ! Je ne puis condamner ce geste à qui nous devons notre salut. Mais en aurez-vous pour moi ?

- Eux ne m'avaient rien fait, Danizia. Laissez passer le temps... Au fait, avez-vous vu Paul ce soir ?

- L'aubergiste m'a dit qu'il était sorti pour nous trouver des compagnons de voyage. Il ne devrait pas tarder à revenir.

- C'est bien. Alors je vous invite à passer à table. Messire Bonnel a tout fait préparer.

*
* *

Le repas venait juste de commencer lorsque le commis vint les rejoindre. Il prit place sans façon, et annonça :

- Nous pourrons partir après-demain matin. Une caravane arrive de Genève et se rend à Lyon. Ce sont pour la plupart des marchands, mais il y a aussi un artisan liégeois qui vient à la demande de maître Bathélémy Buyer, qui est consul de la ville. Il apporte, parait-il des enseignements sur un nouvel art qui a commencé à Mayence avec un certain Jean Gensfleish. On appelle ça l'emprainterie.

- Vraiment ? fit Thibaut. J'en ai entendu parler à Venise. C'est un français, Nicolas Jenson qui a apporté son savoir là-bas. Mais je croyais que c'était un secret bien gardé et que les copistes d'ici avaient encore de belles années devant eux.

- Ce n'est pas sûr. L'idée d'employer des lettres mobiles fait gagner un temps considérable par rapport au bois gravé, et on peut reproduire plusieurs pages d'un livre en une seule opération. Les Lyonnais sont des gens prudents en affaire, et s'ils croient en l'emprainterie, c'est qu'ils sont certains de son avenir. Et la réputation de maître Guillaume Le Roy est venue jusqu'à eux.

- Cela me fait penser qu'il faut que j'écrive à mon père pour le rassurer, fit Agnès. Et aussi à Pérouges. Je devais retrouver Marie pour rentrer avec elle à Chambéry et elle doit être fort inquiète de ma disparition.

- Nous aurons tout le temps de le faire demain. Il faut aussi que je tienne mes engagements auprès de votre banque, Paul. Je vous remettrai la somme convenue avant de partir.

- Vous ne nous devez rien, messire Vasari. Je n'ai encore rien pu vous dire, mais sachez que le signor Giacometto s'était alarmé après votre départ précipité. Stefano lui avait rapporté que nul ne vous avait vu à Pérouges, où vous auriez dû être arrivé. Sans nouvelles de vous, il a dépêché à tous ses correspondants des instructions pour vous venir en aide si vous vous présentiez chez l'un d'eux. Un messager est parti hier soir pour le rassurer sur votre sort.

- Lui avez-vous dit que la demoiselle de Charny était avec moi ?

- Non. Je n'ai pas cru utile de l'en informer. J'ai préféré vous laisser le soin d'en décider.

- Vous avez bien fait. Mais je vous témoignerai cependant ma reconnaissance pour les dangers que vous avez encourus pour nous.

- J'ai tenu à assurer cette affaire, pour sortir un peu de mon état de commis, qui ne m'apporte pas beaucoup d'imprévu. J'étais terrifié à l'idée de ce qu'il me fallait entreprendre, mais au bout du compte, c'est moi qui suis votre obligé pour m'avoir permis de mesurer mon courage.

- Il en fallait pour se risquer aux abords de la forêt sachant que des brigands s'y cachaient.

- Que comptez-vous faire en ce qui les concerne ? Ils se trouvent en Savoie, et ce n'est pas du ressort de notre bonne ville de Lyon.

- J'en informerai mon père, fit Agnès avec vivacité. Il est très puissant et écouté, et il fera envoyer une troupe pour les déloger de leur cachette, et mettre fin à leurs crimes.

- Je doute qu'on les surprenne, remarqua Thibaut. Wolf n'est pas capitaine pour rien, et il sait très bien ce qui l'attend s'il reste sur place. Il ne sera plus dans les ruines de l'Abbaye lorsque les soldats y arriveront. Mais il faudra quand même s'en assurer.

Le dîner continua ensuite sur un ton plus léger. Le vin servi généreusement par l'aubergiste allégeait les esprits et déliait les langues. Agnès, visiblement heureuse, parlait sans retenue, en regardant amoureusement le poète qui ne semblait pas y prêter attention. La disparition de la menace des Ecorcheurs avait apporté un soulagement réel à la tension qu'il subissait depuis le commencement de son projet d'évasion. La réaction le mettait d'humeur joyeuse et il répondait avec drôlerie aux plaisanteries de Paul.

Lorsque les lumières commencèrent à s'éteindre après le départ de la plupart des hôtes de l'auberge, Thibaut proposa à Agnès d'aller dormir. En arrivant devant sa chambre, il lui souhaita le bonsoir. Elle s'arrêta et se tournant vers lui, murmura :

- Nous serons bientôt époux. Sera-ce là toute l'attention que vous me témoignerez ? Ne pourriez-vous pas m'accorder un baiser ?

Sans répondre, le jeune homme s'approcha, et la prit dans ses bras. Tout était silencieux dans l'auberge, et seule la bougie posée sur un coffre jetait une lueur vacillante dans le couloir, projetant sur le mur blanchi à la chaux l'ombre agrandie du couple enlacé. Puis, après un long moment d'immobilité apparente, les deux silhouettes disparurent sans bruit dans la chambre d'Agnès dont la porte se referma avec un claquement imperceptible.

*
* *

Les volets clos maintenaient une demi obscurité, en dépit du jour levé depuis longtemps, lorsque Agnès ouvrit les yeux. Le froid avait pénétré dans la pièce, et elle n'avait aucune envie de quitter le tiède refuge du lit dont la douceur de la toile caressait sa peau nue. Elle se souvint de la soirée, qui s'était prolongée tard dans la nuit, alors que Thibaut, oubliant sa réserve, l'avait entraînée dans un tourbillon de volupté. Elle constata avec regret qu'il n'était plus à ses côtés, mais cela n'avait rien de surprenant étant donnée l'heure tardive. Peu importait. Elle savait qu'elle allait le retrouver, et surtout comment maintenant elle pourrait le tenir à sa merci. Il n'avait pu lui résister, et il n'y avait aucune raison pour qu'il ne succombe pas définitivement à ses assauts. Mais son bonheur n'était pas sans nuages. Elle aurait à expliquer son comportement étrange, et il fallait que son amant soit complice. Trouver une version des faits qui satisfasse son redoutable père. Elle pratiquait le mensonge avec une habileté certaine depuis longtemps, et savait que c'est en se tenant au plus près de la vérité avouable qu'on risque le moins de se couper dans ses affirmations. Nul ne possède assez de mémoire pour être un parfait menteur. Comment justifier son enlèvement ? Pourquoi des brigands l'auraient-ils emmenée, alors qu'elle avait l'apparence d'une simple paysanne ? Car elle était sûre que Mathilde aurait parlé de son déguisement. Et puis la vision de la Toinette revenait par instants la tourmenter. Comment savait-elle ? Et avait-elle dit quelque chose ? Il ne fallait pas qu'elle retourne à Pérouges. Jamais...

Et Marie ? Elle avait pris conscience de son abominable conduite à son égard, mais elle minimisait sa culpabilité en se disant que son amie avait tout de même trouvé le bonheur auprès de Jehan. Malgré cela, elle éprouvait un malaise indéfinissable à l'idée de la revoir. Elle constatait avec amertume qu'elle avait provoqué une série de malheurs uniquement pour l'accaparer, et que maintenant, elle redoutait sa rencontre. Il y avait Thibaut entre elles, dont elle était follement éprise. S'il venait à rencontrer Marie, il pourrait être tenté de se justifier pour ne pas subir son mépris...

Un coup discret frappé à la porte la tira de ses pensées. Elle dit d'entrer, et une servante s'avança vers elle.

- Le signor Vasari m'a demandé de me mettre à votre service, demoiselle, et j'attendais votre réveil pour prendre vos ordres. Je m'appelle Elise.

- Quelle heure est-il, Elise ?

Avec un furtif sourire, la jeune fille répondit :

- On n'est pas loin de la onzième heure qui devrait bientôt sonner.

- Alors vous avez le temps d'allumer du feu dans la cheminée. Je me lèverai quand il fera plus chaud.

- Le signor a fait apporter une parure pour vous. Souhaitez-vous la voir ?

- Vraiment ? Ah oui, montrez-la moi !

La domestique fit entrer de la lumière en ouvrant les volets, et Agnès aperçut une merveille scintillante. Une robe de satin blanc broché d'or, dont la doublure de petit-gris apparaissait dans le mouvement des plis. Une toilette de princesse, plus belle que tout ce qu'elle avait possédé jusqu'alors. Un manteau de velours bleu également brodé d'or et fourré complétait l'ensemble. Thibaut avait dû donner la plus grande partie de ce qui lui restait des pièces d'or pour lui offrir ce présent, et elle en fut profondément émue. Partager son existence serait encore plus agréable qu'elle ne l'avait imaginé... mais il faudrait veiller sur ses dépenses !

Elise se montra empressée, et moins d'une heure après, Agnès habillée et coiffée, se contemplait dans le miroir, en essayant un pas de danse.

*
* *

- Non, demoiselle, le signor Vasari n'est plus ici, fit le gros Bonnel visiblement contrarié. Mais il a laissé une lettre pour vous. Venez, je vais vous la remettre.

Avant même de voir le message, un sombre pressentiment balaya la joyeuse assurance d'Agnès. Elle avait cru avoir définitivement gagné la partie après cette nuit où Thibaut l'avait honorée avec passion. Mais s'il était parti, c'est que pour lui l'aventure s'arrêtait là...

La vue troublée par les larmes qu'elle avait toutes les peines à retenir, elle prit la feuille cachetée que lui tendait l'aubergiste, et sur un bref merci, se précipita dans sa chambre. Elle savait que le contenu du message mettait un terme à ses rêves et qu'il allait la faire souffrir. Incapable de se contenir plus longtemps, elle éclata en sanglots la tête enfouie dans son oreiller.

Le calme revint peu à peu et elle se ressaisit. Il fallait savoir, être sûre. D'une main tremblante elle détacha le cachet de cire marqué du sceau de Thibaut. C'était l'empreinte de la bague qu'elle avait exigé comme preuve de sa capture, cet anneau avec lequel tout avait commencé, et qui semblait mettre un point final à leur rencontre. Elle déplia lentement le papier et lut.

Danizia, ma perfide et tendre ennemie,

En ce quinzième de décembre, lorsque vous lirez ces lignes, je serai déjà loin sur les routes. N'ayez point d'inquiétude en ce qui vous concerne. L'aubergiste est payé pour vous héberger autant qu'il sera nécessaire jusqu'à l'arrivée de votre père. Je vais le faire prévenir du lieu où vous êtes, et vous n'aurez qu'à l'attendre. Je ne lui rendrai pas visite moi-même car si je conserve un déplaisant souvenir de notre première rencontre, c'est à vous que je le dois...

Rassurez-vous quant à votre avenir. Je ne révélerai rien de vos actes criminels. Je crois que vous avez été suffisamment punie, et la vérité ferait beaucoup de mal à Marie. Je n'avais pas prémédité de vous abandonner, mais les choses ont changé depuis la découverte du trésor de l'Abbaye. Je pensais vous épouser pour la dot que votre fortune pour-

rait me procurer, et je ne vous ai jamais caché mes sentiments à votre égard. Mais aujourd'hui je suis riche, plus peut-être que votre puissante famille. Un jour viendra sans doute où je pourrai aimer de nouveau, lorsque le temps aura usé ma peine. Alors je préfère rester à l'écart d'une union qui me lierait à vous jusqu'à la mort.

Acceptez cette robe, digne d'un mariage qui n'aura pas lieu. Je ne méprise point votre amour, je le crois sincère, il vous rachète à mes yeux. Mais il n'a pas plus de chance que le mien pour Marie.

Pour vous aider enfin à expliquer votre conduite, je vous propose de donner la même version que moi. Voici ce que j'ai fait dire à votre père :

« De retour à Pérouges, j'ai tenu à vous rencontrer secrètement. Comme j'avais courtisé Marie avant vous, je ne voulais pas à revenir en ville pour l'affronter. Un messager devait vous attendre à la fontaine de Derrière-la-Tour pour vous conduire jusqu'à moi, déguisée en paysanne afin de passer inaperçue. Nous avions rendez-vous à l'auberge de Loyes. Au retour, nous avons fait un détour pour rejoindre la cité, et nous avons été assaillis par des brigands qui nous auraient occis si vous n'aviez dit qui vous étiez, et proposé une rançon. Mais ramenés dans leur repaire, leur chef a trouvé le risque trop grand, et en attendant de décider de notre sort, il nous a fait travailler comme domestiques. Nous avons réussi à nous enfuir, et à regagner Ambérieu grâce à la rencontre d'un groupe de voyageurs. Enfin, je vous ai quittée pour tenter d'acquérir une position qui me rende digne de vous. »

Je vous laisse le soin de faire traquer les Ecorcheurs de la forêt de Chassagne. Ce sont des pillards sans âme qui terrorisent la région, et il est temps de mettre fin à leurs crimes.

Ne conservez pas cette lettre après l'avoir lue, elle pourrait vous faire tort. Vous avez beaucoup appris au cours de cette épreuve, tâchez d'en tirer enseignement. Je vous quitte sans haine, c'est tout ce que je puis vous offrir.

Adieu, Danizia.

Anéantie, Agnès se laissa submerger par le chagrin, chiffonnant convulsivement la lettre détrempée par ses larmes. Elle mesurait l'étendue de son échec pour séduire Thibaut. Pour la première fois, elle éprouvait un sentiment d'une profondeur qui la dépassait, et elle aurait tout abandonné pour suivre son poète et gagner son amour. Mais il était parti pour ne plus revenir, et il éviterait certainement de croiser de nouveau sa route.

DEUXIÈME PARTIE

LE SECRET DE ROCHEBRIANE

- I -

Une nouvelle fois, Jehan traversait la grande place pour rejoindre l'Auberge Saint Antoine où Marie l'attendait. Une fois de plus il revenait fourbu et découragé, n'ayant rien appris qui puisse le mettre sur la trace d'Agnès ou de Thibaut. Philippe le suivait d'un air morne. Un mois s'était écoulé depuis leur arrivée à Chambéry, et il découvrait avec surprise les préparatifs de la Nativité qui animaient la ville. Chaque maison participait à la fête et les façades s'agrémentaient de branchages de sapin que la blancheur de la neige rendait plus sombres. Des couronnes de houx accrochées aux portes apportaient une note de chaleur avec leurs boules rouges que le givre n'avait pas encore éteint. Des groupes d'enfants passaient en chantant et tendaient la main dans l'espoir d'une aumône. Le tisserand se laissa toucher par la misère que la gaieté des garnements ne pouvait dissimuler, et leur remit quelques sous. Il fut aussitôt entouré et acclamé, et dut entendre un air de circonstance louant sa générosité.

Il put enfin entrer dans l'auberge, où une douce chaleur faisait oublier le froid mordant de la route, tandis que son valet conduisait les chevaux à l'écurie. Il commanda une coupe d'hypocras à servir dans sa chambre, et se hâta de retrouver son épouse.

Déliane vint lui ouvrir, et avertit sa maîtresse avec une exclamation de joie sincère. Marie, qui cousait auprès de la cheminée, se leva et vint se jeter dans les bras de Jehan.

- Enfin vous voici, mon gentil compagnon ! Si vous saviez comme longues m'ont paru ces journées ! Apportez-vous enfin quelques bonnes nouvelles ?

- Hélas non, ma douce amie. J'ai refait une fois de plus la route vers la cité de Pérouges, sans rien apprendre de nouveau. Thibaut a disparu après son passage à Ambérieu, et nul ne l'a revu. Avec votre permission, je vais changer de vêture, et je reviens vous entretenir de mes recherches.

Peu après, Jehan s'installait auprès de Marie, et lui faisait le récit de son voyage. Douze interminables journées avec des fortunes diverses, parfois bloqué par la neige, ou obligé de se défendre contre des malandrins qui n'hésitaient pas à attaquer des groupes armés. Il ne s'attarda pas sur ces affrontements, pour ne pas inquiéter son épouse, mais comme celle-ci posait sa main sur son bras, il ne put s'empêcher de tressaillir, ni retenir un rictus de souffrance.

- Mais vous êtes blessé ! Et vous n'en disiez rien ! Vite, Déliane, apportez de l'eau chaude et de la charpie ! Faites-moi voir cela, Jehan.

- Ce n'est rien. Le froid m'engourdissait, et je n'ai pu éviter un coup de dague. Mais son auteur ne fera plus de mal à personne.

- Il ne faut pas négliger cette plaie qui peut vous apporter fièvre et putréfaction. Si elle se révèle profonde, nous appellerons un barbier ou un mire.

- Ne soyez pas en peine. La Toinette m'a toujours pourvu du nécessaire pour me soigner. Mais il serait peut-être bon que vous refassiez mon pansement. Philippe n'est pas très adroit pour cela.

La blessure découverte ne semblait pas très étendue, et la lame avait dû se trouver arrêtée par l'os. L'emplâtre l'avait maintenue saine, mais elle ne semblait pas vouloir se refermer et le sang continuait à couler faiblement.

- Ce que je vais vous demander va vous surprendre, ma mie, mais il faut le faire. La Toinette pratique ainsi. Pour que cette entaille guérisse il faut en coudre les bords.

- Mais personne ne fait ça ! La coutume est de cautériser avec un fer pour arrêter le sang !

- Je sais. Mais je connais aussi les résultats obtenus par la Toinette. Croyez-moi, et faites comme je le demande. Dans un mois, il n'y aura presque plus trace de cet accident.

Marie regarda longuement son époux, puis elle acquiesça.

- Votre confiance en cette guérisseuse est certainement justifiée. Elle vous a sauvé la vie deux fois. J'espère me montrer assez habile pour ne pas vous faire souffrir davantage.

- Votre main sera toujours plus douce que le fer rougi. N'ayez aucune crainte. Il suffira du reste de quelques points.

Après une courte hésitation, Marie se mit à l'œuvre d'une main qui tremblait un peu. Mais en moins d'un quart d'heure, elle avait terminé, lavé et pansé le bras.

- Vous ne pourrez pas repartir avant plusieurs jours. Il faut que cette plaie guérisse. Et puis dimanche, c'est Noël ! Vous allez rester, n'est-ce pas ?

- Je pense que oui. Je ne sais plus où aller chercher. Les jours sont courts, les routes peu sûres... Il faut mettre ce temps à profit pour réfléchir.

On frappa à ce moment-là, et Jehan invita à entrer. C'était Hugon qui venait avec un plateau sur lequel un pot laissait échapper un léger nuage parfumé qui annonçait l'hypocras.

- J'avais oublié que j'avais commandé cette boisson. Il faut dire que je l'attendais plus tôt.

- Je vous demande pardon, messire Dupuy. Mais avec la presse qui envahit l'auberge, le travail est parfois difficile.

- Comment se fait-il que toi, Hugon, tu accomplisses cette tâche ?

- Vous m'avez pris à votre service mais comme vous avez refusé que je vous accompagne sur les routes, j'ai cherché à m'employer pour ne pas rester à votre charge. Avec l'approche de Noël, je n'ai eu aucune peine à me faire embaucher aux cuisines, et je gagne ma nourriture.

Le tisserand sourit, et dit :

- C'est très bien. Je ne regrette pas de t'avoir pris avec moi. Tu es travailleur, et tu réussiras à te faire un état honorable. Mais tu ne feras pas fortune comme gâte-sauce. Quand nous retournerons à Pérouges je t'apprendrai mon métier pour que tu deviennes compagnon.

Marie soupira. « Quand serons-nous de retour ? Nous ignorons tout du sort de ma gentille Agnès, et même si nous devions la revoir bientôt, il faudrait encore rechercher la trace de Magdeleine... »

- Gardez courage, ma mie. Noël est le temps de l'espoir. Nous ne savons rien d'Agnès, mais cela vaut mieux qu'une mauvaise nouvelle. Mon plus grand regret est de devoir vous laisser car je dois repartir. Si vous languissez autant que moi de la séparation, les jours doivent vous paraître bien tristes.

- Je cherche à m'occuper, et j'ai commencé à apprendre ses lettres à Hugon. Il serait bon élève s'il ne se sauvait pas si souvent !

- Je ne saurais le blâmer de vouloir se rendre utile. Mais il est important pour lui d'acquérir des connaissances. Qu'en penses-tu, Hugon ?

- C'est vrai que je voudrais savoir lire comme Philippe. Mais je dois aussi gagner ma vie.

- Nous reparlerons de tout ça quand nos affaires seront résolues. En attendant, profite des leçons de dame Marie. Tu peux nous laisser maintenant.

*
* *

On frappa de nouveau à la porte. Hugon était parti depuis plus de deux heures, mais le temps passait si vite que Jehan eut l'impression que c'était lui qui revenait. Pourtant le jour avait décliné, et la lumière provenait du feu qui dévorait avec une lente application les bûches qui se succédaient dans la cheminée.

Ce fut le signor Giacometto qui entra. La neige qui avait recommencé à tomber avait recouvert sa houppelande grise d'une broderie scintillante. Il salua avec sa vivacité et son empressement naturels, mais paraissait plus agité que d'habitude.

- Enfin, messire Dupuy, nous avons du nouveau !

- Vous savez où est Thibaut ? La question avait jailli simultanément de la part de Marie et de son époux.

- Oui et non. J'ai eu des indications par mon commis de Lyon. Thibaut s'est présenté à son comptoir le jour de la Santa Lucia, ce qui fait une semaine. Mais deux hommes l'entouraient, qui semblaient menaçants, et lui n'était pas libre de ses mouvements. Il a pourtant réussi à faire passer un message. Paolo me l'a envoyé ainsi qu'une lettre. Les voici.

- Thibaut dit-il quelque chose au sujet de mon amie Agnès ?

- Hélas, non. Mais il demande de l'aide pour deux personnes. Qui pourrait être l'autre captif ?

Le tisserand invita le banquier à s'asseoir et lut à haute voix les deux plis. Lorsqu'il eut terminé, il remarqua :

- La partie n'est pas jouée. Thibaut était encore prisonnier lorsque votre commis vous a écrit. Rien ne prouve qu'Agnès soit avec lui, mais je pense que c'est le cas, et qu'ils auront réussi à s'échapper. Cependant la forêt de Chassagne est immense, et ils peuvent s'y égarer s'ils ne sont pas repris.

- C'est pourquoi je vous ai dit que je ne savais pas vraiment où ils étaient. C'est trop aventureux pour entreprendre quelque chose. Paolo doit m'avertir dès qu'il en saura plus, mais je voulais vous faire savoir pourquoi vous n'aviez pas de nouvelles, et surtout qu'ils étaient vivants !

- Vous avez bien fait, signor Giacometto, fit Marie très émue. Je suis à la fois inquiète et rassurée. Ce qu'ils ont déjà sans doute entrepris est terriblement périlleux, et je ne sais pas si ma pauvre petite Agnès aura la force de l'affronter. Elle est si fragile et sensible... Quand je songe au cauchemar qu'elle subit !

- Dans trois jours, on devrait en savoir plus. Si l'évasion a échoué, il faudra prévenir le sire de Charny. Mais peut-être, si la Madone le veut, aurons-nous une meilleure nouvelle à lui annoncer.

- Je le souhaite ardemment, fit Jehan. Je connais cet homme depuis longtemps, et sa réputation de dureté était bien établie. Pourtant, la disparition de sa fille l'a affecté d'une façon inimaginable. Agnès cst l'orgueil de sa vie. Elle est belle, gracieuse, et a fait déjà l'objet de nombreuses demandes en mariage. Alors que sa cadette, Franciane, paraît plutôt laide en comparaison. Au point que l'aînée semble avoir pris tous les dons pour ne laisser que peu de choses à sa sœur.

- Ce qui est injuste pour cette pauvre Franciane que je ne connais pas, fit Marie. Agnès ne m'en parlait que rarement, et avec réticence. Mais elle semble beaucoup l'aimer.

- J'ai eu l'occasion de m'entretenir avec elle lors de mes entrevues avec son père. Elle était très alarmée au sujet de sa sœur, et sa détresse donnait une idée de la profondeur du lien qui l'unissait à elle. Dame Marguerite, leur mère, s'est retirée au couvent des Clarisses, il y a déjà longtemps, et j'ai cru comprendre que Franciane n'avait que son aînée comme centre d'affection.

- Alors elle devait être bien seule, car Agnès était presque toujours auprès de notre redoutée duchesse dame Yolande.

- Il semble qu'elle passe son temps à lire et écrire de la poésie, et m'a paru aussi douée que Thibaut. Je n'en sais pas beaucoup plus...

Puis s'adressant au banquier, Jehan demanda :

- Que fera votre commis si Thibaut et Agnès arrivent à le rejoindre ?

- Il ne le dit pas dans sa lettre, mais je pense qu'ils retourneront à Lyon, où la sécurité sera plus grande. Ce qui est précisément convenu, c'est qu'un messager nous sera dépêché aussitôt. Nous savons le lieu où ils doivent se retrouver, mais le voyage, il est trop long, et nous arriverions trop tard.

Un silence suivit, chacun méditant sur l'importance de la nouvelle. Marie redoutait que son époux ne décida malgré tout de reprendre la route. Mais Jehan, épuisé par sa récente expédition, cherchait un autre moyen d'agir. Il dit enfin :

- Quelle que soit l'issue de la tentative de Thibaut et Agnès, car il ne peut s'agir que d'elle, il faut prévenir messire de Charny. Lever une troupe capable de déloger ces Ecorcheurs, demandera plusieurs jours, et nous saurons avant si l'évasion a réussi. J'irai le voir demain matin, et il serait bon que vous m'accompagniez, messire Giacometto. Vous pourrez mieux que moi répondre aux questions qu'il ne manquera pas de poser sur la provenance de vos informations.

- Ah, maître Dupuy ! Je n'imaginais pas quelles complications j'allais provoquer lorsque j'ai demandé votre appui pour ce poète sans cervelle ! Mais vous pouvez compter sur moi, comme toujours. La famille de Charny me doit beaucoup d'argent, malheureusement je ne suis plus en position favorable pour le réclamer.

- Tout cela changera quand leur fille leur sera rendue.

- J'ai ouï dire qu'une compagnie du comte Philippe, composée de plusieurs lances, avait patrouillé dans la forêt de Chassagne de ça il y a quinze jours. Une rumeur circulait dans la région à propos de ces bandits. Mais les soldats n'ont rien découvert. Ce sera difficile de les trouver ...

- Si Thibaut n'est pas repris, il saura sans doute situer leur cachette... mais elle sera probablement vide lorsque nous y arriverons.

Marie tressaillit : « Vous voulez dire que vous iriez là-bas ? »

- Suivant la nature du message que nous recevrons, il faudra soit aller chercher Agnès là où elle sera, soit faire une battue de la forêt. Dans tous les cas, je devrai participer. Elle était confiée à ma garde, et je n'ai pas su la protéger.

- Mais elle était à l'abri dans la cité, et c'est elle qui s'est mise en danger !

- Ne pensez-vous pas qu'il est de mon honneur et de mon devoir de la rendre à son père ?

- Bien sûr, mon doux ami, fit tristement Marie. Mais vous n'êtes pas un homme de guerre. Vous avez le bras navré, et ces Ecorcheurs sont des monstres rompus à toutes les violences. Si vous devez les affronter, ils seront sans pitié, car pour eux il n'y a pas d'autre issue que la victoire. Je ne veux pas vous perdre...

Elle avait failli ajouter : « comme mon premier époux » Mais elle s'était retenue de peur de le blesser. Le banquier qui s'était levé empêcha Jehan de répondre. Il voulait prendre congé :

- Je crois que je n'ai plus rien à vous apprendre, aussi dois-je rentrer. Croyez bien, ma dame, que je suis tout autant que vous dans le tourment. Mais si Thibaut est un rêveur, il a aussi des ressources inattendues, et lui n'abandonnera pas votre amie. Il se sauvera, j'en suis sûr complètement, et il ne fera pas ça seul.

Marie le regarda avec curiosité, et elle découvrit qu'il semblait troublé. Non pas à propos de ce qu'il venait d'affirmer d'un ton convaincu, mais par autre chose. Comme s'il savait plus qu'il ne voulait en dire. Elle hésita à le questionner, et peut-être le signor Giacometto le devina-t-il car il sortit rapidement après avoir salué.

- II -

Jehan dormit mal. Sa blessure douloureuse le réveillait au moindre contact, et son esprit agité l'empêchait de retrouver le sommeil. Près de lui, le souffle régulier de Marie lui rappelait cependant que la vie apportait aussi des moments de bonheur irremplaçables.

L'aube commença enfin à poindre, et il songea avec amertume à la nouvelle journée à affronter sans avoir eu de vrai repos. La perspective de rencontrer une fois de plus le père d'Agnès le mettait mal à l'aise. Il avait eu à subir ses violents reproches, quand ce n'étaient pas des menaces, et s'il pouvait comprendre son inquiétude, il n'éprouvait pas de sympathie à son égard. C'était un homme froid et calculateur, et sa fille lui ressemblait sur ce point. Il avait la réputation de gouverner son domaine avec une rigueur sans faiblesse, et d'en tirer tout le profit possible. Ce qui ne l'empêchait pas d'avoir des difficultés à assurer le train de sa maison, et il avait dû emprunter auprès des changeurs juifs ou lombards pour mettre ses terres incultes en valeur. Il avait compté sur de nouveaux revenus pour rembourser rapidement. Mais la récente guerre, bien que fort brève, avait été durement ressentie, et les dégâts causés compromettaient ses projets. Son humeur naturellement austère s'était encore aigrie. Seule, l'émotion provoquée par l'évocation de son enfant perdue laissait penser qu'il éprouvait encore des sentiments d'affection d'une profondeur inattendue.

Tout à fait éveillé, Jehan estima qu'il avait encore une heure avant de devoir se lever, et il essaya de se remémorer les événements depuis son retour à Chambéry, pour mettre de l'ordre dans ses idées. Sa première visite avait été pour le signor Giacometto, dont il espérait apprendre où se trouvait Thibaut. Mais le banquier surpris n'avait rien pu dire, croyant son protégé à Pérouges. Il dut cependant admettre que son commis Stefano qui était bien revenu, ne l'avait pas vu dans la cité, alors qu'il aurait dû y parvenir avant lui. Craignant que le poète n'ait eu des malheurs, il avait fait partir un courrier demandant à ses correspondants de lui apporter toute l'assistance possible en cas de besoin.

Puis un détail revint brusquement s'imposer à l'esprit du tisserand. C'était la surprise, à la limite de l'effarement du banquier, lorsqu'il lui avait fait part de son mariage avec la filleule de Monseigneur le duc. Sur le moment, ses préoccupations lui avaient fait négliger ce fait, mais en y repensant, il trouvait cette réaction étrange. Bien sûr, l'adroit commerçant s'était immédiatement ressaisi, se confondant en félicitations pour une si heureuse, une si réjouissante, une si brillante union. Mais pourquoi avait-il été si vivement atteint par la nouvelle ? Parce que cet hymen avait dû lui paraître impensable ? Pour quelle raison ?

La reconnaissance de Marie comme fille de messire Favre avait rapidement été connue dans la capitale, et il devait le savoir. Rien de surprenant à ce que le châtelain l'accorde en mariage à un homme qu'il estime, et dont la réputation, la fortune en font un parti honorable...

Puis la vérité s'imposa brusquement. Jusqu'à son départ de Pérouges, Thibaut s'était montré amoureux de Marie, même s'il l'avait fait avec discrétion. Mais pour le regard jaloux de Jehan, c'était une évidence.

Il avait fallu ces poèmes donnés à Agnès pour faire croire à son infidélité. Et c'était surtout la dédicace, incontestablement de la main du poète, qui avait convaincu. Comment la jeune fille l'avait-elle obtenue ? Mais c'était un point secondaire, car tout devenait clair. Thibaut avait annoncé à son père adoptif son intention d'épouser Marie, ce qui justifiait l'incompréhension de celui-ci de la savoir unie à un autre. Et dans une certaine mesure cela permettait de comprendre aussi la disparition du jeune homme qui n'avait plus de raison de revenir, sinon pour demander des explications à Marie. Pourquoi ne l'avait-il pas fait ? Et surtout comment se trouvait-il avec Agnès prisonnier des Ecorcheurs ?

Il fut interrompu dans ses réflexions par Marie qui s'éveillait. Elle lui sourit et vint se serrer contre lui en disant :

- Vous avez l'air bien pensif si tôt le matin. Avez-vous fait de mauvais rêves qui pourraient s'interpréter de fâcheuse façon ?

- Non, ma mie. J'aurais préféré de mauvais songes auxquels je n'attache aucun sens caché, à cette vaine attente du sommeil. J'essayais seulement de comprendre ce qui se passe, pour en tirer une conduite à suivre.

- Si je comprends bien, vous avez eu le temps d'y penser. Et à quoi avez-vous abouti ?

Jehan hésita à répondre. Il ne voulait pas mentir à son épouse, ce qu'il considérait comme le début d'une trahison. Mais il redoutait la souffrance qu'il lui causerait en lui faisant part de ses conclusions qui paraissaient pourtant évidentes. Il avait sincèrement cru à la version d'Agnès, trop heureux de la chance inespérée qu'elle lui offrait pour avoir envie de la mettre en doute. Mais si Marie apprenait maintenant que Thibaut n'avait jamais cessé de l'aimer, et que sa meilleure amie l'avait abominablement trompée, comment réagirait-elle? Il était déchiré entre le désir profond de tout partager, et la hantise de lui faire du mal et de risquer de la perdre. Ils étaient époux, et aucun pouvoir humain ne pouvait délier ce qui avait été uni devant Dieu. Mais si la loi et les commandements faisaient de lui le maître, il ne pouvait exiger son amour. Elle le lui avait donné sans réserve, mais elle pouvait le reprendre si sa passion pour Thibaut n'était pas éteinte définitivement. Il décida de remettre à plus tard le moment de lui confier ce qu'il pensait être la vérité, et parla d'autre chose :

- J'ai cherché à imaginer ce qui a pu se passer depuis la remise du message de Thibaut au changeur de Lyon. C'était le treizième de ce mois, un mardi. Il avait demandé à être attendu dans la cabane de Malepalud durant trois jours à compter du vendredi suivant. Il pensait donc être de retour à la forêt à ce moment-là. Il voulait certainement tenter de s'enfuir dès son retour, mais pas sans avoir pris un peu de repos.

- Vous pensez qu'ils ont déjà essayé, et que tout est terminé ?

- Dans un sens comme dans l'autre, oui. Le délai d'attente expirait hier. Quelle qu'ait été l'issue de la tentative, le messager est déjà en route pour nous avertir. Il devrait être là d'ici deux à trois jours. Si l'évasion a réussi, rien ne presse. Mais en cas d'échec...

- Ces bandits seront sans pitié... c'est bien ce que vous voulez dire ?

Jehan le pensait, mais il voulut rassurer son épouse : « Ce n'est pas certain. Agnès pourrait proposer une rançon que son père paierait certainement. » Puis, pour éviter d'approfondir la question, il se leva, prétextant la nécessité de rencontrer le sire de Charny au plus tôt. Il allait sortir, mais une question de Marie le retint :

- Et pour Thibaut, croyez-vous que le signor Giacometto serait prêt à payer ?

- Cela ne semble pas faire de doute quand on sait ce qu'il a entrepris pour lui venir en aide. Je souhaite vivement que Thibaut sorte sain et sauf de cette aventure...Son sort vous préoccupe-t-il plus que celui de votre amie Agnès ?

- Ne soyez pas jaloux, mon doux ami. Si vous aviez des raisons de l'être, je puis vous dire que ce n'est plus le cas. Sa conduite indigne m'a ouvert les yeux, et j'ai su découvrir vos mérites. Je vous aime, et d'amour, je n'aimerai jamais que vous. S'il est épris d'Agnès et qu'il l'épouse, je ne pourrais que m'en réjouir...s'il lui reste fidèle.

Poussé par le besoin de savoir, le tisserand demanda après une courte hésitation :

- Comment pouvez-vous supposer cela ? Tout prouve le contraire. À la réflexion, et même dans ce cas, cela ne changerait rien. J'ai librement consenti à vous épouser parce que j'ai découvert tout ce que vous m'apportiez. J'ai réalisé aussi la légèreté de mon troubadour. J'étais sous le charme de son discours, et je suis très sensible à la poésie. Il m'a fait rêver dans des circonstances où tout me paraissait désespéré. Mais il m'avait aussi promis de me libérer de la menace d'une union avec messire Favre, et il n'a pas su le faire...

- Pourtant, s'il était revenu pour se justifier ?

- Vous êtes étrange, ce matin. Pourquoi redoutez-vous le retour de Thibaut ? S'il lui reste un peu d'honneur, il n'osera pas se présenter devant moi.

Rassuré, Jehan prit congé avec un baiser en disant :

- Pardonnez-moi, mon tendre amour. Je suis ridicule avec mes questions. Je devrais plutôt louer le ciel chaque matin du bonheur de vous découvrir auprès de moi.

*
* *

La neige était encore tombée au cours de la nuit, et les boutiquiers de la place dégageaient hâtivement le passage devant leurs étals. Le soleil qui se montrait enfin rendait éblouissante la clarté du jour piquetée du reflet scintillant d'une multitude d'éclats de cristal. Des bouffées de vapeur blanche accompagnaient les saluts échangés, étouffés par l'épais tapis blanc qui en absorbait les échos. Le passage de chars et de traîneaux avait ouvert des voies boueuses dans la couche de flocons qui montait au genou.

Le banquier se présenta à l'auberge un peu avant l'heure convenue, et fit demander maître Dupuy. Jehan ne tarda pas à le rejoindre et les deux hommes se mirent en route pour retrouver le sire de Charny qui, lorsqu'il demeurait à Chambéry, logeait dans une vaste demeure de la rue Sous-le-Château. Il avait été prévenu par Philippe, et attendait ses visiteurs avec impatience. Il les reçut immédiatement.

Le tisserand résuma les nouvelles parvenues, et remit les deux messages au père d'Agnès, qui les lut avec attention, puis les rendit en disant :

- Rien ne prouve que mon enfant soit avec ce baladin. Il demande de l'aide pour deux personnes, mais qui vous autorise à croire qu'il s'agit d'Agnès ? Et pourquoi serait-elle avec lui ? Pourquoi ne le dit-il pas clairement ?

- Je suppose que Thibaut ne pouvait prévoir l'aboutissement de sa démarche, et parler d'une demoiselle aurait sans doute fait hésiter son interlocuteur à cause des complications. Et puis le message envoyé à messire Giacometto était surtout destiné à l'informer au sujet de son fils adoptif. Quant à la présence de votre fille à ses côtés je ne saurais l'expliquer, mais ce n'est pas impossible. Et comme nous n'avons aucune autre information à son sujet...

- Je sais, fit le vieil homme avec lassitude. Moi aussi je veux me raccrocher à cet espoir. Il sera bien temps ensuite de demander des comptes. Mais je ne puis attendre encore trois jours sans rien tenter. Signor Giacometto, vous êtes un homme d'ordre. Je pense donc que vos messagers suivent toujours la même route et font halte dans des relais que vous connaissez ?

- Certes, messire. J'ai passé des accords pour que les gens qui voyagent pour moi soient toujours convenablement logés. Les affaires de la banque demandent bien du sérieux.

- Alors vous allez nous dire par où aller pour rencontrer sûrement celui qui vient nous avertir de l'issue de l'évasion. Nous gagnerons au moins deux jours en partant sans tarder.

- Mais nous ne pouvons pas nous mettre en chemin comme ça ! gémit le changeur. Il faut tout préparer, et avant demain, c'est impossible !

- Non! Dans une heure, nous quitterons Chambéry. Faute de pouvoir agir j'ai recruté une escorte, et mon équipage n'attend que mon bon plaisir. En forçant l'allure nous atteindrons le Bourget avant la nuit.

Malgré les réticences de Jehan et du banquier, le sire de Charny se montra intraitable, et pour éviter un affrontement inutile, le tisserand céda, en songeant qu'il valait mieux ne pas se faire un ennemi de ce personnage si influent. Il songeait avec amertume à la déception de Marie, aux fatigues que représentait le passage de la montagne en hiver, à la souffrance que lui imposait son bras blessé, pour ne gagner que peu de temps. Et pour apprendre des nouvelles qui remettraient peut-être tout en cause.

*
* *

La route montait rudement, et les chevaux avaient dû être changés pour des mulets au pas plus sûr, et à l'endurance plus grande. La neige accumulée depuis plusieurs jours n'avait vu que quelques rares passages, et le vent froid qui sifflait dans les ramures dégarnies se hâtait de tout effacer. Par endroits, il avait même eu la malice de dresser des remparts que les gardes et les domestiques devaient mettre à bas ou percer pour permettre la progression. Et le col paraissait encore bien lointain.

Heureusement, le ciel n'était voilé que par de hauts nuages qui s'étiraient lentement, et laissaient filtrer un pâle soleil qui égayait le paysage. Jehan précédait Marie qui n'avait pu se résoudre à se voir une fois de plus séparée de son époux. Lorsque celui-ci était revenu à l'auberge pour préparer son départ, elle avait longuement insisté pour être du voyage, appuyant sa demande par son souci à propos d'Agnès. Finalement Jehan avait cédé, non sans l'avoir mise en garde contre les épreuves à surmonter. Hugon avait profité de la brèche faite dans la détermination du tisserand pour obtenir de se joindre à la troupe, et il avançait fièrement à la suite sans jamais songer à se plaindre.

L'étroitesse de la voie praticable ne permettait pas de voyager de front, et cette disposition rendait les échanges très difficiles. À cela s'ajoutaient les détours qui empêchaient les voyageurs de se voir ensemble.

Midi approchait quand l'avant-garde arriva sur un espace relativement dégagé, où de la neige émergeait à peine un refuge de pierres sèches qui ne présentait comme ouverture qu'une entrée basse et une minuscule lucarne. Le toit se prolongeait sur un côté, délimitant un abri pour des bêtes où avait été rassemblé un peu de bois sec.

La porte poussée révéla un espace si petit que juste une douzaine de personnes pouvaient pénétrer. Dans un recoin un âtre rudimentaire n'avait pas été débarrassé des cendres du dernier feu. Un banc grossier et une planche accrochée au mur constituaient tout le mobilier et un tas de feuilles et d'herbes pouvait servir de litière.

Le sire de Charny ordonna une halte afin de se restaurer et de prendre un peu de repos. Il invita Marie et Déliane à s'abriter du froid dans le gîte, où il pénétra à son tour en compagnie de son maître d'hôtel. Jehan et le banquier les suivirent, tandis que les gardes et Hugon se contentaient de la vague protection de l'appentis. Mais l'épaisse couche de neige qui l'entourait de toute part coupait le vent qui commençait à se renforcer et à pincer durement. Faute de porte, les montures furent placées devant l'ouverture, offrant un semblant de chaleur.

Tandis que Philippe s'affairait à allumer du feu, Déliane disposait sur la planche recouverte d'un linge blanc, les tranchoirs de pain et les gobelets.

- Vous avez l'habitude de parcourir cette route, maître Dupuy, fit alors de Charny. Sommes-nous encore loin du col ?

- À la belle saison nous y serions dans deux heures. Mais plus nous nous élevons et plus l'avance devient difficile. Compte tenu de l'expérience de ce matin, c'est au moins trois heures qu'il nous faut compter.

- Pourrons-nous quand même atteindre le monastère de Pierre Châtel avant la nuit ?

- Cela ne me paraît pas possible. Nous sommes ici dans le premier abri entretenu par les soldats qui gardent le passage et reçoivent le péage. Il y en a deux autres avant d'arriver là-haut. Ils ont été faits pour venir en aide aux voyageurs qui pourraient être surpris par le mauvais temps. Nous devrions avoir déjà atteint le dernier...

- Alors nous abrégerons la pause. Faites dire aux hommes que nous repartons dans une demi-heure.

- Mais les bêtes ont besoin de repos. Elles sont pour la plupart lourdement chargées.

- Nous en changerons à la prochaine étape. Ce qui compte c'est qu'elles tiennent jusque-là.

*
* *

Quoique l'arrêt eut été bref, le ciel avait changé de façon sensible, et s'était assombri sous le couvert d'une voûte menaçante et grise qui arrivait par le nord. La sensation de froid se fit plus agressive lorsqu'il fallut remonter en selle et affronter les tourbillons qui projetaient une fine poussière de glace. Malgré tout, après une pénible progression, on atteignit enfin le second refuge. C'est alors que les premiers flocons commencèrent à voltiger. En peu de temps la bourrasque se transforma en un lourd déferlement qui obscurcissait le jour et réduisait la visibilité à quelques dizaines de pas. Les gardes se mirent alors à sonner du cor à intervalles réguliers afin que nul ne s'égara, et aussi pour tenter d'obtenir une réponse de la citadelle. Mais dans l'immensité blanche, le bruit s'étouffait rapidement, et aucun écho ne répondait du sommet qui pourtant n'était plus qu'à un quart de lieue.

Les montures qui ouvraient la marche devaient se relayer de plus en plus fréquemment pour frayer un passage dans la couche qui atteignait leur poitrail. Jehan que sa blessure faisait souffrir davantage, ne songeait plus qu'au moment où il pourrait enfin changer son pansement, et remettre du baume de la Toinette, qui avait des pouvoirs si apaisants. La présence de Marie qui le suivait à quelques pas lui donnait la force de surmonter l'épreuve, mais il pestait contre l'obstination de sire de Charny qui lui faisait endurer cette peine. Un peu en arrière, Philippe tentait de réconforter Déliane, transie et à bout de forces, qui semblait prête à tomber. Les autres voyageurs étaient invisibles.

Puis un grondement se fit entendre. C'était le son d'une corne dont la voix grave et puissante traversait l'espace en apportant l'espoir. La garnison du fort avait enfin entendu les appels et répondait.

- III -

Le jour se leva sur un ciel sans nuage. La tempête avait cessé au cours de la nuit, abattue par le froid brutal qui lui avait succédé. La clarté vive qui filtrait au travers du papier huilé fermant l'étroite ouverture de la chambre décida Jehan à se lever. Pas plus que la veille, il n'avait pu trouver le repos. Le répit apporté par le baume de la Toinette s'était rapidement dissipé, et la douleur sourde au creux de son bras se transformait parfois en élancements qui le tiraient du sommeil. S'il avait pu rester au calme, et au chaud à Chambéry, le mal n'aurait sans doute pas progressé, mais la chevauchée difficile l'avait malmené. Marie, qui avait refait son pansement n'avait pas paru inquiète devant l'aspect de la blessure qui paraissait se refermer. En attendant son éveil, il s'approcha de la fenêtre. Il put sans trop de peine, déplacer le cadre de bois pour regarder à l'extérieur.

Le tracé de la route n'était plus signalé que par les longues perches qui pointaient leur bois noirci à plus d'une toise de hauteur. Les remparts avaient été nettoyés et la neige jetée en contrebas, s'ajoutait à l'obstruction de la voie. Aucune bête ne pourrait passer avant un long travail de déblaiement, et le voyage paraissait devoir provisoirement s'arrêter là. Les sentiers impraticables isolaient la passe, et la garde, qui ne redoutait plus de surprise s'était relâchée. Aucun mouvement n'était décelable sur le chemin de ronde, et un lourd silence pesait sur la forteresse. Seules quelques fumées révélaient l'éveil de la garnison.

Jehan referma la fenêtre en frissonnant. La pièce était glaciale, mais semblait presque confortable en comparaison avec l'air du dehors. Il s'enveloppa dans une épaisse fourrure de renard, et alla s'asseoir sur l'unique chaise. Il se demandait comment allait réagir le sire de Charny devant ce caprice du temps qui interdisait de continuer.

Pourtant il souhaitait reprendre la route au plus tôt afin d'en finir avec cette entreprise. Mais si Agnès était toujours prisonnière, cela pourrait demander encore des semaines. Il se sentait las, et aspirait à trouver enfin un peu de tranquillité et de repos en attendant le retour de jours meilleurs.

*
* *

Les voyageurs se retrouvèrent aux environs de la neuvième heure dans la salle qui était réservée aux gens de passage. La soupe épaisse qui leur fut servie aurait indigné le brave Bonnel, l'ami de Jehan, tenancier de l'Auberge du Cerf. Mais elle avait l'avantage d'être chaude et réconfortante.

Au-dehors, une partie des hommes du fort commençait sans grande conviction, à dégager un étroit passage. La tranchée s'enfonçait à plus de trois pieds dans le tapis qui recouvrait tout, et seuls deux gardes pouvaient travailler de front.

Le sire de Charny, de mauvaise humeur, avait fait appeler le chef de la garnison pour l'adjurer de l'aider à poursuivre son voyage dès que possible.

- Je ne demande pas mieux que de vous voir reprendre la route. Nos réserves de nourriture ne sont pas très importantes et votre présence est une lourde charge. Mais il y a trop de neige fraîche pour que vos montures puissent passer, et je ne sais pas si la journée suffira à tracer une piste jusqu'à une partie praticable.

- Pourtant votre rôle consiste bien à maintenir le col ouvert ?

- Sauf quand le temps l'interdit, en hiver. Habituellement cette route est déjà fermée, et c'est à la douceur exceptionnelle de cette fin d'année que nous devons de ne pas être bloqués. Ce matin, nous avons fait signaler en bas de ne plus laisser monter de voyageurs.

- Par quel moyen ? Pouvons-nous l'utiliser ?

- Non. Ce sont des pigeons dressés qui nous servent à échanger des messages... Si nous avions pu prévoir, nous aurions averti hier, et vous seriez passés sans encombres par le tour du lac jusqu'à Ruffieu.

- Mais nous devions emprunter cette route pour rencontrer à coup sûr un courrier dont c'est le chemin habituel.

- Il ne viendra plus par là maintenant. Le relais de Yenne le dissuadera d'essayer. Le temps est incertain, et s'il reneige, le passage sera condamné pour longtemps.

- Pourtant le ciel est dégagé.

- Tout peut changer très vite, c'est pourquoi nous essayons de vous permettre de continuer. Mais tout dépendra de l'importance du travail... En mettant les choses au mieux, vous pourrez repartir aux alentours de midi, et vous serez à Yenne ce soir.

La matinée s'étira lentement. Le soleil répandait une vive lumière, mais peu de chaleur, et le vent, quoique léger, griffait les visages de sa féline caresse, incitant à se mettre à l'abri.

Jehan avait accepté de se mesurer aux échecs avec le père d'Agnès, plus pour passer le temps que par intérêt pour le jeu. Son esprit était ailleurs, et il se contentait de parer les attaques sans vraiment suivre une stratégie. Marie et Déliane chuchotaient auprès de la cheminée, tandis que le signor Giacometto s'absorbait dans l'étude d'une pile de documents.

Philippe et les gardes de l'escorte s'étaient joints en renfort pour aider au dégagement du chemin, et Hugon qui ne pouvait rester inactif était parti avec eux. Ce fut lui qui revint peu après midi pour annoncer que l'on était encore loin d'avoir atteint un niveau praticable. La nouvelle fut accueillie avec consternation, sauf peut-être par Déliane qui n'avait aucune envie de reprendre la dure épreuve de la veille. Mais si on ne pouvait continuer, on manquerait le messager, et on ne saurait rien du sort d'Agnès et de Thibaut avant de rencontrer le commis de Lyon. Finalement, le capitaine se risqua à faire une proposition.

- Il y a peut-être un moyen d'atteindre une route dégagée...mais ça vous coûtera cher.

- Dites toujours, fit le Sire de Charny avec impatience.

- Eh bien, il vous faudra laisser ici vos montures. Vous en trouverez d'autres à louer en bas, dans la vallée. Je pourrais vous faire descendre jusqu'à Trouet, ou saint Paul, peut être Yenne. Trois de mes hommes vous y mèneraient en traîneaux. Je dois vous avertir que c'est dangereux, parce que ça va très vite, et que c'est difficile à diriger.

- Alors il n'y a pas à hésiter. Nous ne pouvons attendre davantage. Quel est votre prix ?

- Ben après il faudra remonter les traîneaux, et pour ça, faut qu'on puisse faire passer les mulets... et puis il y aura vos bêtes à soigner, jusqu'à ce qu'on les conduise en bas. Tout ça fait une somme...

- Eh bien dites !

- Avec votre hébergement de cette nuit, ça ira chercher dans les douze florins. Je vous ai prévenu que ce serait cher.

Un silence suivit, rompu par Jehan :

- Si nous manquons le courrier, cela coûtera autant, sinon plus. En faisant part à trois, avec le signor Giacometto, ce n'est pas déraisonnable.

- Soit, fit de Charny. Mon maître d'hôtel va vous compter l'argent.

*
* *

Les traîneaux lourdement chargés glissaient rapidement avec un bruit de soie froissée, soulevant des nuages de paillettes brillantes qui retombaient rapidement. Serrés l'un contre l'autre dans une épaisse couverture, Jehan et Marie regardaient défiler le paysage à une allure vertigineuse. Déliane, terrorisée, s'était enfouie parmi les bagages, alors que Hugon s'amusait sans la moindre inquiétude. Ils ouvraient la voie, et les autres bolides suivaient avec un long intervalle pour prévenir le risque d'une collision qui aurait été mortelle. Le montagnard chargé de la manœuvre modifiait sa direction à l'aide d'un épais madrier arrimé librement à l'arrière, et qui agissait comme la barre d'un bateau, pouvant aussi ralentir la course en s'enfonçant dans la neige. Les repères plantés à intervalles réguliers se voyaient de loin, et les passages difficiles étaient signalés par des entassements de rochers qui se dressaient en menhirs insolites.

La forêt s'éclaircit peu à peu, et la vue porta plus largement. Le soleil était toujours aussi présent, mais des nuages commençaient à se former à l'ouest. Le souffle de la vitesse ne permettait pas de se rendre compte si le vent continuait sa course du matin, mais la cime des arbres ondulait lentement à son passage. Quelques fumées légères annoncèrent enfin l'approche du hameau de Trouet. Puis les premières maisons surgirent au détour de la route. Les traîneaux avaient dû être aperçus depuis un moment car les habitants s'étaient rassemblés pour les voir passer. Le garde pesa alors de toute sa force contre la barre pour la redresser, en l'enfonçant le plus possible. Il réussit ainsi à freiner son élan, et finit par immobiliser son véhicule sur une petite place en retrait de la route. En peu de temps, les deux autres vinrent se ranger auprès de lui.

Une discussion s'engagea alors entre les gardes et un homme âgé qui devait avoir autorité sur la bourgade. Jehan et de Charny les rejoignirent pour savoir ce qui allait être décidé. Ils apprirent que la descente devenait praticable à partir de là, mais qu'il n'y avait que six montures disponibles, et qu'il valait mieux continuer avec les traîneaux jusqu'à saint Paul. Il y aurait cependant quelques passages où il faudrait les pousser, faute d'une pente suffisante. Mais il ne fut pas possible de savoir avec précision ce que cela signifiait. Malgré tout, on décida de repartir de la même façon, mais le tisserand acheta trois brassées de corde en prévision de difficultés éventuelles.

La glissade reprit mais avec une vélocité moindre, et parfois un replat brisait l'élan. La hauteur des perches qui émergeaient de plus en plus indiquait que la couche de neige s'était considérablement amoindrie.

Puis ce fut l'arrêt complet de l'engin de tête, bientôt rejoint par les autres. Sur plus de deux cents toises, le sol était plat, puis remontait légèrement avant de replonger vers la vallée.

Les passagers descendirent pour alléger les traîneaux, et les gardes, aidés par Philippe, se mirent à pousser sur le premier. Mais simplement marcher demandait déjà un effort pour avancer dans la neige qui montait à mi-mollet, et il fallut plus d'un quart d'heure pour atteindre le début de la petite côte qui restait à franchir. Après quelques instants de repos, les hommes se remirent à la tâche. Mais cette fois, le poids se faisait durement sentir, et l'arrivée sur la crête pourtant proche, demanda presque autant de temps.

Le père d'Agnès était consterné. Plus d'une heure serait nécessaire pour amener les deux autres véhicules, sans tenir compte de la fatigue qui commençait à apparaître. Jehan avait compris qu'il ne pouvait pas être d'un grand secours en s'attelant avec son bras blessé, aussi avait-il étudié le terrain, et il revenait en pensant avoir trouvé un moyen de gagner du temps et des efforts. Il exposa son idée.

- Le plus difficile est de gravir cette pente, aussi pouvons-nous utiliser le poids du premier traîneau lancé dans la descente pour hisser le second en les reliant avec la corde que j'ai achetée. Il suffira de la passer sur le tronc abattu qui se trouve en haut. Mais pour cela nous devons amener le second traîneau au commencement de la corde qui doit mesurer cinq cents pieds au total.

Les gardes n'étaient pas convaincus, mais la perspective de voir leur peine allégée les décida. Lorsque l'attelage fut réalisé, Jehan leur recommanda de ne pas aller trop vite afin d'éviter l'échauffement dû au frottement de la corde sur le bois, puis il donna le signal.

Tout se passa fort bien, et l'engin remorqué fut tiré sans difficulté jusqu'au sommet en quelques instants. Et moins d'une demi-heure plus tard, le troisième s'engageait à son tour dans la descente. La course reprit sans autre incident et saint Paul fut en vue alors qu'il faisait encore grand jour. Il n'y eut cette fois aucune difficulté à trouver un nombre suffisant de montures et de bêtes de charge pour continuer la route devenue facile, bien que cette nouvelle dépense ait fait grimacer le sire de Charny. Les conducteurs des traîneaux qui avaient rempli leurs obligations, se préparèrent à remonter au col. Ils devaient cependant profiter de l'occasion pour rapporter des vivres et du fourrage, et ne comptaient repartir que le lendemain.

*
* *

L'ombre commençait à envahir la vallée lorsque les voyageurs aperçurent une croix qui marquait le départ d'un chemin sur la droite, mais l'apparition des premières maisons de Yenne en contrebas ne laissait aucun doute sur la direction à prendre. Peu après, ils franchissaient le pont de bois du canal de la Méline, qui marquait le commencement du faubourg des Capucins. En quelques instants ils atteignirent la porte qui livrait passage dans les remparts. Deux autres routes convergeaient sur la petite place faisant face au pont-levis, d'où arrivaient encore des petits groupes de marchands.

Les armes de la ville, d'azur diapré d'argent, au chef de Savoie de gueule à croix d'argent, tranchaient par leurs vives couleurs sur la muraille grise du porche. La rue principale, qui coupait la cité sur toute sa longueur, était encore en pleine activité. Se frayer un chemin parmi les chars, les portefaix et les étals qui voulaient ignorer la neige et la boue, devenait une nouvelle épreuve.

Harassés par cette pénible journée, les voyageurs apprécièrent l'accueil chaleureux qui leur fut réservé à l'auberge de la place des Moulins, où les messagers faisaient généralement étape.

Un repas simple, mais réconfortant les réunit peu après dans une vaste salle commune. Une autre table rassemblait quatre hommes qui semblaient être des marchands. Ceux-ci se montraient très déçus de ne pouvoir franchir le col, et parlaient haut et fort. Leurs serviteurs, assis à califourchon sur un banc, mangeaient bruyamment. Mais de courrier, point. L'aubergiste précisa que le dernier qu'il ait vu passer, c'était cinq jours auparavant. Mais il était possible qu'il se soit arrêté à la chartreuse de Pierre-Châtel.

- Les religieux ne reçoivent pas de visiteurs, fit Jehan. Ils recherchent l'isolement pour leur dévotion. Les frères convers qui les servent entretiennent aussi le passage dans le défilé. Ils pratiquent l'hospitalité, dans une partie des bâtiments, pour les gens de passage. Mais la forteresse se trouve au sommet d'une colline difficile d'accès. Aller là-haut eut été une fatigue supplémentaire, et un détour. C'est pourquoi nous avons fait halte ici.

- Il est fort dommage que nous n'ayons pu aller là-bas ce soir, murmura de Charny. Peut-être aurais-je déjà des nouvelles de mon enfant...

Philippe, qui était installé en retrait avec Déliane, se leva et vint vers le vieil homme.

- Si vous le souhaitez, messire, et avec l'accord de mon maître, je peux me rendre aux nouvelles, et être bientôt de retour. Ce n'est pas très loin. La nuit est claire, et la route en bon état.

Surpris, le père d'Agnès le regarda avec reconnaissance, et dit :

- Vous avez eu votre part de fatigue, et j'apprécie votre offre. Je songeais à envoyer un garde, mais puisque vous vous proposez...allez. Vous trouverez à votre retour une coupe de vin aux épices.

Messire Giacometto intervint à son tour : « Il est inutile de faire venir le messager jusque-là, si vous le trouvez. Ramenez seulement sa lettre. Voici mon sceau, qui vous accréditera auprès de lui. »

Le valet prit l'objet et sortit après s'être chaudement vêtu, sans remarquer le soupir de déception de Déliane.

Malgré la lassitude qui ramenait peu à peu le silence, nul ne voulait aller dormir avant de savoir. Les autres voyageurs s'étaient retirés, et le feu commençait à faiblir dans la cheminée. L'aubergiste avait soufflé la plupart des chandelles, à l'exception de celles qui se trouvaient sur la table. Mais la lune jetait une vive clarté que la neige réfléchissait dans la salle, chassant les ombres.

Marie rompit le silence qui s'était établi :

- J'ai entendu quelques fois parler de cette chartreuse à Chambéry, Jehan. Mais je n'en connais pas grand chose. Vous qui y êtes passé, pouvez-vous nous en dire plus ?

- C'est le père Chanin qui m'avait recommandé d'y faire halte, commença le tisserand. Il en connaissait l'histoire qu'il m'a racontée ainsi. Le rocher de Pierre-Châtel aurait été, d'après ce qu'on entend parfois, un poste fortifié par un chef Goth nommé Vuibertus, il y a près de mille ans. Mais cette seigneurie n'est entrée en Savoie qu'en l'an mil septante-sept, par un acte de l'empereur en faveur du comte de Maurienne, Amédée le deuxième. D'une simple maison forte, nos princes firent ensuite un château où ils aiment séjourner.

- Un peu plus d'un siècle avant ce jour d'hui, poursuivit le père d'Agnès, Amédée le sixième, dit le comte Vert, fonda à Pierre-Châtel l'ordre du collier de Savoie, qui rassemblait les plus grands chevaliers. Un de mes ancêtres en fit partie.

Jehan approuva et poursuivit :

- Un peu plus tard, ce même comte fonda le monastère, et le confia à l'ordre cartusien. Son premier prieur fut Dom Jean Orgelet. L'église et le cloître furent édifiés dans la décennie suivante, et dans le même temps commençaient les fortifications. La chartreuse prit une telle importance que le pape Clément VII lui donna autorité sur les prieurés de Yenne et de Saint-Paul.

Il fut interrompu par Déliane qui se leva, se précipitant vers la porte qu'elle ouvrit. On entendit alors dans le lointain le grondement sourd d'un cheval au galop. Peu après, Philippe sautait à terre devant l'entrée, et avec un large sourire, tendait deux plis au banquier, avant d'aller mener son coursier à l'écurie.

- IV -

Le banquier, une lettre dans chaque main, s'approcha d'une chandelle, et murmura d'une voix enrouée par l'émotion :

- Ces messages sont bien écrits de la main de Thibaut, et il y a là le sceau de sa bague. Celui-ci vous est destiné, messire de Charny.

Le père d'Agnès s'en saisit d'une main tremblante, et le tendit à son maître d'hôtel.

- Lisez-nous cela à haute voix, Gaspard. Ma vue se trouble, et il fait sombre.

Messire Giacometto, qui avait décollé le cachet de cire de sa lettre, suspendit son geste lorsqu'il entendit les premiers mots lus par l'intendant.

- *« Au très redoutable et respecté sire Marcel de Charny, seigneur de... »*

- Au diable les politesses ! Où se trouve mon enfant, et comment va-t-elle ?

Surpris par l'interruption, le serviteur releva la tête, puis parcourut rapidement le texte avant de reprendre :

- *« ...J'ai l'honneur et la joie de vous annoncer que demoiselle Agnès est saine et sauve. Nous avons pu échapper aux routiers qui nous retenaient en otages, grâce à l'aide de Paolo Montini, commis de la banque du signor Giacometto. Elle se remet de la dure épreuve de l'évasion à l'Auberge du Cerf, sise à Ambérieu, où elle attendra votre venue. Elle a souffert de sa captivité, mais les bandits, qui la gardaient comme monnaie d'échange, ne lui ont pas fait subir d'outrage déshonorant. »*

Un concert d'exclamations de soulagement couvrit la voix du lecteur. A la surprise générale le sire de Charny tomba à genoux en se signant et se mit à prier. Marie se jeta dans les bras de son époux, et l'embrassa avec fougue, puis se mit à rire. Cette réaction inattendue fut le signal de la détente après la longue anxiété qui avait pesé. L'allégresse était générale, et Déliane, troublée, félicitait sa maîtresse en patois ne trouvant plus ses mots pour s'exprimer autrement.

Le père d'Agnès se releva enfin et dit :

- Nous allons écouter la fin de la lettre, mais avant, il faut fêter cet heureux dénouement. Gaspard, allez réveiller l'aubergiste, et faites-lui servir son meilleur vin. Et n'oubliez pas ce que j'ai proposé à ce brave Philippe, qui nous a apporté un tel bonheur... Et puis faites pour que nos gens se réjouissent aussi !

Des chandelles furent rallumées, et un valet apporta des gobelets d'étain et une cruche. C'est à ce moment que Philippe entra. Il avait galopé sans repos, et il se sentait à bout de force. Déliane l'aida à poser son épaisse pelisse, et le fit asseoir près de la cheminée. Puis elle lui rapporta de la cuisine le vin chaud qui lui avait été promis.

Ce fut pour tous un moment heureux qui allait rester longtemps dans les mémoires. Le père d'Agnès se révélait plus humain que ce que sa réputation avait établi, et il ne songeait plus à cacher son affection pour sa fille.

Mais la satisfaction de Jehan était assombrie par la douleur qui gagnait lentement en force. Lorsque Marie l'avait tendrement bousculé, elle n'avait pas vu dans l'ombre sa crispation de souffrance quand elle avait touché sa blessure. Rassuré sur le sort d'Agnès, il aurait souhaité se retirer mais le maître d'hôtel n'avait pas terminé sa lecture. Celui-ci reprit enfin à la demande de son maître. Thibaut racontait les circonstances de l'évasion, et ainsi qu'il l'avait dit, donnait une explication vraisemblable à leur capture. Il concluait en disant que son absence de fortune ne l'autorisait pas à prétendre à une union aussi prestigieuse que celle que représentait la famille de Charny, mais qu'il allait se mettre en condition d'en devenir digne.

- Ce baladin ne manque pas d'audace, marmotta le père d'Agnès. Mais il a sauvé ma fille. Il faudrait cependant que sa fortune devienne considérable pour que je puisse songer à un mariage. Et surtout qu'elle en soit vraiment éprise.

- Ce baladin est mon fils adoptif, intervint le banquier. Á ma mort, il héritera d'une part de mes biens. Je l'aurais déjà pourvu, si sa fierté ne le lui faisait refuser. Il veut ne rien me devoir. Mais je puis vous assurer qu'il sera riche un jour. Et qu'il détiendra les créances de quelques nobles familles de Chambéry...

Le signor Giacometto manquait peut-être de diplomatie, mais le coup porta. Les de Charny, considérablement endettés, avaient eu recours plusieurs fois à sa banque.

- Je n'ai pas dit que j'étais définitivement opposé à cette union. Mais j'aurais besoin de garanties pour l'avenir de mon enfant...

- Thibaut est l'ami du jeune Sforza de Milan. Il vous ouvre les portes de l'Italie. Son talent en fera un des plus grands de notre époque...il a seulement le tort d'être un rêveur, un idéaliste... Mais vous, messire, quelle dot proposeriez-vous pour demoiselle Agnès ?

Cette fois, le banquier était allé trop loin. La réaction de de Charny fut brutale :

- Ma fille bien aimée n'est pas une affaire qui se traite sur les comptoirs d'un changeur ! Si votre Thibaut l'aime, et que ce soit réciproque, il faudra encore qu'il obtienne mon agrément. Je l'ai rencontré en d'autres circonstances. Je reconnais que je me suis montré dur envers lui, mais j'avais de bonnes raisons. Pourtant, il était innocent des forfaits dont je le croyais coupable. Pourquoi Agnès l'avait-elle laissé soupçonner ?

Marie sursauta à la dernière phrase.

- Que voulez-vous dire, messire ?

- Nous étions convenus d'une formule pour indiquer qu'elle écrivait libre de toute contrainte, et cette clause n'apparaissait pas dans sa lettre. Á partir de là, j'ai imaginé le pire.

Marie n'insista pas, mais elle resta songeuse. Jehan venait de terminer la lecture du message de Thibaut au banquier. Il ne fit pas de commentaire, et exprima seulement le désir de se retirer. La fatigue qui accablait tout le monde fit que tous suivirent son exemple, et en peu de temps, la salle se retrouva déserte.

*
* *

Pas plus que la veille, le tisserand n'avait pu trouver le repos tant la douleur de sa blessure le harcelait. Le répit apporté par le baume de la Toinette était de plus en plus bref, et la plaie prenait un aspect alarmant. Le bras rouge et enflé devenait brûlant, et une humeur jaunâtre filtrait, imprégnant le pansement d'une odeur inquiétante. Il avait dû demander l'aide de Marie pour se dévêtir, et en attendant son éveil pour se rhabiller, il essayait de retrouver une raison d'espérer. Il savait que son bras ne guérissait pas, et que l'issue serait fatale s'il ne recevait pas de soins efficaces. Et la seule personne qui pouvait encore le sauver, c'était la Toinette. Il avait déjà vu des cas semblables au sien, et l'unique ressource des barbiers était l'amputation qui se terminait le plus souvent tragiquement. Mais il ne pouvait se résoudre à l'idée de survivre manchot, et de devoir renoncer à son art. Il fallait qu'il atteigne Pérouges coûte que coûte, le plus vite possible. Le sire de Charny était tout à fait favorable à une marche forcée vers Ambérieu. On était à la veille de Noël, et il voulait fêter la Nativité avec son enfant retrouvée. En mettant les choses au mieux, il pourrait être dans la cité en trois jours. Mais aurait-il la force d'aller jusque-là, avant que la fièvre ne le prenne ?

Puis Marie s'éveilla, et il se força à lui sourire pour ne pas lui donner de tracas. Mais quand elle défit son pansement, un peu plus tard, elle devint soucieuse. La charpie poisseuse restait collée à la plaie, et elle dut longuement baigner le bras pour la retirer. L'entaille s'était presque complètement refermée, à part un bord gonflé d'où coulait un pus épais. Elle murmura :

- Le mal s'est mis à l'intérieur... il faudrait le faire sortir, mais où trouverons-nous quelqu'un qui sache vous guérir ?

- A Pérouges, ma mie. Il n'y a que ma bonne Toinette qui le puisse encore. Et nous n'en sommes plus très loin.

- Vous souffrez beaucoup. Et cela s'aggrave. Mais il faut refaire votre bandage. Je le serrerai beaucoup moins, pour qu'il ne contraigne pas l'enflure. Evitez de vous servir de ce bras. Je crois qu'il faudrait l'attacher pour le maintenir immobile... et puis nous pourrions louer un attelage pour vous éviter les heurts d'une chevauchée.

- C'est peut-être ce qu'il faut faire. Mais nous ne pourrons y songer qu'après avoir franchi le défilé de Pierre Châtel, où un chariot ne peut encore trouver passage. C'est Philippe qui me l'a dit hier. Et puis cela nous ralentirait...

- Si votre état s'aggrave, il n'y aura pas d'autre solution. Et vous seriez plus au chaud. En tous cas, quoi que puisse dire mon « père », vous ne repartirez point sur les routes avant d'être totalement rétabli.

- Je crois qu'il le comprendra. Il sera vraiment soulagé d'apprendre que nous avons retrouvé Agnès. Il en était responsable, et de Charny pouvait lui faire beaucoup de torts.

- Je me demande s'il a découvert la coupable de l'évasion des bandits...

- Lors de mon dernier passage, on ne savait rien encore. Et je crains bien qu'on ne sache jamais... mais cela vaut peut-être mieux.

- Comment ? C'est vous, un des meilleurs amis du père Chanin, qui dites cela ?

- Savez-vous le châtiment qui attend la fautive ? Au moins aussi terrible que celui qui guettait les Ecorcheurs. Elle est complice d'un assassinat, et s'est chargée des crimes que ces monstres peuvent encore commettre. Elle ne l'imaginait pas probablement. Elle n'a fait que donner une lime, mais les juges n'auront aucune clémence, surtout avec maître Mollod à leur tête.

Marie ne répondit pas. Elle n'aurait su dire pourquoi, mais la conclusion de Jehan la mettait mal à l'aise, comme si la vérité pouvait se montrer plus monstrueuse que le crime. Puis sa préoccupation revint sur le danger qu'il courait. Le plus important était de le sauver. Son unique souci devait être celui-là. Elle termina ses soins en disant :

- Vous devriez aller retrouver le père d'Agnès qui est certainement déjà debout. Déliane va m'aider, et je vous rejoindrai au plus tôt. Votre état ne saurait tolérer de retard.

*
* *

Le soleil n'avait pas encore dépassé la crête des montagnes lorsque la caravane reprit sa route. Il faisait de plus en plus froid, et la neige s'était durcie au point que l'on ne s'y enfonçait presque plus. Les ruisseaux figés sous leur couverture de glace étaient devenus silencieux, et les versants escarpés du défilé s'ornaient de draperies de gel aux reflets bleutés. Les bâtiments de la chartreuse plantés au sommet abrupt de la falaise se découpaient sur le ciel où s'effilochaient de longues traînées grises. Par l'entaille qui livrait passage dans la vallée on apercevait le Rhône qui roulait des eaux vertes et puissantes. En dépit de son impétuosité, il n'avait pu empêcher ses berges de se pétrifier sous une épaisse carapace. Par endroits, des rochers détachés des parois avaient entraîné des éboulis qui tachaient la blancheur environnante de sillons sombres. Des petits groupes de frères convers dégageaient la voie des blocs qui avaient roulé jusque-là.

Les voyageurs atteignirent le port de la Balme-Saint-Blaise, où le bac devait leur permettre la traversée. Á leur arrivée, la porte de la petite maison du passeur s'ouvrit, et un homme les interpella. Il fallait régler le prix du péage avant de monter dans la vaste barge qui dansait de manière effrayante, malgré l'entrave de ses amarres tendues et raidies par le gel.

Puis le passage commença. L'embarcation dériva rapidement sous l'effet de la barre et du courant, tandis que le câble énorme qui la retenait se tendait et vibrait comme une simple corde.

- Pourquoi n'y a-t-il pas de pont à cet endroit ? demanda Marie d'une voix vaguement inquiète. Ce fleuve est terrifiant.

- Il y en avait un autrefois, répondit Jehan en lui souriant pour la rassurer. Mais il a été emporté par une crue voici plus de deux siècles. On a tenté de le reconstruire un peu plus tard, mais le Rhône ne l'a pas permis. Il s'est encore irrité, et a emporté trois années d'efforts et de dépenses, avant la fin des travaux. Alors le bac s'est mis en place, comme il existait déjà au temps des Romains. Il a été affermé à la famille des Duport qui assure son fonctionnement de père en fils. C'est pour eux une très bonne entreprise, et je gage qu'ils ne seraient pas du tout favorables à la reconstruction d'un pont...

- Il n'empêche que si l'amarre venait à se rompre nous serions perdus.

- Ne pensez pas à cela. D'ailleurs, nous arrivons. Prenez garde à ne pas glisser en débarquant. Je ne pourrais pas vous retenir.

Une fois le fleuve franchi, la route devint plus aisée, et le voyage continua sans encombre. La traversée de Belley se fit un peu avant midi, et il fut décidé de continuer pour faire halte un peu plus tard. De Charny voulait absolument retrouver sa fille le jour de Noël, ce qui était réalisable à condition de ne pas rencontrer de difficulté. Toutefois Marie insista pour louer une charrette légère, où elle installa Jehan le mieux possible, et elle se serra auprès de lui. Déliane qui n'aimait pas beaucoup monter, se proposa pour conduire. Bien que ces arrangements se soient passés assez vite, le père d'Agnès manifestait de la mauvaise humeur pour le retard qui s'ensuivait. Mais chacun était maintenant au courant de la blessure du tisserand, dont la gravité pouvait se lire dans ses traits tirés par la douleur, et personne d'autre ne protesta.

*
* *

Le château de Saint-Germain-en-Bugey apparut enfin à l'horizon dans l'après-midi du lendemain. L'auberge du Cerf n'était plus qu'à un quart de lieue. Un mouvement important sur la route annonçait la proximité des cités, et l'avance se trouva ralentie par plusieurs chars qui progressaient au pas paisible de bœufs résignés. Malgré sa fatigue, le père d'Agnès ne put se contraindre à suivre la file, et, hélant un garde ainsi que son maître d'hôtel, il profita d'un élargissement provisoire de la chaussée pour partir aussi vite qu'il le pouvait, abandonnant ses bêtes de charge au reste de la troupe.

Une demi-heure plus tard, Déliane arrêtait enfin sa charrette devant l'auberge pavoisée. Toute la rue était en fête, et une foule joyeuse se pressait devant l'entrée qui laissait échapper des odeurs alléchantes. Maître Bonnel, qui venait d'apprendre la venue de Jehan, s'empressa pour l'accueillir. Le tisserand confia à son valet et à Hugon le soin de rentrer les bêtes et leurs chargements. Malgré le soulagement apporté par le repos, il se sentait mal en point. Sa souffrance ne s'était pas aggravée, mais elle n'avait pas non plus diminué. Il s'efforça de sourire à son ami, et dit :

- Nous arrivons sans prévenir, maître Jean. Aurez-vous encore de quoi nous loger ? Avec la venue de Noël, tout doit être pris...

- Vous avez de la chance. Messire Thibaut Vasari, qui a la générosité d'un seigneur, avait prévu la venue du sire de Charny, et payé toutes mes chambres de l'étage pour deux semaines. Il ne savait pas qui viendrait, et il avait vu grand.

- Mais où a-t-il trouvé l'argent ? murmura Marie à l'adresse de son époux.

- Nous le saurons par Agnès. En tous cas, ça lui ressemble cette façon de ne pas compter.

- Hélas, à qui le dites-vous ! se lamenta le banquier qui s'était approché. Il n'a aucune notion de la valeur des choses. Ou du moins, il n'y attache pas d'importance. Mais vous, messire l'aubergiste, vous avez fait une bonne affaire !

- Oui et non. C'est sûr, mes chambres sont louées. Mais sans pratique pour consommer. En ce moment, je gagnerais de l'or, si je n'avais pas dû les refuser à de bons vivants !

- Ne soyez pas en souci, fit Marie en riant. Le sire de Charny est si heureux de retrouver sa fille qu'il voudra festoyer dignement, et nous aussi. C'est grande joie pour tous !

- Sans doute, ma Dame. Je grogne par principe, mais je suis heureux de vous avoir sous mon toit ! Bref, je vous laisse aux mains de Simonette qui arrive. J'ai à faire, mais je vous reverrai bientôt.

Suant et soufflant, le gros Bonnel disparut dans l'ombre des cuisines, tandis que la servante guidait les arrivants vers leur logement. Comme elle s'apprêtait à se retirer, Marie la retint :

- Mon amie Agnès de Charny est ici. J'ai grand hâte de la voir. Savez-vous où je puis la retrouver ?

- Elle est avec son père qui a exigé qu'on ne les dérange pas. Mais vous la verrez à la collation qui sera proposée dans une heure. La salle de la rôtissoire vous a été réservée... Le grand dîner de Noël sera servi après la messe de minuit.

- V -

Précédée par un valet portant un flambeau, Agnès entra au bras de son père. Marie, qui attendait près de la cheminée, se précipita à sa rencontre et les deux amies s'embrassèrent avec effusion.

- Ah, Marie! J'ai si souvent cru ne jamais vous revoir ! Laissez-moi vous regarder...le mariage vous réussit, vous êtes resplendissante. Je ne vous avais jamais vu aussi riche parure.

- C'est un cadeau de Jehan. C'est lui qui en a tissé l'étoffe. Mais vous-même, vous portez une toilette admirable. Et je vous trouve embellie, si cela était encore possible.

- Je crois que les épreuves ont chassé les méfaits de ma paresse, et que ma taille s'est affinée. Mais nous bavarderons à loisir lorsque j'aurai salué votre époux et la compagnie.

- Prenez garde à Jehan. Son bras droit est blessé, et très douloureux.

Agnès fit le tour de l'assistance, et chacun la félicita pour l'heureuse issue de son aventure. Puis un valet vint annoncer que l'on pouvait servir la collation si tel était le souhait de ces nobles personnes.

De Charny acquiesça, et invita Jehan à se placer auprès de lui.

- Ma fille m'a raconté ce qui s'est passé. Je suppose que vous brûlez de savoir également. Laissons ces dames à leurs retrouvailles, elles ont tant à se dire ! Vous aussi, signor Giacometto, venez près de nous entendre le récit de ces tribulations.

Tandis que les servantes présentaient fromages, pâtés, crêpes et vins épicés, de petits groupes s'étaient formés bavardant joyeusement, tout en faisant largement honneur aux appétissantes préparations. Le père d'Agnès arriva enfin au terme de ses confidences, et invita le banquier à parler du message de Thibaut.

- Je ne peux pas vous apprendre beaucoup plus que vous ne sachiez déjà. Il précise simplement qu'il est parti pour Lyon pour régler des affaires, et qu'il ne compte pas revenir à Chambéry avant un certain temps. Il pense avoir trouvé un moyen de faire fortune, mais il ne raconte pas comment...

- Il a dit à Agnès qu'il ne la demanderait en mariage que lorsque son état le rendrait digne d'elle. Mais je ne saurais lui accorder un trop long délai. De brillants partis se sont manifestés, et dont l'alliance avec certains honorerait grandement notre maison. Elle entrera dans sa vingt-et-unième année en avril prochain. Si votre protégé ne s'est pas manifesté d'ici là, elle devra choisir parmi les prétendants que j'aurais retenus.

*
* *

L'église était pleine pour la messe de minuit, et il aurait été difficile d'y trouver place si le sire de Charny n'avait fait retenir un banc pour lui et ses compagnons. Malgré l'affluence, le froid restait vif à l'intérieur de l'édifice, et beaucoup de malheureux pauvrement vêtus se serraient les uns contre les autres en frissonnant. Mais la joie et l'espérance se lisaient sur tous les visages, et la merveilleuse histoire de la Nativité se répétait une fois de plus.

Pour les plus démunis, une soupe chaude serait servie à la sortie de l'office par les clercs de la paroisse, accompagnée du sou des pauvres. Ce serait pour eux le petit miracle de Noël, auquel s'ajouterait peut-être l'aumône de bourgeois pour une fois généreux.

Des cierges brûlaient de toute part, illuminant l'autel où officiait le prêtre. Les voix pures d'un chœur d'enfants faisaient par moment résonner les voûtes de leurs harmonies célestes, auxquelles répondait le bourdon grave d'un groupe de moines. Pour le petit peuple, le chatoiement des étoffes aux couleurs vives, la musique majestueuse, les riches parures des notables, faisaient de cette cérémonie un spectacle imposant qui renforçait le caractère sacré et mystérieux du rite. Une crèche avait été construite à la droite de l'autel, et filles et garçons de la paroisse étaient venus, habillés en bergers, se grouper autour.

Enfin le service arriva à son terme, et la foule commença à sortir en se hâtant pour se mettre à l'abri de l'air glacé qui courait parmi les ruelles.

Maître Bonnel avait voulu que ce repas de Noël soit un événement à la hauteur de sa réputation. Toutes les salles scintillaient de l'éclat de multiples lampes accrochées aux murs, ou au plafond, posées sur les tables et les coffres. Une musique au rythme joyeux précéda l'entrée des instrumentistes qui formaient le début d'un long cortège. Derrière eux, un nain vêtu d'un habit bariolé, et coiffé d'un chaperon à grelots, faisait des cabrioles. Il était suivi par trois jongleurs qui rivalisaient d'adresse avec des boules, des poignards et des torches qui tourbillonnaient dans l'air dans un carrousel étincelant.

Puis, sur accord final retentissant des musiciens, les poignards allèrent se placer avec une stupéfiante précision à la gauche de chaque convive, tandis que les torches, dans un dernier vol, se fichaient dans des anneaux de fer scellés sur les piliers. Les boules s'empilèrent en une pyramide parfaite dans un panier, et Hugon fut ravi d'apprendre que c'était des oranges. Les baladins disparurent alors sous un tonnerre d'applaudissements, tandis que les premiers mets faisaient leur apparition.

Disposés sur des plateaux de bois portés par quatre valets, on vit défiler les chefs-d'œuvre réalisés aux cuisines. Tout d'abord un paon paré de ses plumes, et entouré d'un grand nombre de pigeons et de poulets rôtis, puis un pâté en forme de navire, avec son équipage et toute sa mâture. Il fut suivi par un château dont les fossés étaient remplis de vin épicé, et pour terminer, une crèche en pâtisserie, avec toute une foule de personnages qui venaient voir l'enfant nouveau-né.

Enfin les premiers mets furent servis, et chacun goûta selon son envie parmi les nombreuses variétés de préparations. Marie et Agnès mangeaient peu et parlaient beaucoup. Jehan, qui était placé à côté d'elles, suivait la conversation, tout en répondant aux propos du sire de Charny. Il remarqua que si la jeune fille racontait sans hésiter les péripéties de sa captivité, et de son évasion, elle était en revanche beaucoup plus discrète sur les circonstances de son enlèvement, s'en tenait à quelques détails et changeait aussitôt de sujet. À aucun moment, elle n'avait demandé des nouvelles de Mathilde, et lorsque Marie lui en parla, elle demanda seulement :

- Elle était à mon service, et s'est trouvée sans emploi après ma disparition. Que fait-elle maintenant ?

- C'est vrai, vous ne savez pas encore ! Je n'ai pas eu le temps de vous en parler, mais j'ai retrouvé à Treffort mon aïeule, la mère de ma mère. Je l'ai ramenée à Pérouges, et c'est Mathilde qui prend soin d'elle.

- Mais c'est incroyable ! Vous m'aviez toujours dit que votre père était votre seule famille...

- C'est ce que je pensais. Mais je vais vous raconter pourquoi j'ignorais son existence.

Tenaillé par la souffrance, Jehan ne mangeait pas, et maître Bonnel qui visitait tous ses hôtes s'en aperçut.

- Eh bien, messire Dupuy ! Ai-je failli à ma manière, que vous ne vous régaliez point comme vos amis ?

- Cela n'est point, mon compère. Mais j'ai là fâcheuse blessure qui ne veut guérir, et me tourmente. J'ai hâte d'être à demain pour reprendre la route, et rejoindre Pérouges, où je sais qui me soignera.

- L'Antoinette Viginat, pas vrai ? Sa réputation est venue jusqu'ici.

- C'est bien d'elle qu'il s'agit. Son art fait merveille. Mais en attendant le mal chasse mon appétit.

Le gros homme réfléchit un instant, ce qui eut pour effet de le faire transpirer abondamment. Puis il s'exclama :

- Mais je ne suis qu'une bête ! Il y a pas loin d'ici un mage qui vient d'Alexandrie. Les gens se méfient un peu parce que c'est un étranger. Mais il connaît des secrets étonnants. Je vais le faire quérir.

- Non. Je préfère attendre demain ...

- Vous aussi, vous n'avez pas confiance, fit l'aubergiste avec tristesse. Je ne vous propose pas qu'il soigne votre plaie, si c'est ce que vous redoutez. Mais il peut vous donner un élixir qui calmera la douleur en attendant. Voyez ma main qui avait reçu de l'huile bouillante l'an passé. Il m'a fait oublier en peu de temps qu'elle était à vif.

Devant la perspective d'endormir un temps sa souffrance, Jehan finit par accepter. Peu après, un homme de grande taille, au teint sombre, portant une courte barbe noire vint le saluer. Il était vêtu d'une longue robe grise et noire, et un capuchon profond laissait son visage dans l'ombre. Mais ses yeux brillaient d'un étrange éclat. Il invita le tisserand à le suivre, en quelques mots de latin prononcés avec un accent chantant.

Il s'installèrent dans une resserre mise à leur disposition par le brave Bonnel, et le mage demanda à voir la blessure en précisant :

- Ami Jean m'a dit que de soins vous ne vouliez de moi. Mais peut-être répéterez-vous mon conseil à Dame Viginat ?

- Vous la connaissez donc ?

- Depuis longtemps. Le même maître un moment nous avons eu. Laissez-moi examiner.

Avec une douce autorité, il commença à défaire le bandage. Puis il resta pensif devant la plaie. Il dit enfin :

- Le temps qui reste est bref avant qu'il ne soit trop tard... peut être un jour. Il faut purger le mal au plus tôt. Mais la foi est nécessaire dans la guérison, et surtout dans celui qui la propose... en attendant il faut boire cette potion. Quand la douleur sera partie, je referai le pansement.

Jehan regardait le mage avec étonnement. Poussé par la curiosité, il lui posa de nombreuses questions, tandis qu'il sentait s'atténuer progressivement le tourment de son bras. Enfin l'homme sortit d'un sac de cuir richement décoré, une bande de toile blanche et une boite laquée noire et or d'où il puisa de la charpie imprégnée d'une substance visqueuse. Devant l'hésitation du tisserand, il dit avec un sourire rassurant :

- Ne craignez rien. Dame Antoinette sait de quoi il s'agit. Ça devrait réduire les humeurs mauvaises, et permettre d'attendre un peu plus. Mais allez vers elle au plus vite. Je vais écrire une missive que vous lui donnerez.

*

* *

Peu après, le tisserand prit congé de son étrange interlocuteur et retrouva sa place au banquet. Délivré de sa souffrance, il découvrit qu'il avait faim, et participa sans souci au reste du dîner. Marie parut rassurée de le voir manger et se rapprocha pour lui parler tendrement. Tout à la félicité du moment, et sous le charme de la voix aimée qu'il ne se lassait jamais d'entendre, il mit un long moment à s'apercevoir qu'elle ne s'adressait plus que rarement à Agnès. Celle-ci ne faisait pas d'effort pour entretenir une conversation qui aurait dû être plus soutenue que d'habitude, après cette longue et dramatique séparation. Mais le remède qui lui avait rendu la paix embrumait aussi un peu son esprit et il n'y attacha pas d'importance. Cependant ce souvenir devait lui revenir un peu plus tard.

La fête se prolongea très avant dans la nuit. De Charny, un peu grisé, oubliait sa réserve et témoignait de grands signes d'affection à sa fille bien-aimée. Pourtant Jehan n'oubliait pas qu'il lui faudrait rejoindre Pérouges dans la journée du lendemain, et il finit par se décider à prendre congé. Le manque de sommeil accumulé depuis plusieurs jours se faisait durement sentir, et la perspective d'une nuit réparatrice quoique brève, le poussa à se retirer.

Le départ du couple passa presque inaperçu. Le reste des convives s'amusait, échauffé par les boissons, et quelques plaisanteries osées saluèrent leur sortie.

Epuisé par les efforts de la journée, auxquels s'ajoutait l'effet du calmant, Jehan sombra rapidement dans un sommeil sans rêve d'où il émergea le lendemain alors qu'il faisait grand jour. Marie était levée, et avec Déliane, elle finissait de remplir les coffres de voyage. Le voyant se dresser, elle s'approcha pour l'embrasser et lui demander comment il se sentait.

- Aussi bien que possible. Le remède de cet homme m'a fait le plus grand bien. Mais il est tard, n'est-ce pas ?

- La première messe vient de finir. Mais vous dormiez si bien, que je n'ai pas voulu vous réveiller. Tout est prêt pour le départ, qui ne dépend que de vous. Nous allons vous laisser avec Philippe qui attendait pour vous aider. Rassurez-vous, nous serons à Pérouges ce soir.

Lorsque le tisserand vint rejoindre son épouse dans la salle commune, elle était en train de parler avec le père d'Agnès et l'aubergiste. Le banquier était assis à une table et écrivait. De Charny vint à lui et dit :

- Messire Dupuy, nos routes se séparent ici. Ma fille, qui dort encore, ne veut pas retourner à Pérouges, et nous allons rentrer à Chambéry. Mais rien ne nous presse, et nous partirons demain. Maître Bonnel qui souhaite se rendre à la cité, propose de vous y conduire avec un attelage rapide. De ce fait, la charrette que vous aviez acquise se trouve libre. Je vous propose de la racheter pour le retour d'Agnès.

Le marché, à la convenance de tous, fut rapidement conclu, et vint le moment des adieux. Marie se sentait un peu déçue par la perspective de quitter son amie sans la voir une dernière fois, mais l'état de Jehan ne pouvait attendre davantage. Le signor Giacometto annonça son intention de se rendre à Pérouges avant de continuer jusqu'à Lyon, où il espérait retrouver Thibaut.

De Charny s'adressa une dernière fois au tisserand :

- Je vous suis reconnaissant pour l'aide que vous m'avez apportée. Sans vous, je ne sais comment se serait passé ce voyage. Vous m'avez accompagné sans rien dire de votre blessure... je souhaite que vous trouviez rapidement des soins efficaces. Votre épouse et vous-même serez toujours les bienvenus quand vos pas vous ramèneront dans la capitale, et je gage qu'Agnès insistera pour vous inviter au plus tôt.

- Je me réjouis de l'heureuse conclusion de cette aventure, qui m'a permis de mieux vous apprécier. Marie sera, j'en suis certain, toujours ravie de retrouver son amie. Ce Noël que nous avons passé ensemble a été l'un des plus beaux que j'ai connus.

*
* *

La voiture de l'aubergiste était suffisamment grande pour que le banquier ait pu se joindre au nombre des passagers. Les gardes qui accompagnaient le sire de Charny étaient repartis avec lui, et se trouvaient remplacés par deux solides valets à cheval, bien armés. Par prudence, deux autres chariots de marchands avec leur escorte s'étaient joints pour le voyage. Par chance, la route se montrait facile dans la plus grande partie de son parcours, et il ne fallut pas plus de quatre heures pour apercevoir enfin la cité qui émergeait de son manteau de neige. Le gros Bonnel venait acheter un lot de toile de lin, et il donnait la préférence à son ami Jehan pour cette fourniture.

- Ce n'est pas le bon moment pour quitter l'auberge, avec le monde qui arrive, expliquait-il, mais trois douzaines de draps ont été volées au lavage. Je n'arrivais plus à fournir pour les chambres. Je compte sur vous pour faire vite. Il faut que je reparte demain.

- Ce sera prêt. Les affaires n'ont pas été très bonnes ces derniers temps, et j'ai une provision suffisante. Maître Angelo vous servira sans tarder. Mais pour moi, il faut que je voie la Toinette au plus vite, et je vous quitterai dès que nous serons arrivés.

La montée de la côte jusqu'à la ville se fit avec quelques difficultés, l'attelage peinant sur le sol gelé, et les passagers durent descendre pour soulager la carriole. Ils piétinèrent près d'une demi-heure dans les ornières avant d'atteindre la porte d'En-Haut. Les lourds fourgons des marchands eurent encore plus de peine, et n'arrivèrent que bien plus tard.

Dans tout Pérouges on savait déjà que la Demoiselle de Charny avait été retrouvée, et messire Favre, averti du retour de Jehan et Marie, était venu les accueillir au pont-levis. Il témoigna une affection un peu excessive envers sa « fille », qui n'était peut-être pas sans rapport avec l'excès de boisson que trahissait son haleine. Toujours jovial, il aborda le tisserand et lui envoya une bourrade qu'il pensait amicale. Malheureusement, la rudesse du coup frappa le bras blessé, et Jehan, déjà malmené par le voyage, ne put retenir un cri, en s'effondrant, broyé par la douleur. Philippe se précipita pour aider son maître, tandis que Marie, perdant son calme pour la première fois, tançait vertement le châtelain en lui reprochant sa brutalité. Devant son air ébahi, elle crut bon de lui raconter la mésaventure de son époux.

Elle découvrit avec étonnement que son ascendant sur Humbert Favre était encore puissant, car, au lieu de se fâcher comme elle le redoutait, il bafouilla une vague excuse, puis donna des ordres aux gardes pour faire transporter le tisserand chez la guérisseuse.

*
* *

La vieille femme défit le pansement, et resta un long moment silencieuse devant la plaie que le coup du châtelain avait fait saigner. Puis elle entreprit de la laver, toujours sans rien dire, la mine soucieuse. Enfin elle demanda :

- Tu dis que c'est un mage qui t'a mis cet emplâtre. T'a-t-il dit son nom ?

- Oui. Mais je l'ai oublié ; il m'a dit qu'il venait d'Alexandrie... et que tu saurais reconnaître ce qu'il avait utilisé. Il m'a remis cette lettre pour toi.

- C'est bien ce que je pensais... Al Razi ! Ce nom ne te dit rien ?

- Si. Je me souviens maintenant. Comment le connais-tu ?

- C'est une longue et vieille histoire... mais ce qui presse, c'est de te guérir... Il est du même avis que moi : il faut tirer les humeurs mauvaises, et je vais devoir rouvrir la plaie. L'arme qui t'a blessé était certainement sale. Ce sera douloureux, alors je vais te donner une préparation de pavot pour atténuer.

Marie, qui avait assisté à l'entretien sans rien dire, proposa :

- Puis-je vous aider en quelque façon, dame Antoinette ?

- Pour ce qui est des soins, j'en fais mon affaire. Vous lui tiendrez la main, ça lui donnera du courage... et ça l'empêchera de bouger ! Mais nous avons le temps, il faut laisser agir le calmant. En attendant, si vous voulez bien aller me chercher de l'eau...

Lorsque la jeune femme fut sortie, la Toinette qui s'était remise à ses préparatifs, demanda :

- Si tu me racontais comment vous avez retrouvé cette Dan...moiselle ?

- VI -

Le lapsus de la Toinette n'avait pas échappé à Jehan qui ne put retenir un frémissement. Ainsi elle soupçonnait Agnès d'être la mystérieuse coupable que toute la cité recherchait. Elle avait probablement de bonnes raisons de le croire. Avait-elle laissé deviner involontairement sa pensée, ou l'avait-elle fait exprès pour l'inciter à lui poser des questions, tout en le laissant libre d'ignorer l'allusion ? Ce qui était certain, c'est qu'elle n'en avait parlé à quiconque. Au bout d'un moment, elle répéta :

- Alors, tu ne veux pas me raconter ?

- Mais si. Seulement, ce sera un peu long. Je crois que Marie le dira beaucoup mieux que moi. Je suis fatigué et j'ai soif.

- C'est normal que tu te sentes faible, c'est le pavot... tiens, bois ça.

Le silence qui était retombé fut rompu par le retour de Marie portant une cruche en terre couverte de gouttes scintillantes. Elle ne se fit pas prier pour parler de l'aventure de son amie, tandis que la vieille allumait trois autres lampes, puis mettait de l'eau à chauffer.

Le tisserand se sentait envahi par une douce somnolence, et ses pensées commençaient à s'embrouiller. Danizia... pourquoi ce nom revenait sans cesse... pourquoi la voix de Marie se faisait si lointaine...

Il remarqua à peine quand elle se pencha pour lui prendre la main, et finit par sombrer dans une demi-conscience qui tenait du rêve éveillé.

*
* *

Lorsqu'il rouvrit les yeux, il se trouvait dans une pièce qu'il reconnut aussitôt. C'était la chambre où la Toinette avait gardé le père Chanin pendant plusieurs jours. Il faisait grand jour au-dehors, mais une lampe brûlait encore à son chevet. La maison était presque silencieuse, et il fut convaincu qu'il s'y trouvait seul. Son bras lui paraissait lourd et engourdi, mais la douleur avait disparu. De nouveau la faim se fit sentir, et il pensa que c'était un signe favorable.

Un long moment s'étira, qu'il n'aurait su évaluer. Danizia... Ce nom s'était de nouveau imposé, et il essayait de comprendre pourquoi la Toinette tenait Agnès pour responsable de l'évasion des bandits. Il n'arrivait pas à trouver une motivation logique qui aurait pu inciter la jeune fille à accomplir un tel forfait. L'horreur des crimes qu'ils avaient commis lui était connue, et faciliter leur évasion lui aurait fait courir un risque énorme si elle avait été surprise. Ce n'était sûrement pas la pitié qui l'aurait conduite à cet acte, pas plus que le désir de se livrer à un geste absurde et gratuit... il fut forcé de conclure avec effroi que le mobile aurait dû être comparable au crime, lequel devait servir à en cacher un autre qu'il n'arrivait pas à imaginer.

Mais la vieille pouvait se tromper... devait se tromper. Elle n'avait jamais aimé Agnès, qu'elle jugeait fausse et calculatrice. Si les faits lui avaient donné raison sur ce point ce n'était pas suffisant pour en faire une criminelle... Et comment la Toinette pouvait-elle savoir ? Si elle l'avait vue remettre la lime, elle aurait certainement fait échouer l'évasion en alertant la garde...

La lampe grésilla et s'éteignit. Il se sentait trop affaibli pour éprouver le besoin de se lever, et il prêta attention aux bruits de la rue qui avait retrouvé ses clameurs habituelles, le choc des sabots étouffé par la neige, le roulement des chars clapotant dans la boue, le cliquetis des cuirasses du guet...

Puis il reconnut la voix puissante de messire Favre qui approchait. La porte d'entrée claqua contre le mur sous une poussée énergique. Le châtelain surgit enfin, avec la démarche incertaine d'un homme qui a bu, suivi de Marie et la Toinette.

- Alors, comment vous sentez-vous ce matin, mon gendre ? Ça ne vous ressemble pas de tomber en pâmoison pour une coupure !

- J'aurais bien voulu vous voir à sa place ! s'écria la vieille indignée. S'il n'avait aussi bonne santé, il serait déjà trépassé avec ce qu'il a enduré. J'ai même eu peur qu'il ne soit trop tard. Mais il va bien maintenant.

- Tant mieux ! Jehan, je vous félicite pour ce que vous avez accompli. Le vieux de Charny a retrouvé sa demoiselle, et c'est une heureuse issue. Je ne suis pas fâché de ne plus l'avoir en charge, celle-là ! Quelle idée elle a eu de s'en aller déguisée en vilaine ?

- Elle a lourdement payé pour cette escapade, ne croyez-vous pas ? fit Marie. Soyez tranquille, elle n'a nulle envie de revenir ici.

- Ça vaut mieux pour tout le monde, ne put s'empêcher de marmonner la Toinette.

Favre reprit d'une voix pâteuse : « Dépêchez-vous de guérir. Un homme comme vous doit être sur pied dans une semaine. N'oubliez pas ce que vous me devez encore ! Faites aussi bien pour retrouver Magdeleine, et je saurai vous montrer que je ne suis pas un ingrat !

- Il n'est pas question qu'il parte avant d'avoir son bras blessé aussi solide que l'autre, grinça la vieille. Il faudra compter un bon mois. Et si vous le harcelez, je ne vous soignerai pas quand la goutte viendra vous taquiner... ce qui ne saurait tarder, si j'en juge par votre panse...

Interloqué par cette apostrophe, Favre pâlit. Puis il explosa suivant son ancienne habitude, en proférant un torrent d'injures et de menaces de bûcher qui laissa la Toinette indifférente. Il en fut encore plus exaspéré, et en perdit le souffle. Jehan en profita pour dire calmement :

- Nous avions conclu un marché, messire. Vous ne deviez plus boire avec déraison, et ne plus faire d'éclats... vous n'avez pas respecté notre accord. Pourquoi êtes-vous si pressé de me voir tenir ma parole, alors que vous avez oublié la vôtre ?

Le ton paisible du tisserand désarma le châtelain qui se reprit, et bafouilla :

- J'étais en souci. Tout va mal depuis que Marie est partie. Quand elle était là, je n'avais plus envie de boire...enfin, pas trop. Et puis je me suis retrouvé dans cette maison, tout seul, avec les embêtements qui ont suivi l'invasion. Mollod a fait venir son frère, qui est dans les ordres, pour remplacer ce bon vieux père Chanin... ils font une belle paire, tous les deux !

- Comment ça ? demanda Jehan. Mollod a un frère en religion ?

- Hélas, oui. Le père Athanase... qui ne vaut pas mieux que l'autre ! J'avais cru un moment que notre rat de prétoire avait changé. Mais il est redevenu sournois et puant comme avant. Il terrorise, et ça lui plaît. Il n'a pas pu trouver qui a fait échapper nos prisonniers, malgré l'arrestation de nombreux suspects. J'ai même dû modérer son zèle, sinon, il aurait fait appliquer la question à tous ces manants qui n'ont eu que le tort de lui déplaire.

- Mais il faut faire libérer ces gens, si on ne peut rien prouver contre eux ! s'écria Marie. Sous quels motifs les a-t-il emprisonnés ?

- Il les accuse de ne pas vouloir dire ce qu'ils savent...Faute de mieux, il s'en est pris à ceux qui habitent autour de la prison. Ce qui complique tout, c'est que le père Chanin était un homme d'Eglise, et que le clergé est tout puissant dans cette circonstance. Le père Athanase appartient au tribunal ecclésiastique, et c'est pour ça que son frère a réussi à nous l'imposer.

- Mais n'est-il pas là que pour la recherche du coupable ? demanda Jehan. Avons-nous un autre prêtre pour le salut de nos Pérougiens ?

- Pas encore. Mollod voudrait bien que son frère soit choisi, et il s'est opposé à la venue d'un autre.

- On ne peut laisser faire ça, murmura Jehan. Deux Mollod à Pérouges, ce serait vraiment trop ! Tiens, c'est curieux, je n'ai jamais entendu personne appeler le greffier par son prénom.

- Peu le connaissent, et nul ne s'en soucie, répondit Favre. Il était là du temps de mon père, et je ne lui ai jamais posé la question.

- Il s'appelle Léonce, fit Marie. Il me l'a dit au cours de mon premier voyage en venant ici. Je crois que je dois aller le voir et lui parler. Peut-être m'écoutera-t-il ?

- S'il doit entendre quelqu'un, c'est vous, ma fille qui avez le plus de chances. Je comptais bien vous le demander.

- Et dites-lui qu'il perd son temps à chercher une coupable à Pérouges, fit la Toinette qui mettait de l'ordre dans ses préparations. S'il avait pour un sou de jugeote, il aurait compris que celle qui a fait ça n'est pas d'ici.

La remarque de la vieille provoqua un instant de surprise. Puis le châtelain demanda :

- Comment pouvez-vous dire pareille nouvelle ? Vous savez quelque chose ?

- Ce que tout le monde sait, mais je me sers de ma tête. Qui pourrait faire échapper des bandits qui pillent la région, sinon quelqu'un qui n'y demeure pas ? Qui est assez riche pour donner douze sous à deux ivrognes qui se montrent incapables de nommer leur bienfaitrice ? D'où venaient ces pièces neuves que l'on ne voit presque jamais chez nous ? Qui, parmi nos dames fortunées, n'était pas présente à la soirée du mariage ? Celle qui a fait le coup ne peut être qu'une étrangère, invitée ou non.

Jehan ressentit une vive inquiétude en écoutant la Toinette. Il redoutait par-dessus tout qu'elle ne fasse allusion à Agnès. Mais elle se tut, et Favre, perplexe, resta un moment sans rien dire. Puis il déclara :

- Il y a du bon sens dans tout ça. Parlez-en à Mollod, Marie, pour qu'il libère ses suspects. Et qu'il envoie ce père Athanase chercher ailleurs. Quant au prêtre, je vais demander à Bagelley d'écrire au comte Philippe pour lui demander d'intervenir. Il faut qu'on nous donne un homme digne du père Chanin. Il est très fier de la vaillance des Pérougiens, et il ne demandera pas mieux que de nous faire plaisir.

*
* *

Malgré son désir de rentrer chez lui, Jehan dut céder à la Toinette qui lui imposa de rester trois jours en repos complet sous sa surveillance. La plaie s'était lentement purgée de son mal, et le bras avait repris une apparence plus saine. La douleur était oubliée, sauf au moment des soins. Mais la vieille se montrait très satisfaite de l'amélioration indéniable.

Lorsqu'il put enfin sortir, accompagné par Marie, Hugon et Philippe, qui se tenaient prêts à intervenir en cas de faiblesse, l'air était vif, et la neige recouvrait les toits d'un épais matelas qui se terminait en dentelle de glace aux pointes menaçantes. Le gel avait durci la boue du ruisseau, et rendu le pavage traîtreusement glissant. Hugon parlait de sa première expérience de tissage avec les compagnons, mais sans grand enthousiasme. Jehan s'en aperçut et lui demanda :

- On dirait que le métier ne te plaît pas. Est-ce parce qu'on t'a donné des tâches pénibles et peu intéressantes ?

- Oh non, messire ! Le signor Angelo est très gentil avec moi, et m'a appris à monter les chaînes... et je vous suis très reconnaissant pour le soin que vous prenez de moi. Mais...

- Mais quoi, Hugon ?

- Mais j'ai besoin de bouger, de sortir, de voir des gens. J'ai été très heureux de vous accompagner en voyage, et si vous le permettiez, j'aimerais repartir avec vous sur les routes.

- Ce n'est pas comme ça que tu apprendras un métier, et il te faut songer à ton avenir. Je pourrais faire de toi un compagnon, et tu serais assuré d'avoir toujours de quoi vivre, ici ou ailleurs. Beaucoup de jouvenceaux de ton âge se réjouiraient d'avoir cette chance.

Hugon soupira :

- Je sais, et je ferai selon votre désir. Mais est-ce que je pourrai quand même vous accompagner quand vous repartirez ? Vous ne serez plus là pour m'apprendre... Vous aurez besoin d'aide dans votre recherche, et je sais bien me débrouiller dans les difficultés. Je vous promets qu'ensuite je m'appliquerai à mon apprentissage.

Marie vint à son aide en disant :

- Il est vrai qu'Hugon se montre très adroit, et rapide. Il sait compter les fils sans se tromper et commence à déchiffrer quelques mots. Il accepte toutes les corvées sans se plaindre, et sa gentillesse a triomphé de la méfiance des compagnons qui l'ont adopté.

- Et le soir, il m'aide aux travaux de la maison, ajouta Philippe. C'est un bon garçon.

- Voila qui est bien, fit Jehan en souriant. Nous reparlerons de voyage quand il en sera temps. Il faut que d'ici là, tu aies appris beaucoup.

- Je vous le promets, messire !

- Et ce n'est pas tout, continua Marie. Pour nous réjouir de votre retour à la santé, Hugon a proposé que nous fassions une fête ce soir. Il a, paraît-il, une surprise pour vous et moi. Reposez-vous jusqu'au dîner, qui devrait vous plaire.

*
* *

Sous l'influence de Marie, la maison du tisserand avait perdu son aspect un peu austère pour devenir claire et accueillante. Monseigneur Amédée avait tenu à offrir une dot à sa filleule, et celle-ci l'avait remise sans hésitation à son époux. Á sa demande, le parchemin huilé des fenêtres avait été remplacé par des carreaux de verre colorés sertis au plomb, qui laissaient passer une lumière inhabituelle, et atténuaient les bruits du dehors. Un miroir de deux pieds de haut renvoyait la clarté dans la grande salle et chassait les ombres. La tapisserie à l'image de Marie, réalisée par Jehan, ainsi que des tentures claires, faisaient oublier la froideur des murs de pierre. Sur un cadre de grande taille, un ouvrage de broderie encore inachevé représentait la cité victorieuse du siège des Dauphinois, culbutés dans les fossés par la fougue du tisserand.

Les meubles de bois lustré luisaient doucement, répandant une agréable odeur de cire tiédie par l'ardeur de la cheminée. L'écu de saint Georges qui en faisait la décoration comme sur celles des autres pièces, se trouvait surmonté de deux épées croisées soigneusement polies. Le dallage inégal disparaissait sous des tapis épais, et des fourrures recouvraient les bancs et les cathèdres.

La table centrale resplendissait sous le feu des candélabres qui se reflétaient sur les étains et les cuivres. Des branches de houx tranchaient sur la blancheur de la nappe où les plus belles coupes de la maison attendaient les convives.

Jehan s'arrêta sur le seuil de la pièce, et il embrassa Marie pour lui témoigner son émerveillement, sous les vivats de Hugon et grand-mère Annette qui attendaient près du feu.

Le repas fut des plus joyeux. Pour le tisserand, le miracle s'était accompli avec la guérison qui devenait certaine, et il se sentait rempli de reconnaissance pour la grâce divine qui l'avait permise. Il savait qu'il n'était pas encore quitte avec messire Favre, mais il avait de nouveau confiance dans la suite de sa recherche. Marie avait retrouvé son prestige auprès de maître Mollod dont la hargne avait rapidement fondu à son contact. Il s'était presque montré satisfait d'avoir un motif pour relâcher ses prisonniers qui commençaient à l'embarrasser sérieusement. Mais elle ne put obtenir le départ du père Athanase, qui s'obstinait dans ses recherches, et qui espérait sa nomination dans la cité.

Enfin arriva le moment de la surprise de Hugon. Il se leva, et vint s'incliner respectueusement devant le tisserand, en lui disant :

- Maître Dupuy, et vous, gente dame Marie, avez montré grande bonté pour grand-mère Annette et pour moi. Je cherchais un moyen de vous témoigner ma gratitude, et j'en ai trouvé la possibilité à Chambéry. Aussi, je vous prie d'accepter ces cadeaux que j'aurais voulu vous offrir pour Noël. Mais le temps nous a manqué.

En disant cela, il ouvrit son sac et sortit deux paquets enveloppés dans une toile de chanvre. Marie, très émue, l'embrassa sur le front en lui disant :

- C'est très gentil de ta part, d'avoir consacré les quelques deniers que tu as gagnés pour nous faire plaisir. Je n'oublierai jamais ce geste.

Jehan dénoua son colis et sortit avec stupéfaction une petite pièce d'un tissage de deux pieds de long, au dessin compliqué d'une incomparable finesse qui luisait de l'éclat de la soie. Il resta un instant sans voix, puis il demanda :

- Comment t'es-tu procuré cette merveille ? Je n'ai jamais rien vu de plus beau, et ça doit coûter très cher.

- J'ai pensé que ça vous plairait. C'est un colporteur mourant de faim qui me l'a vendue. Il m'a dit que ça devait venir de la lointaine Cathay.

- Mais même dans ces conditions, c'est un ouvrage qui vaut bien deux ou trois florins. Où as-tu trouvé l'argent ?

- Je l'ai payé moins cher. C'est trop petit pour en faire quelque chose, et il n'y a qu'un tisserand pour en être intéressé. L'homme voulait manger et me l'a laissé pour un florin.

Jehan eut un fugitif sourire, puis il redevint sévère :

- Tu es peut-être bon pour les affaires mais comment pouvais-tu avoir un florin ?

- En travaillant à l'auberge. Oh, ce n'est pas ce que me donnait le patron qui m'aurait permis cette dépense ! Mais j'ai obtenu qu'il me laisse prendre une partie des reliefs qui se trouvaient sur les tables. J'avais droit à deux grandes écuelles. Je choisissais les meilleurs morceaux, le reste était pour les cochons. C'est un de mes compères avec qui j'allais parfois jouer qui m'a donné l'idée. Des gueux s'étaient installés dans une masure en ruine, dont la cheminée était encore debout, et où ils brûlaient pour se chauffer tout ce qu'ils trouvaient. Nous leur avons proposé un brouet accommodé avec ce que je pouvais obtenir, en leur vendant un liard le bol. La nouvelle s'est vite répandue, et nous sommes arrivés à gagner un ou deux sous par jour. C'était bon et chaud, et nous n'en avions jamais assez. C'est comme ça que j'ai fini par avoir deux florins, trois sous et six deniers.

Le tisserand éclata de rire, soulagé et ravi.

- Je crois que même sans mon aide tu aurais su te faire un état ! Eh bien, mille fois merci pour ta générosité ! Ton geste me touche beaucoup, et je crois que je vais découvrir des secrets dans cette étoffe.

Marie ouvrit à son tour son cadeau et découvrit un objet étrange qui se composait d'un manche ciselé en étain, d'où sortait une lame de fer qui se divisait en deux dents comme une langue de serpent. Devant sa surprise, Hugon expliqua :

- On appelle ça une fourchette, et c'est un orfèvre florentin qui me l'a vendue. Je lui avais demandé un cadeau pour une dame, et il m'a montré cette chose. Il paraît qu'à la cour du duc de Milan, les dames l'utilisent pour ne plus se salir les mains en mangeant avec leurs doigts.

- C'est un très beau cadeau, Hugon, et j'espère apprendre vite à m'en servir. Je pense que tu as dû donner tout ce qui te restait pour l'acquérir.

- Pas tout, puisque j'ai aussi pensé à grand-mère Annette. Mais je lui ai déjà donné son présent. Ce sont les chaussons fourrés qu'elle porte.

- Et qui me font grand plaisir ! fit la vieille. Hugon est un gentil petit.

Jehan se leva et vint embrasser l'enfant en lui disant :

- Tu es généreux, et tu as beaucoup de ressources. Je crois que ton apprentissage ne souffrira pas trop d'un long voyage au printemps. Alors mon cadeau sera de t'emmener avec moi comme tu me l'as demandé.

*
* *

Une semaine s'écoula doucement. Le tisserand se remettait de sa blessure qui s'était complètement refermée et ne donnait plus d'inquiétudes à la Toinette. Il avait repris la direction de son atelier, et fait ses comptes avec Angelo. Rassuré par la bonne gestion de l'Italien, il lui avait redonné toute autorité en prévision de son nouveau départ.

Le châtelain s'était assagi, mais avait exigé la visite régulière de Marie qu'il continuait à appeler sa fille. Maître Mollod ne lui donnait plus de soucis, mais il n'en était pas de même de son frère qui ne paraissait sensible qu'à son ambition. Les travaux de la nouvelle église continuaient malgré le froid, mais il n'y avait presque plus personne aux offices du père Athanase qui commençait à être détesté. La demande de messire Favre était partie pour le château de Bagé où résidait généralement le comte Philippe. Mais la situation n'aurait pu vraiment changer sans un incident décisif.

Marie et Jehan se trouvaient un soir auprès de la cheminée, parlant des menus faits du jour, lorsqu'on frappa à la porte. C'était Pinon qui semblait en proie à une vive agitation. Le tisserand le fit asseoir, et l'invita à s'expliquer.

- Ben voilà, messire. Depuis que j'ai été mis comme garde-chasse j'ai pas eu d'ennuis. Les gens avaient compris qu'il valait mieux ne pas braconner, parce qu'on pouvait le payer de sa tête. Et ça m'aurait embêté d'avoir à livrer un chapardeur à Mollod. Mais y'en a un qui a quand même recommencé.

- Et comment l'as-tu su ?

- J'ai trouvé des collets. Bien cachés, mais on n'a rien à m'apprendre là-dessus. J'ai eu qu'à faire le guet que'ques jours et je l'ai attrapé.

- Qui c'était ?

- Attendez. C'est pas si simple. J'y ai demandé pourquoi il faisait ça. Il est pas vraiment pauvre, et c'était sûrement pas pa'ce qu'il avait faim. Alors y m'a dit que le père Athanase avait su qu'il avait braconné dans le temps, et qu'il lui avait demandé de lui attraper des lapins. Comme l'autre ne voulait pas, il l'a menacé de le faire mettre en prison.

- C'est très grave ce que tu dis là ! Mais on n'accuse pas un envoyé de l'église sur le simple témoignage d'un voleur de gibier.

- C'est bien ça que je me suis dit, et c'est pourquoi je vous demande conseil. J'ai ben eu une idée ...

- Dis toujours.

- Y'a qu'un moyen pour prendre ce curé, c'est d'être là quand y viendra chercher son butin. Mais il faudrait que quelqu'un d'important soit avec moi...j'ai pensé au capitaine Langloye.

Jehan réfléchit un instant. Il ne fallait pas que messire Favre soit mis au courant de l'affaire, sinon sa colère s'abattrait sur l'exécutant à défaut de pouvoir s'en prendre au responsable. Il crut avoir deviné qui c'était, et demanda :

- Ton braconnier est le vieux Carin, pas vrai ?

- Mais comment vous savez ?

- Il a eu des ennuis à cause de ça il y a longtemps, et je crois bien que c'est lui qui t'a appris à piéger... c'est pourquoi tu ne veux pas qu'on l'embête.

Le garde-chasse baissa la tête sans répondre. Marie fit alors remarquer :

- La proposition de Pinon me semble judicieuse. Si nous prenons le père Athanase sur le fait, nous aurons un moyen de contrainte pour l'inciter à partir de Pérouges. Il ne voudra sûrement pas que son inconduite soit connue de ses supérieurs.

- Vous avez raison, ma mie, et nous allons suivre l'idée de Benoît. Je vais trouver le capitaine pour lui en parler.

*
* *

Tapis dans l'ombre du jardin du prieuré, le capitaine Langloye, le sergent Badier et Pinon guettaient la venue du vieux Carin. Le prêtre qui avait élu domicile dans la maison du père Chanin, attendait lui aussi, sans se douter du piège qui lui était tendu. Par la lucarne, un rai de lumière timide jetait quelques ombres incertaines.

Enfin, un pas traînant se fit entendre sur le gravier, et en écho la porte s'entrouvrit légèrement. Ignorant l'invitation à entrer, Carin se mit à parlementer, poser des questions et réussit habilement à faire parler le prêtre de façon compromettante. Puis, devant son impatience, il finit par lui remettre le ballot qu'il portait sur l'épaule.

A cet instant, le capitaine et ses compagnons surgirent en pleine lumière et n'eurent aucune peine à le confondre, le sac à la main.

Epouvanté par la menace qui tombait sur lui, le père Athanase s'affaissa sous le coup de la surprise. Il réalisait la portée de son acte, et les conséquences désastreuses qui pourraient en découler. Il accepta presque avec soulagement le marché du capitaine : son départ le lendemain en échange de l'oubli du délit. Et comme il fallait bien faire disparaître les preuves, le vieux Carin fut chargé de régler le sort des lapins... lorsque le religieux aurait quitté la cité.

- VII -

Mars avait chassé le froid et un printemps impatient piquetait les prairies de touffes de primevères et faisait gonfler les bourgeons. Les matins clairs s'égayaient du pépiement des oiseaux, et l'air encore vif de l'aube cédait devant le soleil qui recommençait à jouer entre les toits rapprochés des ruelles.

Les nouvelles venues de France et de Bourgogne confirmaient toutes le traité qui avait été signé entre le duc Charles et le roi Louis, à Péronne. Il semblait que la trêve qui était arrivée à son terme, se soit transformée en un accord plus durable. En signe de réconciliation, le roi avait accompagné son ancien adversaire à Liège pour participer à la répression contre la ville qui s'était révoltée. De retour en France, le souverain avait fait publier dans tout le royaume que ce traité était une grande victoire. Si l'on murmurait pourtant qu'il s'était inconsidérément mis à la merci du Charolais, et qu'il avait dû lui faire de coûteuses concessions, le peuple se réjouissait cependant de voir s'éloigner la menace de la guerre.

La cité avait retrouvé sa Dame, qui semblait une fois de plus lui avoir rendu la tranquillité, et ramené le châtelain à une attitude plus digne. Les marchés prospéraient de nouveau, comme si chacun voulait oublier le cauchemar de l'invasion. Les maisons qui avaient été dévastées ou incendiées se relevaient petit à petit de leurs ruines. Les Pérougiens qui n'avaient pas eu à subir de pillage, apportaient leur aide à cette reconstruction pour ceux qui avaient tout perdu, les plus aisés par le don de matériaux, les plus humbles par le concours de leurs bras.

Un nouveau prieur était arrivé de Bourg, trois semaines après le départ du père Athanase. C'était un homme d'environ quarante ans, à l'air réjoui et bienveillant, apparemment mieux nourri que le regretté père Chanin. Il se présenta sous le nom de Janin de Bruyères.

Devant l'accueil réservé des Pérougiens il comprit vite qu'il aurait à gagner leur confiance, et leur cœur. Il remarqua bientôt l'influence de Marie, et pensa avec juste raison que s'il arrivait à s'en faire une alliée il saurait se faire adopter. Au cours de l'entretien qu'il obtint, il exposa sans honte sa requête et la jeune femme accepta de l'aider. Il eut alors l'agréable surprise de voir grossir la foule de ses paroissiens de sermon en sermon.

Si messire Favre se montrait satisfait de la reprise des affaires, et de son nouveau chapelain, il n'en demeurait pas moins impatient de voir Jehan partir enfin à la recherche de Magdeleine. La Toinette, qui avait usé de tout son pouvoir pour retarder ce départ, ne pouvait plus nier que le tisserand avait retrouvé l'usage complet de son bras, alors qu'il avait repris avec succès son entraînement au tir à l'arc. Il avait passé les dernières semaines à préparer soigneusement son expédition, et réfléchi sur la façon d'entreprendre cette nouvelle quête. Il s'était souvenu de la remarque de Philippe, et que le dernier endroit certain où était passé Magdeleine était le couvent des Clarisses. Il fallait donc recommencer à chercher à partir de là. Mais il n'était pas facile de pénétrer dans cette communauté et encore moins d'obtenir des confidences sur un événement vieux de plus de vingt ans. Marie lui avait alors rappelé que la mère d'Agnès s'y était retirée, et que son amie pourrait sans doute lui obtenir un entretien. Elle attendait la réponse à la lettre qu'elle lui avait envoyée depuis plus d'un mois.

Hugon, fidèle à sa promesse, travaillait avec ardeur à l'atelier, levé le premier, et le dernier à partir. Adroit et intelligent, il avait fait de grands progrès et se montrait curieux de tout. Il eut vite appris à reconnaître les différentes matières utilisées et à en apprécier la qualité. Mais il n'était pas encore autorisé à tisser, et devait se contenter de préparer les navettes, de remplir les cantres, et de monter les chaînes. Et aussi aider les compagnons, apporter les fournitures, balayer et ranger. Le soir, il rejoignait Philippe qui l'avait pris en affection et, lorsque le service leur en laissait le loisir, il continuait avec lui d'apprendre à lire et à écrire. Il n'avait pas perdu sa spontanéité et il conservait de son enfance vagabonde un esprit d'indépendance qui lui faisait trouver le temps parfois bien long. Jehan qui devinait son besoin de bouger l'envoyait alors faire des livraisons. Il s'appliquait tout autant à parler un bon français, qu'à faire honneur à son maître en se montrant poli et empressé. Grâce aux soins de Déliane qui avait eu la charge de lui choisir ses vêtements et de tailler ses cheveux clairs et bouclés, il était devenu un plaisant jouvenceau. Le regard lumineux de ses yeux dont la couleur indéfinissable hésitait entre le vert et le brun et son sourire confiant gagnaient tous les cœurs.

Il rêvait souvent à courir de nouveau sur les routes, et son plus grand plaisir était quand Jehan évoquait avec lui le prochain départ. Celui-ci avait fait réaliser à son intention un équipement de voyage, avec des vêtements solides à l'épreuve de la pluie, et lui avait offert un cheval vif mais docile avec tout son harnachement. Ce dernier présent avait touché l'enfant plus que tout, et il avait pour son maître une reconnaissance sans bornes. Pour une fois pris de court devant la somptuosité du cadeau, il n'avait pu que dire « Je... je l'appellerai Astré, parce qu'il a une étoile sur le front ... » avant de lui sauter au cou, en pleurant de joie.

Il avait dû aussi apprendre le maniement des armes. Il avait été confié aux soins du sergent Badier pour cet entraînement, car Jehan voulait qu'il puisse affronter les dangers des routes incertaines qu'ils seraient peut-être amenés à prendre. Hugon n'était pas très grand, ni très fort, mais il compensait cet inconvénient par une agilité surprenante. Et au grand plaisir du tisserand il semblait devoir devenir un archer remarquable.

Marie aurait voulu suivre son époux dans cette recherche incertaine. Mais lui savait l'inconfort et les fatigues de l'entreprise, et malgré la peine que lui causait la séparation, il préférait la savoir à l'abri de la cité. Il reçut l'appui inattendu de messire Bagelley qui vint demander, au nom du conseil de la ville, que la Dame demeurât à Pérouges. Tous étaient convaincus que les bonnes dispositions du châtelain étaient liées à sa présence, et qu'un éloignement prolongé pouvait tout remettre en cause. Marie finit par céder à leurs sollicitations, et le départ fut décidé pour le lundi 6 mars.

Jehan put obtenir de messire Favre que le sergent Badier l'accompagne. Le brave soldat avait pris goût à l'aventure, et commençait à s'ennuyer avec la routine d'un service sans surprise. Mais Pinon n'eut pas la même chance. Malgré l'appui du tisserand, il ne put obtenir d'abandonner provisoirement sa fonction considérée désormais comme de la plus haute importance.

L'expédition allait coûter cher, mais le châtelain n'avait pas voulu participer à la dépense prétextant que la guerre avait été une lourde charge. Il avait seulement promis un dédommagement au retour si l'entreprise réussissait. Jehan, qui avait prévu ce refus, avait mis à profit sa convalescence pour faire de l'expédition un voyage d'affaires. Il emportait les plus belles fabrications de son atelier, réalisées au cours de l'hiver pour les vendre à Chambéry. Après des heures de veille passées sur la pièce de soierie offerte par Hugon, il avait réussi à déchiffrer les secrets du tissage compliqué et à le reproduire. Avec quelques essais de mise au point, une somptueuse tapisserie longue de dix pieds et large d'une toise fit l'émerveillement des Pérougiens qui la virent. Il comptait la proposer à la duchesse qui avait déjà apprécié son travail.

Il avait été facile de constituer une petite troupe pour aller de Pérouges vers la capitale, et elle comptait douze compagnons lorsqu'elle se mit en route de bon matin. Pierre Bourrelier, le colporteur, avait profité de l'occasion pour reprendre ses tournées comme chaque année avec le retour des beaux jours. Le sergent Badier et un garde constituaient toute l'escorte, mais la plupart des voyageurs étaient bien armés et de taille à se défendre.

Marie, suivie de Déliane, tint à accompagner son époux jusqu'au pont de la Rouge. Le moment de la séparation venue, Jehan l'étreignit avec tendresse tandis qu'elle lui recommandait de se bien garder contre les périls qui pourraient survenir. Déliane aurait bien aimé faire des adieux semblables à Philippe, mais le jeune homme ne lui prêtait pas d'attention particulière, et elle eut du mal à retenir ses larmes. La réponse d'Agnès était parvenue peu de temps avant le départ de Jehan, qui était invité à se présenter à la demeure des de Charny quand cela lui conviendrait. Mais il avait l'intention de s'occuper d'abord de ses affaires pendant quelques jours, et surtout de se mettre au courant des dernières nouvelles de la capitale. Hugon, qu'il considérait presque comme un fils, l'accompagnait partout, comme le faisait autrefois son valet Philippe. Le jeune garçon savait se faire oublier quand il le fallait et se montrer efficace en cas de besoin. S'il s'émerveillait constamment de ce que cette nouvelle vie lui faisait découvrir, il n'en avait pas moins le sens de l'observation, et ses remarques démontraient un solide bon sens.

La première visite du tisserand fut pour le banquier Giacometto, à qui son état permettait de presque tout savoir. Il fut accueilli avec l'empressement habituel, et eut encore une fois l'honneur des appartements privés. L'Italien ne marqua pas de surprise à la vue de l'enfant, et ne se fit pas prier pour dire ce qu'il savait. Mais, sachant que son interlocuteur comprenait, il commença dans sa langue maternelle :

- Ah, maître Dupuy, nous sommes bien en souci ! Notre bon duc Amédée va de plus en plus mal. Ses continuelles infirmités et les fâcheuses maladies l'ont rendu entièrement inhabile au gouvernement de ses Etats. Tous les magistrats, et les principaux de la noblesse ont été d'avis de donner la Régence à la très vertueuse princesse Yolande. Notre duc a toujours témoigné beaucoup de bienveillance auprès des étrangers que nous sommes, et même les Juifs sont bien traités. Qu'en serait-il si un malheur venait à nous l'enlever ?

Sans marquer d'étonnement, Jehan répondit de même :

- Monseigneur Amédée est atteint du haut mal. C'est très pénible et impressionnant quand il se manifeste, mais cela ne menace pas directement sa vie... il est vrai cependant que sa santé n'est pas très bonne par ailleurs.

- Ce que vous ne savez pas, c'est que son état s'est beaucoup aggravé au cours de l'hiver. Il semble qu'il sent sa fin proche, et sa piété fait penser à un saint. On dit qu'il lui reste peu à vivre...

- Je l'ignorais. Mais la duchesse est bonne et sage. Vous n'avez rien à redouter d'elle.

- Certes. Mais elle a confié la direction des affaires au seigneur Anthelme de Miolans, à Louis de Bonnivard, seigneur de Greilly, et au sire Antoine d'Orly, qui sont des personnes expérimentées et dévouées à sa personne. Mais les comtes de Genève et de Romon, poussés par le comte de Bresse, prétendent avoir autorité sur le gouvernement jusqu'au retour à la santé du Monseigneur.

- Ce n'est pas possible ! Je comprends maintenant pourquoi le Conseil l'a nommée Régente. Elle seule peut défendre les droits de ses enfants à la succession. Mais comment pourra-t-elle résister ?

- On dit qu'elle aurait demandé le soutien de son frère Louis de France. Son appui parait certain. Tout le monde sait qu'il n'aime pas le comte Philippe, et il se fera un plaisir de contrarier ses projets, déjà bien compromis par le manque d'argent.

- Il ne fait aucun doute que le roi tienne à conserver l'alliance de la Savoie qui lui ouvre la route de l'Italie. Si Philippe de Bresse, allié du Charolais, prenait de l'autorité dans le duché, cela constituerait une menace certaine pour la France. Nous ne tarderons pas à connaître sa réponse.

- Certainement. Un ambassadeur est parti cette semaine pour Amboise où séjourne le roi. Il doit revenir sans délais.

Il y eut une pause, et Hugon, intrigué par le silence, se retourna, abandonnant la contemplation du jardin, où l'abri des murs avait déjà permis l'éclosion des jonquilles. Jehan reprit alors en français :

- Avez-vous eu des nouvelles du jeune Thibaut ?

- Oui messire. Je l'ai retrouvé à Lyon. Il est resté en relation avec mon commis de là-bas. Mais il n'a pas l'intention de revenir ici pour le moment.

- Demoiselle Agnès disait qu'il était parti pour faire fortune, et que c'est seulement quand il aurait réussi qu'il viendrait la demander en mariage. Vous a-t-il dit comment il comptait s'y prendre ?

- Non. C'est son secret. Ce qui est certain, c'est qu'il a un peu d'argent, puisqu'il l'a placé dans ma banque. Il affirme l'avoir trouvé dans le repaire des Ecorcheurs. Mais c'est loin d'être suffisant pour lui constituer une rente. Quant à son projet, il dit que c'est encore trop tôt pour le mettre en œuvre. En attendant, il compose des ballades et visite les bibliothèques.

Les deux hommes parlèrent encore un long moment d'autres événements de moindre importance, puis le tisserand en vint à des questions plus personnelles.

- Je dois rencontrer bientôt le conseiller de Charny, ou plus exactement sa fille Agnès, pour obtenir un entretien avec dame Marguerite qui s'est retirée au couvent. Les avez-vous revus depuis votre retour ?

- Non seulement je les ai rencontrés, mais j'ai eu la visite du conseiller. L'enlèvement de sa fille l'a beaucoup ému, et il veut absolument lever plusieurs lances pour déloger les Ecorcheurs de la forêt de Chassagne. Mais pour ça il faut de l'argent, beaucoup d'argent...et trouver un capitaine. Parce que le vieux sire n'est plus d'âge à diriger une troupe. Alors il est venu m'en demander.

- Et que lui avez-vous répondu ?

- Je lui ai rappelé qu'il me devait presque une année de ses revenus, et qu'il lui faudrait me fournir des garanties solides pour que je consente à prendre un tel risque, pour une entreprise qui ne devrait rien lui rapporter. Il s'est mis en colère, m'a menacé, mais je n'ai pas cédé. Et je ne céderai pas, à moins qu'il accepte mes conditions : qu'il me confie l'intendance de son domaine jusqu'au remboursement de sa dette !

Jehan ne put s'empêcher de rire.

- Ce qui valait un refus. De Charny, par orgueil, ne peut accepter... et il doit être furieux.

- Je sais. Mais mon bien, je l'ai durement acquis, malgré les lourdes taxes qui nous frappent parfois quand les caisses du duché sont vides, et que nous, étrangers, payons plus que les autres. Pour le prince qui m'a reçu dans son pays, ça se peut, mais pas pour des petits seigneurs qui voudraient me dépouiller !

Le tisserand resta pensif, tandis que l'Italien, que cette longue conversation avait échauffé, appelait un valet pour faire servir à boire. Il tendit à son hôte une coupe de vin frais d'Asti dont la mousse retombait lentement dans le crépitement joyeux des bulles parfumées. Hugon, qui s'était discrètement mis à l'écart fut invité à partager le rafraîchissement. Il contempla un long moment cette boisson inconnue avant de la goûter avec délectation. Le banquier reprit alors :

- Heureusement qu'il y a des hommes comme vous, messire Dupuy, avec qui les affaires sont un plaisir, et dont la parole vaut tous les écrits !

- Le plaisir est partagé, signor Giacometto, et vous me traitez en ami. C'est pourquoi j'aime à m'entretenir avec vous. A votre avis, pourquoi de Charny tient-il tellement à organiser, à ses frais, cette expédition ?

- Il prétend qu'une troupe a été envoyée il y a peu, et qu'elle n'a rien trouvé dans les ruines où la demoiselle affirme avoir été enfermée. Et les seigneurs qui avaient payé la solde ne veulent pas recommencer.

- Il dit certainement vrai. Mais si j'approuve sa détermination à vouloir mettre ces brigands hors d'état de nuire, je ne comprends pas qu'il aille jusqu'à vouloir emprunter pour le faire. Il m'a toujours donné l'impression d'être un homme assez parcimonieux en ce qui concerne ses dépenses. Pour venir à bout de ces Ecorcheurs, à supposer qu'on les surprenne dans leur gîte, il faudra une bonne centaine de mercenaires aguerris.

- Il vous en parlera sûrement quand vous le verrez. Il demande de l'aide à tout le monde. Mais si je puis me permettre un conseil, ne lui prêtez pas d'argent !

- Je n'en ai pas l'intention. Pas plus que de participer à cette affaire. C'est à notre comte Philippe d'assurer l'ordre dans ses domaines, et il faut lui adresser une requête. Mais je n'ai pas le temps de m'en occuper.

- Il y a quand même quelque chose qui m'intrigue... c'est peut-être une coïncidence, mais Thibaut a l'air de se préoccuper aussi de la traque de ces bandits, et m'a demandé de l'avertir si on réussissait à les prendre. Mais surtout, il m'a suggéré d'aider le conseiller de Charny, si celui-ci me le demandait...

- On le comprend. Il a vécu des jours dramatiques et s'en est sorti presque par miracle. C'est normal qu'il souhaite que ces brigands soient chassés.

- Peut-être... mais ça ne lui ressemble pas. Il ne s'est jamais mêlé de mes affaires, et ne m'a jamais demandé la moindre intervention...et pourquoi favoriser le sire de Charny qui l'avait fait jeter en prison ? Est-il à ce point épris de sa fille ?

Cette dernière remarque fit réagir Jehan. Il était certain que Thibaut n'était pas amoureux d'Agnès. Alors pourquoi voulait-il l'épouser, surtout s'il devenait riche ? Mais le tisserand ne désirait pas discuter de cela maintenant, et il en vint à parler de la mission que lui avait imposé messire Favre. Le banquier l'écouta avec attention, puis il fit :

- A l'époque où se sont passées ces choses, j'étais déjà à Chambéry, mais je n'en ai pas entendu parler. Je travaillais dur avec le père de Thibaut, et je ne comprenais pas bien la langue d'ici. Pourtant, une fois, j'ai entendu parler du couvent des Clarisses. En même temps que moi, un couple de Milan avait fait le voyage jusqu'ici. Nous étions devenus presque des amis, puis on s'est perdu de vue. Un jour, pourtant, Cecilia, la femme, vint me voir pour m'annoncer que son mari était mort, écrasé par la chute d'un arbre qu'il abattait. Elle se retrouvait seule, et sollicitait mon aide pour entrer comme servante au couvent. Il lui fallait de l'argent pour acheter son trousseau, et gagner l'agrément de la mère supérieure. Malgré mon état encore précaire, je lui avançais la somme demandée. Et je n'eus pas à le regretter, car elle me remboursa scrupuleusement au cours des cinq années qui suivirent. Depuis, je n'en ai eu aucune nouvelle. Elle était déjà âgée, et elle est probablement morte aujourd'hui. Je suis désolé de ne pouvoir vous aider davantage.

- Je ne m'attendais pas à un miracle. Mais j'espère retrouver quelqu'un qui puisse m'indiquer dans quelle direction chercher.

- Si vous saviez qui était la demoiselle qui a mis cette bambine au monde, cela vous aiderait peut-être. Mais je doute qu'on vous le dise. Pourtant il est certain qu'elle a été baptisée... et que c'est enregistré quelque part. C'est là qu'il vous faut chercher.

- Vous avez raison ! Pour des religieuses, un nouveau-né ne saurait vivre sans le sacrement du baptême, même si c'est un bâtard ! Et cet acte doit être consigné. La difficulté sera d'en obtenir la communication.

- Il y a si longtemps, que le secret a perdu de l'importance. Essayez toujours.

- Vous avez été de bon conseil, signor Giacometto. Je n'avais pas pensé à tout cela. Grâce à vous, je commence à reprendre espoir dans cette entreprise insensée.

- VIII -

- Pardonnez moi de vous avoir fait attendre, messire Jehan, mais je ne m'attendais pas à une visite aussi matinale, fit Agnès en entrant dans le salon où le tisserand patientait depuis un moment. Il se leva pour l'accueillir.

- C'est à moi de vous demander de m'accorder vos excuses, Agnès, mais je pensais trouver votre père avant qu'il ne sorte.

- Il se rend au Palais chaque matin depuis une semaine pour débattre des affaires de l'Etat avec Dame Yolande. Monseigneur Amédée va un peu mieux, et il préside parfois aux discussions... mais le plus souvent il se borne à écouter.

- Savez-vous quand votre père sera visible ?

- C'est difficile à dire. Quelquefois, il rentre pour midi, d'autres jours, on ne le revoit que le soir... Parlez-moi de Marie ! Comment va-t-elle ?

Jehan sourit à l'évocation de son épouse :

- Elle est toujours auprès des Pérougiens qui apprécient son rôle bienfaisant. Elle réussit assez souvent à faire aboutir des requêtes qui, autrement, n'auraient aucune chance. Bien sûr, j'aimerais l'avoir avec moi, mais il nous a paru plus sage qu'elle reste dans la cité. Et puis elle a sa grand mère Annette avec qui elle aime évoquer le pays de son enfance.

- Eh bien tant mieux ! Si nous parlions maintenant de ce qui vous amène ?

Jehan regarda la jeune fille avec surprise. Il s'attendait à de nombreuses questions au sujet de Marie, et voici qu'elle semblait ne plus s'en soucier, ni se préoccuper du jour où elle la reverrait. Il ne manifesta pourtant pas son étonnement et continua d'un ton naturel :

- Vous le savez, je désire rencontrer votre mère qui pourra peut-être m'aider à retrouver trace du passage de Magdeleine, l'unique amour de messire Favre. Et je comptais sur vous pour obtenir une entrevue.

- Je lui en ai parlé, et il n'y aura pas de difficultés. Franciane vient avec moi lorsque nous lui rendons visite, souvent le vendredi. Vous pourrez nous accompagner au parloir...mais elle n'est entrée aux Clarisses que depuis six ans, et ne sait certainement pas grand-chose sur l'affaire qui vous intéresse.

- C'est possible. Mais elle peut en avoir entendu parler. Ou connaître quelqu'un qui puisse me renseigner...

- Je ne sais. Mais je ferai tout mon possible pour vous venir en aide.

- Je vous en suis très reconnaissant, Agnès. Pardonnez ma curiosité, mais comment se fait-il que votre mère soit religieuse, alors qu'elle est mariée ?

- A vrai dire, elle ne l'est pas. Elle n'a pas prononcé de vœux, et ne le peut pas. Elle fait une sorte de retraite qui dure depuis longtemps.

Après une hésitation, Agnès reprit d'une voix émue :

- Oh, Jehan, si vous saviez ! Franciane et moi, n'avons plus de mère ! Au moment où nous avions tant besoin d'elle, elle est partie pour s'enfermer dans ce couvent ! Elle a été prise d'une sorte d'extase mystique, après avoir vu le Saint Suaire, dont vous connaissez certainement l'histoire.

- J'en ai entendu quelques péripéties, mais je ne sais pas tout à son sujet.

- Eh bien voici ! Cette relique a séjourné il y a fort longtemps à Jérusalem, puis à Constantinople. De là, le noble Geoffroy de Charny, l'a ramenée à Lirey, en France. Ces de Charny, qui portent notre nom, ne nous sont pas apparentés. En 1453, Marguerite, la dernière descendante de cette famille qui habitait Chambéry, voulut quitter la ville avec son précieux héritage. Mais l'âne qui portait le fardeau sacré refusa de passer les portes. Marguerite vit là un signe du ciel, et céda le Suaire à la Duchesse Anne de Chypre, la mère de notre bon duc. Contre une somme importante, il faut bien le dire. Ce sont les Franciscains qui en ont aujourd'hui la garde. Ma mère a vu un appel mystérieux dans le fait qu'elle porte le nom de la dernière héritière de la relique.

- Et cela a suffi pour qu'elle abandonne ses enfants et son mari ?

- Il n'y a pas que ça. Elle n'aime pas mon père, qu'elle a dû épouser contre son gré. Elle voulait se faire religieuse et la maternité lui répugnait, au point que nous avons été élevées par des nourrices !

Agnès éclata en sanglots, puis continua d'une voix hésitante :

- C'est peut-être ce qui explique que je sois parfois dure, dénuée de tendresse, et repliée sur ma solitude. J'avais cru trouver l'amour auprès de Thibaut, mais il est parti pour ne plus revenir !

- Mais n'aviez-vous pas dit que...

- Oui. Mais c'était faux ! Je ne pouvais avouer la vérité à mon père. Oh, Jehan, je ne l'ai jamais dit à personne, pas même à Marie, mais j'aime Thibaut de toute mon âme! Auprès de lui, je me sentais autre, plus généreuse, plus altruiste, je pensais un peu moins à moi. Mais il ne veut plus du mariage dont il m'avait pourtant parlé...

Emu malgré lui par la détresse d'Agnès, Jehan demanda :

- Est-ce pour cela que vous avez trompé Marie, pour la détacher de Thibaut ?

La jeune fille sursauta, stupéfaite, sans se rendre compte qu'elle avouait :

- Comment le savez-vous ?

- Oh, je n'ai pas eu de peine à démêler la vérité ! Thibaut est amoureux de Marie, et ne s'est pas montré infidèle, et c'est pour ça qu'il ne vous aime pas. Il a dû être bouleversé d'apprendre notre mariage, et vous en avez profité pour tenter de le séduire.

- Vous n'allez pas me reprocher de vous avoir rendu mon amie, fit Agnès redevenue agressive. Sans moi, c'est lui qu'elle épousait !

- C'est vrai, je l'admets. Mais vous n'avez pas songé à son bonheur en agissant ainsi, car vous ne pouviez savoir ma réaction. J'aurais pu ne pas pardonner. Non, vous vouliez seulement lui arracher Thibaut.

Agnès ne répondit pas. Elle préférait laisser croire au tisserand qu'elle avait agi par passion, plutôt que par jalousie. Ce fut lui qui reprit :

- Comment avez-vous su qu'il était près de Pérouges lorsque vous êtes allée le rejoindre, avant d'être capturés ? Il ne vous a sûrement pas fait prévenir...

Elle ne s'attendait pas à cette question. Tous ses proches avaient cru à sa version des faits, et elle n'avait jamais songé qu'on puisse la lui poser. Elle se sentit prise au piège. Jehan n'était pas un homme facile à berner, et aucun mensonge vraisemblable ne lui venait à l'esprit. La vérité demeurait impossible à dire, et il fallait absolument détourner son attention pour qu'il n'insiste pas. Elle murmura une phrase inintelligible qu'elle noya dans un déferlement de sanglots bruyants, donnant l'image du plus profond désarroi. Surpris et embarrassé par cette réaction inattendue, Jehan ne savait plus que faire. Sa question n'avait pas été préméditée, elle lui était venue à l'esprit simplement parce que ce détail heurtait son raisonnement. Mais il n'avait pas encore réalisé l'importance que la réponse pouvait avoir. Devant l'effondrement de la jeune fille, dont il ne soupçonnait pas le manque de sincérité, sa préoccupation fut de calmer cet épanchement qui allait alerter les gens de la maison.

Agnès, écroulée sur une banquette la tête enfouie dans ses bras croisés sur l'accoudoir, retrouvait peu à peu sa maîtrise. Seul le tisserand ne croyait pas à son histoire, et lui seul représentait un danger. Elle savait qu'il était d'une intelligence difficile à mettre en défaut, mais aussi que son point faible était sa bonté et sa sensibilité. Elle avait réussi à l'émouvoir, et c'était dans cette voie qu'il fallait continuer.

Il s'était assis auprès d'elle, et lui parlait doucement. Elle n'avait pas prêté attention à ses propos, trop plongée dans sa réflexion, mais le ton de la voix la rassura. Elle se releva, et se serra contre lui dans un élan d'abandon, en disant :

- Oh, Jehan, comme j'aurais besoin d'un ami tel que vous ! Vous êtes si généreux ! Je ferai tout ce qui est en mon pouvoir pour vous aider dans votre recherche, et je n'attendrai de vous que votre affection. Vous me connaissez bien, et savez mes défauts. Je plaide coupable pour ma conduite, mais je voudrais vous convaincre de la sincérité de mon repentir. Voulez-vous m'accorder une chance de regagner votre estime ?

Agnès ne pouvait trouver meilleur discours pour atteindre son interlocuteur. En quelques phrases adroites, pleines d'humilité, elle parvint à ses fins. Elle sut qu'elle avait réussi quand il parla :

- Je veux bien croire que les épreuves qui vous sont arrivées vous aient permis de réfléchir, et de tirer de profitables conclusions. Je vous ai fait confiance une fois, et vous m'avez déçu...Portant vous semblez parler vrai, et vous êtes l'amie de Marie. Alors pourquoi ne seriez-vous pas la mienne ?

- Est-ce possible ? Vous acceptez ?

- Oui. Mais je doute avoir l'occasion de vous apporter un réconfort véritable. Je vais partir pour de longues semaines, et nos rencontres seront rares...

- L'important, Jehan, c'est que je vous sache mon allié. Et puisque vous l'êtes, puis-je vous demander une faveur ?

- Si je le peux ce sera avec plaisir.

Agnès hésita un instant, puis se lança :

- Eh bien voici ! Vous savez qu'une troupe d'Ecorcheurs se cache dans la forêt de Chassagne. Ce sont des brutes sans âme, qui terrorisent les gens de la région. Je leur ai échappé, mais chaque jour des innocents sont malmenés ou tués. Ce n'est pas à moi que je pense, mais à tous les crimes qu'ils commettront encore si on les oublie. Mon père est prêt à mettre sur pied une troupe, mais il a besoin d'argent. Alors, comme vous êtes l'ami du banquier Giacometto, pouvez-vous insister auprès de lui pour qu'il accepte de faire un prêt ?

- Je ne nie pas la nécessité de cette action. Mais mon ami trouve le risque trop grand, et je ne lui donne pas tort.

- Douteriez-vous de la parole de mon père ? Nos terres ont été remises en culture, et les récoltes s'annoncent prometteuses...

- Je suis désolé, Agnès. Mais il s'agit d'une question trop importante pour que je puisse en discuter avec vous. Votre père ne m'a rien demandé, et c'est lui qui veut s'engager.

- Alors promettez-moi au moins de l'entendre ! Je ne vous demande que cela ! J'ai bien accepté de vous aider, moi !

En disant ces mots, Agnès se fit suppliante et malheureuse, se jetant à genoux devant le tisserand, tandis que deux larmes coulaient sur ses joues dont le fard se brouillait.

- Relevez-vous Agnès. Je veux bien parler à votre père, si cela doit être le gage de notre entente. Mais je ne vous promets pas davantage.

- Vous êtes vraiment le meilleur homme que je connaisse, et Marie a bien de la chance ! Venez vendredi vers la dixième heure. Nous irons au couvent après votre entretien avec mon père.

*
* *

Marcel de Charny accueillit le tisserand avec une amabilité qui contrastait avec sa réserve habituelle. Hugon qui l'accompagnait fut aimablement invité à aller visiter les jardins en compagnie d'un jeune page, et il dut accepter sur un signe discret de Jehan.

- Ah, maître Dupuy ! Je ne saurai jamais assez vous exprimer ma reconnaissance pour l'aide que vous m'avez apportée, pour le retour de ma fille, alors que vous étiez si douloureusement navré. J'ai appris avec joie votre rétablissement.

- Vous l'aviez mise sous ma garde pour son voyage à Pérouges, et je me devais de vous la rendre saine et sauve.

- Vous êtes bien à la hauteur de l'estime dans laquelle vous tient notre bon duc. Et c'est pourquoi je ferai de mon mieux pour favoriser votre entreprise dont m'a parlé Agnès. D'ailleurs la voici, ainsi que sa sœur Franciane.

Il était sans doute difficile de trouver deux sœurs aussi dissemblables. La beauté insolente d'Agnès faisait paraître encore plus ingrat le visage sans grâce de sa cadette. Bien qu'elles fussent vêtues aussi richement l'une que l'autre, Franciane n'avait pas le port élégant de sa sœur, et son regard n'exprimait pas la même détermination, mais plutôt la rêverie, et la douceur. Elle semblait mal à l'aise, et salua le tisserand par un compliment fort bien tourné, mais dit d'une voix mal assurée. Ce n'était pourtant pas de la timidité, car elle leva les yeux sur lui, et le fixa un fugitif instant d'un air anxieux, comme pour le mettre en garde.

De Charny invita le tisserand à prendre place à ses côtés, tandis que ses filles s'installaient sur une banquette drapée d'une tapisserie aux couleurs vives. Sans transition il aborda le sujet de l'entrevue.

- Agnès vous a fait part de mon intention de faire pourchasser les malfaiteurs qui ont eu l'audace de l'enlever. La guerre a fait beaucoup de torts à notre pays, et une des plaies encore ouvertes est l'existence de ces pillards. Monseigneur Amédée n'a plus l'esprit disposé pour prendre une décision à ce sujet, mais il m'a promis cinq lances, si je réussissais à en réunir le double.

- Ce qui fait soixante hommes à équiper et solder...

- Desquels il faut retrancher six gardes de ma maison. Mais comme malgré cela je ne dispose pas de la somme nécessaire, j'ai souhaité l'emprunter au signor Giacometto qui a refusé. Et je compte sur votre persuasion pour le convaincre de m'aider.

- Je ne puis que louer votre entreprise, messire. Mais si ce banquier vous a refusé ce prêt, je ne me sens pas le droit d'user de l'amitié qu'il me porte pour le faire changer d'avis. Il existe d'autres changeurs à Chambéry qui ne refuseront pas ce service à votre noble maison.

- Aucun d'entre eux n'a accepté. Ils disent qu'il n'y a pas de profit à espérer dans cette affaire, et exigent la caution du Palais ! Mais les caisses du Duché sont au plus bas, et je me suis heurté à un refus. Notre bon Amédée ne veut pas lever le vingtain sous prétexte que la guerre a trop éprouvé ses bourgeois et vilains ! Alors il ne me reste que ce lombard que vous pouvez faire céder.

- Je regrette, messire. Je pourrais contribuer pour ma part à l'équipement d'une lance pour appuyer votre entreprise. Mais ne comptez pas sur moi pour contraindre mon ami...

Frémissant de colère contenue, de Charny se leva et vint se planter devant le tisserand :

- Ainsi vous avez plus d'égard pour cet Italien qui a bâti sa fortune sur nos difficultés, que pour une famille dont le dévouement à la Couronne est reconnu par tous ! J'apprécie votre proposition, mais cela ne suffit pas ! J'exige votre intervention !

Jehan pâlit et se leva à son tour. S'efforçant au calme, il répondit :

- Votre maison a toute mon estime et mon respect. Il en est de même de ce banquier que vous méprisez. Ne me demandez pas une action qui me parait indigne de la confiance qu'il m'accorde.

- Vous n'avez pas le choix, maître tisserand ! Si vous refusez, vous ne rencontrerez pas mon épouse, et j'userai de mon influence pour vous faire interdire l'accès du couvent !

Le ton était devenu cassant, et toute bienveillance avait disparu du regard du vieil homme. Déconcerté, Jehan se tourna vers Agnès qu'il soupçonnait de l'avoir attiré dans un traquenard. A sa grande surprise, la jeune fille s'interposa :

- Père, vous m'aviez promis d'aider messire Dupuy sans condition ! Je lui ai donné ma parole, et je vous supplie de me permettre de tenir mon engagement !

- Ma fille, je vous prie de vous retirer avec votre sœur ! Ceci ne vous concerne pas, et vous ferez selon mon bon plaisir.

- Mais père, je...

- Il suffit ! Sortez ! Vous avez agi avec trop d'inconséquence depuis quelque temps, et c'est de votre faute si j'en suis réduit à ces extrémités. Un mot de plus, et je vous marie selon mes intérêts !

Agnès jeta un regard malheureux au tisserand avant de baisser la tête, accablée. Puis elle quitta la pièce. Pour Jehan, il devenait impossible de refuser. S'il n'arrivait pas à retrouver la trace de Magdeleine au couvent, sa quête allait se terminer sur un échec lourd de conséquences. Et il savait que la menace n'était pas vaine. De Charny était visiblement prêt à tout pour aboutir.

- C'est bien, vous avez gagné. Je vais parler au signor Giacometto. Mais je ne sais pas si j'arriverai à le décider.

- Inutile de vous rendre à sa banque, il est ici. Je l'ai fait attendre à l'office. Il suffit de le mander. Nous allons traiter cela sans délai.

*
* *

- Vous voyez que l'on finit toujours par trouver un accord, maître Dupuy. Cet arrangement est parfait, et vous n'aurez pas à le regretter.

- Pour vous peut-être, messire. Mais j'ai dû donner ma garantie, et c'est ma fortune qui est engagée, car je ne saurais manquer à ma parole.

- Rassurez-vous, je ne manquerai pas à la mienne. Je regrette d'avoir eu à solliciter un peu fermement votre appui, et je ne vous tiens pas rigueur de votre réticence.

- J'ose espérer que maintenant, je pourrai rencontrer votre épouse comme convenu.

- Certes. Mais il est tard pour ce matin. Pour me faire pardonner ce que vous pouvez considérer comme abusif de ma part, je vous convie à déjeuner ce midi. Nous parlerons de votre recherche, et nous verrons comment je pourrai faciliter votre tâche.

L'invitation était habile, et il semblait difficile de refuser. Aussi Jehan accepta-t-il à contrecœur. Redevenu affable, de Charny termina l'entretien.

- Je dois me rendre au Palais, mais je serai revenu bientôt. Si vous voulez vous promener dans le jardin en attendant, vous y retrouverez votre jeune protégé. Quant à vous, signor Giacometto, ne soyez pas inquiet pour votre créance. Je vous dois déjà beaucoup, mais je vous rembourserai sans faute. Au fait, avez-vous des nouvelles de Thibaut ?

- Il est bien temps que vous vous en souciez ! Je ne sais où il est, ni quand je le reverrai. Que vous importe, ce n'est qu'un Italien comme moi !

- Ne le prenez pas en mauvaise part. Je mesure à sa juste valeur le service que vous me rendez. Je songe au bonheur de ma fille. Elle espère son retour, et ne veut pas entendre parler de mariage. Nous reparlerons de cela un peu plus tard.

Le banquier salua froidement, et sortit avec Jehan. De Charny s'assura de leur arrivée dans le jardin, puis revint prendre sur la table la lettre de crédit du banquier. Il en relisait avec satisfaction les termes, lorsqu'une tenture s'écarta, livrant passage à Agnès. Il sourit et dit :

- Vous avez été parfaite, ma fille. Ce tisserand est convaincu de votre bonne foi. Et nous avons gagné !

- C'est merveilleux, père. J'ai tenu mes engagements, j'ai donc votre promesse ?

- Si vous avez dit vrai, elle vous est acquise.

- IX -

Le repas avait commencé avec beaucoup de réserve de la part de Jehan qui se bornait à se montrer poli, sans faire d'effort pour rendre la conversation intéressante comme il savait le faire parfois.

Le choix des mets de qualité, qui ne devaient pas constituer l'ordinaire de la table de la maison, lui fit songer que l'invitation du conseiller de Charny n'avait pas été une décision spontanée mais qu'il avait dû la prévoir au moins la veille. Comme s'il avait été sûr du succès de sa démarche.

Ce dernier parlait beaucoup, surtout de l'expédition qu'il allait enfin pouvoir réaliser. Mais il ne disait rien sur ce qui le poussait vraiment à l'entreprendre. Pour le tisserand, c'était une affaire dont le profit lui paraissait nul, la satisfaction morale discutable et les risques importants. Il finit par demander :

- Vous ne doutez aucunement d'une victoire éclatante sur des routiers aguerris par des années de combats et de rapines. Vous ne pouvez espérer les surprendre car ils ont des veilleurs qui scrutent la forêt nuit et jour. Avez-vous songé au nombre d'hommes que vous perdrez dans un affrontement avec eux ?

La réponse le surprit grandement :

- Il n'y aura probablement pas d'engagement. Comme vous le dites, ces bandits seront avertis de notre venue et ils savent que nous connaissons leur repaire. Ils ne pourront plus se borner à s'y cacher en espérant ne pas être découverts. Ils devront abandonner ces ruines, et nous détruirons tout ce qui pourrait leur servir de refuge.

- Mais la forêt est très vaste et ils la connaissent parfaitement. Ils sont même probablement déjà installés ailleurs. Soit vous ne les trouverez pas, soit vous devrez les combattre dans le lieu qu'ils auront choisi pour cela. Ne redoutez-vous pas de tomber dans un piège ?

De Charny n'avait manifestement pas envie de continuer à débattre de la question ni des objections pourtant fondées du tisserand, aussi changea-t-il de sujet :

- Nous verrons bien. J'ai engagé un capitaine qui a lui-même combattu avec les Ecorcheurs, et qui connaît leurs habitudes. Cette entreprise est moins incertaine que la vôtre. Que pensez-vous trouver auprès des Clarisses ? Qu'elles vous indiquent pour quelle destination est partie cette Magdeleine avec l'enfant ?

- Je ne pense pas que ce sera très facile. Mon père qui avait déjà fait des recherches avait été dirigé vers Montmélian. Mais je suis presque certain que c'était pour l'égarer. La naissance de cette fillette constituait un secret que nul ne devait connaître. Comme Magdeleine risquait de parler, on l'a éloignée suffisamment pour qu'elle ne puisse plus revenir à Chambéry.

- Si c'est le cas, on ne vous dira rien de plus.

- Le temps change parfois les choses...et si je retrouve le nom de l'enfant, ce sera une première indication. Pouvez-vous m'obtenir la permission de consulter les écrits du couvent ?

- Non, ce n'est pas de mon autorité. Seul un membre influent de l'église le pourrait mais je doute qu'on vous l'accorde. De plus, il serait surprenant que le nom de la famille concernée apparaisse quelque part.

Un silence lourd et embarrassé suivit. Puis Agnès le rompit en s'adressant à Hugon sagement assis à côté de Jehan.

- As-tu aimé notre jardin ? Est-ce qu'on t'a montré l'enclos des biches ?

Tout heureux de pouvoir enfin s'exprimer, Hugon ne se fit pas prier pour raconter son émerveillement devant la beauté des lieux.

- C'est un endroit admirable, et je n'ai jamais vu autant de belles choses. Toutes ces fleurs, ces arbres si vieux et si grands, ces allées comme celles d'un palais. Et aussi ces animaux. Vous avez de la chance d'habiter si belle demeure.

Amusée, Agnès se prit au jeu, surprise par la vivacité d'esprit de l'enfant, et ses réparties spontanées, mais toujours judicieuses. Bientôt la timide Franciane se mêla à la conversation. De Charny sortit à son tour de son mutisme pour dire :

- Notre maison est fort ancienne, ce qui explique le résultat des soins de plusieurs générations. Mais si tu aimes ce qui est beau, demande à voir le cloître du couvent : il en vaut la peine.

A partir de cet instant l'atmosphère changea, et la réserve de chacun parut s'estomper. Hugon séduisait par sa spontanéité et Jehan se sentit plus détendu. Lorsque vint le moment de quitter la table, les échanges étaient devenus presque cordiaux. Le père d'Agnès prétexta des engagements importants pour se retirer, et recommanda à sa fille d'agir au mieux des intérêts de son hôte.

*
* *

La lumière grise qui filtrait au travers des petits vitraux donnant sous les voûtes du cloître n'apportait que peu de clarté. Le parloir était plongé dans une pénombre épaisse que deux cierges posés sur un chandelier de fer monumental, n'arrivaient pas à dissiper. Les boiseries sombres et polies luisaient doucement, répandant une odeur tiède de cire et de miel.

Assis sur un vaste banc de chêne, Jehan attendait en compagnie d'Agnès et de Franciane l'arrivée de la dame de Charny. Hugon n'avait pas été autorisé à entrer et il avait de beaucoup préféré la compagnie des servantes aux salles austères de la communauté.

Les murs épais étouffaient tous les bruits et seul un murmure lointain parvenait par les étroits guichets grillagés qui s'ouvraient dans la cloison faisant face. L'attente qui se prolongeait procurait une sensation de malaise et Jehan constatait la nervosité grandissante d'Agnès. Quant à Franciane, elle gardait les yeux obstinément baissés et semblait se replier sur elle-même. Depuis que la porte s'était refermée, aucun mot n'avait été échangé. Enfin un bruit de pas se fit entendre et deux formes sombres vinrent prendre place derrière les ouvertures. Une grille s'ouvrit et le visage pâle et vieilli d'une femme se pencha. Les deux jeunes filles qui s'étaient levées s'approchèrent et vinrent embrasser leur mère qui se mit à chuchoter. Jehan s'avança à son tour et elle le regarda un instant avec intensité, puis déclara :

- C'est votre époux, n'est-ce pas, Agnès. Vous avez bien choisi, il a l'air pieux et respectable. Mais vous auriez pu m'avertir de votre mariage.

- Il ne s'agit pas de mon époux mais d'un ami de père, fit Agnès avec accablement. Je vous ai fait prévenir de sa visite.

- Mais oui, et il vient demander mon consentement ! A-t-on pris des renseignements sur lui et sa fortune ? Est-ce un bon parti ?

Le tisserand, interloqué, scruta le visage de Marguerite de Charny. Il commençait à réaliser mais il ne pouvait encore admettre la vérité. Il parla à son tour :

- Pardonnez-moi, noble dame, de venir troubler votre retraite, et veuillez accepter l'hommage de mes salutations respectueuses.

- Mais je vous en prie, mon fils ! Vous pouvez me considérer comme votre mère et je suis certaine que vous ferez le bonheur de ma petite Agnès !

Comme s'il n'avait pas entendu, Jehan insista :

- Je suis venu pour demander votre aide et non la main de votre fille. Elle vous en a parlé, n'est-ce pas ?

- Bien sûr ! Il y a déjà longtemps qu'elle pense à cette union et j'ai souvent prié pour qu'elle trouve un bon mari. Grâces soient rendues au ciel, mon vœu a été exaucé ! Puisse-t-il en être de même pour Franciane. N'auriez-vous point un frère qui voudrait s'unir avec une demoiselle de noble famille ?

Cette fois, le tisserand en était certain : Marguerite de Charny était folle et il n'y avait rien à en attendre. Agnès et son père l'avaient trompé en lui laissant croire qu'il avait une chance d'obtenir son intervention. Une froide colère l'envahit mais le lieu ne lui permettait pas de l'exprimer. Sans ajouter un mot, il se dirigea vers la porte et sortit, attendant que la visite se termine pour demander des explications.

*
* *

Pour Agnès l'affrontement était inévitable, mais elle l'avait toujours su, et elle avait soigneusement préparé sa défense. Aussi ne se déroba-t-elle point lorsqu'elle vit Jehan qui faisait les cent pas sous le péristyle du cloître.

- Je me doute de ce que vous allez me dire, maître Dupuy. Mais avant toute chose, permettez à ma sœur de rejoindre notre voiture. Elle n'est en rien concernée par cette affaire.

- C'est sans doute vrai. J'ai deviné qu'elle désapprouvait votre conduite... Ma demoiselle Franciane, je vous donne le bonsoir, et vous assure de mon estime.

La jeune fille eut une brève hésitation, puis sourit tristement, salua et sortit. Lorsqu'elle eut disparu, le tisserand se mit à marcher lentement, apparemment plongé dans une profonde réflexion. Embarrassée, Agnès le suivit en silence, redoutant l'éclat qu'elle imaginait. Mais c'est une voix calme et sans passion qu'elle entendit :

- Vous m'aviez caché que votre mère était une pauvre démente et que ce n'est pas une foi mystique qui l'a fait se retirer ici. Vous n'avez jamais cessé de me mentir pour obtenir mon aide. Je vous ai accordé mon amitié et pour la seconde fois, vous l'avez trahie. Il n'y aura pas de troisième fois.

- Mais que pouvais-je faire ? Mon père m'a menacé de me marier sans délai si je refusais de l'aider, au seigneur Paul du Saix de la Bâtie, un vieillard de soixante ans ! Il voulait absolument réaliser cette expédition et m'a promis un délai de cinq ans si je réussissais, me laissant même le choix de mon époux.

- Qui sait quand vous dites vrai, et quand vous mentez ? La conduite de votre père est indigne de l'homme qu'il croit être. Sa parole ne vaut pas celle de ce brave banquier qu'il a contraint à payer. Mais ce qui me peine le plus, c'est que vous soyez indigne de l'affection de Marie qui vous aime tant. Vous comprendrez que désormais vous ne serez plus la bienvenue chez moi.

Agnès prit un air désespéré, et se fit suppliante :

- Je sais, les circonstances sont contre moi et vous avez des motifs de ne pas me croire. Mais ne me condamnez pas si promptement ...

Cette fois, Jehan ne se laissa pas attendrir, et il l'interrompit sans ménagement :

- Inutile de feindre. J'ai été dupé par votre talent de comédienne, mais c'est terminé. Si vous aviez été sincère en réclamant mon amitié, vous y auriez cru. Vous seriez alors venu vous confier à moi, si votre père voulait vraiment vous imposer ce rôle méprisable. Mais vous étiez complice... J'ai bien vu que Franciane n'approuvait pas votre jeu. Je ne dirai rien à Marie de tout cela, mais évitez de la revoir trop souvent.

L'attitude d'Agnès changea, et c'est d'un ton nettement plus agressif qu'elle jeta :

- Savez-vous que ça m'est égal ? Je commençais à ne plus trouver sa compagnie aussi charmante qu'autrefois. Elle est heureuse avec vous, tout lui réussit, elle embellit, on parle d'elle comme de la Providence... Elle n'a plus besoin de moi, alors elle ne m'intéresse plus !

Jehan la regarda avec incrédulité.

- Comment pouvez-vous dire une chose pareille ? Elle vous aime et parle toujours de vous avec émotion et tendresse. Elle a été mortellement inquiète après votre disparition. Quand elle a su que vous pouviez avoir recouvré la liberté, ni le froid, ni la neige, ni la fatigue et les dangers n'ont pu l'empêcher de voler à votre rencontre ...

- C'est possible mais ça ne change rien. J'ai réellement cru en notre amitié et j'en étais jalouse au point que j'aurais fait n'importe quoi pour la conserver. Mais tout s'est retourné contre moi, et elle m'a abandonnée pour se marier. J'en ai beaucoup souffert mais aujourd'hui, c'est fini. Je n'en éprouve même plus de peine; le temps de Marie est terminé.

- Vous rendez-vous compte de la monstruosité de vos propos ? Vous vous révélez telle que vous êtes : incapable d'aimer, sinon pour vous-même. Si vous saviez ce qu'est l'amitié, ce ne sont pas les contrariétés que vous avez subies qui auraient pu l'entamer. Marie n'a jamais failli à votre égard. J'avais cru un moment que les épreuves qui vous sont arrivées vous avaient amenée à plus d'humilité, de repentir et de générosité. Mais vous êtes bien restée la même, préoccupée uniquement de vous.

- Il suffit, maître Dupuy ! Puisque vous ne voulez m'entendre, je n'ai plus rien à vous dire. Je ne puis commander à mon cœur ni de regretter Marie, ni d'oublier mon amour pour Thibaut. Vous n'avez pas à me juger.

Jehan resta silencieux, l'esprit troublé. Les mises en garde de la Toinette et ses soupçons lui revinrent en mémoire. Peut-être avait-elle vu juste ? Il en fut persuadé lorsqu'il vit Agnès qui se rendait compte qu'elle avait trop parlé, se recomposer une attitude contrite pour murmurer :

- Je vous demande pardon, vous avez sans doute raison. Je veux essayer de me racheter en vous obtenant une entrevue avec la mère supérieure ...

- Ne prenez pas cette peine. Vous vous êtes montrée telle que vous êtes. Prenez garde qu'un jour des murs semblables à ceux-ci pourraient vous retenir comme votre pauvre mère, si vous continuez sur la même voie.

- Que voulez-vous dire ?

- Vous le savez très bien... Danizia !

Jehan avait laissé tomber ce nom accusateur pour voir la réaction d'Agnès. Si elle n'était pas concernée, elle serait surprise et indignée.

Mais la jeune fille ne s'attendait pas à ce coup aussi brutal qui la pétrifia. Toute son assurance s'évanouit, et son visage refléta un effroi qu'elle ne put maîtriser. Le tisserand savait ! Et s'il parlait, elle serait vite confondue, compromise. Aucune répartie ne lui venait et l'épouvante lui enlevait tous ses moyens. Elle fit alors la pire des choses, elle s'enfuit, avouant ainsi son forfait.

Consterné par la terrible réalité qu'il ne pouvait plus éviter, le tisserand mesura le poids d'un tel secret. Il ne voulait rien dire, surtout pour Marie, mais il savait. Il ignorait pourquoi Agnès avait agi ainsi mais il ne pouvait imaginer aucune justification. Cette journée ne l'avait aucunement fait progresser dans sa quête et l'avait profondément bouleversé. Il décida d'oublier les de Charny pour ne plus penser qu'à sa mission.

*
* *

- Messire Jehan, vous avez l'air bien morose, fit Hugon en prenant la main du tisserand. Vos affaires n'ont pas été bonnes ?

- Hélas, non. Je n'ai rien appris qui puisse m'aider. Il faudra que j'obtienne une audience auprès de la Mère Supérieure, et je crains que ça n'avance à rien.

- Pardonnez-moi, maître, si j'ai eu tort. Mais j'ai parlé avec les servantes de l'office et j'ai demandé si la vieille dame italienne était encore au couvent.

- De qui veux-tu parler ?

- Rappelez-vous. Le signor Giacometto vous avait dit qu'il était venu au secours d'une veuve, dame Cecilia, et qu'il l'avait fait entrer au couvent. Eh bien je l'ai vue !

Vivement intéressé, Jehan s'arrêta brusquement :

- Lui as-tu parlé ?

- Mais oui. Elle est très âgée, plus que grand mère Annette et presque aveugle. Je l'ai aidée dans son ouvrage à la cuisine. Elle était très contente et m'a donné un verre de lait. Puis elle m'a demandé ce que je faisais là, et je lui ai raconté que vous cherchiez la nourrice qui vous avait élevé, parce qu'elle avait passé par cet endroit. Alors elle m'a dit qu'elle se souvenait d'une jeune Magdeleine qu'on avait prise pour s'occuper d'une demoiselle dont on ne pouvait approcher.

Eberlué, le tisserand encouragea son jeune compagnon :

- Continue. Dis-moi tout ce que tu as appris.

- Dame Cecilia est très curieuse et ce mystère l'intriguait. Un jour, la demoiselle est partie, et Magdeleine a eu à prendre soin d'un bébé, une fille nommée Louise. Elle n'était plus enfermée et pouvait parler aux autres servantes. Mais elle ne savait rien sur l'enfant et sa mère. Une année a passé sans histoire, mais un jour on a parlé de les envoyer à Montmélian.

- C'est ce que mon père avait cru, mais ce n'était certainement pas vrai.

- Je savais ça aussi. Je l'ai dit à dame Cecilia. Elle m'a alors demandé de ne répéter à personne ce qu'elle allait me dire : Magdeleine avait conduit Louise à Grenoble, en Dauphiné. Des moines franciscains voyageant avec des marchands les avaient prises sous leur protection. Et il se trouvait parmi eux, un ami du pauvre mari de Dame Cecilia. Elle lui avait demandé de chercher à savoir où allait Magdeleine.

- Et l'a-t-il appris ?

- Elle ne sait pas. Il n'est jamais revenu. Beaucoup plus tard, il lui a écrit pour lui dire qu'il s'était établi comme tonnelier, dans le quartier de Tra-Cloîtra, que ses affaires prospéraient et qu'il la demandait en mariage. Mais elle se trouvait trop vieille pour songer à prendre un époux et la vie du couvent lui convenait. Alors elle lui a fait répondre qu'elle préférait rester chez les Clarisses. Depuis, elle n'a plus eu de ses nouvelles mais elle pense qu'il pratique peut-être encore son métier.

Jehan s'émerveilla du hasard qui lui faisait retrouver la trace qu'il croyait perdue. Il considéra Hugon avec tendresse, et lui demanda, sans trop y croire :

- As-tu appris comment il s'appelait ?

- Dame Cecilia a parlé de Pietro, mais pour le nom, c'est plus vague. Peut-être Maretti ou Menotti. Elle ne se souvient plus très bien.

- C'est déjà beaucoup. Tu as fait preuve de beaucoup de réflexion, et je me réjouis de t'avoir pris avec moi. Nous allons fêter ces bonnes nouvelles. Dis-moi ce qui te ferait plaisir.

- X -

Le temps avait brutalement changé depuis la veille, et il avait gelé au cours de la nuit. Mais l'arrivée de lourds nuages ramenait un peu de douceur. Réveillé tôt par le besoin d'agir, Jehan avait longuement réfléchi aux renseignements recueillis par Hugon. Après la jubilation provoquée par cette révélation, la réalité avait repris ses droits. Voyager en Dauphiné était une entreprise risquée. La récente invasion avait attisé des haines vis-à-vis de la Savoie, et le retrait des troupes victorieuses, imposé par le duc de Bourgogne, n'avait pas arrangé les choses. L'humiliation du roi qui avait su conquérir l'estime de ses sujets lorsqu'il était Dauphin était ressentie comme une insulte par tous. Si le Téméraire était honni, les Savoyards en subissaient les conséquences, et plus particulièrement ceux qui dépendaient de Philippe de Bresse, son allié inconditionnel. C'est avec de sombres pensées que le tisserand atteignit la demeure du banquier.

Celui-ci l'accueillit avec affabilité mais il avait perdu de son exubérance, et se montrait préoccupé. Il fit pénétrer son hôte dans l'arrière-boutique dont il referma soigneusement la porte. Puis il demanda :

- Avez-vous été aidé à la mesure du service que vous avez rendu au conseiller de Charny ?

- Hélas non. Il nous a abusés, vous et moi. Dame Marguerite est privée de son sens, et n'a rien pu m'apprendre. J'ai bien peur de vous avoir conduit à réaliser une mauvaise affaire en prêtant cet argent. Mais je ne reviendrai pas sur ma caution, et je vous paierai les intérêts de la somme si le conseiller oublie de le faire.

- Je sais, maître Dupuy, vous êtes franc comme l'or. Si tous mes débiteurs étaient comme vous! Mais ce qui me peine le plus, c'est que vous ayez fait tout cela pour rien.

- Pas tout à fait, signor Giacometto. Grâce à Hugon, j'ai quand même appris quelque chose.

Jehan raconta alors l'initiative de son petit protégé, et termina son récit en posant une question :

- Cette dame Cecilia a nommé le tonnelier Pietro Maretti ou Menotti. Cela vous rappelle-t-il quelqu'un ?

- Malheureusement non. Je me souviens un peu de cette veuve, mais pas du tout de l'ami de son mari. Pourtant je dois avoir quelque part les comptes de ces années-là, et certains Italiens se trouvaient dans ma clientèle. Attendez, nous allons chercher. Ça doit se situer entre 1440 et 1450. A cette époque, je commençais tout juste à m'établir, et la vie était bien ingrate.

Le banquier ouvrit un massif coffre de chêne qui aurait pu servir de banc, et en sortit au bout d'un moment trois sacs de cuir qu'il posa sur la table. Des dates étaient inscrites sur chacun d'eux. Il en tira des paquets de petits parchemins liés en liasses épaisses.

- Je n'avais pas les moyens de payer du papier neuf en ce temps-là, et je faisais le tour des scribes et des bibliothèques pour racheter les vieux écrits que je grattais avec soin pour les réutiliser. C'est ainsi que j'ai pu tenir mes comptes. Tenez, si vous voulez m'aider, cherchez voir si votre gaillard est venu chez moi. Mais prenez soin de ne pas mélanger les feuilles.

Pendant plus d'une heure, les deux hommes s'appliquèrent à déchiffrer l'écriture serrée qui recouvrait complètement les pages. Enfin le banquier s'exclama :

- Voici l'emprunt de dame Cecilia, et le détail des sommes remboursées ! Elle a fini de payer pour la saint Géraud de l'an 1445.

- C'est bien, mais pas ce que nous cherchons. J'ai trouvé les comptes de trois Italiens, mais aucun ne ressemble à notre tonnelier.

- Ce n'est pas grave. Continuons.

Avec un soupir, Jehan se remit à consulter les pages de toutes tailles, plus ou moins lisibles. Il commençait sans conviction une nouvelle pile lorsqu'il s'écria :

- Cette fois, je crois que c'est le bon ! Voici le reçu des dépôts effectués par le signor Pietro Mazzetti, compagnon menuisier. Il a placé chez vous de petites sommes pendant trois ans, puis il a retiré le tout en une seule fois.

- Faites voir ! fit l'Italien en s'emparant promptement de la feuille. Eh oui, ça me revient maintenant ! Je n'ai pas la mémoire des noms, mais j'ai celle des chiffres, et je me souviens de ce compte qui a prospéré avec une régularité rigoureuse. Parti de peu le capital s'élevait à trente-deux florins, six sous et trois deniers lorsqu'il a été soldé. Mais je ne pourrais vous décrire l'homme que je voyais très brièvement, sinon que je le considérais comme un modèle de persévérance.

- C'est très certainement celui que je cherche. Mais il sera difficile à retrouver.

- Attendez... j'ai écrit un nom en bas... Oui ! C'est Samuel Lévite. Autrefois, il était changeur, parti s'établir à Grenoble, à Tra-Cloîtra, un faubourg. Des affaires, on en faisait ensemble et j'ai dû faire conseil à ce Pietro de le rencontrer. Il y a longtemps que nous avons cessé nos relations, mais il avait bien réussi et sa boutique doit toujours prospérer. Lui, il vous donnera peut-être des renseignements. Ce sont les troubles entre la Savoie et le Dauphiné qui nous ont éloignés, mais nous étions en bons termes et vous pouvez le voir de ma part.

- Grâce à vous je connais le nom du tonnelier, et vous m'indiquez quelqu'un qui l'a connu. Je vous suis infiniment reconnaissant pour cette aide si précieuse.

- C'est la moindre des choses, messire. Et grande sera ma satisfaction de vous voir réussir. Mais prenez garde, vous serez en pays hostile. Ne dites pas d'où vous venez. Vous parlez italien et, si je peux vous donner un conseil, faites-vous passer pour un pays. Le roi Louis a toujours eu des alliés dans notre patrie, et nous sommes bienvenus en Dauphiné.

- Vous avez sans doute raison. Je n'aime pas me dissimuler, mais ce sera plus sage. Philippe parle aussi votre langue. Quant à Hugon...

- Dites que c'est votre page, et qu'il est français.

- Il reste le sergent Badier et le soldat Varey qui ne peuvent voyager avec les insignes de Savoie.

- Eh bien il faudra qu'ils en changent ! Je vais vous recommander à un revendeur qui leur fournira des équipements dauphinois.

- Vous êtes vraiment un homme providentiel, signor Giacometto. Nous ferons ce que vous suggérez et nous partirons dans deux jours. Je dois songer aussi à mes affaires. Ensuite nous quitterons la Savoie par le col des Echelles, et nous gagnerons Voiron où nous nous arrêterons. A partir de là, nous dirons que nous venons de Lyon et nous atteindrons Grenoble par la bonne route.

*
* *

Le soir commençait à allonger les ombres des cavaliers fourbus lorsqu'ils aperçurent la tour Rabot. Les longues pentes qu'ils venaient de gravir avaient eu raison des montures qui avançaient d'un pas hésitant. La ville, quoique encore invisible, n'était plus très loin, et la route avait cessé de monter. Il parut plus prudent à Jehan de continuer encore un peu et de s'éloigner de la tour à l'aspect rébarbatif. Puis le toit d'une chapelle apparut entre les arbres clairsemés, et on décida d'y faire une courte halte. La porte de Chalemont était maintenant toute proche et il ne fallait pas éveiller la curiosité de la garde. Hugon promit de se taire et de répondre en français aux questions qu'on pourrait lui poser.

Les voyageurs se reposèrent un moment dans l'ombre du sanctuaire. Les chevaux provisoirement déchargés broutaient l'herbe courte du chemin, pour autant que le leur permettait la bride qui les retenait. Personne n'était visible, aussi loin que la vue pouvait porter. Le vent courait dans les arbres en vagues capricieuses qui allaient se perdre pour revenir d'un autre point de l'horizon. Dans les courts intervalles de silence, la rumeur profonde de la rivière montait de la vallée.

Le soleil baissait de plus en plus et la fermeture des portes approchait lorsque le tisserand décida de repartir. La route descendait doucement et se creusait entre des rochers qui formaient un défilé tortueux. Puis la porte apparut brusquement et la plainte d'un cor signala l'arrivée du petit groupe. Les deux hommes qui montaient la garde furent bientôt rejoints par une demi-douzaine de soldats. Jehan n'eut pas de mal à identifier le chef de la troupe, et lui adressa la parole en italien. L'homme répondit d'une manière très approximative, mais suffisante pour se faire comprendre. Il se montra bienveillant, et expliqua qu'il fallait déclarer les marchandises qui entraient. Jehan eut à acquitter pour ses étoffes une redevance qui ne lui parut pas excessive. Ce furent là toutes les formalités, et c'est avec soulagement qu'il découvrit peu après la ville serrée dans ses remparts crénelés plantés d'innombrables tours. Un fossé profond, débordant par endroits, baignait le pied des murailles. Plusieurs clochers s'élançaient au-dessus des toits des maisons, et dans le lointain se dressait la façade majestueuse de la cathédrale Notre Dame. Le contour des rues qui épousaient la forme circulaire de la ville, rappelait en beaucoup plus important, la disposition de Pérouges.

La rivière était en crue et des remous violents s'éclaboussaient des reflets du soleil couchant. Le pont ressemblait à une rue étroite avec des maisons de part et d'autre, pour la plupart abritant des échoppes de cordonniers et de maréchaux-ferrants. Avec la tombée du jour, certaines étaient déjà fermées, et on ne voyait que peu de monde. Mais il en fut autrement lorsque les voyageurs s'engagèrent dans la rue Revenderie. Si les artisans étaient dans l'obligation de cesser leur activité lorsque la lumière n'était plus suffisante pour assurer la qualité de leur ouvrage, il n'en était pas de même pour ceux qui se contentaient de commercer. Une foule bruyante ne laissait que peu de place aux cavaliers qui devaient se frayer un passage entre les étals, les charrettes, les tonneaux, et toutes sortes d'objets encombrants qui ne seraient pas rentrés avant la nuit.

Pour le moment, il fallait trouver une auberge, et Jehan décida d'emprunter la voie la plus large qui se présentait devant lui : la rue Brocherie. Sa quête fut de courte durée. De nombreuses enseignes de fer pavoisaient les maisons et les noms évocateurs ne laissaient que l'embarras du choix : l'Etalon Blanc, les Deux Pigeons, le Chamois d'or, l'auberge des Houliers, le Fer-à-Cheval...

Il se décida pour l'hostellerie de la Porte Viennoise qui faisait face à la cathédrale. L'endroit était calme, et le faubourg Très-Cloîtres tout proche au-delà des remparts. Il s'était présenté comme le signor Giovanni Pellegrino, un nom assez répandu, drapier vénitien qui venait à Grenoble pour ses affaires. Le banquier avait dit vrai, et il fut accueilli chaleureusement par le propriétaire qui parlait assez bien l'italien.

Un bon dîner fut la conclusion de cette éprouvante journée. Bien avant que le silence ne soit revenu dans l'auberge, les compagnons avaient retrouvé leur chambre et dormaient déjà lorsque la première ronde de la garde fit résonner le pavé désert de la rue.

*
* *

Les volées de cloches qui planaient au-dessus de la ville réveillèrent brusquement le tisserand. Il réalisa que l'on était dimanche, et que les offices allaient se succéder tout au long de la matinée. C'était un jour perdu pour sa recherche, les boutiques n'ouvrant pas, et il serait difficile d'obtenir le moindre renseignement. Il appela Philippe qui se tenait déjà prêt, et se fit raser. Puis il demanda :

- Hugon dort-il toujours ?

- Non, messire. Il était levé avant moi, et m'a demandé la permission de sortir, en me promettant de rester à portée de voix.

- Il est infatigable... Je crois bien que sans ce carillon, je dormirais encore.

- Que faisons-nous ce matin, maître ?

- Je crois que nous pourrions assister à la seconde messe à la cathédrale. Et peut-être y ferons-nous d'utiles connaissances. Puis nous visiterons Grenoble que je ne connais pas, pour nous familiariser avec les lieux. Nous devrons peut-être rester plusieurs jours ici, et il faut que je joue mon rôlc de marchand.

Il fut difficile de trouver place dans l'édifice, qui, malgré ses dimensions imposantes, était rempli par la foule. Les fidèles étaient regroupés suivant leur état, et on pouvait reconnaître les différentes corporations à leurs emblèmes. Les laïcs occupaient la nef centrale et leur importance plus ou moins grande fixait leur place. Au premier rang on reconnaissait les échevins à longue robe rouge et bonnet carré. Puis les riches bourgeois et les marchands, pour finir tout au fond par le petit peuple et les domestiques. Dans les travées latérales différents ordres s'étaient rassemblés, Jacobins, Cordeliers, Bénédictins, Dominicains ...

Jehan, dont le vêtement révélait le commerçant aisé fut invité par un marguillier à s'asseoir auprès de ses pairs, tandis que Philippe, Hugon et les gardes devaient se contenter d'un banc au dernier rang.

En attendant le début de l'office, les chuchotements allaient bon train, et le tisserand eut l'explication de cette affluence en apprenant que la messe serait célébrée par l'évêque lui-même, Monseigneur Siboud Alleman. Ce prélat, qui avait exercé en partie le gouvernement de la ville avant de devoir rendre hommage au dauphin Louis, se consacrait dorénavant essentiellement à son ministère. Mais il avait également fait réaliser de grands travaux pour l'embellissement de la cathédrale, et se préoccupait beaucoup de la restauration de la spiritualité dans son diocèse.

Jehan, qui admirait un ciborium monumental ornant une paroi du chœur, fut interpellé par son voisin, un homme apparemment aisé et instruit :

- Je vois que vous n'êtes pas d'ici, messire. Votre intérêt pour ce magnifique ouvrage que nous ne remarquons plus autant le démontre. Je suis maître Matelin Buget, peyrollier dans la rue saint Jacques, pour vous servir.

Surpris, le tisserand se présenta à son tour, puis demanda :

- Est-ce aujourd'hui fête particulière, pour que tant de monde se presse, ou bien n'est-ce là que dévotion coutumière ?

- Par décision épiscopale un nouveau monastère va être édifié, celui des Clarisses, et notre évêque va bénir son emplacement place sainte

Claire à l'issue de la procession qui suivra la célébration. Nous pourrons...

Les moines rassemblés sur les bas côtés du chœur entonnèrent à cet instant un chant qui éteignit les murmures par son souffle puissant, tandis que le prélat s'avançait lentement, suivi par des religieux de divers ordres.

*
* *

Lorsque la procession commença à se disperser, Jehan prit congé de son aimable voisin en promettant de lui rendre visite, puis il rejoignit Philippe qui attendait à quelques pas avec le sergent. Il aperçut Hugon en train de discuter avec un garçon un peu plus âgé que lui. Contrarié par cette attitude qui ne s'accordait pas avec la promesse de discrétion qu'il avait faite, le tisserand s'approcha de l'enfant pour le réprimander. S'il fut rassuré de l'entendre s'exprimer en français, il ne fut pas moins étonné que l'autre le comprenne.

- Voici Pierre, qui vient de Lyon, fit Hugon avec vivacité. Il habite chez son oncle et étudie pour devenir clerc. Il connaît tout Grenoble et offre de nous guider dans la ville.

Après un instant d'hésitation, Jehan sourit et accepta. Jusque-là son petit protégé n'avait eu que d'heureuses initiatives, et il ne voyait que des avantages à cette proposition. Il prit cependant soin de conserver son accent étranger en imitant le parler de son ami Angelo.

- Hugon m'a dit que vous souhaitiez voir le faubourg Très-Cloîtres. Il se trouve hors les murs, après la porte Viennoise. Son nom vient de trois cloîtres : celui de Notre-Dame, celui des Minimes, et celui de la Visitation. Une rue de la ville se nomme de même, qui part d'ici et rejoint la Tour de l'Isle. A côté coule le Verdaret qui va se jeter dans le Dragon.

- Le Dragon ? fit Jehan surpris.

- Oui, c'est comme ça que les gens d'ici appellent l'Isère. Et pour le Drac, ils disent le Serpent !

- Quels noms terribles pour des rivières !

- Oui, mais leurs colères sont redoutables. Voyez la crue qui commence... nul ne sait où elle va finir.

- Alors il faut promptement terminer nos affaires.

La porte Viennoise flanquée de deux tours rondes surmontées de toits pointus, ouvrait un étroit passage dans les remparts. Une inscription la surmontait, rappelant qu'elle avait été construite autrefois par les Romains, et qu'elle s'appelait alors «Porta Herculea».

La sortie de la ville se fit sans difficulté. Quelques mots de Pierre, qui était visiblement connu des gardes, suffirent. Le pont-levis n'était pas complètement baissé, car le niveau du fossé noyait le seuil de la porte. Un passage de planches posées sur des blocs de pierre formait une passerelle longue de plus de vingt toises, rejoignant la route au-dessus de l'inondation.

- Les chars ne peuvent plus passer ici, expliqua le jeune clerc. L'eau n'est pas très profonde, mais ils auraient tôt fait de s'embourber. Ils doivent faire le tour par la porte Trayne, qui se trouve plus haut.

La route qui venait du sud était bordée de part et d'autre de maisons basses, séparées par d'étroites venelles conduisant à des enclos où des poules grattaient la terre en piaillant. Les boutiques étaient fermées, et aucune des rares enseignes n'indiquait la place d'un changeur. Jehan finit par poser la question à Pierre.

- Pour ça, il faudra attendre demain et aller en ville. Le faubourg n'est pas assez sûr ni assez riche pour abriter un banquier mais ça devrait changer. Le Parlement a décidé de nombreux travaux, et en particulier la construction d'une nouvelle enceinte qui permettra à Grenoble de grandir. Voyez là-bas, on a déjà commencé. Il y aura trois grandes murailles droites avec des fortifications. La ville toute ronde va devenir un trapèze, comme dit mon maître en géométrie.

- C'est bien, mais où sont les changeurs ?

- La plupart sont installés près des portes. Ce sont essentiellement des Lombards ou des Juifs. Je pense que vous aimerez traiter avec des gens de chez vous, et je vous montrerai leur échoppe quand nous serons rentrés en ville.

Ce n'était pas exactement ce que désirait Jehan et il profita d'un instant où Pierre parlait avec Philippe pour prendre Hugon à part. Il lui demanda d'essayer d'apprendre où se trouvaient les changeurs Juifs, et les tonneliers, mais sans éveiller la curiosité du garçon.

- Je me doutais de votre demande, messire. Alors j'ai dit à Pierre que mon père était tonnelier, et que j'aimerais voir comment travaillaient ceux d'ici. Pour le reste, je ferai de mon mieux.

- C'est très bien. Comme l'heure du repas est bien dépassée, ton compagnon va sans doute vouloir nous quitter pour aller manger. Dis-lui que s'il veut, nous l'invitons à l'auberge.

Pierre ne se fit pas prier, et accepta avec une satisfaction évidente. Une fois encore Jehan dut laisser Philippe, les enfants et les gardes à la table des domestiques. Il aurait pu prendre Hugon avec lui, mais il préférait le laisser en compagnie du clerc dont il pouvait apprendre beaucoup.

- XI -

L'aide de Pierre avait été fort utile. La plupart des Juifs de Grenoble s'étaient regroupés dans un petit îlot de maisons de la rue des Houliers, qu'il n'aurait pas été facile de découvrir au hasard. Les hommes de la communauté se reconnaissaient à l'insigne d'étoffe blanc et rouge que le Conseil de la ville les obligeait à porter. Mais c'était là une mesure bien inutile, car leur longue barbe noire, leur chevelure bouclée et leur robe inhabituelle les désignaient de loin.

On découvrait dans ce petit hameau assez pauvre de la cité, la plupart des commerces, dont un certain nombre de tailleurs. Jehan vint proposer sa marchandise à l'un d'entre eux. Son but immédiat n'était pas de réaliser une très bonne affaire, et il finit par consentir une remise importante sur son premier prix, ce qui lui valut beaucoup d'empressement et de considération. Profitant de la satisfaction de son acheteur, il s'enquit de Samuel Lévite, précisant qu'il venait de la part du signor Giacometto, banquier à Chambéry. Ce dernier nom devait être connu du tailleur qui proposa aussitôt de le conduire.

L'échoppe dans laquelle ils entrèrent paraissait misérable. La façade qui ne portait pas le moindre souvenir d'un enduit quelconque laissait apparaître des poutres noircies rongées d'humidité et tachées de mousse. Une seule ouverture munie de solides barreaux laissait entrer un peu de lumière. Pas d'enseigne, à part le nom du propriétaire peint sur le linteau de la porte.

L'intérieur tout aussi pauvre était meublé d'un comptoir assez grand qui coupait la pièce sur toute sa longueur. Devant la fenêtre un commis, vêtu de sombre, écrivait avec application. Il se leva à l'entrée des visiteurs et vint les saluer. Puis il les pria d'attendre, et tira sur un cordon qui fit retentir une clochette dans l'arrière boutique. Le sol de terre battue, les murs salpêtrés et les meubles vermoulus donnaient une telle impression de dénuement que Jehan se demanda s'il se trouvait là assez d'argent pour changer un seul des ducats d'or milanais qu'il avait rapporté d'un voyage.

Le changeur surgit de l'ombre sans faire aucun bruit. C'était un petit homme au visage ridé mais aux cheveux et barbe noirs, ce qui rendait son âge incertain. Il était vêtu pauvrement et l'étoffe usée de sa robe grise montrait nombre de reprises. Il s'accouda à la banque chargée de rouleaux de parchemin et de jetons. Les rares pièces empilées étaient de piètre valeur, venues de tous les coins du royaume et de l'empire, effacées par un trop long service. Pourtant, lorsque Jehan eut exprimé sa demande, le vieux Samuel se courba et murmura :

- En quelle monnaie désirez-vous le change ? Ne vous fiez pas à ce que vous voyez ici, je peux vous proposer tout ce qui circule en Dauphiné ou en France. Vous venez de la part du signor Giacometto, et c'est une excellente référence. Mais ne vous a-t-il pas laissé un mot de recommandation pour moi ?

Le tisserand sourit. L'homme était prudent, et ne se fiait pas à l'apparence, ni aux belles paroles. Mais il fut tout à fait rassuré en voyant une lettre du banquier italien. Par curiosité, Jehan sortit cinq ducats et les posa devant lui. C'était plus que ne valait la masure, mais le Juif, imperturbable, demanda :

- Voulez-vous la somme en pièces d'argent, avec quelques sous gros ? Ça sera assez lourd et volumineux... je ferai selon votre désir, mais je vous conseille plutôt de revenir d'autres fois. Il n'est pas raisonnable de montrer une bourse trop bien garnie.

- Je pense que vous avez raison. Aussi je ne changerai qu'un ducat.

- C'est bien ainsi. Le rapport de l'or à l'argent est de douze. Nous allons donc peser votre pièce. La commission de ma maison est du denier vingt-cinq, ce qui est très raisonnable, n'est-ce pas ?

Cela signifiait que le changeur demandait un denier pour vingt-cinq échangés, un petit gain à la mesure de l'échoppe, qui devait cependant renfermer beaucoup plus qu'on aurait pu croire.

Lorsque l'opération fut terminée, Jehan posa enfin la question pour laquelle il était venu :

- Le signor Giacometto avait parmi ses clients un Italien du nom de Pietro Mazzetti, tonnelier de son état, qui était venu s'établir à Grenoble, il y a plus de vingt ans. Il devait déposer son argent chez vous. Vous souvenez-vous de lui ?

Samuel Lévite réfléchit un long moment, puis il fit :

- Je crois...J'étais moi-même arrivé depuis peu dans le faubourg Tra-Cloîtra. Il avait ouvert un atelier rue Peyrollerie, pour être auprès des marchands de fer. Nous avons travaillé de nombreuses saisons ensemble. Mais il a quitté la ville il y a deux ans.

Jehan, qui avait commencé à se réjouir, fut vivement déçu. Le tonnelier était la dernière personne connue qui avait rencontré Magdeleine, et il n'était plus à Grenoble. Restait-il encore la moindre chance de la retrouver ? Le fil ténu qui pouvait le conduire passait obligatoirement par Pietro. Rien ne prouvait que l'homme puisse lui apprendre quelque chose, mais il fallait aller jusqu'au bout. Devant son air abattu, le vieux Samuel remarqua avec perspicacité :

- Je ne crois pas me tromper en pensant que c'est davantage pour avoir des nouvelles de cet Italien, plutôt que pour changer de l'argent que vous êtes venu chez moi. Etait-il de votre famille ?

Surpris, le tisserand sursauta et dit :

- Vous savez voir au fond des choses, et votre mémoire est étonnante. Non, cet homme n'est pas un parent, mais il a connu quelqu'un qui m'était très proche et que je recherche. Alors si vous pouvez m'aider à le retrouver je vous paierai pour ce service.

Le changeur sortit de derrière son comptoir et invita ses hôtes à s'asseoir devant une petite table. Puis il dit quelques mots dans une langue inconnue au commis qui posa sa plume et sortit.

- Je n'attends pas de récompense pour ce que je pourrais vous apprendre. Je vais vous dire ce que je sais, mais peut-être pourriez-vous me parler de votre quête ? Ça me permettrait de mieux voir ce que vous cherchez.

Jehan raconta alors l'histoire de Magdeleine, mais en évitant de parler de Pérouges et de la Savoie. Entre temps, le commis était revenu accompagné d'une jeune fille portant un plateau garni de gobelets, d'un broc et de galettes plates et blanches qu'elle posa sur la table.

- Voici des égards bien inattendus, fit le tisserand surpris. Traitez-vous ainsi tous vos visiteurs.

- Non, messire Pellegrino, fit le vieux avec un sourire entendu. Mais mon ami Giacometto a mis un petit signe au bas de sa lettre, qui veut dire beaucoup de choses entre nous. Je ne devrais pas trahir ainsi nos petits secrets, mais l'appréciation de Giusseppe est élogieuse. Enfin laissons cela et parlons de votre tonnelier. Voici ce que j'en sais.

Le changeur remplit les gobelets en précisant que c'était du lait de ses chèvres, puis il commença son récit.

- Un jour, ce Pietro Mazzetti s'est présenté chez moi pour déposer de l'argent. C'était il y a bien longtemps. Il était alors seulement compagnon menuisier, mais il travaillait à la perfection.

Après quelques années, il réussit à obtenir la maîtrise et il ouvrit son propre atelier. Les tonneaux qu'il fabriquait partaient pour la plupart à Lyon, et aussi dans le sud, où se fait un vin qui fermente en fûts. Pour ça, ils doivent être particulièrement solides, et c'était là tout l'art de Mazzetti. Il parlait souvent de ce pays de soleil, et il disait toujours qu'il allait quitter notre ville, mais il remettait sans cesse son départ. Et puis, il y a deux ans, la peste a frappé dans la région. Finie la vente des tonneaux. Les vignes abandonnées faute d'ouvriers ne furent pas soignées, et les vendanges oubliées. Il dut tailler des cercueils pour survivre. C'est alors que son compagnon et son apprenti périrent du mal. C'en était trop pour lui, et cette fois, il vendit son bien, retira son argent de chez moi, et partit pour ne plus revenir.

- Vous a-t-il donné une indication sur l'endroit où il comptait se rendre ?

- Oui, et je crois qu'un détail peut vous intéresser. Pietro était célibataire, mais il aimait beaucoup les enfants. Il en a toujours eu qui jouaient dans sa boutique. Dans les premières années de son arrivée, il gardait souvent une orpheline dont la nourrice travaillait à l'hôpital Saint Jacques. C'était une jolie fillette qui avait Louise pour prénom. Elle l'accompagnait parfois quand il venait me rendre visite. Puis un jour, alors qu'elle allait sur ses neuf ans, elle a disparu avec cette Magdeleine. Je n'ai jamais osé demander à Pietro ce qu'elles étaient devenues, car il paraissait malheureux comme si un deuil l'avait frappé. Par la suite, il me parla souvent d'une ville où il voulait aller. C'était au-delà des montagnes, près de la rivière Drôme. A Die, je crois ...

- C'est plus que je n'espérais. L'enfant qui accompagnait Magdeleine s'appelait Louise. Il serait très utile de savoir pourquoi elles sont parties.

- Peut-être trouverez-vous à l'hôpital quelqu'un qui a connu cette jeune femme... mais n'y comptez pas trop. La peste a tué presque tous ceux qui se sont dévoués à soigner les malades.

- J'essaierai cependant. Je ne sais comment vous exprimer ma gratitude, sinon en vous offrant un présent.

- Vous ne me devez rien, messire. Mais si c'est un geste d'estime et de reconnaissance, je veux bien l'accepter. Vous ne méprisez pas les gens de ma race, comme le font les bons chrétiens de Grenoble, et c'était pour moi un plaisir de vous rendre service, messire Pellerin.

- Pellegrino, je suis Giovanni Pellegrino.

Le vieil homme rit franchement :

- Vous tromperez peut-être beaucoup de monde, mais vous n'êtes pas plus italien que moi. Je suis même certain que vous êtes Savoyard. La petite fille venait de Chambéry, et vous aussi, bien que vous ayez veillé à n'en rien dire. Votre valet est trop clair de teint et de cheveux pour venir d'au-delà des Alpes. Mais rassurez-vous, je ne dirai rien !

Eberlué, Jehan rit à son tour, puis il demanda à Philippe de déballer et poser sur la table quelques pièces d'étoffe.

- Voici, maître Lévite, ce qui se fait dans mon atelier. Choisissez de quoi vous faire tailler une robe dans ce qui vous plaira.

- C'est beaucoup trop... à mon âge, les besoins sont modestes.

- Alors faites-le pour votre fille.

- Soit, puisque vous l'offrez de bon cœur. Elle choisira elle-même.

*
* *

L'hôpital Saint-Jacques, le plus ancien de la ville se trouvait entre la tour de Sassenage et la tour de l'Isle, près de l'Isère. Grenoble comptait alors cinq de ces établissements dont celui de la Magdeleine, au bout de la rue Chenoise, fondé par saint Hugues.

Mais la visite prolongée ne donna aucun résultat. Nul ne se souvenait du passage de Magdeleine, parmi ceux qui y travaillaient à ce moment-là. Tout ce que Jehan put apprendre, c'est que l'hôpital était dû à la générosité d'un bourgeois, Jacques de Die. Il crut voir dans ce nom un signe favorable. Fatigué par cette longue journée pleine de surprises et de déceptions, il s'assit sur un banc de l'hospice. Hugon, qui le voyait pensif, demanda :

- Que comptez-vous faire maintenant? Aller par-delà les montagnes ?

- Oui. Die est sans doute une ville importante, mais moins que Grenoble, et nous y retrouverons peut-être Pietro.

- Qui sait où il nous enverra encore !

- Es-tu las de voyager ?

- Oh non! Pas du tout ! Mais je pense à vous. Tout ceci vous coûte beaucoup de sous, et nous n'avons pas encore trouvé.

- Tu sais, Hugon, je crois que notre tonnelier n'avait pas pu oublier la petite Louise. Il était seul et sans famille. Pourquoi n'aurait-il pas voulu lui laisser son bien après son trépas ? Mais pour ça, il fallait qu'il puisse la rejoindre.

*
* *

La journée avait été assez belle, et il faisait encore bon lorsque Jehan, Philippe et Hugon retrouvèrent le sergent Badier et son compagnon à la terrasse d'une taverne de la place de Mauconseil. Le bruit de la rue permettait de parler sans crainte d'être entendu des tables voisines. Il résuma les renseignements obtenus au cours de l'après-midi, et annonça sa décision de continuer jusqu'à Die.

- Nous sommes à vos ordres, fit le gros Badier. Mais je n'ai pas la moindre idée de l'endroit où se trouve cette bourgade. Jamais entendu parler.

- C'est une ville très ancienne, qui a été fondée par les Romains, fit le tisserand. Elle se trouve au bord de la Drôme, une rivière qui rejoint le Rhône en France. Mais je ne sais pas quelle route part d'ici pour y aller au plus court.

- Notre aubergiste doit le savoir, observa Philippe. Si on lui demandait de ce vin qui vient de là-bas, ce serait un moyen de le faire parler.

- C'est une très bonne idée. Nous dînerons ensemble, et fêterons notre départ avec cette boisson. Demain, c'est le printemps... un bon jour pour prendre la route dès que nous la connaîtrons !

- XII -

Philippe avait eu raison. L'hôtelier fut très content de servir de ce vin qui coûtait assez cher, et il ne se fit pas prier pour en parler.

- On appelle ça du vin clairet. Comme vous voyez, il pétille dans les gobelets. Mais vous arrivez un peu tard dans la saison, et il a perdu de ses bulles. Il est difficile à transporter, et il faut le conserver au frais.

Le sergent Badier l'apprécia particulièrement, et offrit une autre tournée en disant :

- Les voyages ont du bon. Je n'aurais jamais pensé boire un jour de ce clairet ...

- On n'en trouve qu'ici et à Lyon, en dehors bien sûr, du Diois. Mais c'est un vin qui est très ancien. On dit que ce sont les Voconces qui l'ont inventé autrefois. Ils l'appelaient Aigleucos.

- Allez-vous le chercher vous-même ?

- Non. Je préfère le faire livrer, comme ça, je peux le refuser si le transport s'est mal passé.

- Est-ce loin d'ici ?

- Il y a deux routes qui descendent par là-bas. Une est longue, l'autre moins. Mais la plus courte est la plus difficile.

- Pour quelles raisons ?

- Ben, elle est étroite et elle monte beaucoup. De Sassenage jusqu'à Villars ça va encore. Mais après, on doit prendre les gorges de la Bourne, et il faut de bons chevaux pour s'y risquer, parce que c'est plus un sentier qu'une route. Et vous ne trouverez pas d'abri avant d'arriver à la Chapelle. Mais le plus dur est après, avec le col du Rousset. A cette époque, y'a peut-être encore de la neige.

- Et l'autre route ?

- C'est celle que je vous conseille si d'aventure vous avez envie d'aller par ce pays. Pour amener le vin, y'a pas d'autre chemin possible. Mais il faut compter un jour de plus, sinon deux. Enfin c'est quand même mieux, parce qu'il y a beaucoup de monde et vous trouverez nombre de gens d'Italie pour faire route avec. Il faut quitter la ville par la porte Trayne, et aller vers le pont de Claix.

Jehan notait soigneusement toutes les indications de l'aubergiste, en se faisant préciser des points de détail. Puis, satisfait, il commanda une autre cruche de ce vin étonnant.

Lorsque le tenancier se fut retiré, le tisserand fit part de sa décision.

- Nous partirons demain à l'aube. Philippe, tu t'occuperas de tout faire préparer pour deux longues étapes. Nous prendrons la route la moins fréquentée, car je crains que notre déguisement ne résiste pas longtemps auprès de vrais Italiens, curieux par nature. Quand nous serons à Die, nous pourrons redevenir nous-mêmes. Les Savoyards n'y sont pas considérés en ennemis.

- Qu'est-ce qui vous fait penser ça ? demanda le gros Badier. Vous n'êtes jamais allés là-bas.

- C'est vrai. Mais le Diois appartenait à la Savoie avant d'être acheté cinquante-quatre mille écus d'or par Louis de France, alors qu'il était Dauphin. Les gens n'oublient pas si aisément leurs origines. En mil quatre cents quarante-neuf, notre duc Louis de Savoie signait à Briançon un traité d'alliance avec le Dauphiné. Depuis, les marchandises circulent librement, et une assistance mutuelle est prévue entre les deux états... Bien, il est tard. Il est temps d'aller prendre du repos, sergent.

*
* *

La nuit était tombée lorsque les premières lumières de la ville apparurent loin en bas dans la vallée. Cette deuxième journée avait été particulièrement éprouvante avec l'interminable montée au col. Heureusement le printemps précoce avait fait fondre une grande partie de la neige d'hiver et il n'en restait pas plus d'un pied d'épaisseur au point le plus élevé du passage. La descente n'avait pas apporté de soulagement particulier. Si les montures peinaient moins, elles hésitaient souvent sur les éboulis instables, et il s'en était suivi une lenteur inévitable.

Les fortifications de la ville se découpaient sur le ciel encore clair, et en dépit de l'heure tardive, les portes ne semblaient pas fermées. Mais en serait-il encore ainsi lorsque les voyageurs épuisés les atteindraient? Philippe se proposa une fois encore pour partir en avant afin d'avertir de leur arrivée, et le tisserand accepta avec reconnaissance. Un cavalier léger pouvait rejoindre Die en un quart d'heure, alors que les bêtes de charge seraient beaucoup plus réticentes à forcer l'allure. Hugon, à bout de résistance, dormait sur le bât d'une mule.

Enfin la petite troupe atteignit le bas de la montagne. Philippe qui avait généreusement rétribué les gardes sur les conseils de son maître, attendait au milieu d'une tablée qui avait immédiatement utilisé la manne pour faire servir à boire. Jehan et ses compagnons furent accueillis avec une exubérance dont ils n'avaient pas l'habitude, et dûrent vider plusieurs gobelets, tout en répondant à de multiples questions. Le patois chantant bien éloigné du leur ne facilitait pas les échanges, mais les gestes expressifs faisaient le reste.

Tandis que la porte se fermait enfin pour la nuit, un citadin qui avait pris part à la discussion proposa de conduire les arrivants à la meilleure hostellerie de la ville, qui se trouvait être précisément la sienne. Il était bien tard pour chercher autre chose, et Jehan accepta en se disant qu'il serait temps de voir s'il y avait mieux le lendemain.

*
* *

Serrée dans ses murailles maintes fois détruites et reconstruites, la ville n'était pas très étendue. Partant de la rive droite de la Drôme, elle s'étirait en forme de poire, couchée sur le flanc de la colline. Deux rues principales qui reliaient les portes la divisaient en trois parties inégales. Le palais épiscopal et la cathédrale qui constituaient le cœur de la cité se trouvaient curieusement décentrés et proches du rempart méridional. Le tisserand avait décidé de rester à l'auberge où ils étaient arrivés, située à peu de distance. Il pensait trouver là suffisamment de renseignements qui puissent le mettre sur la trace du tonnelier.

Mais les premières recherches n'eurent aucun succès. Après avoir sillonné plusieurs fois toutes les rues, passages et impasses, il avait fallu se rendre à l'évidence. Aucun des compagnons qui œuvraient de près ou de loin dans le travail du bois ne correspondait à Pietro Mazzetti. Les faubourgs et les hameaux environnants n'apportèrent pas plus de réponse. Les jurés des différentes corporations, en dépit de leur bonne volonté, ne purent en apprendre davantage.

Deux jours s'étaient écoulés sans résultat, et Jehan commençait à douter de l'intuition qui l'avait fait venir là. Il avait vendu la totalité de sa marchandise, parfois dans de bonnes conditions, mais la poursuite du voyage lui coûtait cher, et il envisageait de plus en plus un retour sans gloire à Pérouges. Marie lui manquait, et il n'appréciait plus l'inattendu de nouveaux paysages quand elle n'était pas auprès de lui pour partager son émotion.

Lorsque les compagnons se retrouvèrent une fois de plus à l'auberge pour le dîner sa décision était prise, et il l'annonça à la fin du repas.

- Mes amis, nous avons perdu toute trace de l'homme que nous cherchons. J'ai longtemps cru qu'il était venu ici, mais je me suis trompé. Le comté est beaucoup trop vaste pour que nous ayons la moindre chance de le retrouver. Et même si nous le rencontrions, que pourrait-il nous dire après tant d'années ? Mon père a échoué dans cette tâche, et je n'aurai pas mieux fait. Aussi allons-nous prendre la route du retour dès demain. Nous ne sommes pas pressés, et nous passerons par la voie la plus facile, même si elle est un peu plus longue.

- Je pourrais dire à messire Favre que vous avez tenté l'impossible, fit le sergent. Je suis émerveillé de vous avoir vu persévérer jusqu'ici.

- Nous n'allons pas renoncer dans la tristesse, et nous boirons encore une fois de ce si bon vin. Hugon, veux-tu aller demander à l'aubergiste de nous servir deux pichets de clairet ?

L'enfant, qui avait été autorisé à en goûter, ne se fit pas prier, et bondit joyeusement hors de la salle. Mais lorsqu'il revint avec un valet qui apportait la boisson, il avait l'air pensif, et s'approcha du tisserand. Il traça sur le bois ciré de la table deux signes et demanda :

- Maître, c'est bien là la lettre M, n'est-ce pas ? Et ceci la croix de Savoie ?

Intrigué, Jehan acquiesça, et demanda :

- Oui. Mais pourquoi cette question ?

- Parce que c'est gravé sur les tonneaux du cellier, et qu'ils ont peut-être été fabriqués par ce Mazzetti que vous cherchez.

Tous les convives avaient entendu les propos de Hugon, et un silence se fit. Puis Jehan se leva, et dit :

- Fais-moi voir ces marques.

Toute la table suivit, croisant le valet qui apportait le vin, le laissant perplexe sur ce qu'il devait faire. Le cellier était faiblement éclairé par une lanterne, mais sur le chêne luisant des fûts, on distinguait sans peine la signature de l'artisan marquée au fer.

- Il se peut que tu aies raison, Hugon. Allons parler à l'aubergiste.

Celui-ci raconta volontiers l'histoire de ses tonneaux.

- Ça remonte à longtemps, p't'être ben plus de vingt ans... Le roi, qu'était alors Dauphin, est passé par chez nous. C'était une année où les vendanges avaient donné plus qu'on pouvait ramasser, après un été de paradis, et un automne généreux. Le prince avait aimé mon vin, et comme je me plaignais à lui de devoir perdre autant de beaux raisins, il me dit d'aller à Grenoble d'où il arrivait. Il y avait vu toutes sortes de futailles qui ne se vendaient pas, parce que là-bas, la vigne avait été malade. L'idée a trotté dans ma tête, et puis j'ai décidé d'y aller. Et je suis revenu avec ces trois-là.

Comme cette longue tirade lui avait donné soif, il se servit largement à la cruche de ses hôtes, et devant leur attention, continua:

- Comme c'était de la bonne marchandise, j'y suis retourné d'aut'es fois. Et presque tout ça vient de là-bas.

- Vous souvenez-vous du compagnon qui vous a vendu ces tonneaux ?

- Sûr. C'était un étranger, mais un maître dans son art. Il s'appelait Pietro quelque chose... j'avais jamais vu travailler le bois comme lui. Je me suis toujours servi chez lui, et j'ai pas eu à le regretter.

- Savez-vous où il est maintenant ?

- Ben non. Ça fait longtemps que j'ai plus quitté la ville. Il était établi dans Tra-Cloîtra et il doit toujours y être.

Déçu, le tisserand murmura :

- Hélas non. Il a quitté Grenoble au moment de la peste, en disant qu'il venait par ici. Nous espérions le trouver à Die.

- Alors il est pas venu. Sinon il m'aurait fait visite. J'lui avais souvent demandé. Mais quand on a su qu'il y avait le mal dans le nord, on a fermé les portes aux arrivants. Il a dû continuer ailleurs, si jamais il était descendu.

- C'est bien ce que je craignais. Tu vois, Hugon, on a cru à un miracle, mais c'est fini. Demain nous rentrerons chez nous.

Puis se tournant vers l'aubergiste, Jehan demanda :

- Pouvez-vous me dire par où nous devrons passer pour rejoindre Grenoble par la voie la plus facile ?

- Ben il faut prendre comme pour aller à Luc, mais quitter la vallée à une lieue d'ici au Pont de Quart, pour passer par la montagne de Glandasse. L'ancienne route qui suivait la Drôme est coupée depuis longtemps par le Claps.

- Le Claps ?

- Ah oui ! Vous n'êtes pas d'ici, sinon vous sauriez. Ça fait bien du temps, et j'étais jeune quand c'est arrivé. C'était l'année de mes vingt ans, en quarante-deux. Il avait fait un été de pluies interminables qui pourrissaient les moissons qu'on pouvait pas faucher. La rivière roulait à pleins bords. Une nuit, le diable a secoué la montagne avec une telle furie qu'elle est tombée en morceaux au pied du pic de Luc. On a cru à la fin du monde... un vacarme épouvantable, la terre qui bougeait sous nos pas, les maisons qui se fendaient, les remparts éventrés en maints endroits. Quand ça s'est arrêté, on n'osait plus bouger. Puis, malgré la pluie qui continuait, la Drôme s'est tarie. Alors on est allé voir.

A l'évocation de ces souvenirs, l'homme ne put s'empêcher de frissonner, et se signa furtivement. Puis il continua:

- Avant la catastrophe, il y avait là-bas un riche domaine qui appartenait au sire de Rochebriane. Il s'étendait sur les coteaux où poussait la plus belle vigne de la région. Y'avait des vergers, des pâtures, des fermes... Tout ça englouti sous des rochers plus grands qu'une église. La rivière qui ne pouvait plus couler a commencé à faire deux lacs qui ont fini de noyer ce qui n'avait pas été démoli. Ici, on manquait d'eau, et là-bas, elle détruisait tout.

- Et qu'est devenu le sire de Rochebriane ? A-t-il été tué ?

- Non. Il était dans la ville avec sa fille à ce moment-là. Vous pouvez encore voir la maison où il habitait, tout près d'ici. Sa devise est toujours sur le linteau. Ses deux fils et tous ses gens ont péri, et il a failli perdre la raison. Il a quitté Die deux ans plus tard avec sa demoiselle, et on ne les a jamais revus. C'était un peu après la venue du Dauphin dans nos murs. Il avait entendu parler du Claps, et il voulait le voir. Si rien ne vous presse pour rentrer chez vous, faites donc un tour par Luc, vous regretterez pas. C'est l'œuvre du démon.

Hugon, qui avait écouté attentivement le récit de l'aubergiste, s'écria :

- Oh oui, messire Jehan ! J'aimerais tant voir cette chose !

- Pourquoi pas ? Moi aussi, je suis curieux d'y aller. Eh bien c'est dit, nous ferons le détour avant de retrouver notre Savoie bien-aimée !

*
* *

Les voyageurs quittèrent la ville au lever du jour par la porte saint Marcel. Le soleil qui n'avait pas encore franchi les crêtes n'avait pu dissiper la brume légère qui montait de la rivière. La rosée pâlissait l'herbe des prés où des moutons laissaient la trace plus sombre de leur passage. La route sinueuse et plate disparaissait rapidement entre des bouquets d'arbres vêtus de neuf. La journée promettait d'être belle, mais personne ne semblait s'en réjouir. Ils étaient tous partis avec l'espoir au cœur, et ils rentraient avec l'amertume de l'échec. Vouloir poursuivre serait insensé sans plus d'indices et Jehan se demandait s'il n'aurait pas dû réfléchir davantage avant de se lancer dans cette impossible quête. Nul ne parlait, et même Hugon avait perdu sa gaieté habituelle. Pour tromper son ennui, il demanda la permission de galoper en avant, le train paisible des mules lui paraissant indigne d'Astré, son merveilleux cheval. Comme le pays semblait tranquille à défaut d'être sûr, Jehan l'autorisa à partir en compagnie de Philippe.

Mais l'escapade fut de courte durée, car ils se retrouvèrent au pont de Quart, où il fallait acquitter un droit de pontonage pour franchir la rivière. La brume s'était entièrement dissipée et il commençait à faire chaud. L'eau fraîche fut la bienvenue pour les bêtes et les hommes. La route continuait à peu près droite, en suivant la Drôme, et se perdait au loin dans la plaine étroite qui fuyait entre les pieds des montagnes. Philippe et l'enfant repartirent aussitôt en promettant de mettre à profit leur avance pour trouver une auberge convenable pour la halte de midi.

Le sergent fermait la marche, et le tisserand l'attendit pour lui parler.

- Nous allons retrouver notre bonne ville de Pérouges dans une semaine. Aimez-vous toujours autant voyager ?

- Pour ça oui! Et c'est bien ce qui me rend morose. Dimanche prochain tout sera fini, et je ne crois pas que je repartirai de sitôt. Enfin, grâce à vous, on a pu voir un pays où on ne serait jamais allés autrement. Qu'est-ce que vous allez dire à messire Favre ?

- Ce que nous avons tenté. J'aurai continué si j'avais su comment faire. Je pense qu'il finira par le comprendre. Sinon, nous quitterons la cité.

- Ce serait grand malheur pour nous. Sans la présence de dame Marie, et vos conseils, il risque bien de retourner à ses penchants naturels... Ah, si nous avions ramené sa Magdeleine, nous aurions aussi ramené la paix !

Un silence suivit, rompu seulement par le martèlement régulier des sabots sur les cailloux poudreux. Le soleil était maintenant dans toute sa force, et le souffle tiède qui faisait par moments courber les herbes en vagues ondulantes n'arrivait pas à tempérer la chaleur de four. Le sergent avait fini par ôter son casque et sa cotte de cuir doublée de mailles, qui semblaient bien inutiles dans cette campagne paisible. Les bêtes ne peinaient pas trop sur cette partie plate, mais elles ruisselaient, harcelées par des nuages de mouches agressives, et les senteurs de thym et de lavande n'arrivaient pas à masquer leur puissante odeur.

Peu avant d'arriver à Luc, un cavalier surgit au détour de la route : c'était Hugon qui revenait à leur rencontre, l'air très excité.

- Messire Jehan, il y a fête dans le bourg ! Un mariage ! L'église est pavoisée et des réjouissances vont suivre. Me permettez-vous d'attendre la sortie des époux... les mariées sont si belles à voir.

- Et puis il y a toujours des friandises pour les enfants, n'est-ce pas ? fit Jehan amusé. Eh bien soit! mais dis-moi d'abord où est Philippe.

- Vous le trouverez sur la grand place, et il n'y a qu'une auberge. Je laisserai Astré là-bas, et je vous rejoindrai après.

Puis sans attendre davantage Hugon tourna bride et repartit au galop.

*
* *

Retrouver le valet ne fut pas difficile. Une seule rue traversait le village, et la place se trouvait au centre. Mais tout était désert, à part quelques échoppes sans acheteur où les compagnons qui n'avaient pas pu abandonner leur tâche travaillaient sans beaucoup d'entrain. L'auberge aussi était vide à part une servante qui essayait de se faire comprendre de Philippe. On entendait à peu de distance le brouhaha confus d'une foule rassemblée. Puis des vivats éclatèrent, et peu après Hugon apparut, mais son animation avait fait place à une déception visible. Il se précipita vers Jehan.

- Ah, messire! Moi qui croyais voir une jolie dame en blanc, avec des fleurs et un beau sourire...C'est une vieille comme grand' mère Annette qui épouse un bonhomme aussi usé. Elle est tout en noir, et il lui manque plus de dents qu'il ne lui en reste. Mais comme c'est un veuf qui épouse une veuve, il y aura charivari, et ça au moins ce sera drôle !

- Je ne sais pas si nous serons encore là pour le voir. La coutume veut que ce soit le soir qu'il commence, et nous aurons de la route à faire après avoir vu le Claps. Nous allons manger dès qu'il sera possible de nous faire servir, alors ne t'éloigne pas.

Mais dans ce pays de soleil, le temps n'avait pas la même importance qu'en Savoie, et une heure s'écoula avant que l'aubergiste ne soit de retour avec sa famille et ses domestiques. C'était un homme bavard et bienveillant, rendu encore plus familier par les gobelets de vins qu'il n'avait pas dû refuser. Par sa corpulence et sa bonhomie, il rappelait à Jehan le brave Bonnel de l'auberge du Cerf. Il trouva facilement de bonnes raisons pour expliquer son absence, un mariage comme celui de ce jour étant tout à fait exceptionnel.

Plus par politesse que par curiosité, le tisserand posa quelques questions, et le tavernier en vint rapidement aux confidences. Puis la servante se mêla sans façon à la conversation.

- Oui-da ! Qui aurait cru que la vieille Agathe se remarierait à son âge ? Elle a bien de la chance avec son homme !

- Faut dire, ajouta l'aubergiste, qu'elle l'a méritée, sa chance. C'est la récompense de son bon cœur. Elle qui vivait presque dans la misère, elle a accepté de le recevoir alors qu'on lui avait tous dit de passer son chemin. Pa'ce que pour que vous compreniez, faut savoir qu'elle avait du temps de son premier mariage une auberge sur l'ancienne route de la vallée.

- Là où la montagne est tombée ? demanda Hugon.

- Justement ! Tout avait été écrabouillé, sauf sa maison qui en avait réchappé par miracle, à part le rocher qui avait traversé le toit et tué son mari. Mais elle a pas pu continuer à tenir son auberge. Des tempêtes ont emporté le reste de la toiture, et la ruine s'est faite assez vite. Comme on disait que si le diable l'avait épargnée, c'est qu'elle avait un pacte avec lui, alors y'a pas eu grand monde pour l'aider.

La servante poursuivit :

- Comme c'était misérable chez elle, y'avait plus que les vagabonds et les moines mendiants pour s'arrêter. Et pis y'a eu le Piarre.

- Oui, mais lui, il était pas pauvre. Il arrivait du nord, pendant la peste qui chassait les gens d'en haut. On n'en a pas voulu, pas plus lui que les autres. Mais l'Agathe l'a reçu, et il s'est plu avec elle. Il a raccommodé la maison, et il est resté.

Jehan demanda: « Etait-il maçon ? »

- Non, plutôt charpentier. Il a refait le toit, les portes, enfin tout ce qui était en bois.

Pris d'un subit espoir, le tisserand s'enquit d'une voix émue:

- Comment s'appelle-t-il ?

- Ici on dit le Piarre, mais son nom, c'est Pierre Mazet.

Jehan se tourna vers Philippe qui avait aussi compris, et lui demanda :

- Comment dirais-tu « Pierre Mazet » en italien ?

- Pietro Mazzetti, messire. Je crois que nous avons retrouvé notre homme !

- XIII -

La route qui conduisait au Claps n'était plus guère utilisée que par les voyageurs curieux qui voulaient voir l'endroit. Pourtant, elle semblait encore en bon état, et les ornières laissées par des chars étaient récentes. Mais arrivée au pied des éboulis, elle se transformait en sentier qui serpentait parmi des blocs épars. Les traces de charroi continuaient sur un chemin qui se dirigeait vers le petit lac. Le jeune paysan qui guidait les voyageurs s'adressa à Jehan :

- C'est par là qu'on arrive à l'auberge de l'Agathe. On la voit pas d'ici, mais c'est pas loin, à peine un quart de lieue. Je vous ramènerai là en redescendant, et vous trouverez ben. Pour l'heure, y faut monter, pour avoir bonne vue sur le Claps.

- C'est un nom étrange. Qu'est-ce que ça signifie ?

- Par chez nous, un clapas, c'est un gros tas de rochers. Pour les tas de pierres, c'est clapié. Dites à vos gens de prendre garde, c'est périlleux par ici... ça dégringole encore sans prévenir, et c'est pourquoi on voulait pas vous laisser partir seuls. On va laisser les bêtes un peu plus loin et continuer à pied.

Les montures furent attachées à un petit bosquet d'arbustes qui essayaient de survivre dans la pierraille aride. La suite du parcours se fit péniblement sur la pente dévastée, où il ne subsistait plus aucune trace de sentier. L'amoncellement des rochers avait créé un dédale compliqué de passages et de cavernes assez vastes pour y loger une famille. Partout la pierraille coulait lentement, comblant les trous, ruisselant en un torrent figé pour s'étaler par endroits comme le sable d'une plage. Dans ce chaos où toute trace de terre avait disparu s'accrochaient pourtant des buissons piquants et des arbustes chétifs. Le paysan se dirigeait sans hésitation en faisant parfois des détours inattendus. Le petit groupe atteignit enfin un roc en terrasse d'où on découvrait l'ensemble du Claps. A ses pieds, le petit lac de forme circulaire se trouvait fermé du côté de la vallée par deux énormes blocs hauts de plus de cinquante pieds. Sur le versant opposé, la montagne de Salles dressait vers le ciel une arête nue ployée comme un arc. Au-dessus de l'éboulement, le pic de Luc était entaillé d'une profonde coupure qui donnait une idée de la formidable masse qui s'était effondrée.

Non loin du rocher septentrional, une tour carrée émergeait du lac sur une assez grande hauteur. On y voyait encore une double fenêtre près de son sommet où des pigeons avaient niché en grand nombre. Un peu en dessous de la surface de l'eau des maisons en ruine et des murailles se devinaient sans peine.

- Voilà tout ce qui reste de cette partie du mandement de Luc, fit le guide. Beaucoup de ceux qui habitaient là ont eu le temps de partir avant la montée de l'eau, mais ils ont tout perdu. Et ça a été bien pire avec le grand lac qu'on voit là-bas et qui a recouvert plus de cinq cents sétérées de bonnes terres, de vignes et de maisons.

Jehan remarqua une vaste construction qui alignait des bâtiments bien ordonnés à proximité de la berge du grand lac. Le paysan lui expliqua qu'il s'agissait de la chartreuse de Durbon qui avait été fondée plus de trois siècles auparavant. Par chance, le monastère n'avait eu à souffrir ni de l'éboulement, ni de l'inondation.

Après une pause assez longue la chaleur intense décida les voyageurs à redescendre. Le retour fut plus facile que la montée, et arrivés en bas, le guide les laissa à l'endroit où les chevaux avaient été parqués.

*
* *

Le chemin de l'auberge était soigneusement entretenu. L'herbe des talus fauchée court et parsemée de fleurs multicolores aurait pu faire croire à une allée conduisant à une demeure seigneuriale. Une haie vive fort proprement taillée, plantée en alignement parfait, délimitait un vaste espace ombragé.

Accoté à un immense rocher qui l'avait préservé de la catastrophe, le bâtiment tenait pour moitié de la ferme et de l'hostellerie. Les deux parties étant séparées par la cour de l'écurie où l'on entrait par une monumentale porte cintrée. Les animaux restaient maintenus à l'écart derrière une clôture de piquets liés entre eux par des torons d'osier. Des massifs odorants jetaient des taches de couleurs vives au pied des murs, et des rameaux fleuris décoraient la maison à l'occasion de la noce. Le toit couvert de planchettes surprenait dans cette région où ce genre de couverture ne devait pas être coutumier. Le bois qui n'avait subi que deux hivers assez doux était encore clair, et la lumière vive qui l'inondait le faisait paraître neuf.

De nombreux visiteurs étaient venus féliciter les nouveaux époux, et faisaient largement honneur aux boissons et victuailles disposées sur des tréteaux à leur intention. Autour de la corbeille de la mariée, de nombreux cadeaux, modestes pour la plupart, venaient s'entasser. La vieille Agathe, vive et vaillante malgré la marque des ans, bavardait avec entrain et se montrait des plus réjouies. Elle accepta avec étonnement la pièce de soie que lui offrit le tisserand, celle qu'il avait réalisée à partir du modèle offert par Hugon. C'était un cadeau princier qui la laissa sans voix, mais Jehan qui avait repris espoir se montrait généreux. Il y eut un moment de silence parmi la foule à la vue de cette merveille, et nul ne douta plus que l'inconnu qui faisait ce don était un grand seigneur puisqu'une escorte de deux soldats l'accompagnait. Du coup les railleurs qui moquaient les deux vieux se turent, et les considérèrent avec un respect mêlé d'inquiétude.

Devant l'embarras qui s'était établie, Jehan se mit à rire et embrassa la mariée sans façon. A ce geste, la tension disparut et des acclamations bruyantes effrayèrent les volailles qui ne s'attendaient pas à un tel éclat. Pierre Mazet qui ne connaissait pas ce noble voyageur s'imaginait qu'il était venu pour Agathe. Mais elle ne comprenait pas davantage et pensait qu'il était une connaissance de son nouveau mari ce qui fit qu'il n'y eut pas de questions. Jehan fut invité à prendre place devant une table et à se servir ainsi que ses compagnons.

*
* *

La vallée commençait à se remplir de l'ombre des montagnes, et la plupart des visiteurs étaient partis, à l'exception de deux paysans un peu ivres qui cherchaient encore au fond des cruches de quoi continuer la fête. Jehan s'approcha alors de l'Italien et lui dit quelques mots dans sa langue en l'appelant Mazzetti. Stupéfait, celui-ci l'écouta avec attention.

- Ne soyez pas effrayé, signor. Je suis venu en ami, et vous pouvez probablement me rendre un grand service qui fera de moi votre obligé.

- Je ne sais pas à quoi je suis bon, mais je ferai de mon mieux, messire Dupuy. Je suis seulement un compagnon menuisier.

- Ce n'est pas pour ça que j'ai fait le long voyage jusqu'ici. Avez-vous le souvenir d'une dame Cecilia, d'une enfant nommée Louise et de sa nourrice Magdeleine ?

Le bonhomme resta un instant sans voix, puis il murmura :

- Mais pourquoi elles vous intéressent? Comment vous savez tout ça ?

- Magdeleine qui n'avait pas de parents était au service de mon père, et c'est elle qui avait pris soin de moi à la mort de ma mère. Un jour, elle est partie, et je voudrais la retrouver.

Le tonnelier fit quelques pas, indécis. Puis il revint s'asseoir en disant :

- Le nom de Dupuy, je crois bien l'avoir entendu par la Magdeleine, et votre histoire, elle me l'a racontée une fois qu'elle parlait de Pérouges...alors vous devez dire vrai. Qu'est-ce que vous voulez savoir ?

- Tout ce que vous pourrez m'apprendre qui puisse m'aider dans ma recherche.

- C'est bien. Alors entrons dans la maison, et je vais essayer de me rappeler.

*
* *

- J'ai quitté Chambéry dans les années cinquante, je ne sais plus bien. La demoiselle et la petite avaient fait la route avec moi jusqu'à la capitale. Les Clarisses d'où elles sortaient avaient donné une recommandation à la Magdeleine pour qu'elle trouve du travail à l'hôpital saint Jacques. J'aimais bien la petite Louise... j'aurais voulu avoir des enfants mais j'ai pas pu retrouver de femme. Vous voyez, je suis plutôt vilain, et à l'époque je savais pas parler assez bien pour plaire. Et puis y'avait Cecilia à qui je pensais. Enfin bon, tout ça pour dire que j'ai souvent revu la Louisette. Elle venait jouer dans mon atelier et c'était un petit pinson qui mettait de la gaieté.

Le vieux fit une pause, et Jehan en profita pour demander :

- Savez-vous qui était sa famille, ou le nom de sa mère ?

- Ça, personne l'a jamais su. Mais quand le bébé est né, il a été emmailloté dans une chemise de sa mère. La Magdeleine avait vu qu'il y avait un dessin dessus, avec des mots autour. Alors, sans rien dire, elle l'a recopié et plus tard, elle l'a brodé sur tous les habits de la petite

Louise. J'aurais p't'être oublié ça, si un jour un homme n'était pas venu dans le voisinage. Il disait chercher une enfant qui serait arrivée de Chambéry et qui aurait huit ans. Il promettait une bonne récompense à celui qui lui permettrait de la trouver. Moi, je voulais pas la voir partir, et j'ai rien dit. Plus tard, j'ai appris que c'était le grand père qui venait de loin dans le sud. Alors je l'ai suivi pour voir s'il allait réussir à m'enlever la petite. Je sais, j'aurais dû me réjouir à l'idée qu'elle allait retrouver une famille, mais je ne pouvais accepter de perdre mon petit oiseau.

- Il a dû pourtant y parvenir, puisque Magdeleine et Louise ont disparu.

- Eh oui ! Le ciel m'a bien puni. C'est la broderie que cette pauvre nourrice avait eu le malheur de mettre sur les robes de la bambine qui l'ont fait reconnaître. Y'avait le même emblème sur la voiture qui les a remmenées. Des voisins avaient parlé pour les sous ...

- Magdeleine l'a suivie ?

- Oui. Louise n'a pas voulu laisser celle qu'elle appelait maman. Le noble vieillard a accepté de la prendre à son service, et elles ont disparu sans me dire où. Et pis un jour un aubergiste est venu m'acheter des tonneaux, et il a vu la devise que j'avais gravée sur une planche en souvenir. Il a été étonné, et m'a appris qu'elle appartenait à une famille de sa ville, Die. Alors l'envie m'a pris de venir ici ; mais quand je me suis décidé à quitter Grenoble à cause du fléau, j'ai compris que c'était trop tard. La petite Louise devait être une dame... et que c'était inutile de la chercher.

Quand je suis arrivé à Die, on m'a chassé, on n'a pas voulu non plus de moi à Luc, et puis j'ai trouvé l'Agathe. Elle a été bonne, sans savoir que j'avais du bien. J'ai habité chez elle, et les jours ont passé... J'ai commencé à réparer sa maison pour la remercier, et elle m'a demandé si je voulais rester. J'ai dit oui, et on a décidé de se marier. Voilà.

- Vous avez fait un travail de maître qui donne le désir de s'arrêter dans cette demeure. Nous y passerons la nuit si vous avez de la place.

- C'est pas ce qui manque. A cause du mariage, on avait fermé, mais on reprend l'ouvrage. Le valet va vous installer.

Pris d'une soudaine inspiration, Jehan revint sur ses pas et demanda :

- Vous avez parlé d'une devise que vous aviez gravée. Vous en rappelez-vous les mots ?

- Non. C'était du latin. Mais attendez, j'ai recoupé la planche pour garder juste le dessin. Il doit être quelque part dans un sac.

L'Italien revint après une assez longue attente, avec un petit disque de noyer poli où on distinguait une tour entourée de lettres disposées en cercle. Jehan réussit à déchiffrer « VOLUNTATIS PER PETUITAS ».

- Ça vous dit que'que chose ? demanda le tonnelier.

- Pour sûr ! Je l'ai vue à Die, c'est la devise du sire de Rochebriane !

La vieille Agathe qui avait entendu, s'approcha et demanda :

- Fais-moi voir, le Piarre. Pourquoi tu ne m'as jamais montré ça ?

- C'est une chose du temps ancien, et j'y pensais plus...

- Eh bien Rochebriane, fit la vieille, vous voyez messire Dupuy, c'est là dessous au fond du grand lac ! Ma maison est tout ce qui en reste ! Mon maître me l'a abandonnée quand il est parti.

- Pouvez-vous me parler de lui, dame Agathe ?

- Peut-être...c'était un noble sire, du temps de sa fortune. Il nous traitait bien. Après son malheur, il ne lui restait plus que sa fille. Il en était fou. Elle s'appelait Pernette. Rien n'était trop bien ni trop coûteux pour elle et il aimait la faire paraître. Tout le monde pensait qu'elle ferait un grand mariage avec un seigneur fortuné. Quand notre Dauphin Louis est venu à Die, il a pris pour favorite la Félise Reynard, la veuve de Jean Pic, de son vivant capitaine et châtelain de Beaumont-en-Trièves. Notre sire qui était un ami du capitaine la connaissait bien. Il était encore souvent reçu chez elle. Alors il lui a demandé de présenter sa fille au prince, en espérant lui trouver un bon parti parmi les gens de sa suite.. mais il a encore eu bien du malheur. La demoiselle qui avait su plaire, et qu'on voyait souvent en compagnie du Dauphin est brusquement tombée en maladie. On a même cru qu'elle allait mourir. Quand elle a guéri, elle est partie avec son père.

- Que s'est-il passé ensuite ?

- Ben le Dauphin s'en était retourné, et sa protection avec. Alors les mauvaises langues sont allées bon train. Tellement fort que c'est ce qui a poussé la demoiselle à partir. On a appris un jour qu'elle avait épousé un échevin de Grenoble. Elle est jamais revenue ici.

- Et le sire de Rochebriane ?

- Oh, lui, tous ces chagrins l'avaient rendu solitaire. Il était revenu à Die, et puis un jour il est parti aussi. Son intendant était venu me voir pour me dire que la maison était à moi maintenant... ça fait p't'être vingt ans...

- Et personne ne sait où il s'est retiré?

- Non. Sauf, des fois, les moines de Valcroissant. C'est l'abbaye qui se trouve à la sortie de la ville. Eux, ils connaissent toutes les familles du pays, et ils pourront peut-être vous aider.

- Eh bien nous irons les voir. Nous ne sommes plus à un détour près. Pour ce soir, faites nous servir un bon dîner car nous avons grand faim.

*
* *

La route qui menait à Valcroissant montait régulièrement par des détours qui épousaient la pente de la colline. Jehan était parti en compagnie de Philippe, laissant le reste de la troupe au repos au bord de la Drôme. Hugon, qui voulait les suivre avait finalement accepté de rester en compagnie du sergent qui lui avait proposé une partie de pêche.

Une ferme transformée en maison forte gardait l'accès du plateau couvert de prairies où serpentait un ruisseau assez important. Le chemin en suivait le cours, et se dirigeait vers un pan de rocher de plus de cent pieds de hauteur qui semblait complètement barrer le passage. Un invisible guetteur avait dû voir les arrivants car le son lointain d'une cloche retentit avec insistance.

Arrivé à quelques toises de la paroi, on découvrait une étroite faille où le ruisseau profondément creusé entre les deux murs de roche bouillonnait violemment sous l'élan d'une cascade qui rebondissait furieusement contre les obstacles à sa chute, inondant d'une pluie permanente l'espace alentour. Une passerelle relevée en son milieu défendait l'entrée du domaine. Mais elle s'abaissa à l'arrivée des cavaliers. Sitôt la passe franchie, ceux-ci furent accueillis par un moine et deux paysans armés de fourches. Le religieux leur posa plusieurs questions. Jehan qui n'avait pas compris le patois utilisé, répondit en latin, et après s'être présenté, demanda à être reçu par l'abbé.

Une assez longue discussion s'en suivit, et le tisserand et son valet durent remettre leurs armes et leurs chevaux à la garde des paysans, avant d'être autorisés à rejoindre le couvent.

Valcroissant portait bien son nom, enfermé de tous côtés par les plis de la montagne qui enserrait le domaine et le tenait en retrait du monde. Les champs bien entretenus s'étageaient en pentes douces de part et d'autre du ruisseau. Quelques croix piquées sur une butte plantée d'arbres laissaient deviner un cimetière.

Les bâtiments apparurent peu après, au delà d'un petit pont qui donnait accès à une cour. Des religieux et des frères convers allaient et venaient, occupés à leurs travaux. Jehan et Philippe vinrent s'asseoir sur un banc de pierre près d'un bassin transformé en vivier où des truites de belle taille fuyaient entre les pierres. Peu après leur guide vint les chercher.

- Le père Jean Allard accepte de vous consacrer quelques instants d'entretien. Si vous voulez bien me suivre ...

*
* *

Jehan, qui avait résumé la recherche entreprise pour retrouver Magdeleine, conclut en disant que son dernier espoir était de rencontrer le sire de Rochebriane. Et que le but de sa visite était d'essayer d'apprendre où il s'était retiré.

L'abbé qui avait écouté avec attention, hocha la tête, puis déclara :

- Vous avez tenté une démarche qui paraissait vouée à l'échec, et vous êtes arrivés jusqu'ici. J'admire votre foi et votre persévérance, et je vais faire de mon mieux pour vous venir en aide. Il y a dix-huit ans que je suis responsable de cette communauté ; j'ai entendu parler de Rochebriane et de la catastrophe qui a ravagé cet endroit. Au temps de sa prospérité, la seigneurie contribuait pour une part importante aux revenus de l'abbaye. Après le malheur qui l'a frappée, notre ordre a tenté d'aider le sire Guillaume. Il avait encore quelques biens à Die, mais il a finalement voulu quitter la ville.

Parmi les possessions qui lui restaient, on comptait une partie de la forêt de Justin. C'est un lieu désert, mais une ancienne forteresse s'y dresse encore au sommet d'un rocher. On dit que c'est là qu'il a décidé de vivre désormais. C'est, parait-il, d'un accès difficile car je n'y suis jamais allé. Nul n'a revu Guillaume de Rochebriane depuis fort longtemps, et je ne le connais pas moi-même. Il ne reçoit personne et il sera sans doute très difficile de l'approcher pour lui parler.

- Mais est-il encore vivant ?

- Certainement. Deux fois par mois son intendant, Raimbault de Beauvoisin, descend dans la vallée pour régler les affaires de son maître. Lui, je l'ai connu autrefois, mais c'était il y a bien longtemps. Je sais qu'il vient encore au marché de Die, mais il ne parle jamais de ce qui se passe là-haut dans la montagne.

- Ma foi, nous essaierons quand même de rencontrer le sire Guillaume, si vous pouvez m'indiquer comment atteindre sa retraite.

- Oh, ce n'est pas très difficile ! Il suffit de sortir de Die et de descendre la rivière jusqu'au pont. Après deux ou trois cents pas vous trouverez le chemin de Chapiat. Allez jusque-là, et continuez par le ravin des Houlettes. Vous verrez alors les rochers qui se dressent sur la crête. Le refuge du sire de Rochebriane se trouve dessus. Mais, si vous voulez un conseil, il vaudrait mieux rencontrer messire Raimbault pour qu'il transmette votre requête. Sinon, vous aurez bien des difficultés à trouver le bon chemin et à vous faire recevoir.

- Peut-être. Mais nous ne pouvons attendre son bon plaisir.

- Attendez. Demain c'est samedi, et le mois se termine aujourd'hui. Il sera certainement au marché. Allez voir le chacipol qui perçoit les redevances, il connaît tout le monde. Il vous mènera à lui.

- Soit. Nous ferons selon votre conseil. Si nous ne le voyons pas il sera toujours temps d'aviser. Mon père, je vous suis très reconnaissant pour votre bonté.

- C'est bien naturel. Si vous le souhaitez, notre prochain office commence dans une demi-heure. Je serais heureux que vous y assistiez. Peut-être trouverez-vous dans le recueillement la lumière qui éclairera votre route.

*
* *

Raimbault de Beauvoisin était un homme à l'aspect sévère, dont les rares cheveux blancs qui s'échappaient de son bonnet de laine montraient l'âge avancé. Mais malgré le temps, il se tenait droit, l'œil vif et la parole brève. Son vêtement usé laissait penser que la direction du domaine ne l'avait pas enrichi. Il était accompagné d'un valet, petit homme rougeaud et barbu, aussi large que haut, montrant une force peu commune pour charger deux mulets à l'attache.

L'intendant écouta le tisserand qui venait de lui être présenté, sans montrer la moindre surprise, puis il dit froidement :

- Ecrivez une lettre que je transmettrai. Mais je doute qu'elle obtienne une réponse.

- Pouvez-vous au moins me dire si la petite fille de votre maître vit avec lui, ainsi que Magdeleine sa nourrice?

Cette fois messire Raimbault ne put cacher son étonnement. Après une hésitation, il murmura :

- Ne parlez pas de ça ici. Nous partons, alors suivez-nous.

Lorsque le petit groupe quitta la route pour s'engager dans le chemin de la forêt, l'intendant qui n'avait rien dit jusque là s'approcha de Jehan.

- Vous n'auriez pas parlé de demoiselle Louise et de sa nourrice si vous ne saviez qu'elles sont là. Peu importe comment vous l'avez appris, mais il ne faut pas qu'on le sache dans le pays. C'est la volonté de mon maître. Vous devrez n'en jamais parler à quiconque, et c'est pourquoi j'ai accepté de vous conduire. A cause de ce secret, messire Guillaume consentira peut-être à vous entendre.

Sur ces mots, le vieil homme s'éloigna sans attendre de réponse. Hugon, qui avait entendu, le rejoignit et demanda :

- Pourquoi êtes-vous si triste, messire? Etes-vous malheureux ?

Surpris, Raimbault ne sut que répondre. Mais devant le regard clair de l'enfant il se força à sourire. Encouragé, Hugon ajouta :

- J'ai une nouvelle qui devrait vous faire plaisir. La vieille Agathe, qui a une maison au pied du Claps, eh bien elle vient de se marier !

Comme par miracle, l'intendant parut oublier ses soucis et finit par rire. Non pas un rire ironique ou moqueur, mais plutôt de réelle gaieté, et Hugon rit à son tour.

- Agathe ! Qui aurait cru ? Elle est plus vieille que moi ! Mais je suis content pour elle. Vois-tu, petit, c'est bien triste là-haut. Demoiselle Louise qui était comme toi vive et joueuse est devenue mélancolique. Elle s'ennuie dans sa cage. On ne rit plus depuis longtemps dans la maison des Rochebriane.

La montée par un étroit sentier tourmenté passait parfois sur le bord de falaises impressionnantes. Il fallut plus de deux heures de lent cheminement. Jehan qui se demandait comment on avait pu transporter les matériaux nécessaires à la construction d'un fort par une voie aussi dangereuse, eut l'explication en arrivant sur le plateau. Sur la pente douce qui se perdait dans la forêt arrivait une route assez large, quoique en mauvais état.

Peu après, le groupe de rochers plantés comme les dents d'un titan apparut derrière les arbres. Un mur d'enceinte accroché à la limite du vide découpait sur le ciel la dentelure de ses créneaux. De tous côtés, le sommet était inaccessible, les parois presque verticales n'offrant aucune prise à l'escalade. Un enclos assez vaste, aménagé au pied de la citadelle, abritait quelques masures de pierre sèche aux toits couverts de genêts. Une écurie à demi écroulée rassemblait une dizaine de montures.

Dans la faille qui séparait les deux rocs principaux un escalier de bois donnait accès au sommet. Il était défendu à sa base par une palissade de pieux épointés où s'ouvrait une étroite porte devant laquelle un garde attendait les arrivants. L'intendant dit quelques mots, et l'homme tira sur une corde. Une clochette tinta dans les hauteurs, et peu après un immense panier descendait au bout d'un treuil.

- Attendez là, ordonna messire Raimbault. Je vais parler à mon maître et lui faire part de votre visite.

Tandis qu'il gravissait lentement les marches grinçantes, verdies par les intempéries, le valet déchargeait les mulets et plaçait les marchandises dans la nacelle qui eut le temps de faire trois allers et retours. Enfin un homme descendit et invita Jehan et Hugon à le suivre. Philippe, le sergent Badier et le garde durent rester en bas.

- XIV -

Une étroite passerelle soutenue par un assemblage compliqué de cordes reliait la cime des gigantesques rochers. Le principal bâtiment ne semblait pas très vaste, mais le manque de recul ne permettait pas d'évaluer le périmètre des murs hauts de dix pieds. L'autre construction, plus petite, ressemblait à un poste de guet à l'aplomb de la vallée. C'est dans ce dernier que Jehan et Hugon furent invités à entrer.

La salle basse où ils pénétrèrent était assez grande, mais un homme de haute taille aurait eu à prendre garde aux poutres du plafond. Trois étroites ouvertures permettaient d'observer les mouvements jusqu'au-delà de la rivière. Une échelle inclinée conduisait au niveau supérieur où les arrivants furent conduits.

Les fenêtres fermées par des cadres tendus de parchemin ne laissaient passer qu'une lumière atténuée, et il fallut quelques instants à Jehan pour s'habituer à la pénombre. La pièce se trouvait assez confortablement meublée, avec en son centre une table ovale entourée de huit tabourets. Le long des murs tendus de tapisseries s'alignaient des coffres aux ferrures noircies par le temps. Au-dessus de la cheminée, un écu aux couleurs vives portait les armes de Rochebriane. Enfin, sur une haute chaise, un vieillard immobile regardait venir à lui ces étrangers. Il fit un geste, et le garde se retira. Après une longue observation silencieuse, messire Guillaume ordonna :

- Asseyez-vous devant moi. Maître Dupuy, mon intendant m'a raconté votre étrange requête. Mais avant toute chose je veux savoir qui vous êtes, et comment vous avez appris que Louise et Magdeleine étaient là. Enfin pourquoi avoir entrepris cette recherche. De la sincérité de votre récit et de vos motivations dépendra ma décision. Prenez votre temps... ici, il ne compte pas.

Le tisserand respira profondément pour se forcer au calme, puis il commença à parler. Il sentait qu'il touchait au but et il était persuadé que Magdeleine se trouvait à quelques pas. Le dernier obstacle pour la rejoindre était ce vieillard ruiné, à quelques années du terme de sa vie, qu'il fallait convaincre. Hugon, sagement assis, écoutait avec attention cette histoire dont il ne connaissait pas encore tous les détails.

Jehan parla pendant plus d'une heure, s'arrêtant parfois pour guetter une réaction de son auditeur. Mais le vieux sire se bornait à hocher la tête, et à l'inviter à continuer. Finalement, il se tut, ne voyant plus rien à ajouter.

- Si j'ai bien compris, vous avez fait ce long voyage pour retrouver cette orpheline, et vous souhaitez la ramener avec vous ?

- C'est exactement ce que j'ai dit. Si messire Favre, notre châtelain, retrouve celle qu'il n'a jamais cessée d'aimer, notre bonne ville de Pérouges connaîtra la paix pour les saisons à venir. Et je serai moi-même profondément heureux de revoir celle qui m'a servi de mère lorsque j'étais un enfançon.

- C'est une bien belle histoire que vous venez de me conter là, messire Dupuy. Belle et émouvante. Alors laissez-moi vous en dire une autre. Prenez patience, moi aussi je serai long.

Mais avant qu'il ne commence, un garde frappa, et vint lui dire quelques mots à l'oreille. Le vieil homme acquiesça, puis lui fit signe de sortir.

*
* *

- Vous avez donc appris que je suis Guillaume de Rochebriane, et vous savez le drame épouvantable qui a frappé ma maison. Mes deux fils qui se trouvaient chez un de mes métayers disparurent avec la ferme sous l'avalanche, ainsi que la plupart de mes gens. Quant au reste de mon domaine, il a été presque totalement englouti par le grand lac. Seule, ma fille Pernette me resta après cette nuit d'épouvante. J'avais constitué pour elle une riche dot en vue de réaliser un beau mariage. A mon grand désespoir, je dus utiliser cet argent pour faire vivre mes proches qui avaient échappé au désastre.

Lorsque notre dauphin vint nous rendre visite, je pensais que c'était un signe de la providence qui voulait atténuer la terrible épreuve que je venais de vivre. Monseigneur Louis était jeune, mais il avait déjà l'étoffe d'un grand roi. En quelques années il avait réussi à faire d'un ensemble de seigneuries dispersées et rivales un véritable état avec un Parlement. Et comme il était jeune et veuf, il prit Dame Félise Reynard de Die pour maîtresse. Il se trouvait que son époux avait été mon ami.

Songeant à l'avenir de Pernette, je demandais à Félise de la présenter au dauphin, en espérant qu'elle rencontrerait là quelques-uns des riches bourgeois dont il aimait s'entourer. Et qu'il s'en trouverait parmi eux au moins un qui épouserait une demoiselle pauvre, mais d'illustre famille.

Félise accepta sans difficulté, et au début, tout se déroula selon mes plans. Monseigneur Louis remarqua même ma petite Pernette et se montra assez assidu. Hélas, dame Félise sentit aussitôt le danger pour elle. Pour se débarrasser d'une rivale qui menaçait de la supplanter dans le cœur du Prince, elle lui fit avaler un mystérieux poison. Nous avons tous cru alors en un mal inconnu ; je fis appel aux meilleurs physiciens, aux mires les plus réputés, à des mages inquiétants, à des guérisseurs menteurs et voleurs, sans qu'aucun d'eux puisse dire de quoi il s'agissait. Pernette avait perdu l'usage de la parole, et dormait le plus souvent, en dehors de crises terribles qui la laissaient sans force.

Puis elle s'est remise lentement et a recommencé à dire des mots. Entre-temps, le dauphin était reparti en oubliant ma pauvre enfant. Tout cela aurait été une épreuve de plus, mais qui aurait pu bien finir, si ma petite ne m'avait alors avoué qu'elle attendait un enfant du prince, en dépit du philtre que dame Félise lui avait donné, et qui l'avait rendue si malade. Ce dernier coup du sort m'accabla complètement. Ma fille déshonorée même par un grand seigneur, ne pouvait plus prétendre à un mariage digne de son rang. Pour parer au plus urgent, je décidai de quitter la ville avant que la nouvelle ne soit connue. Il fallait trouver un moyen pour que Pernette mette au monde son bâtard hors des frontières du pays.

Je connaissais Chambéry, une de mes tantes ayant été religieuse chez les Clarisses. Elle était depuis longtemps auprès du Père, mais j'avais toujours témoigné à cette congrégation une générosité particulière. J'y fus bien reçu, et malgré l'étrangeté de ma demande, la mère supérieure consentit à s'occuper de mon enfant. En attendant l'événement qui devait se produire quelques semaines plus tard, j'allai à Grenoble pour affaires. Et c'est là que je constatai avec surprise que ma tentative pour trouver un époux dans l'entourage du dauphin avait finalement porté ses fruits. Je fus invité un matin par le maître d'hôtel d'un conseiller au Parlement, qui avait appris ma présence dans la ville. Il avait été séduit par Pernette au cours d'un bal. Il s'était effacé devant l'intérêt manifesté par le prince pour elle. Puis il avait appris sa maladie, et sa guérison. Il avait alors cherché à la retrouver, mais nous avions déjà quitté notre maison.

Il fut ravi de ma visite, et m'affirma que le dauphin préoccupé par les affaires de son Etat, avait complètement oublié la demoiselle. Mais que lui, Etienne Malespart en était toujours épris, et il me présenta une demande en mariage fort bien tournée.

Je n'en croyais pas mes oreilles, mais je me fis prier, prétextant la faiblesse de mon enfant qui n'était pas encore remise de son mal et de son chagrin. Avec habileté, je parvins à un accord, promettant une dot assez modeste, qui serait soldée sur plusieurs années. Et aussi j'obtins un délai de trois mois avant de l'autoriser à voir Pernette. Il accepta presque avec reconnaissance toutes mes conditions, et à l'automne suivant, nous signions le contrat de mariage. Ce fut une fort belle cérémonie, et je n'étais pas loin d'être heureux.

Je vécus quelques temps à Grenoble, mais le paiement de la dot finit de me ruiner, et je dus renoncer à tenir un train de maison qui dépassait mes revenus. J'appris quelques années plus tard par mon gendre que les habitants de la région de Luc avaient adressé une supplique au dauphin pour demander son aide et qu'il y avait répondu avec générosité. Mais comme j'avais quitté le pays sans rien dire à personne, on m'avait cru mort, et je me trouvais exclu de tout dédommagement. J'écrivis au prince pour qu'il répare cet oubli, mais je n'eus jamais de réponse.

La mort dans l'âme, je m'éloignai de Pernette qui ne manifesta que peu d'émotion et ne tenta rien pour me retenir. Son ingratitude me blessa profondément et je vins me retirer dans ce vieux fort que j'avais acquis avec les bois alentour au temps de ma jeunesse. Il ne servait plus depuis des années et se trouvait en piètre état. Alors peu à peu, je l'ai rendu habitable.

Je me sentais vieux, inutile. Et puis je me suis souvenu de l'enfant de ma fille, que j'avais renié à cause de la honte, et que Pernette avait abandonné pour pouvoir se marier. Ici, loin de la méchanceté des mauvaises langues, je pensais qu'elle pourrait être plus heureuse auprès de moi que dans un couvent, où elle serait condamnée à devenir une humble servante. Et puis elle était ma petite-fille, et pourrait me témoigner de l'affection.

Je me mis donc à sa recherche. Elle n'était plus chez les Clarisses, mais je la retrouvai sans trop de peine. Elle vivait avec sa nourrice, Magdeleine, dont elle ne voulut pas se séparer. Alors je les ai ramenées toutes les deux. Je n'ai pas eu à le regretter. Louise enfant donna une âme à ce refuge désolé. Elle était toujours enjouée et rieuse, tous mes gens l'aimaient et moi-même j'étais bouleversé par ses élans de tendresse spontanés.

Elle a grandi en montrant beaucoup d'esprit, et de dons pour les arts. Je lui enseignais la lecture et l'écriture, puis le latin, la logique, la rhétorique, le calcul, la géométrie, enfin tout ce que l'héritière d'un grand nom doit savoir. Magdeleine, qui a une habileté prodigieuse pour le dessin lui a appris à faire des portraits et des paysages. Vous en voyez quelques-uns accrochés à ce mur.

Aujourd'hui, j'ai trouvé la paix. Alors je ne veux pas que les choses changent.

Guillaume de Rochebriane se tut. Jehan demanda, incrédule :

- Vous dites que votre petite-fille serait une enfant naturelle du Roi de France, Louis le Onzième ?

- Eh oui ! J'en ai plusieurs preuves. C'est une bâtarde, mais de sang royal. C'est pourquoi je la retiens ici. Je suis trop pauvre pour pouvoir la marier selon son rang et son père ne connaît même pas son existence. Elle se nomme Louise en souvenir de lui, mais j'aurais préféré un autre prénom.

- Mais vous ne pouvez la contraindre au célibat si elle n'y consent point !

- Dans cette demeure, c'est moi qui décide en toutes choses. Inutile d'élever la voix. Je garderai Louise jusqu'à ma mort que je redouterai moins si elle est près de moi. Et il n'est pas question de me séparer non plus de Magdeleine. Du reste, à quelle union pourrait prétendre cette enfant réprouvée ? Elle ne saurait vivre avec un rustre qui la brutaliserait, et quel marchand ou artisan la prendrait sans dot ? Quand je ne serai plus là, elle pourra décider de son choix. Ce ne sera plus très long...

- Je crois que je vous comprends, messire Guillaume. Mais pourquoi ne voulez-vous pas laisser partir Magdeleine. Pour elle, son avenir sera assuré auprès de messire Favre, qui espère son retour.

- En êtes-vous sûr ? Il a quitté une jouvencelle, et bien que les années aient épargné sa beauté, Magdeleine est une femme âgée qu'il ne reconnaîtra peut-être pas, et qu'il pourrait rejeter.

- Me permettrez-vous au moins de la voir et de lui parler ?

- Pourquoi ? Pour raviver des souvenirs éteints qui lui feront mal ? Messire Dupuy, vous êtes venus librement chez moi, et vous en repartirez librement, à la seule condition que vous juriez sur les Evangiles de ne rien tenter contre ma volonté. Ne comptez pas sur vos compagnons pour une action violente. Ils ont bien bu avec mes gens et se trouvent maintenant désarmés et enfermés. Mais ils repartiront avec vous quand vous le déciderez. Rien ne presse, et considérez-vous comme mon invité. Mon hospitalité vous paraîtra sans doute rustique, mais c'est de grand cœur que je vous l'offre. J'admire la persévérance que vous avez eue, et j'apprécierai votre compagnie. Il y a bien longtemps que je n'ai pas eu l'occasion de m'entretenir avec un homme de votre valeur.

Jehan hésita sur la réponse à faire. Il était à la fois irrité de se heurter à l'obstination du vieillard, et persuadé que la partie n'était pas définitivement jouée. Il avait besoin de réflexion, et comme le sire Guillaume ne semblait pas pressé de le voir partir, il décida de temporiser.

- Puisque vous me proposez l'abri de votre toit, je l'accepte volontiers. Je vous demande seulement de libérer mes compagnons. Je réponds d'eux, et je vous promets sur mon âme de ne rien entreprendre contre vous.

- Voilà qui est bien parlé. Il en sera fait selon votre désir. Nous dînerons ici dans deux heures. Je vais vous faire conduire dans la chambre que vous partagerez avec l'enfant. On vous y apportera vos bagages.

*
* *

Le repas arrivait à son terme, et messire Guillaume se montrait d'excellente humeur. Il avait évoqué ses souvenirs de Chambéry, et posé beaucoup de questions sur le nouveau duc qu'il ne connaissait pas. De Magdeleine ou de Louise on n'avait plus parlé. L'intendant participait à la conversation plus que son laconisme habituel ne l'aurait laissé prévoir. Quant à Hugon, il se bornait à répondre lorsque le vieux sire l'interrogeait.

Jehan avait plusieurs fois tenté de revenir sur le sujet qui le préoccupait, mais sans succès. Il y parvint enfin d'une façon tout à fait inattendue en évoquant le mariage du dauphin à la Sainte Chapelle.

- Monseigneur Louis avait formé le projet d'épouser Charlotte, une des filles de Savoie pour s'assurer l'appui du Duc. Cette union allait contre le gré de son père, mais ce n'était pas son premier acte d'indépendance. Le contrat fut signé à Genève en 1451, et un mois plus tard, le 9 mars, Normandie, l'envoyé du roi Charles VII qui devait empêcher ce mariage, ne put qu'être témoin de la cérémonie qui dut réjouir les Dauphinois.

- Bien entendu. C'était la paix assurée entre nos états. Il n'y a guère que Dame Félise qui ne s'en félicitât point. C'était la rupture définitive avec son noble amant. Et je dois dire que cela m'a plutôt ébaudi après ses malfaisantes actions contre ma petite Pernette. Enfin elle n'a pas eu à se plaindre car elle a été généreusement dédommagée.

- Elle s'est retrouvée à l'abri du besoin ?

- Mieux que ça. Elle avait eu deux filles avec le prince. Il leur a fait faire à chacune un riche mariage. L'une a épousé Louis, bâtard de Bourbon, amiral de France, l'autre son chambellan Aimar de Poitiers, seigneur de saint Vallier.

- N'avez-vous jamais été tenté d'obtenir de lui qu'il assure l'avenir de Louise?

- J'y ai songé parfois. Mais il ne m'était pas facile de rencontrer le dauphin sans une recommandation. Mon gendre aurait pu me l'obtenir, mais il devait absolument ignorer l'existence de Louise que nous lui avions cachée. Puis le temps a passé, et Louis est devenu roi. Que lui importe désormais une amourette de jeunesse dont il n'a sans doute plus le souvenir ?

- Mais ne m'avez-vous pas dit que vous aviez des preuves certaines de cette aventure ?

- Certes oui. Mais j'ai renoncé, craignant de ne pas être entendu, et de me ruiner totalement.

Une pause suivit, chacun poursuivant ses pensées. Le jour déclinait et la lumière des lampes soulignait les traits des convives de l'ombre dure des sculptures de pierre. Le silence était presque total, et les craquements de la charpente prenaient une ampleur inquiétante. Enfin Jehan se décida :

- Et si je tentais la démarche pour vous ? Je n'ai jamais vu le roi, mais la duchesse Yolande, sa sœur, aujourd'hui régente, m'écoute avec bienveillance. Je crois, sans trop m'avancer, qu'elle pourrait me recommander auprès de son frère, et donner son appui à notre requête.

Messire Guillaume fixa intensément le tisserand qui soutint son regard, et poursuivit :

- Si vos preuves sont convaincantes, nous avons de grandes chances de réussir.

Le vieillard était indécis, mais il était certain que la réponse qu'il allait faire serait déterminante. C'est alors que Hugon qui s'était fait oublier s'approcha et dit :

- Vous avez l'air d'un bon grand-père, messire Guillaume. Ne voudriez-vous pas faire le bonheur de votre petite-fille si un beau mariage lui était proposé ?

Surpris par l'audace de l'enfant, le vieux fronça les sourcils. Puis il sourit et demanda :

- Crois-tu toi aussi que le roi pourrait réparer l'affront fait à ma famille ?

- Je n'en suis pas sûr, messire. Mais mon maître Jehan ne parle jamais sans réfléchir, et que risquez-vous à le laisser faire ? Si ça réussit, vous ferez aussi le bonheur de Pérouges en nous rendant Magdeleine.

Cette fois le sire Guillaume rit franchement.

- Parce que Magdeleine serait le prix de ce service ? Tu l'as compris avant moi ! Eh bien, pourquoi pas ? Je vais réfléchir à tout ça, et je vous ferai part de ma décision demain.

*
* *

Jehan s'éveilla au chant du coq. Il se leva sans bruit pour laisser dormir Hugon qui s'était couché tardivement, et il s'habilla pour sortir. Philippe n'avait pas été autorisé à monter à cause de la place réduite, et il renonça à chercher dans son arroi le nécessaire pour faire sa toilette. D'ailleurs, il n'avait pas la moindre idée de l'endroit où il pourrait se laver. L'eau devait être rare au sommet de la roche, à supposer qu'il y ait des citernes.

Il rejoignit le corps de garde à l'étage inférieur. Deux hommes bavardaient en trempant des morceaux de pain brun dans une écuelle de soupe chaude. Ils se levèrent à son entrée et l'un d'eux parla dans un patois incompréhensible. Jehan essaya le français et le latin, plus un certain nombre de parlers plus ou moins familiers, mais sans succès. Il montra alors la porte et fit signe d'aller au dehors. Son interlocuteur lui ouvrit en lançant une phrase qui fit rire son compagnon. Le tisserand comprit pourquoi en constatant que la passerelle qui rejoignait l'escalier avait été retirée, et que la plate-forme où il se trouvait tombait à pic. Une simple corde soutenue par des piquets de fer scellés au plomb servait de garde-fou. Il ne pouvait aller nulle part, et, déçu, regarda en bas. Les fermiers étaient déjà à l'ouvrage et un bouvier sortait les bêtes de l'étable. Il aperçut Philippe qui étrillait vigoureusement un cheval attaché devant l'écurie. Mais ni le sergent ni son compagnon n'étaient visibles. Le soleil n'avait pas encore franchi la crête qui se dressait à l'est, et la roche était humide de rosée. Malgré cela, il s'assit sur un bloc, et se plongea dans ses pensées.

Le grincement de poulies le tira soudain de sa réflexion : Guillaume de Rochebriane venait lui rendre visite, et faisait rétablir le passage.

*
* *

- Etes-vous maintenant convaincu, messire Dupuy ? Ou vous faut-il encore lire ce mot de la main du dauphin :"Belle et douce Pernette, Par ce que je sais du grand désir que vous avez de me voir, et qui est de même pour moi, je vous assure ma mie, que mardi prochain je vous attendrai, après vêpres en la demeure que vous savez. A moi n'êtes pas encore, mais à moi serez. LOUIS."

Jehan regarda avec attention le papier jauni et froissé, puis demanda :

- Pouvez-vous me laisser ce message ? Je crois que lui seul suffira pour rappeler au roi le souvenir de votre fille.

- Vous pouvez emporter ce qui vous semblera bon pour votre démarche. Je sais que vous reviendrez puisque vous voulez ensuite ramener Magdeleine à Pérouges. C'est un dernier point à régler entre nous. Qui sait si elle voudra vous suivre ? Elle ignore encore que vous êtes là. Vous allez la voir et lui parler. On va vous conduire à sa chambre, et vous la rencontrerez seul. Nous nous retrouverons ensuite pour le repas de midi.

Le tisserand entra dans la pièce que lui montrait son guide, ému plus qu'il ne l'aurait imaginé. Près de la fenêtre par où la lumière entrait à flot, une silhouette assise à contre-jour peignait avec application. Au bruit qu'il fit, Magdeleine se retourna et posa son pinceau. Elle regarda avec surprise cet homme qu'elle n'avait jamais vu. Aucun étranger ne lui avait été présenté depuis qu'elle se trouvait recluse dans cette forteresse, et elle eut un sursaut de crainte.

Jehan s'approcha sans trouver de mots pour expliquer sa présence. Il considéra son ancienne nourrice avec une stupeur qui le paralysait. Il avait devant lui Marie, et si les années en avaient pâli les cheveux et griffé le visage de quelques rides, elle paraissait encore étonnamment jeune. Elle se leva, et il put constater qu'elle se tenait parfaitement droite, et que sa surprise passée, elle le regardait sans appréhension. Son regard était doux mais non dépourvu de fierté.

- Qui êtes-vous, messire, et pourquoi vous a-t-on conduit ici ?

La voix n'était pas celle de Marie, mais Jehan y retrouva quelques nuances familières. Il se décida enfin.

- Mon nom ne vous sera pas inconnu quand jc vous le dirai. Cela vous ramènera bien des années en arrière. Vous m'avez connu autrefois, mais mon visage ne peut rien vous rappeler. Je viens de Pérouges.

- Pérouges ! Il y a si longtemps que nul n'a plus prononcé ce nom devant moi ! Mais vous deviez être un enfant... Seigneur ! Seriez-vous le petit Jehan Dupuy ?

- Oui, Mamène. C'est bien ainsi que je vous appelais, n'est-ce pas ?

Magdeleine ne pouvant contenir son émotion, fondit en larmes. Jehan la prit doucement dans ses bras et l'embrassa sur le front. Ils restèrent un long moment sans rien dire. Il y avait trop de questions de part et d'autre pour savoir par où commencer. Finalement Magdeleine fit asseoir son visiteur, puis demanda :

- Pourquoi êtes-vous venu ? Et pourquoi si tard ?

- Ce sera long à raconter. Mais je suis ici à la demande de quelqu'un qui ne vous a jamais oubliée, et qui vous aime toujours.

- Ne me dites pas qu'il s'agit d'Humbert Favre ?

Magdeleine s'était levée et son regard étincelait.

- Après toutes ces années d'oubli, en quoi puis-je encore l'intéresser ? Je vous ai abandonné pour le rejoindre, j'ai laissé votre père dans l'embarras alors qu'il avait été si bon pour moi. Et il ne s'est jamais soucié de ce que j'avais pu devenir !

- Ce n'est pas lui qui est responsable, mais Favre l'Ancien qui lui avait fait croire que vous étiez morte. Il avait même fait faire une sépulture avec votre nom dans le cimetière de la cité. Humbert ne sait que depuis quelques mois que ce n'est pas vous qui êtes enterrée là-bas. Laissez-moi vous raconter...

Lorsque le tisserand se tut, Magdeleine se leva et ouvrit un coffre. Elle en sortit un portrait. C'était messire Favre à vingt ans. La ressemblance était saisissante, et Jehan retrouva l'image fugitive de ses souvenirs d'enfant.

- Je l'ai peint de mémoire, tel que j'ai voulu le conserver. A-t-il beaucoup changé ?

- Le temps a fait son œuvre comme en toute chose. La vie a parfois été dure pour lui, mais vous le reconnaîtrez sans hésiter. Les épreuves l'ont durci en apparence, mais je suis certain que la tendresse qu'il a pu garder vous est destinée.

- Qui vous dit que je pourrai le revoir ? Messire Guillaume ne m'a jamais permis de m'en aller. Pourquoi le ferait-il aujourd'hui ?

- Parce que les choses ont changé. Je vais aller voir le roi de France, et j'ai espoir qu'il entendra la prière que je lui adresserai, concernant Louise. Il la mariera avantageusement, et votre maître vous autorisera alors à me suivre à Pérouges, si tel est votre désir.

- Si tel est mon désir ? Mais je ne pense qu'à cela depuis si longtemps! Tant que Louise était enfant, je me devais de veiller sur elle, et j'en ai pris soin comme une mère. Elle est devenue une dame et je ne l'intéresse plus beaucoup. Bien sûr, elle a beaucoup d'affection pour moi, mais un jour elle me quittera, et je ne pourrai la suivre.

- C'est pourquoi vous devez revenir en la cité. Mon père vous a cherché pendant de longues années, mais sans succès. J'ai eu plus de chance que lui. Ce qui est certain, c'est que pour tous les Pérougiens, vous serez la Providence. C'est Marie, mon épouse qui a suggéré que puisque vous n'étiez pas enterrée à Pérouges, vous pouviez vivre encore quelque part. Humbert s'est accroché à cette idée, et m'a envoyé à votre recherche.

- Parlez-moi de Marie. Ainsi, elle me ressemble ?

- Vous serez étonnée en la voyant... Humbert s'est imaginé qu'elle était votre fille et la sienne. Il est vrai que les circonstances pouvaient le faire croire, et notre duc lui-même l'a reconnue comme telle par un acte officiel. De ce fait, vous êtes aujourd'hui ma belle-mère après avoir été ma nourrice !

Cette remarque fit rire Magdeleine qui demanda :

- Racontez-moi comment une telle chose a pu se produire.

Une longue conversation s'ensuivit jusqu'à la tombée du jour. Un valet vint l'interrompre pour annoncer que le dîner était servi, et que Magdeleine et Louise y étaient conviées. Messire Guillaume y annonça son accord pour la proposition de Jehan.

- Je ne sais si vous réussirez, mais vous, vous en êtes persuadé, et cela me conforte. Vous partirez librement demain... J'aurais cependant une supplique à vous adresser, messire Jehan, avec l'accord de l'intéressé. Consentiriez-vous à laisser Hugon demeurer ici jusqu'à votre retour ? Il sera bien entendu libre d'aller comme il voudra. Sa gentillesse me rappelle un de mes fils disparus. Ce n'est pas un otage que je vous demande, mais une consolation pour le vieil homme que je suis, et qui dans le meilleur des cas perdra sa petite-fille.

- Hugon a souhaité m'accompagner au cours de ce voyage, et je n'ai eu qu'à me louer de l'avoir auprès de moi. J'aurai beaucoup de regrets à le laisser ici, ne fusse que pour quelques semaines. Mais c'est à lui de répondre à votre demande.

L'enfant hésita un peu, puis se décida :

- Si ma présence doit faire plaisir à messire Guillaume, et lui faire paraître le temps moins long en attendant votre retour, je veux bien rester avec lui. Je suis sûr maintenant que c'est un bon grand père qui se cache derrière un maître sévère et triste. Je voudrais simplement avoir l'autorisation de courir la forêt avec Astré, et chasser ou pêcher à ma fantaisie.

- Tu feras comme tu l'entendras. J'aurai même plaisir à t'accompagner quelques fois. Eh bien c'est une affaire conclue ! Demain Raimbault vous ramènera sur la route de la vallée. Maître Dupuy, vous serez porteur des espoirs de beaucoup de monde.

- XV -

Thibaut recompta avec consternation le contenu de sa bourse. Il venait de régler la pension que son hôtelier lui réclamait avec insistance et il constatait que son insouciance lui avait coûté fort cher. Il avait mené joyeuse vie avec des compagnons qui n'avaient songé qu'à profiter de sa générosité, et le petit trésor ramené de l'abbaye avait fondu comme neige au soleil. Il ne lui restait plus que dix florins placés au comptoir de son ami Paolo Montini, et une dernière pierre précieuse, un rubis magnifique dont il espérait tirer un bon prix.

Il avait essayé de savoir si les bandits de la forêt de Chassagne avaient été mis hors d'état de nuire, mais sans rien apprendre de certain. En songeant à l'immense fortune qui dormait dans les ruines et qu'il devait aller chercher, il sentait qu'il ne pouvait faire confiance à aucune de ses connaissances actuelles pour cette entreprise. Quels que soient les complices qu'il pourrait trouver, ceux-ci exigeraient le partage, à supposer qu'ils soient assez honnêtes pour s'en contenter. Et pour un homme seul, l'entreprise paraissait beaucoup trop dangereuse. Voyager avec un trésor de cette importance sans une escorte puissante c'était prendre le risque démesuré de tout perdre en cas de mauvaise rencontre. Il avait songé à demander le concours de Paolo mais il hésitait. Le jeune homme avait montré sa détermination lors de son évasion avec Agnès, mais il semblait heureux que l'affaire se soit terminée sans dommage et n'éprouvait plus aucune envie de prendre d'autres risques, comme si l'aventure qu'il avait vécue suffisait pour le reste de son existence. Quant à demander l'appui de son père adoptif dont il ne doutait pas, il craignait que celui-ci n'exige de gérer cette fortune au mieux de ses intérêts. Ce qui voulait dire que toute fantaisie lui serait refusée au nom de la raison. Or Thibaut ne voulait pas se montrer raisonnable.

Depuis qu'il avait pu évaluer les possibilités que cette manne lui offrait il s'était mis en tête de créer une cour poétique à l'exemple de Charles d'Orléans à qui il vouait une admiration sans borne. Mais parler de cela au signor Giacometto était une absurdité. Or, il aimait cet homme qui avait pris soin de lui et ne voulait le peiner en aucune manière. Il ne pouvait donc réaliser son projet que s'il devenait riche sans rien lui devoir.

Cependant, il se rendait compte que plus le temps passait plus ses chances de réussir devenaient minces. En mettant les choses au mieux, il pouvait encore vivre deux mois, en réduisant sérieusement ses dépenses, ce qui ne manquerait pas de lui demander beaucoup d'attention. Après quoi il lui faudrait soit trouver un emploi qui lui assure sa subsistance, soit retourner à Chambéry auprès du banquier en attendant des jours meilleurs. La vie lyonnaise lui plaisait beaucoup, et l'idée de renoncer à la fréquentation de l'université et à tout ce qu'il pouvait encore apprendre le consternait.

Le rubis étincelait entre ses mains et il regrettait de devoir se séparer de cette merveille. Rien ne le pressait vraiment de le vendre, mais il sentait qu'il lui serait de plus en plus difficile de s'en défaire s'il attendait davantage.

Il sortit enfin pour se rendre chez un des receleurs qu'il avait rencontré pour le compte de Wolf le Germain. Il avait renoncé à proposer son trésor aux orfèvres qui avaient la désagréable habitude de poser des questions sur la provenance des pierres. Une première expérience qui avait failli mal se terminer l'avait rendu prudent et il pensait qu'il valait mieux traiter avec des gens moins curieux, même si ce service se payait cher. Il connaissait suffisamment d'adresses pour pouvoir en changer, afin de ne pas éveiller l'attention. Mais cette fois le quartier accroché aux pentes de la colline lui parut encore plus sordide que le jour où il l'avait découvert. La ruelle empestait et l'ardeur du soleil avait durci la boue noire qui gardait de multiples empreintes de pieds et de pattes. Arrivé devant la porte basse qu'il reconnut sans peine, Thibaut frappa suivant le mode convenu. Un vieillard vint lui ouvrir et demanda :

- Combien de jours avant la Saint-Martin ?

- Autant que de doigts aux deux mains.

- C'est bon, entre.

Un escalier étroit menait à une cave qui prenait une pâle lumière par une étroite ouverture au niveau de la rue. Une table et un banc en constituaient tout l'ameublement si l'on considérait que le tonneau trapu qui s'appuyait au mur du fond n'en faisait pas partie. Le vieux fit signe de s'asseoir et sortit en refermant la porte. Peu après un bruit se fit entendre et par une ouverture du tonneau apparut la lueur d'une lampe. L'éclat de la flamme empêchait de voir le visage de l'homme qui entra, mais la voix ne laissa aucun doute à Thibaut :

- Pour une surprise, c'est une surprise, signor Vasari !

- J'aurai dû me douter que je risquais de vous rencontrer dans un tel endroit, Bachelier.

Les deux jeunes gens se dévisagèrent un moment et Thibaut essayait de voir comment il pourrait se sortir de ce piège. Si Wolf était là, c'en était fini de lui. Le Bachelier qui le considérait d'un air ironique ne semblait pas animé d'intentions malveillantes. Il éclata de rire et dit :

- Rassure-toi, les choses ont bien changé depuis ta première visite en ces lieux. Si j'avais voulu te retenir par la force, tu serais déjà mon prisonnier. Mais ton évasion réussie te donne droit à toute mon admiration.

- Vous avez donc abandonné votre repaire de la forêt pour vous réfugier ici ?

- Pas exactement, mais les nouvelles vont vite dans notre... confrérie et j'ai appris que tu vendais des pierres. Comme c'est moi qui t'avais indiqué qui pouvait en être acheteur, je n'avais qu'à t'attendre chez celui que tu n'avais pas encore vu.

- Pourquoi vouliez-vous me rencontrer ?

- Simplement pour avoir ma part dans ce que tu as volé à Wolf. Peu m'importe comment tu as pillé son trésor, mais moi je n'ai pas eu cette chance.

- Où est-il maintenant ?

- Seul le diable le sait. Quand il a compris que vous lui aviez échappé, il a d'abord été furieux et on s'attendait à en payer le prix. Puis il nous a réunis pour nous dire qu'il fallait quitter les ruines de l'Abbaye au plus tôt, si nous ne voulions pas finir au bout d'une corde. Sa colère était tombée et il nous a dit comment nous disperser pour nous retrouver ensuite dans un endroit tranquille la semaine suivante. Nous étions tous au rendez-vous, tous, sauf Wolf, le Piarre, Péchou et Papegaut. C'est là qu'on a réalisé qu'il nous avait abandonnés en emportant le butin. On n'avait plus de chef et des groupes se sont formés pour piller les environs. La plupart se sont fait prendre. Le Germain n'était plus là pour conduire une expédition, et sans lui j'ai vu que ce n'était pas la peine de forcer la chance. Alors je suis revenu à Lyon où il me reste quelques amis.

Thibaut qui avait compris, ne put s'empêcher de dire :

- Je crois savoir où est parti votre capitaine et si je devine juste, vous n'êtes pas près de le revoir. Il doit faire route vers la Bavière avec ses âmes damnées.

- C'est vrai qu'il te racontait beaucoup de choses. Enfin, peu importe. Montre-moi ce que tu venais vendre.

Comme il n'y avait rien d'autre à faire, le poète sortit la pierre de sa bourse. Le Bachelier s'en saisit en poussant un sifflement d'admiration.

- Ce caillou trouvera preneur et je me fais fort de lui faire pisser de l'or. Ecoute, mon petit barde, pour cette fois je serai bon prince. Tu vas repartir tranquillement chez toi. Mais il vaudrait mieux que tu ne sois plus à Lyon lorsque j'aurai dépensé tout ce que j'aurai pu tirer de cette merveille.

- C'est en somme ma rançon ?

- Si tu veux. Mais dis-moi, qu'as-tu fait de cette Danizia qui avait voulu te faire disparaître, et que tu as fini par séduire ?

- Je l'ai rendue à son père. Moi aussi je sais me montrer généreux.

Le Bachelier rit une nouvelle fois.

- Tu ne manques pas d'audace. Je me suis demandé parfois pourquoi tu n'étais pas un truand comme moi. Enfin, file avant que je ne change d'avis !

*
* *

L'après-midi brûlante avait transformé les rues étroites en étuves où l'eau boueuse des ruisseaux fumait comme une soupe chaude. La plupart des maisons s'assoupissaient sous les lourdes paupières de leurs volets clos, attendant du soir un souffle venu du fleuve ou de la rivière.

Thibaut se rendait vers l'échoppe de Paolo. Il avait compris qu'il valait mieux s'éloigner de la ville où il avait cru passer inaperçu, mais sa rencontre avec le Bachelier lui avait prouvé le contraire. Le commis qui se trouvait sans beaucoup d'occupation se montra ravi de sa visite. Ils bavardaient depuis peu lorsqu'un homme entra, suivi de son valet. Thibaut reconnut aussitôt le tisserand de Pérouges. C'était décidément le jour des surprises.

Il ne s'attendait pas à revoir là le rival qui lui avait pris Marie. Il savait que cela n'avait été possible que par l'action traîtresse d'Agnès, et que maître Dupuy n'avait fait que profiter de la chance qu'elle lui donnait. Mais il aurait de beaucoup préféré ne jamais revoir cet homme contre qui il n'éprouvait pas de rancune, mais dont la présence ravivait trop la souffrance de son amour perdu.

Jehan de son côté éprouva un étonnement embarrassé. Il savait à peu près toute la vérité sur le rôle joué par Agnès, et il n'avait pas compris comment le poète pouvait en être épris après avoir aimé Marie.

Paolo, qui ne savait rien de tout cela, sentit cependant le malaise qui s'était établi. Il s'empressa alors auprès de l'arrivant en lui demandant en quoi il pouvait le servir. Mais ce fut Thibaut qui répondit :

- Vous avez devant vous maître Dupuy, qui est plus qu'un client pour le signor Giacometto. Il a eu la bonté de me recommander auprès de monseigneur le duc Amédée, alors que je cherchais un état. Traitez-le du mieux que vous pourrez. Messire, je suis sûr que vous trouverez auprès de Paolo Montini toute l'aide dont vous aurez besoin.

Comme le jeune homme s'apprêtait à sortir, Jehan le retint.

- Pourquoi fuir, Thibaut ? Ne croyez-vous pas que nous avons beaucoup de choses à nous dire et que nous pourrions donner des réponses à des questions qui nous tourmentent l'un et l'autre?

Après un instant d'indécision, Thibaut demanda enfin :

- Comment va Marie ?

- Je l'ai quittée depuis trop longtemps à mon gré, mais elle se portait à merveille, et Pérouges profite de sa présence apaisante. Ecoutez, je suis jusqu'à demain à l'auberge du Charbon Blanc. Je vous convie au dîner de ce soir, et nous pourrons parler autant que vous le désirerez. Il n'y aura peut-être jamais plus d'autre occasion...

- Votre invitation me touche et je vais y réfléchir. Mais je ne vous promets rien.

Sur ces mots, le jeune homme salua et sortit.

*
* *

L'hôtelier souffla sur les lampes devenues inutiles, et l'ombre parut couler comme une brume obscure jusqu'à la table où Jehan parlait encore avec Thibaut. La nuit avait depuis longtemps éteint les bruits de la ville maintenant livrée aux chiens errants et aux malandrins plus effrayés encore que leurs possibles victimes. Il avait fallu cette longue discussion pour que les malentendus s'estompent peu à peu au fur et à mesure que l'échange devenait moins contraint et plus confiant. Les deux hommes se découvraient, en dépit de leurs différences, plus proches sur le fond qu'ils ne l'auraient imaginé. Ils avaient voulu l'un comme l'autre donner le meilleur d'eux-mêmes à Marie, et Jehan fut pleinement rassuré et reconnaissant envers le poète quand il fut certain que celui-ci renonçait définitivement à se justifier auprès d'elle. Il savait mesurer la noblesse du geste à sa valeur, et se sentait redevable devant une telle générosité. Mais Thibaut n'attendait pas de reconnaissance.

- Je ne fais pas cela pour vous, messire Dupuy, mais pour elle. La vérité la rendrait certainement malheureuse. Elle ne doit pas apprendre la trahison de son amie... et quoi qu'il m'en coûte, elle doit continuer à croire à mon infidélité. Si elle se découvrait une raison de m'aimer encore, elle serait déchirée entre cet amour et le respect du lien qui l'attache à vous. Elle est heureuse à vos côtés, elle ne pourrait l'être avec moi. J'ajouterai que je crois vous connaître suffisamment pour penser que vous auriez agi de même à ma place.

Jehan ne répondit pas mais tendit la main à son compagnon qui la serra avec émotion. Les deux rivaux n'étaient pas loin de devenir des amis.

L'aubergiste, découragé par ces deux convives qui s'obstinaient à veiller, et parlaient dans une langue qu'il ne comprenait pas, était allé se coucher en se promettant d'ajouter sur la note le prix de l'huile des lampes. Finalement, Jehan se leva pour aller dormir, et se surprit à demander :

- Avez-vous des obligations qui vous retiennent à Lyon, ou seriez-vous libre pour un voyage ?

- Vous allez voir le roi Louis et vous me proposez de vous accompagner ?

- Oui. Nous sommes quatre, mais un de plus ne serait pas de trop. Le roi entretient des rapports privilégiés avec l'Italie, et il y aurait peut-être pour vous une opportunité de trouver un emploi diplomatique. Et puis, sincèrement, j'aurai plaisir à votre compagnie si la mienne vous agrée. Bien entendu, tous les frais seront à ma charge.

Pour Thibaut, cette proposition ne pouvait mieux tomber. Pourtant, il déclara :

- Je vous suivrai volontiers et sans rien vous demander sinon la promesse que vous m'accompagnerez à votre tour pour une affaire où j'aurai besoin d'un ami de toute confiance. Je ne peux vous en dire plus pour le moment.

- C'est entendu. Mais je ne vous suivrai qu'après avoir revu mon épouse bien-aimée.

Le poète éclata de rire et fit :

- Vous m'auriez grandement déçu en ne demandant pas cela !

*
* *

Louis XI voyageait beaucoup, et il était difficile de savoir longtemps à l'avance où l'on pourrait le trouver. Il voulait tout connaître de son royaume et de l'humeur de ses sujets. Mais il avait une préférence pour la Touraine et il résidait depuis quelque temps à Amboise, qui lui plaisait particulièrement pour la douceur de l'air rafraîchi par la Loire et les forêts qui lui offraient des chasses somptueuses.

Le voyage jusqu'au château se passa sans le moindre incident, même s'il demanda dix jours par des routes parfois difficiles. Mais la Poste était depuis longtemps une préoccupation du roi et les directions étaient clairement indiquées.

La lettre de recommandation de la duchesse Yolande fit merveille et deux jours après son arrivée dans la ville Jehan était invité à se présenter devant le souverain qui le reçut en présence de son secrétaire.

- Maître Dupuy, nous avons pris connaissance de votre surprenante histoire. Sans la caution de la duchesse ma sœur, j'aurais eu quelques peines à la croire. Et puis je me suis souvenu de cette ville de Luc et du malheur qui l'a frappée. Cela fait dix-huit ans, nous l'avons retrouvé en nos écrits, que nous avons répondu à une supplique des habitants de Luc, Miscon, saint Gasian, Lesches et autres lieux. Pour l'occasion, je m'étais rendu à Die. C'est une ville que j'ai bien aimée et qui m'a laissé de doux souvenirs. J'étais fort bien reçu chez Dame Félise et je me souviens ce jourd'hui de cette Pernette que j'avais rencontrée chez elle.

Le roi fit une pause, l'air pensif, puis reprit :

- Je ne m'étais jamais soucié de connaître son nom et il faut dire qu'elle a disparu avant que je n'ai songé à le faire. Mais en toute honnêteté, il est possible que je sois le père de cette Louise. J'ai toujours veillé à donner une situation honorable à mes enfants... de hasard.

Après un silence, le roi reprit en montrant un document :

- Alors nous avons agi dans ce sens. Nous avons convenu d'un mariage entre Louise et Antoine de Chabestan, seigneur de Pilhon, près de Luc. Nous la dotons comme il convient et mon secrétaire va vous remettre copie du contrat de mariage pour le sire de Rochebriane.

Pour Jehan, ces derniers mots signifiaient qu'il avait réussi. Tout n'était plus qu'une question de détails et de jours. De la suite de l'entretien, il ne garda que le souvenir d'un petit homme vêtu avec la simplicité d'un bourgeois, le regard pénétrant sous son étrange chapeau couvert de médailles et portant comme seul bijou le collier de l'ordre de saint Michel. Une fois l'affaire traitée, le roi demanda des nouvelles de la santé du duc Amédée, pour qui il était en souci. Après avoir écouté le tisserand, il annonça :

- Son fils Charles est ici. Comme vous devez le savoir, il a été élevé à la cour de France, d'abord auprès de mon père. C'est un jouvenceau qui comptera treize années cet automne, et qui promet d'être un grand prince. Vous le verrez pour lui parler de ses parents.

Puis il s'inquiéta des projets de Philippe de Bresse, mais Jehan ne put lui donner beaucoup de précisions.

- J'ai appris la vaillante résistance de votre cité de Pérouges, maître Dupuy et j'ai ouï-dire que vous y seriez pour quelque chose. Le comte Philippe est votre suzerain et j'approuve votre loyauté à son égard. Mais je suis convaincu qu'il commet une erreur en se ralliant à mon ennemi le Charolais. Je ne désespère pas de le ramener à ma cause et vous pourriez m'y aider.

- Sire, vous pouvez être assuré de mon dévouement. Mais je ne vois pas comment je pourrais servir vos intérêts.

- Laissez cela. J'ai seulement besoin d'un envoyé en qui il aura confiance et qui lui transmettra ma demande. Acceptez-vous d'être cet homme ?

- Avec joie. Ce sera encore bien peu pour vous témoigner de la reconnaissance que je vous dois.

- Fort bien. Il est trop tôt pour l'instant pour tenter quelque chose mais un courrier vous joindra à Pérouges le moment venu et vous remettra une lettre contenant mes instructions. Bien entendu, tout cela doit rester secret et le message ne portera ni sceau ni signature. Nous allons convenir d'un signe de reconnaissance.

- Mais comment le comte saura-t-il que je parle en votre nom ?

- Je vais vous raconter deux ou trois petits secrets qui le convaincront que moi seul aurait pu vous les dire.

L'affaire fut promptement menée. Le roi semblait tout à fait réjoui et se mit à plaisanter familièrement avec son visiteur de plus en plus surpris. Puis sur un signe de son secrétaire, il le congédia sans autre façon.

*
* *

Thibaut attendait assis au bord de la rivière à l'ombre d'un tilleul majestueux. Il était plongé dans l'écriture d'un poème lorsque Jehan vint le rejoindre.

- Nous avons réussi, fit le tisserand en montrant le parchemin scellé. Louise de Rochebriane a trouvé un époux et notre mission va bientôt se terminer. Ainsi que vous l'avez souhaité, je n'ai rien demandé pour vous au roi et c'est dommage, car il m'aurait probablement écouté.

- Ne regrettez rien, je sais ce que je fais. Je n'attends de vous que de vous voir tenir votre promesse.

- Pouvez-vous m'en dire plus maintenant ?

- Pas encore. Nous allons ramener Magdeleine à Pérouges et vous retrouverez Marie. Tout cela prendra quelques semaines, car il risque d'y avoir un mariage ! Le début de l'été conviendra très bien pour mon expédition. Il vous faudra vous assurer le concours du sergent Badier que j'estime beaucoup, ainsi que son compagnon, plus quelques hommes sûrs. Le tout ne durera pas plus de cinq à six jours et ne présentera pas de risques autres que les hasards de la route. Et cette fois, vous n'aurez aucune dépense à prévoir.

- Comptez-vous revenir dans la Cité ?

- Non. Je vous attendrai à l'auberge du Cerf, vous comprenez pourquoi. Ensuite je repartirai pour Chambéry.

- XVI -

Le pont de la Rouge surgit au détour de la route derrière un rideau de peupliers et Jehan fut surpris pas son aspect. Il était décoré de feuillages et de fleurs et le tablier disparaissait sous une couche d'herbe fraîchement fauchée. A l'apparition des voyageurs, un cor résonna joyeusement et la foule qui attendait au bord du Longevent vint se masser de part et d'autre de la route, en poussant des acclamations. Au milieu du pont, messire Favre vêtu d'une cotte et de chausses neuves de velours vert, attendait, le chapeau à la main. A ses côtés on pouvait reconnaître messire Bagelley, Edmond le vieil, la plupart des conseillers et l'inévitable maître Mollod. Marie se tenait un peu en retrait avec Déliane.

- La nouvelle nous a précédés, fit le tisserand, et la surprise est pour nous.

- Notre arrivée à Ambérieu n'est pas passée inaperçue et il s'est sûrement trouvé beaucoup de monde pour vouloir informer notre sire Humbert d'une si heureuse issue, répondit Philippe. L'espoir d'une récompense...

- Eh bien tant mieux ! Fais avancer la voiture de Magdeleine pour qu'elle soit la première à ces retrouvailles.

Lorsque les chevaux s'immobilisèrent, le silence se fit comme par enchantement. Alors le rideau s'ouvrit et Magdeleine parut, vêtue de blanc comme au temps de sa jeunesse. Après sa longue réclusion, la liberté retrouvée et la joie du retour à Pérouges semblaient avoir effacé la trace des ans et son visage rayonnait. Elle sourit et fit une petite révérence. Le châtelain plus ému qu'il n'aurait voulu, salua en ployant le genou, puis l'aida à descendre. Alors il perdit toute retenue et la prit dans ses bras avec fougue. Nul n'entendit leurs premiers mots, tant le torrent des cris et des applaudissements roulait en bruit de tonnerre jusqu'aux murs de la cité.

La montée aux portes se fit dans l'allégresse générale. Humbert et Magdeleine assis sur un siège drapé de velours écarlate furent portés à dos d'homme, tandis que les flûtes et les tambours accompagnaient des chants de fête.

Jehan, parfaitement heureux, serrait Marie contre lui. Mais ce fut un bref instant d'intimité, car ils furent à leur tour portés en triomphe et ne purent échanger de paroles tant l'enthousiasme des Pérougiens était bruyant.

Toute la ville s'habillait de feuillages et de fleurs, et sur la place de la Halle, des tables avaient été dressées pour un immense banquet. Arrivé à la maison des Princes, messire Favre fit rétablir un bref instant de silence et annonça que dame Magdeleine serait présente à ses côtés au dîner. Chacun pourrait la voir, mais que pour l'heure, il souhaitait se retrouver seul avec elle. Et sans plus de commentaires, il fit fermer les portes, tandis que les vivats reprenaient avec plus de force.

*
* *

Les travaux de la nouvelle église avaient été poursuivis avec ardeur par les Pérougiens, mais les murs s'élevaient lentement. Ils avaient été prévus pour servir de remparts sur l'extérieur et leur épaisseur de plus d'une toise exigeait une énorme quantité de pierres. On voyait cependant la forme générale de l'édifice malgré les échafaudages qui la cachaient sous des entrelacs compliqués. Messire Favre aurait souhaité que la messe de ce dimanche y soit célébrée, mais le prieur avait refusé. Malgré la place réduite offerte par la chapelle du Prieuré, le père de Bruyères préférait cet endroit qu'il jugeait plus propice au recueillement, avançant comme argument que d'habitude, il suffisait. Il avait compris que la présence de Magdeleine auprès du châtelain allait rassembler plus de fidèles qu'il n'en avait jamais vu et que beaucoup ne pourraient pas entrer, mais il ne voulut pas revenir sur sa décision. Le résultat fut que la chapelle était déjà comble une heure avant le début de l'office.

Messire Favre n'avait rien dit sur ses intentions, mais tous attendaient qu'il fasse une déclaration à propos de son mariage dont personne ne doutait. Mais avec une malice certaine, il s'abstint de prendre la parole à la fin du service, au cours duquel chacun avait pu cependant entendre sa voix profonde se mêler au chœur de l'assistance.

Plusieurs jours encore, les Pérougiens attendirent avec impatience d'en savoir plus. Les rumeurs les plus inattendues circulaient dans la cité, aussitôt contredites par d'autres suppositions. Enfin on apprit que le châtelain avait décidé de réunir son conseil pour le samedi suivant. Le vieux Carin, soutenu par les plus audacieux des Pérougiens, rendit alors visite au syndic pour lui demander de poser la question au châtelain. Messire Begelley, embarrassé, leur dit alors :

- Ce serait plutôt à maître Dupuy de se renseigner, puisque c'est lui qui a ramené dame Magdeleine. Allez donc le voir.

Mais Jehan n'eut pas à intervenir. Messire Favre ouvrit le conseil par ces mots :

- Il y a un an, vous vous en souvenez, je vous avais fait part de mon intention de prendre épouse, et je vous avais demandé conseil pour m'aider dans mon choix. Aujourd'hui, grâce à mon gendre Jehan qui a droit à toute ma reconnaissance, j'ai retrouvé Magdeleine que je croyais morte depuis longtemps. Ces quelques jours qui nous ont réunis m'ont suffi pour comprendre que je ne saurais trouver de meilleur parti, bien qu'elle ne possède absolument rien. Son long service auprès du seigneur de Rochebriane ne lui a rapporté que le gîte et la nourriture. Mais peu importe, nous avons décidé de nous marier et j'ai choisi le dix-septième de juin pour la cérémonie. Mollod, vous ferez publier la nouvelle.

L'assistance applaudit spontanément à cette déclaration. Messire Favre avait l'air très satisfait et Jehan remarqua que son regard avait perdu la lueur inquiétante qui terrorisait autrefois la population. Ce n'était pas la métamorphose d'un personnage brutal et grossier en un homme nouveau. C'était plutôt le jeune seigneur d'autrefois qui semblait renaître en même temps que son amour pour Magdeleine. Même le ton de la voix s'était adouci, devenu plus conciliant, sans pour autant perdre de son autorité.

Après que le syndic l'eut félicité au nom de tous, il ajouta :

- Notre duc a reconnu Marie comme ma fille et désormais elle est aussi celle de Magdeleine. Qu'on se le dise !

Le conseil se poursuivit avec les questions habituelles sur la vie de la cité et la gestion du compte de la châtellenie. La guerre avait pesé très lourd sur les ressources et les redevances dues au comte Philippe allaient aggraver la misère des plus pauvres. Messire Favre surprit tout le monde en annonçant :

- J'ai fait envoyer une supplique à notre comte pour lui demander d'alléger les charges qui accablent nos gens et j'ai bon espoir d'avoir été entendu. Il m'a fait répondre de lui fournir un état des dépenses engagées, celles qui ont permis notre glorieuse résistance face à l'ennemi. En foi de quoi, il verra à nous accorder des franchises.

Les conseillers se demandèrent s'ils avaient bien entendu, puis les questions suivirent. Il apparut que Philippe de Bresse voulait récompenser Pérouges et la montrer en exemple, en lui concédant des libertés, exemptions et privilèges, tandis qu'il taxerait les autres villes qui s'étaient rendues sans combattre, et en particulier Meximieux.

Jehan fit alors remarquer que cette excellente nouvelle devait donner envie de faire plus et qu'il fallait trouver de nouvelles ressources pour Pérouges en favorisant son commerce. Et il demanda à Edmond-le-Vieil où en étaient les recherches de son fils concernant le papier.

- Il est à Fabriano depuis deux mois. Mais comme vous le savez, le secret est bien gardé. Il a réussi cependant à se faire embaucher dans un moulin pour réparer la machinerie. Il connaît bien cette partie puisqu'il a étudié la construction de la nôtre. En attendant, il apprend l'italien le mieux possible pour faire oublier qu'il est un étranger.

- Et vous espérez qu'il finira par savoir ce qui vous manque pour reprendre la fabrication du papier ? demanda messire Favre.

- Il est certain qu'il ne fera parler personne. Mais il note toutes les fournitures qui entrent dans le moulin, ainsi que les quantités. Nous savions à peu près ce que Luigi faisait acheter pour nous. Ce que nous ignorons, ce sont les proportions, et la composition des mélanges. Il compte bien les découvrir.

- Ce serait une chance pour Pérouges. Lyon fait venir de grandes quantités de papier, et nous n'aurions aucun mal à y vendre le nôtre.

Le Conseil se termina vers midi, et on ne parlait déjà que du mariage de Magdeleine et Humbert Favre dans les rues de la cité.

Jehan rentra chez lui assez embarrassé. Maintenant que la date du mariage était connue, il devait penser à tenir la promesse qu'il avait faite à Thibaut et il se demandait comment annoncer ce nouveau départ à Marie. Elle avait été étonnée d'apprendre que le jeune homme avait accompagné son époux jusqu'à Amboise, mais s'était montrée très heureuse que les deux rivaux ne soient pas devenus des ennemis.

Puis elle avait demandé si le poète avait précisé ses intentions à l'égard d'Agnès et où en était la réalisation de son idée pour faire fortune. Mais il n'avait rien pu répondre, Thibaut ne parlait jamais de la jeune fille et ses projets ne la concernaient aucunement. Et il avait toujours refusé de lui dire pourquoi il souhaitait son aide.

Jehan imaginait cependant que cela devait avoir un rapport avec cet hypothétique enrichissement et comme il ne concevait pas que le poète puisse envisager une action criminelle, il restait perplexe. Et faute de pouvoir l'expliquer à son épouse, il n'en avait pas parlé. Il se rendait compte que maintenant ce serait plus difficile parce qu'il avait l'impression de lui avoir caché quelque chose.

Mais lorsqu'il eut tout raconté, Marie sourit et dit :

- C'est le secret de Thibaut. Vous ne le connaissez pas, alors pourquoi m'en auriez-vous parlé ? Mais vous lui avez promis votre aide, et il faut tenir votre parole. Vous saurez certainement tout ensuite et vous me le direz à votre retour. Je vous demande seulement de revenir au plus vite.

- Je suis heureux de votre assentiment. Je pense que je partirai la semaine après le mariage de Magdeleine... Je vais envoyer un courrier à Thibaut pour le prévenir.

- J'espère qu'après cela, plus rien ne vous obligera à me laisser seule.

- Plus rien, ma douce amie. Et pour en être sûrs, je vous propose que nous partions enfin pour un voyage dont nous serons seuls à connaître la destination.

*
* *

Le mariage de Marie et Jehan était encore dans toutes les mémoires, mais celui du fier Humbert et de Magdeleine devait le surpasser pour la réjouissance des Pérougiens. Pour la plupart, le retour de la fiancée perdue tenait du miracle et chacun y voyait le signe d'une nouvelle époque de tranquillité. Car si Marie avait déjà réussi à ramener messire Favre à une meilleure conduite, combien plus bénéfique serait l'influence de Magdeleine.

Les apparences confirmaient cette opinion générale. Le châtelain soucieux de donner une bonne image de lui-même s'efforçait à une conduite sans reproche. Dans son isolement, Magdeleine n'avait rien su de la vie de violence et de débauche de son prétendant et celui-ci redoutait les rumeurs qu'elle ne manquerait pas d'apprendre. Mais il se trompait. Les Pérougiens avaient compris que leur intérêt était que ce mariage s'accomplisse et qu'il ne fallait rien dire ou faire qui puisse le contrarier.

C'est pourquoi la fête fut à la mesure de l'espérance générale. Robin, le neveu du châtelain avait été chargé d'organiser les festivités et il avait réussi avec sa gentillesse habituelle, à rallier presque tous les Pérougiens pour les préparatifs.

La seule qui n'était pas satisfaite, c'était grand-mère Annette. Elle ne pouvait accepter de reconnaître Magdeleine comme la mère de Marie. Messire Favre s'était trouvé confronté à un dilemme : soit il reconnaissait Annette comme aïeule de Marie et celle-ci ne pouvait être sa fille, soit il niait l'évidence en déclarant que la vieille n'était pas sa parente. Finalement, il avait demandé à la grand-mère de s'abstenir de revendiquer quoi que ce soit.

Marie avait dû user de toutes ses ressources pour la consoler, mais sans vraiment y parvenir. Elle avait beaucoup mieux réussi auprès de Magdeleine et une véritable complicité était née entre elles. Leur ressemblance était frappante et pour tous, il s'agissait bien de la mère et de la fille.

Magdeleine, qui souffrait de l'éloignement de Louise qu'elle ne reverrait sans doute jamais, avait reporté toute son affection sur Marie et Jehan. Elle avait essayé de gagner le cœur de la vieille Annette, mais sans succès. Pourtant, elle ne désespérait pas de réussir, car elle avait l'appui de Hugon qui aurait voulu voir tout le monde heureux.

- XVII -

Le printemps qui touchait à sa fin avait préparé la venue de la nouvelle saison avec éclat. La forêt revêtue de feuillages neufs cachait le ciel de sa voûte épaisse et les sentiers commençaient à se perdre sous l'exubérance des buissons entrelacés. Thibaut hésitait par moments sur la direction à prendre. La vue se perdait rapidement dans l'épaisseur des bois et il devenait difficile de trouver des repères sûrs. Jehan se tenait loin en arrière auprès de Philippe qui suivait avec deux mulets de bât. Il observait l'avance du poète et lançait un avertissement lorsque celui-ci commençait à dévier à droite ou à gauche. Par ce procédé, ils espéraient garder leur route dans le bon sens.

Les Ecorcheurs s'étaient dispersés avant que les lances du sire de Charny ne leur donnent la chasse. Le refuge souterrain de l'abbaye, abandonné, avait été noyé par le comblement des conduits d'évacuation de la source. Les quelques bandits capturés par la suite avaient été jugés et pendus ou roués. Wolf avait disparu avec ses trois âmes damnées, le Piarre, Papegaut et Péchou. Il n'y avait plus de danger à redouter, mais la forêt conservait sa réputation maléfique, et nul ne songeait encore à s'y aventurer.

L'après-midi était bien entamée lorsque Thibaut aperçut enfin les ruines du haut d'une butte. Il appela le tisserand et son valet qui se hâtèrent de le rejoindre.

- Voici ce qui reste de l'abbaye, Jehan. Je crois que vous n'allez pas regretter d'avoir abandonné la cité pour courir les routes avec moi.

- Si ce trésor est tel que vous me l'avez décrit, vous pourrez vivre sans souci jusqu'à la fin de vos jours.

- Je ferai gérer mon patrimoine par mon ami Paolo. Les chiffres me font horreur et je n'y entends rien. Il n'y a guère que la géométrie qui m'intéresse parce qu'elle est à la base du dessin.

- Pourtant toute l'harmonie des proportions est régie par des nombres, Thibaut. Et il existe dans les propriétés de certains, des sources d'émerveillement.

- Inutile de m'en dire plus là-dessus, fit le poète en riant. Chacun découvre les merveilles de la création dans le domaine qui lui est propre. Je doute fort que le moindre chiffre puisse me causer de l'émotion sauf quand c'est un prix qui dépasse le contenu de ma bourse. Il ne me reste presque rien de l'or que j'avais découvert, parce que j'ai dépensé sans compter.

- Mais vous aviez aussi des pierres précieuses ?

- Oui. Elles sont elles aussi parties en fumée car je les ai assez mal vendues.

- Cette fois, il faudra prendre votre temps. Ce ne sera pas facile de monnayer des objets de cette valeur. Peu de gens sont assez riches pour les acquérir.

- Après réflexion, je crois que je m'en remettrai à mon père adoptif pour la majeure partie du trésor. Lui saura comment faire. Je n'en garderai que la partie facilement négociable pour mes fantaisies ! Mais nous arrivons.

L'aspect général de l'abbaye n'avait pas beaucoup changé, exceptée la partie correspondant au repaire des Ecorcheurs. A l'endroit où se dissimulait autrefois la trappe d'accès, un étang s'étalait en forme de feuille de vigne, déversant son trop plein dans le puits à la margelle détruite. L'église semblait telle qu'il l'avait laissée. La dalle de la crypte disparaissait sous une couche de débris entassés par le vent, mais la base du pilier qui la bloquait autrefois en indiquait la place. Les deux hommes eurent vite fait d'en balayer la surface et de mettre à jour le mécanisme d'ouverture. A la première tentative, la lourde pierre pivota. Il fut un peu plus difficile d'allumer la lanterne. L'amadou humide refusait de brûler. Finalement Thibaut répandit un peu de poudre sur le sol et réussit à l'enflammer d'un coup de silex.

La descente se fit avec facilité. Le coffre était toujours à sa place et les deux amis s'approchèrent le coeur battant. Enfin Jehan se décida à soulever le couvercle. Mais au lieu de l'éclat de l'or, ils découvrirent avec consternation qu'il ne contenait qu'une enveloppe de cuir rouge scellée et une bourse. La crypte était trop sombre malgré la lueur de la lanterne, pour voir ce que cachaient les deux objets. Ils décidèrent alors de remonter au jour. Thibaut avait déjà compris. Une seule personne était dans le secret, Agnès, et il était convaincu que l'enveloppe contenait un message qui lui était destiné. Il en eut la confirmation en sortant la missive qui portait sur le dessus, en lettres soigneusement calligraphiées : « A mon doux poète Thibaut. »

- Vous n'avez pas tout perdu, fit Jehan qui avait vidé la bourse. Ce sont des florins et il y en a beaucoup ! Je vais les compter.

- Je suis prêt à parier qu'il y en a quatre cents... murmura Thibaut avant de déplier la lettre. Puis il commença à lire :

« Ce message vous est adressé, car je suis certaine que vous reviendrez ici, mon bel ami. Vous comptiez sur ce trésor pour vous établir, mais vous avez été trop bavard. Quand vous m'avez écrit que votre fortune dépassait celle de ma maison, j'ai compris qu'il ne pouvait s'agir des quelques pierres du reliquaire. Donc la crypte contenait autre chose, que vous ne pouviez emporter dans votre fuite.

Il faut que vous sachiez que ma mésaventure a eu une heureuse conséquence. Mon père, que je jugeais insensible et lointain, était bouleversé par ma disparition. Il avait déjà été alarmé par le siège de Pérouges et c'est ce qui explique l'agressivité qu'il a eue à votre égard. Je vous en demande pardon.

Il était si heureux de me retrouver saine et sauve, qu'il me l'a témoigné avec force embrassements. J'ai alors compris le parti que je pouvais tirer de son affection. La guerre et la misère qu'elle entraîne ont grandement réduit nos revenus, et la mise sur pied d'une troupe pour chasser les Ecorcheurs constituait une lourde dépense. J'ai pensé qu'il m'écouterait si je lui parlais du trésor de l'abbaye, car j'étais sûre de son existence.

Il fut vivement intéressé, mais je mis comme condition à lui révéler le secret : qu'il me laisse libre du choix de mon époux, m'accordant en dot la moitié de ce qu'il ramènerait. Il fut fort surpris de mon audace, mais il finit par en rire et me promit ce que je voulais.

Il ne pouvait cependant financer la levée d'une troupe, même si celle-ci courrait peu de risques d'avoir à combattre, car il était certain que Wolf ne nous aurait pas attendus. C'est alors que j'appris les recherches de maître Dupuy à propos de cette Magdeleine que messire Favre voulait retrouver. J'étais convaincue que lui pourrait persuader le signor Giacometto de nous avancer l'argent nécessaire si je lui laissais croire que ma mère savait des choses importantes à ce sujet. C'était une tromperie, mais qui veut la fin, veut les moyens.

La découverte qu'il fit dépassa nos plus grandes espérances. Vous aviez raison, vous auriez été plus riche que les de Charny. Mon père a remboursé non seulement l'emprunt pour cette affaire, mais également toutes les dettes qu'il avait envers votre père adoptif. Vous pourrez rassurer maître Dupuy pour sa caution et lui demander son indulgence pour moi. Je souhaite qu'il réussisse dans son entreprise.

Mais tout n'est pas perdu pour vous. Je vous aime, Thibaut, et je n'aimerai jamais que vous. Je ne sais où vous êtes, mais je sais que vous viendrez ici. Revenez à moi pour m'épouser. Mon père n'a qu'une parole et, de plus, il se sent redevable pour tout ce que vous avez fait pour moi. Je vous abandonnerai ma dot en totalité, je n'ai aucun souci, je vous sais généreux. Vous m'avez écrit que vous n'aviez plus de haine... c'est presque un pardon. Marie est heureuse auprès de Jehan et je m'en réjouis. Pourquoi ne le seriez-vous pas auprès de moi ? Vous serez mon maître et je n'aurai d'autre ambition que de faire votre bonheur. Je souhaite votre fidélité, mais je saurai comprendre si elle n'était pas parfaite.

Je pourrai vous faire connaître un monde où vous n'avez pas accès et qui saura apprécier votre talent ; vous aurez le loisir de vous consacrer entièrement à votre art sans souci aucun.

Je paie à prix d'or un écuyer pour qu'il porte ces lignes et cette bourse dans la crypte. Je peux lui faire confiance, car s'il me trahissait, il sait que je connais de quoi l'envoyer sur la roue. Ces quatre cents florins sont le prix que vous avez payé pour moi et c'est le moins que je pouvais faire pour vous. Mais ce n'est rien à côté de la fortune que je vous offre.

Que pourrais-je dire de plus pour vous convaincre de la sincérité de mon amour? Sachez que j'attendrai toujours votre réponse.

Votre tendre ennemie,

Agnès.

Chambéry, le deuxième d'avril MCCCCLXIX

P.S. Dans trois semaines, ce sera mon vingt et unième anniversaire... Votre retour serait mon plus beau cadeau. »

Lorsque Thibaut eut achevé sa lecture, il vit que Jehan le regardait d'un air intrigué.

- Cette lettre vous était destinée, n'est-ce pas? Sans trop m'avancer, je peux penser qu'elle est d'Agnès ?

- Vous avez tout à fait raison. Mais c'était facile à deviner après tout ce que je vous ai raconté. Elle s'est montrée plus prompte que moi et je comprends maintenant son impatience à vouloir faire donner la chasse à ces bandits. Ce n'était qu'un prétexte pour venir piller la crypte !

- Vous avez de bons motifs de la haïr, et pourtant, vous ne semblez pas fâché outre mesure...

- Pourquoi le serais-je ? Je n'avais aucune envie de partager avec elle et si elle ne m'avait devancé, elle n'aurait rien eu du tout. Je ne puis m'empêcher d'éprouver une certaine admiration à son égard, bien que je juge ses actions parfois méprisables.

- Que comptez-vous faire maintenant ?

- Il y a toujours deux barres d'argent à retrouver, et là je suis sûr qu'elles sont encore à leur place. Danizia n'a pas vu où je les ai cachées.

- Danizia ?

- Oui, Danizia. Et je ne vous apprends rien. Vous saviez que c'était Agnès qui se cachait sous ce nom.

- C'est vrai. Mais ne vaut-il pas mieux l'oublier ?

- Certainement. Et puisqu'il n'y a plus de secret entre nous, lisez sa lettre. J'aimerais avoir votre avis.

Jehan parcourut les feuillets avec attention, puis les rendit en demandant :

- Qu'attendez-vous que je vous dise ?

- Que feriez-vous à ma place ?

- Je n'ai pas connu comme vous cette demoiselle, mais elle m'a trompé à plusieurs reprises. Elle est responsable de la mort du père Chanin, même s'il s'agit de circonstances malheureuses. En ce qui me concerne, je souhaite ne jamais la revoir. Mais je ne suis pas à votre place. N'oubliez pas qu'elle a cherché à vous faire disparaître !

- Je sais. Vous ne me comprendrez peut-être pas, mais elle exerce sur moi un charme auquel je ne suis pas insensible. Elle ne sera jamais une épouse soumise, quoi qu'elle le prétende et la perspective de me mesurer avec elle n'est pas pour me déplaire. De plus, elle est éprise de moi et j'ai l'avantage de ne pas l'être d'elle. Elle est belle, sa compagnie est intéressante, elle ne manque pas d'esprit...

- N'en dites pas plus, fit Jehan en riant. Votre plaidoirie est inutile, car votre décision est prise et vous songez déjà aux termes de la lettre que vous n'allez pas tarder à lui envoyer !

- On ne peut rien vous cacher ! J'espère que vous ne me jugez pas trop sévèrement.

- Je n'ai pas à vous juger... Il sera difficile de nous revoir à l'avenir mais peut-être ce mariage vous justifiera-t-il aux yeux de Marie et vous permettra de revenir en visite à Pérouges avec Agnès. Laissons faire le temps.

- En attendant, il commence à se faire tard, et il nous faut reprendre la route.

Thibaut réussit sans trop d'hésitation à retrouver le chemin qu'il avait emprunté lors de son évasion et moins de deux heures plus tard, il montrait à Jehan les deux lingots d'argent qui avaient attendu dans leur cachette.

Le jour commençait à tomber lorsqu'ils retrouvèrent le sergent Badier et ses hommes à la cabane de l'étang de Malepalud. Il était trop tard pour regagner Pérouges et Jehan décida d'accompagner Thibaut à Ambérieu, où tout le monde passerait la nuit.

Ma belle amante,

Vous m'avez mis échec et mat... Je sais apprécier la valeur d'un adversaire et vous avez droit à mon admiration. J'aurais dû comprendre devant l'acharnement de votre père à vouloir poursuivre ces Ecorcheurs. Mais comme cela allait dans le sens de mon attente, je n'ai pas réfléchi davantage. Enfin peu importe. J'ai apprécié que cet or ait servi pour une part à rembourser le banquier Giacometto et par ce geste votre famille a retrouvé mon estime.

Vous me proposez une autre partie, celle que je vous ai fait entrevoir jadis, où j'aurai le rôle de mari, avec en plus la moitié du trésor... la générosité d'une telle offre me rassure sur la sincérité de vos sentiments. Alors j'ai décidé de vous dire «oui».

Mais je ne vous ferai pas complètement confiance et nous établirons un contrat de mariage qui garantira mes droits sur votre dot qui ne saurait être inférieure à dix mille florins. Ce sera le signor Giacometto qui gérera mes intérêts. Dites à votre père de régler ces détails avec lui et je vous reverrai pour la signature de l'acte. Je vous laisse le choix de la date de nos noces. Nous déciderons ensemble des personnes à inviter pour cette occasion.

Il vous appartiendra de me démontrer la profondeur de votre amour et peut-être finirai-je par y croire. Quant à savoir si je vous ai pardonné... à vous de le deviner... AGNES!

Thibaut relut sa lettre, sans en être pleinement satisfait. Il avait voulu écrire sans tarder, une fois sa décision prise, mais sans y avoir vraiment réfléchi. La nuit était tombée depuis longtemps et l'auberge avait retrouvé le silence. Il fit quelques pas dans la chambre, puis se remit à sa table et prit une autre feuille de papier. Il songea qu'il aurait pu dire davantage, faire part de ses projets, se montrer moins distant. Puis l'inspiration répondit à son attente et il se mit à écrire rapidement.

Lorsqu'il eut terminé, il sut qu'il avait dit sensiblement la même chose, mais dans des termes beaucoup plus adroits qui n'excluaient pas la possibilité d'une complicité réussie.

*
* *

Le moment de la séparation arriva. Le poète voulu absolument partager les florins d'Agnès avec le tisserand pour le dédommager de sa peine.

- Acceptez en toute simplicité, messire Dupuy. Le reste me suffira largement pour me présenter dignement devant ma promise. Ensuite je serai riche et sans souci.

- Vous êtes un étrange compagnon, Thibaut. Je ne sais si vous avez fait le meilleur choix, mais je vous souhaite d'être heureux.

- Ne vous méprenez pas. Je n'oublierai jamais Marie, mais c'est vous qu'elle a épousé. Je donnerais volontiers toute cette fortune pour être à votre place. Je sais ce que le fait de partager l'existence d'Agnès qui m'a fait tant de mal peut vous paraître un non sens. Je l'ai haïe, je me suis réjoui de sa déchéance... et puis elle m'a ému. Ne cherchez pas à comprendre, je ne comprends pas moi-même.

Jehan sut qu'il n'y avait rien à ajouter. Il serra la main du jeune homme, puis le regarda s'éloigner en compagnie du valet qu'il venait d'engager. Il avait hâte de rentrer à Pérouges et ne souhaitait plus que la compagnie de Marie.

La route lui parut longue, sous la chaleur qui promettait encore un bel été. La paix avait ramené les paysans aux travaux des champs, la campagne bruissait des murmures familiers. Le vent qui s'effilochait dans les ramures apportait les senteurs mêlées des plantes assoiffées et des sous-bois humides. Les blés ondulaient en vagues paresseuses avec un crissement continu comme une respiration. La cité apparut enfin dans un contre-jour qui la nimbait d'un voile de brume. Le son familier du cor signala l'arrivée des voyageurs.

En arrivant à la porte d'En-Haut, Jehan vit Marie et Déliane qui attendaient. Il avait accompli tout ce qu'on attendait de lui et il n'aspirait plus qu'à passer des jours sans histoire auprès de son épouse bien-aimée. Il sauta de cheval et courut à elle.

*
* *

Le soir descendait lentement sur la cité et Philippe vint apporter des lampes dans la grande salle. Le repas venait de s'achever, réunissant Jehan, Marie, grand-mère Annette et Hugon. Le tisserand avait fait le récit de son expédition avec Thibaut et de son dénouement inattendu. Il attendait avec une certaine anxiété la réaction de Marie, mais celle-ci n'eut pas l'air surprise et dit :

- Agnès m'avait appris que Thibaut avait désespéré de faire ma conquête et qu'il s'était alors tourné vers elle. A vrai dire, j'ai eu quelque peine à croire à son infidélité, mais les faits l'ont confirmé puisqu'il va l'épouser. Je ne puis que me réjouir de cette conclusion qui fera le bonheur de mon amie. Pour ce qui me concerne, je suis heureuse auprès de vous, Jehan, et cela seul importe. Vous avez réussi ce que personne n'aurait entrepris à votre place pour retrouver Magdeleine et je vous admire autant que je vous aime.

- Moi aussi, je vous admire et vous aime, reprit Hugon en écho.

- Je suis vraiment comblé, fit Jehan en riant. Si j'ai mené à bien cette recherche, c'est en partie grâce à Hugon et je crois qu'il mérite mieux que d'être un simple apprenti. Si tu es d'accord, je te ferai donner l'enseignement qui te permettra un jour de prendre la suite d'Angelo.

- Rien ne saurait me faire plus plaisir, maître, et je vous ferai honneur !

Comme Jehan se levait, Philippe s'avança et demanda :

- Me permettez-vous de vous présenter une requête, messire Dupuy ?

- Je crois que tu as également mérité ma reconnaissance. Que désires-tu ?

- Eh bien voilà... maintenant que tout est terminé, j'ai pensé que moi aussi, enfin nous aussi, Déliane et moi, on pourrait se marier, si vous y consentez. Son père est un de vos compagnons et vous pourriez lui parler de moi.

Ce fut Marie qui répondit :

- Voici qui me ravit ! Je me demandais quand vous alliez vous décider !

- Je crois que je ne puis qu'approuver les paroles de mon épouse, fit Jehan. Mais il vous faudra songer à trouver un logis pour vous établir.

- J'y ai pensé et je crois avoir trouvé dans la rue des Contreforts une veuve qui partagerait sa maison.

- Nous en reparlerons demain, mais je suis d'accord. Tu peux le dire à Déliane.

Philippe remercia avec gratitude et sortit, bientôt suivi par Hugon qui raccompagnait grand mère Annette dans sa chambre. Jehan se tourna vers Marie et demanda :

- Il est encore tôt et la fraîcheur se fait attendre. Voulez-vous faire une promenade sur les remparts ?

- J'allais vous le proposer ! La lune est pleine et la campagne doit être très belle dans sa lumière.

Les rues de la ville étaient encore bruissantes de mouvements, mais le chemin de ronde semblait désert. Avec le retour de la paix, les passages du guet se faisaient plus rares. Jehan et Marie tendrement enlacés suivaient la voie étroite qui faisait le tour de Pérouges. Arrivés à la hauteur de la porte d'En-bas, ils virent un autre couple immobile, qui regardait la plaine. Le vent léger de la nuit colportait le murmure de leurs propos en prenant soin de les rendre incompréhensibles. C'était le terrible Humbert qui courtisait Magdeleine.

Marie s'immobilisa et murmura à l'oreille de Jehan :

- Mon rôle est terminé. Voici la nouvelle Dame de Pérouges !

BIBLIOGRAPHIE

AULNER (Daniela), *Bourg - Plan au Moyen Age*, Archives Bourg.

BADOIN JAUBERT (Jacqueline), *Pérouges.*

BERGER (Marc), *Petite Histoire des halles de Treffort.*

BORDONOVE (Georges), *Les rois qui ont fait la France - Louis XI,* Marabout.

BROCARD (Michèle), MARCAIS (Catherine), *Anne de Chypre, duchesse de Savoie,* Cabédita.

CASTELOT (André), DECAUX (Alain), *Histoire de la France et des Français au jour le jour*, librairie Perrin.

CHAMPION (Pierre), *Louis XI - Le dauphin*, librairie Champion.

COTTON (Françoise), *La Vie rurale à Treffort-en-Revermont au Moyen Age*, Bourg, 1984.

FAVIER (Jean), *La France médiévale*, Fayard.

FROMENT (Louis), *Le Claps et l'ancien lac de Luc-en-Diois.*

GUICHENON, *Histoire généalogique de la royale maison de Savoie.*

GUICHENON, *Histoire de Bresse et de Bugey.*

GUINLE (Jean-Philippe), *Les Souverains de France*, Bordas.

GUTTON (Jean Pierre), *Les Lyonnais dans l'Histoire*, Privat.

KENNDALL (Paul Murray), *Louis XI* , Marabout Histoire.

LAGIER BRUNO (Lucien), *La Chartreuse forteresse de Pierre Chatel, Les Ponts au Moyen Age sous Pierre Chatel.*

MOREL (Octave), *Le Siège de Pérouges en 1468.*

PEROUGES, *Comptes des châtelains 1355-1854.*

PLANCHE (Henry), *Les Montmayeur*, Jeanne Lafitte.

THIBAUT (Francisque), *Histoire de Pérouges*, Horvath.

THIBAUT (Marcel), *La Jeunesse de Louis XI*, Paris, 1907.

VERDON (Jean), *Les Loisirs au Moyen Age*, Tallandier.

Achevé d'imprimer sur rotative
par l'imprimerie Darantiere
à Dijon-Quetigny
en novembre 1995

Dépôt légal : 4e trimestre 1995
N° d'impression : 95-1117